Peter Wenig/Hanns-Stephan Haas

Vergiss den Tod

Ein Hamburg-Kriminalroman

JUNIUS

Junius Verlag GmbH
Stresemannstraße 375
22761 Hamburg

Printed in the EU
1. Auflage 2022
ISBN 978-3-96060-559-1

Coverdesign: Simone Andjelković
Satz: Junius Verlag GmbH

Die Deutsche Nationalbibliothek verzeichnet diese Publikation
in der Deutschen Nationalbibliografie; detaillierte bibliografi-
sche Daten sind im Internet über http://dnb.dnb.de abrufbar.

Für die Frauen in unserem Leben, die wir nicht vergessen wollen

Prolog

Die Tür. Die verdammte Tür. Eingeschlossen haben sie mich. Wie sehr ich die da draußen hasse.

Gestern Abend stand sie wieder in der Zarge. »Na, Anna Alzheimer, schon vergessen, was ich dir Leckeres gebracht habe?« Dieser Hohn in der Stimme, als sie mir das Tablett in die Hand drückte. Zwei Scheiben trockenes Graubrot, belegt mit welligem gekochten Schinken.

Fritz. Wie sehr vermisse ich dich. Mülheim. Damals. Als wir uns das erste Mal sahen. War es überhaupt Mülheim? Manchmal vergesse ich Dinge. »Das passiert schon mal, meine Anna-Lena«, hast du gesagt, wenn ich aus Versehen den Herd angelassen hatte. Oder den Weg von Blankenese nicht mehr wusste. Aber ich habe die Sorge in deinem Gesicht gesehen.

Glaub mir, was wichtig ist, habe ich nicht vergessen. Unser gemeinsames Leben. Unser Wiedersehen. Und jetzt sagen die Leute, ich hätte dich totgefahren. Irgendwas habe ich falsch gemacht mit dem Leihwagen, ich weiß. Auf einmal bin ich auf dich zugeschossen. Das hässliche Auto hat dich zerquetscht. Aber ich wollte das nicht. Das hat sogar der Pastor sofort gewusst. Als könnte ich die Liebe meines Lebens töten.

Ich höre die Schritte. Gleich wird sie wieder die Tür aufschließen, diese entsetzliche Frau. So ordinär. Sie trägt jetzt meinen Schmuck. Den Ring, den mir Fritz zum ersten Hochzeitstag geschenkt hat. Die Brosche, die ich zum Geburtstag bekommen habe.

Morgens säuselt sie immer: »Guten Morgen, Frau Plem-Plem, haben wir gut geschlafen?« Manchmal möchte ich sie wegschwemmen können, zusammen mit dem lauwarmen dünnen Kaffee. Hedwig heißt sie.

Oder Hilde? Sie war mal unsere Haushälterin, Herbert wollte sie unbedingt einstellen.

Herbert. Er sah Fritz so ähnlich. Und ich dachte, er mag Hunde. Genau wie ich. Ich hätte mich niemals mit ihm einlassen dürfen. Aber ich war damals so allein in dem großen Haus. Ohne Fritz. Und am Anfang war er ja auch nett, wenn auch ziemlich grob im Bett. Aber dann hat er fast nur noch übers Geld gesprochen.

Ich war in der Zeit oft so müde. Und dann habe ich mir meinen neuen letzten Willen diktieren lassen. Dass er alles kriegen soll, wenn ich sterbe. Einmal, da war Herbert gerade unterwegs, habe ich mein Testament im Sekretär wiedergesehen. Wollte es zerreißen. Doch da stand Herbert plötzlich hinter mir. Er war so wütend, ich dachte, er schlägt mich.

Mich hat nie jemand geschlagen. Wenn ich in der Schule mal ein schlechtes Diktat geschrieben habe, hat Papa mich getröstet. »Das macht doch nichts, Anna-Lena, du bist ein so kluges Mädchen.« Dabei war Papa oft traurig, Mama ist viel zu früh gestorben. Sie konnte so wunderbar singen. Manchmal hat Papa abends das Tonbandgerät angestellt. »Hörst du die Solo-Stimme?«, hat er dann immer voller Stolz gefragt. Mama war die Solistin im Kirchenchor in Kettwig. Leider ist Papa dann auch noch ganz schwer krank geworden. Aber ich habe mich gekümmert.

Jetzt höre ich draußen wieder laute Stimmen. Die streiten sich. Oft. »Das Scheiß-Testament ist mir egal.« »Wie regeln wir das jetzt?« »Was ist, wenn die Alte krepiert?«

Aber was ist mit Bjarki? Warum bellt er nicht, wenn jemand kommt? Und warum kommt er nicht zu mir, wenn ich ihn rufe? Er kann doch nicht die ganze Zeit im Garten sein.

Wie lange liege ich jetzt schon in der Kammer? Ich weiß es nicht. Wochen? Monate? Mein Leben ist manchmal wie ein Film. Mal läuft er ganz schnell. Mal ganz langsam. Und immer öfter verschwimmen die Szenen.

Am Anfang habe ich sie noch angefleht. Bitte lasst mich hier raus. Ich muss nachts durch das Haus gehen können. Ich brauche das. Raus. Endlich raus. Das Fenster ist so winzig, ich sehe nur die Birke in unserem Garten. Früher lagen hier im Winter unsere Gartenmöbel. Und jetzt liege ich hier. Die Elbe ist so nah. Ich könnte direkt runtergehen und mit Bjarki eine Runde drehen.

Als wir das Haus damals besichtigt haben, war Fritz so glücklich. »Hier werden wir alt, Anna-Lena. Und wenn wir zu schwach fürs Reisen werden, können wir im Wintergarten den Kreuzfahrtschiffen hinterherschauen.« Fritz war so begeistert, dass ich mich nicht getraut habe, ihm zu sagen, dass ich noch lieber an der Alster wohnen würde. Um den Segelbooten zuzusehen. Und den Ruderbooten. Das leise Klacken der Dollen, das Eintauchen der Blätter.

Rudern. Was war das schön. Damals mit Frida. Mit ihrem drolligen schwedischen Akzent. Stundenlang waren wir im Zweier unterwegs. Ich auf Schlag, sie im Bug. »Du musst die Blätter früher drehen«, hat sie immer gesagt. Und dann waren wir genau im Takt.

Fritz, mein lieber Fritz, wollte sogar, dass ich wieder mit dem Rudern anfange. »Buche eine Trainerstunde, ich fahre dich hin.« Ich habe dann einen Termin gemacht, wir sind zur Alster gefahren. Und plötzlich wusste ich nicht mehr, wie der Club hieß, bei dem ich angerufen hatte. Allemannia? Hansa? Germania? Alles klang so gleich. Da habe ich im Auto geweint. Fritz hat mich in den Arm genommen. Und getröstet. Genau wie Papa früher.

Ich habe dann nirgendwo angerufen. Ohne Frida hätte es wahrscheinlich sowieso keinen Spaß gemacht. Frida. Die Orientierungsläufe mit ihr. Manchmal waren wir tagelang unterwegs. Mit Isomatten. Und Zelt. Nur einmal war sie nicht mehr dabei, als Herbert auf mich aufpassen sollte. Sie sagten, ich hätte mich verirrt. Aber ich habe alles genau wiedererkannt. Und wollte in den See springen, der hinter dem Hügel lag. Nackt, so wie Frida und ich es immer taten. Dann wurde es bitterkalt, und ich habe meine Kleider nicht mehr gefunden.

Es klingelt. Lass es Sora sein, die mir das Handy gegeben hat für den Notfall. Das haben sie noch nicht gefunden. Die Bettwäsche rührt ja eh keiner an. Vielleicht ist es auch Henning, unser Pastor. Oder am besten Frida. Bestimmt ist auch Bjarki zu ihr gegangen. Bestimmt höre ich gleich ihre Stimme von unten. Klar, fest und mit ihrer unvergleichlichen Satzmelodie: »Herbert, wo ist Anna-Lena? Ich will mit ihr sprechen. Sofort.« Stattdessen höre ich Bjarki jaulen. So laut hat er noch nie gejault. Wenn ich doch wenigstens den Briefbeschwerer hätte, um die alte Glastür einzuwerfen.

Frida. Bitte komm hoch. Hol mich hier raus. Ich will nicht sterben.

Teil I
Das vergessene Glück

Kapitel 1

Das Letzte, was Fritz Benzow, Doktor der Chemie, in seinem Leben roch, war der Duft von Käsekuchen. Als die mächtige Stoßstange des Volvo XC90 seine Beine in das berstende Schaufenster des Cafés drückte, matschte die Quarkfüllung auf die sorgsam polierte Motorhaube, das Blut tropfte aus den zerschmetterten Oberschenkeln.

Benzows Wimmern mischte sich an diesem Sonnabend mit den Schreien der Kunden, die durch das Scherbenmeer auf die Waitzstraße flohen. Nur Anna-Lena Benzow saß wie festgefroren am Steuer des SUV, die letzten Takte von »Lady in Red« drangen noch aus der Soundanlage. Ihr Lied.

Was war passiert? War das nur eine dieser verworrenen »Tatort«-Folgen, die sie so hasste? Während Feuerwehrleute verzweifelt versuchten, den zwei Tonnen schweren SUV anzuheben, um das Opfer zu befreien, legten Notärzte und Sanitäter Infusionen, versuchten die Blutung zu stillen.

Gaffer glotzten durch die getönten Autoscheiben. Anna-Lena klammerte sich ans Lenkrad, in drei Minuten zog ihr Leben wie in einem Film an ihr vorbei. Die Hochzeit mit Fritz, der Kauf der Villa in Nienstedten, ihr kleines, großes Glück. Doch je näher der Moment des Unfalls rückte, umso mehr verschwammen die Bilder. Das Malheur mit dem Saab, dann dieser viel zu große Leihwagen aus der Werkstatt. Und plötzlich sah sie Fritz wieder ganz scharf. Wie er heute Morgen vorgeschlagen hatte, Käsekuchen zu kaufen und dann im Wintergarten Kaffee zu trinken. »Anna-Lena, wir müssen endlich reden.« Dieser Blick, das wusste Anna-Lena, verhieß nichts Gutes. Wieder würde es nur ein Thema geben, ihre Vergesslichkeit. Warum wollte Fritz nicht kapieren, dass es überhaupt kein Problem gab. Dass sogar Prof. Brinkmann, Chefarzt der Schwarzwaldklinik, ihr gesagt hatte, dass sie sich keine Sorgen machen müsse.

Deshalb hatte sie sich auch den Schlüssel des Volvo genommen: »Ich fahre heute, Fritz.« Frida, ihre beste Freundin, hatte ihr am Abend zuvor am Telefon das mit der Automatik genau erklärt: »Links Bremse, rechts Gas, kuppeln brauchst du nicht mehr. Alles kinderleicht.« Und dann war der Volvo ja auch wunderbar sanft nach Othmarschen gerollt. Direkt vor der Bäckerei an der Waitzstraße hatte sie einen Parkplatz gefunden, ihr Mann war ausgestiegen, um den Käsekuchen zu kaufen. Doch nur ein paar Sekunden später hupte jemand hinter ihr, der Idiot dachte wohl, sie würde den Parkplatz wieder räumen. Irgendwelche Abstandswarner schlugen Alarm, hektisch drückte sie auf dem Display herum, um den Krach zu stoppen. Instinktiv trat sie dabei auf die Bremse, es war doch das Pedal rechts, oder? Der SUV setzte wie ein Panther zum Sprung an und knallte in die Scheibe der Bäckerei. Genau in dem Moment, als Fritz, den Käsekuchen in der rechten Hand, den Laden verließ.

Anna-Lena Benzow blieb wie erstarrt im Auto sitzen, nahm die zuckenden Blaulichter des Krankenwagens und des Polizeiautos nur schemenhaft wahr. Erst Minuten später klickte sie das Schloss des Sicherheitsgurts auf, rutschte beim Aussteigen aus und stürzte direkt in die Arme eines Sanitäters. »Bitte schauen Sie nur mich an, nicht in das Schaufenster«, bat der Mann eindringlich. Doch Anna-Lena sah aus dem Augenwinkel, wie der Notarzt resigniert abwinkte.

Fritz war tot.

»Sie haben sicherlich einen schweren Schock. Sollen wir Sie in ein Krankenhaus bringen?«, fragte einer der Sanitäter. »Nein, ich möchte jetzt bitte nach Hause.« Die beiden Polizisten schauten sich etwas ratlos an und tauschten sich im Flüsterton miteinander aus. »Wahrscheinlich ist es am besten, wenn wir Sie fahren«, sagte der Ältere der beiden: »Ihren Wagen müssen wir leider als Beweismittel sicherstellen.«

Anna-Lena nahm im Fond des Streifenwagens Platz und dirigierte die Beamten zu ihrer Villa. Sie war bereits voller Trauer – und doch so klar wie seit Monaten nicht mehr. Wie hatte Frida ihr vor vielen Jahren vor Regatten immer gesagt: »Anna-Lena, du bist viel stärker, als du denkst.«

Sie führte die Polizisten ins Haus. Verlegen nahmen beide am Esstisch Platz: »Frau Benzow, wir werden morgen noch einmal ausführlich über den Unfall reden müssen. Aber jetzt geht es nur um Sie. Gibt es einen Arzt, der Ihnen jetzt zur Seite stehen könnte?« »Ja, Dr. Grollmeyer, er ist seit vielen Jahren unser Hausarzt.«

Der jüngere Polizist ging in die Küche, um den Arzt anzurufen. Sein Kollege schaute Anna-Lena Benzow lange an: »Frau Benzow, wahrscheinlich haben Sie Gas und Bremse verwechselt. Das passiert leider gerade in der engen Waitzstraße ziemlich oft. Im Rahmen des Ermittlungsverfahrens muss ich Sie allerdings bitten, mir Ihren Führerschein zu geben.« Anna-Lena kramte das vergilbte graue Dokument aus ihrer Brieftasche und schaute sich noch einmal das uralte Schwarz-Weiß-Foto an: »Bitte sehr, Sie können ihn behalten. Ich werde nie wieder in meinem Leben ein Auto fahren.«

Es klingelte an der Haustür. Dr. Grollmeyer drückte fest ihre Hand: »Mein Beileid.« Die beiden Polizeibeamten verabschiedeten sich. »Soll ich Ihnen etwas zur Beruhigung geben?«, fragte der Arzt. Anna-Lena Benzow schüttelte den Kopf: »Nein, das brauche ich nicht. Mir fehlt nichts. Prof. Brinkmann hat mich erst vor ein paar Tagen untersucht.«

»Prof. Brinkmann? Sie meinen den Chefarzt aus der ›Schwarzwaldklinik‹?« »Ja, er war hier. Er hat mir gesagt, dass mit mir alles in Ordnung ist. Vielleicht sollte ich ihn anrufen.«

Der Arzt sah sie ruhig an. Jedes Wort war jetzt zu viel. »Heute müssen Sie niemanden mehr anrufen. Ich gebe Ihnen eine kleine Spritze, und dann sehe ich morgen früh nach Ihnen.«

Anna-Lena Benzow wusste, dass keine Spritze der Welt ihr helfen würde. Sie war jetzt allein. Allein mit ihrer Angst.

Kapitel 2

»Nicht jeder traut sich, seine besten Freunde zu seinem achtzigsten Geburtstag in eine Krötenpfütze einzuladen. Aber wenn man wie ich sein Leben vor allem mit Kunststoffen zugebracht hat, dann kommt einem im Alter die unverstellte Natur noch einmal ganz nahe.«

Fritz Benzow schaute um sich in die Runde der Geladenen. Alle hingen an den Lippen von Prof. Kranz. Sein chemisches Genie hatte ihn zum Nobelpreisträger gemacht, aber auch als Redner war der Jubilar großartig. Die Stadt Mülheim betrachtete ihn als ihren berühmtesten Sohn, auch wenn er hier nicht geboren war. Alle wussten, dass die »Krötenpfütze« eigentlich das Schloss Hugenpoet war. Immerhin erinnerte an den Namen noch, dass das ganze Schloss auf Pfählen stand. »Klein Venedig« hätte so viel besser gepasst, vor allem zu dem Ambiente, der exzellenten Küche und der langen Geschichte des Wasserschlosses. Den kleinen Schönheitsfehler, dass das Schloss in Kettwig lag und damit zu Essen gehörte, ignorierten die Mülheimer großzügig. Die elende Gebietsreform von 1975 hatte Kettwig eben falsch aufgeteilt, im Fall des Hugenpoets zum Nachteil Mülheims. Es waren auch gerade acht Kilometer, die das berühmte Max-Planck-Institut für Kohlenforschung, dessen langjähriger Direktor Kranz gewesen war, vom Wasserschloss entfernt lag. Benzow war eben noch einmal an seiner alten Wirkungsstätte vorbeigefahren, hatte zu den Fenstern hinaufgeschaut, hinter denen sich das Labor befand. An keinem Ort lagen für ihn Erfolg und Kränkung so dicht beieinander. Hier hatte er als junger Werkstudent mehr zufällig als geplant ein Verfahren entwickelt, das ihm schon bald ein Vermögen bescherte. Und hier war er wieder und wieder gedemütigt worden. In einem, wie man das heute nannte, toxischen Arbeitsklima, voller Neid und Hass.

Während sein Lehrmeister mit der Begrüßung allmählich zum Ende gekommen war, sah Benzow die blonde Frau in dem farbenfrohen Kleid, die nur wenige Meter von ihm entfernt stand. War das wirklich Anna-Lena Weentrig, die damalige Auszubildende am Institut?

Er erinnerte sich noch sehr gut an sie. Nie zuvor hatte er ein solches Rot gesehen. Es zog sich unterhalb der Bluse mit dem kleinen Blumenkragen in kleinen, dichter werdenden Punkten bis hin zu den voll eingefärbten Wangen.

Das war der stärkste Eindruck, den er von ihr hatte. Wie alt war sie damals gewesen? 16, höchstens 17? Sie war in der Ausbildung zur Fremdsprachenkorrespondentin, und alle mochten sie. Und vor allem brauchten sie alle. Mit jedem Tag war sie besser geworden und übersetzte sogar die Fachbeiträge für amerikanische Journals.

»Sie lernt wie ein Schwamm, aber sieht definitiv nicht so aus«, hatte Dr. Fiedler gesagt. Fritz fand Fiedler oder, wie er sich lieber titulieren ließ, »Oberassistent Dr. Fiedler« nur peinlich. Er stellte auch den jüngsten Mitarbeiterinnen nach.

Aber diesmal war das nicht der Grund für Anna-Lena Weentrigs Erröten. Sie hatte den Streit zwischen ihm und Fiedler mitbekommen. Fiedler hatte ihn zu sich bestellt, um ihm seinen neuen Arbeitsvertrag auszuhändigen. Er hatte ihn an dem kleinen Besprechungstisch seines Büros stehen lassen, mit dem Papier, das gut sichtbar das Wappen der Rheinischen Friedrich-Wilhelms-Universität auf der ihm zugewandten Seite erkennen ließ. »Ja, mein Lieber, mit einem solchen Diplom hätte ich mich für mein weiteres Leben als Laborratte versteckt. Aber für jemanden wie Sie gibt es natürlich ganz andere Schlupflöcher. Mit Ihrem Zufallsfund als Student haben Sie den Chef zum Millionär gemacht. Kein Wunder, dass er Sie zur Promotion schickt. Dr. Fritz Benzow, wie absurd klingt das eigentlich? Aber Verbindungen sind eben nicht nur ein chemisches Phänomen. Und bekanntlich schaden sie nur dem, der sie nicht hat.« Er unterbrach sich selbst mit einem anerkennenden Lachen. »Und selbst das Thema steht schon fest. Plaste-Elaste als Schmiermittel – darum geht es doch, akademisch gesagt.« Wieder prustete er los, und der feine Sprühregen seines Speichels landete auf der schmierigen Tischplatte.

Benzow merkte, wie die Wut in ihm hochstieg. Er hätte gerne gewusst, wie man möglichst schmerzhaft zuschlagen konnte, aber das hatte ihm weder zu Hause noch in seinem humanistischen Gymnasium jemand beigebracht.

»Herr Fiedler, haben Sie der Aushändigung des Arbeitsvertrages noch etwas Substanzielles hinzuzufügen?«, hatte er unter Aufbringung seiner ganzen Kraft herausgebracht.

»Oh, die Laborratte hat eine Rhetorikschulung gemacht. Aber dabei leider die Lektion zu Anredeformen versäumt. Bis zum abgeschlossenen Einkauf Ihres Doktortitels gilt für Sie die Anrede ›Dr. Fiedler‹. Und damit können Sie Ihren befristeten Aushilfsvertrag nehmen und gehen, gerne möglichst weit weg von mir.«

Er hatte den Arbeitsvertrag genommen und als letzten Akt des Widerstands die Tür hinter sich zugeknallt. Draußen hatte er innegehalten und kurz durchgeatmet, als er ihre Stimme hörte: »Herr Benzow, Sie können nichts dafür, dass der Chef weiß, dass Sie intelligenter sind. Und noch weniger dafür, dass Sie besser aussehen.« Erstaunt hatte Benzow zu ihr gesehen und in dem Moment die aufsteigende Röte wahrgenommen.

»Entschuldigen Sie, es steht mir nicht zu, das zu sagen«, schob sie nach, während sie schnell wieder auf die auf ihrem Schreibtisch liegenden Papiere heruntersah.

Benzow richtete den Blick ebenfalls auf ihren Schreibtisch, als wenn er dort nach einer passenden Antwort suchte: »Sie müssen sich nicht entschuldigen. Und danke für Ihre aufmunternden Worte. Die konnte ich wirklich gut brauchen. Ein Sektempfang war das ja nun nicht.« Dann war er mit einem freundlichen Lächeln gegangen.

Wie lange war das her? Mehr als dreißig Jahre sicher. Und jetzt standen sie sich gegenüber. Vielleicht in dem gleichen Abstand wie damals an ihrem Schreibtisch. Er hatte Schönheit nie für eine Frage des Alters gehalten, und Anna-Lena Weentrig war schön. Sie hatte eine auffallend hohe Stirn, die anders als die Partie um die Augen noch keine Falten zeigte. Ihr Haar war in unterschiedlichen Schattierungen blond und wirkte, als wenn sie gerade erst von einem Deichspaziergang hereingekommen wäre. Aber am markantesten waren ihre dunkelblauen Augen, die ihn fast mehr anlächelten als ihre Lippen, die nur durch einen leichten Lippenstiftton verstärkt waren. Diesmal würde sie ihre Gesichtsfarbe nicht verändern, so viel war klar. Denn alles an ihr vermittelte den Eindruck einer selbstbewussten Frau.

Sie wendete sich dem Ober zu, nahm zwei Champagnergläser von seinem Tablett und kam auf ihn zu: »Vielleicht ersetzen wir den verpassten Sektempfang mit einem verspäteten Champagner, Herr Dr. Benzow.«

Als sie ihm das Glas anreichte, sah Fritz, dass die Lackierung ihrer Fingernägel auf die Farbe des seidenen Halstuchs abgestimmt war, das sie über ihrem schwarzen, tief ausgeschnittenen Kleid trug: »Sie haben ein gutes Gedächtnis, Frau …« Er zögerte. »Ähm, das sollten wir wohl alles beiseiteschieben. Ich bin Fritz, wie du dich ja vielleicht noch erinnerst.«

»Und damit hätten wir schon den zweiten Grund anzustoßen.« Statt die Hand auszustrecken, kam sie noch einen Schritt näher, und er konnte ihr Parfüm riechen. Gott sei Dank nichts Süßliches, Aufdringliches.

Sie stießen vorsichtig an und tranken. Sie schmeckte dem Schluck einen Augenblick nach: »Der Chef ist sich treu geblieben. Das ist kein Champagner. Das ist sein geliebter Crémant de Loire. Er hat mir damals erklärt, dass der wesentlich besser ist als die meisten Champagner und nur die Hälfte kostet. Ich war mir damals schon nicht sicher, welches Argument für ihn zählte.«

»Da kann ich weiterhelfen. Nur das zweite. Denn es ist eines seiner bestgehüteten Geheimnisse, dass der Professor durch eine seltene Krankheit als Jugendlicher seinen Geschmackssinn eingebüßt hat. Er hat mir einmal erzählt, dass ihn das zur Chemie getrieben habe. So wollte er sich aneignen, was er nicht durch die Sinne erfassen konnte.« Warum erzählte er ihr das, fragte er sich, er war doch sonst nicht so geschwätzig. Vorsichtig nahm er einen zweiten Schluck.

»Das ist eine schöne Geschichte, Fritz. Und sie passt zu ihm. Man kann sich seinen Geschmack ja auch erarbeiten. Seine Assistentin hat mir erzählt, dass er alle Details in der Dekoration selber ausgesucht hat. Und sogar die Tischordnung hat er selbst vorgenommen.«

Benzow nestelte nervös am Kragen seines Smokings. Er hatte schon befürchtet, dass die Sitzverteilung der gesellschaftlichen Position entsprach und er unter irgendwelche ehemaligen Institutskollegen strafversetzt würde: »Na, dann werde ich vermutlich ja neben Fiedler, Verzeihung, Prof. Fiedler, den Abend zubringen müssen.«

»Nein, keine Sorge, Fiedler wird nicht kommen«, sagte sie. »Er lebt inzwischen, wie ich gehört habe, weitgehend mittellos irgendwo in einer Sozialwohnung in Mülheim.«

»Oh, das tut mir leid!«

»Mir nicht.« Plötzlich wirkte ihr Gesicht wie versteinert. »Er hat mir etwas sehr Schlimmes angetan. Aber bitte lass uns darüber jetzt nicht reden. Lass uns diesen Abend genießen. Und damit zu der nächsten guten Botschaft. Der Chef hat uns beide zu Tischnachbarn gemacht.«

Benzow strahlte sie an. Das verspricht ein netter Abend zu werden, hatte er noch gedacht, als sie gemeinsam in den roten Salon wechselten. Aber es wurde nicht nur ein netter Abend. Schon zwei Wochen später hatte sie ihn in Hamburg besucht. Sie hatte sich bei ihm in der Nähe im Hotel Dorint eingebucht, auch wenn sie das Zimmer eigentlich schon nicht mehr gebraucht hätte. Damals nicht und auch in den Jahren danach nicht. Und selbst in ihrer Villa in Nienstedten, in die sie bald einziehen würden, hatten sie keine getrennten Schlafzimmer. Und das nicht aus Platzgründen.

Kapitel 3

»Eins von beiden wird schon schiefgehen. Entweder du kommst als angehender Prof. zurück oder aus dem Deoroller wird wieder ein Pinsel.« Wie immer versprühte seine Frau ihren vollen Charme in, wie sie sagte, lebenspraktischen Fragen. Für ihn waren es aber keine lebenspraktischen Fragen. Es ging um ihn, um sein Leben, seine Zukunft und seine Würde. Klang pathetisch, war aber so.

Selbst jetzt hatte er den Eindruck, dass die Leute im Großraumwagen ihn verstohlen ansahen, als wenn sie sich durch den längeren Blickkontakt anstecken könnten. Nur der kleine Junge, der mit seiner Mutter den Tischplatz schräg gegenüber hatte, starrte ihn offen an: »Mama, warum hat der Mann denn eine so komische Glatze? Der ist doch noch gar kein Opa.« Er konnte von seinem Sitzplatz das Gesicht der Mutter nicht sehen, wohl aber ihre zischende Stimme hören: »Nicht so laut, Moritz, und hör auf zu glotzen. Das macht man nicht.«

Dabei hatte der Junge ja recht. Es war eine komische Glatze. Erst hatte es mit kleinen kreisrunden Stellen auf dem Schädel und im Bartbewuchs angefangen. Aus den münzgroßen Kahlstellen waren bald kreisrunde von fünf bis acht Zentimeter geworden. Dann waren ihm auch in anderen Körperregionen die Haare ausgefallen und aus der Alopecia areata war die Alopecia areata universalis oder auch totalis geworden. Der griechische Name sollte die Krankheit auf Abstand halten. »Fuchskrankheit« oder noch besser »Fuchsräude« klang einfach zu bedrohlich. Außerdem stimmten sie nicht. Bei der Fuchsräude verlor der Fuchs sein Fell büschelweise durch Befall von Milben, die sich in die Haut eingruben und die Gewebsflüssigkeit aufzehrten. Bei den Spielarten der Alopecia war es mit der Diagnose nicht so klar. Hormonstörung, seelische Belastung, Autoimmunerkrankung – die Forschung hatte noch viele offene Fragen, und eine Therapie war noch nicht auf dem Markt.

Bis es so weit war, gab es die gängigen Lösungen. Allheilmittel Kortison mit all seinen Nebenwirkungen, Symptomtherapien mit nur sehr bedingten Verbesserungsaussichten, Perücke. Inzwischen rasierte er sich auch die Stellen kahl, an denen es noch Haarwuchs gab. Immerhin besser, komplett kahl zu sein, als wie ein Flickenteppich auszusehen. Morgen hatte er einen Termin in der Universitätsklinik Erlangen-Nürnberg. Prof. Leesen, leitender Dermatologe, hatte ein neues Verfahren entwickelt, für das Testpatienten gesucht wurden. Wenn er es richtig verstanden hatte, sollte die Kopfhaut mit dem Kontaktallergen DCP behandelt werden. Es wurde sozusagen eine künstliche Allergie veranstaltet, um das Immunsystem von der Zerstörung der Haarwurzeln abzulenken und so den Haarausfall zu stoppen. Die Erfolgsaussichten waren so gut, dass man das Allergen für die klinische Testphase zugelassen hatte. Die Liste der Freiwilligen, so hatte die Sekretärin gesagt, war lang. Kein Wunder, dachte Henning Kestner.

Er sah auf die Uhr. 14.12 Uhr. Der Zug hatte schon 35 Minuten Verspätung. Als er die S-Bahn von Blankenese genommen hatte, war er noch guter Dinge gewesen: keine Streckensperrung. Und sogar in Altona war der Zug noch pünktlich losgefahren. Bei Ludwigslust dann ein Stellwerkschaden, und das war's dann. Groß was reinholen würde er wohl nicht. Er hatte eine knappe Stunde Puffer einberechnet und sich für den durchgehenden Zug über Berlin entschieden. Fünf Stunden Zeit am Stück. Er hatte sich vorgenommen, an dem Exposé für seine Habilitation zu arbeiten. Auch so ein alter Zopf aus dem akademischen Leben, an dem man nur noch in Deutschland und wenigen Nachbarländern festhielt. Denn eigentlich sollte man mit seiner Promotion ja schon seine wissenschaftliche Befähigung unter Beweis gestellt haben. Aber dann kam das Gleiche noch mal in Grün. Wieder eine wissenschaftliche Arbeit und ein abgespecktes Prüfungsverfahren.

Aus dem Arbeiten an seinem Habil-Thema »Intrige« war nichts geworden. Stattdessen hatte er stumpf aus dem Fenster gesehen. Musik über den Kopfhörer gehört. Die geheimnisvoll-mächtig wirkenden Kiefernwälder, die wie kleine und große Inseln das weite Meer der Felder und Wiesen unterbrachen, ließen den vorbeieilenden Zug fast wie einen Ozeandampfer erscheinen, der in einem an alte Stummfilme erinnernden irrsinnigen Zeitraffer durch die Wellen von Zeit und Raum pflügte.

Als er schließlich in Erlangen ankam, waren es nur noch zehn Minuten bis zu seinem Termin in der Kochstraße. Er nahm sich ein Leihfahrrad. Damit war man hier immer schneller als mit jedem anderen Verkehrsmittel. Die Stadt war ein Paradies für freiheitsliebende und stets zu schnell fahrende Desperados zwischen Sattel und Asphalt, wie sein Kommilitone Daniel immer gesagt hatte. So fühlte er sich auch.

Als er vor dem Theologicum stand, war er fünf Minuten über die Zeit. Er hatte ordentlich in die Pedale getreten und tupfte sich den Schweiß von der Glatze. Nun sah er in den ersten Stock hoch, wo er als Doktorand in der Bibliothek oft bis in die Nacht gearbeitet hatte. Es gab das Gerücht, dass hier regelmäßig Bücher aus dem Fenster flogen, um von ihren neuen Besitzern ebenerdig in Empfang genommen zu werden. Juristen und Theologen führten in Erlangen beim Bücherdiebstahl die Rangliste der Fakultäten an. Allerdings hatte Kestner die letzten drei Jahre die Statistik nicht mehr weiterverfolgen können. Erst das Vikariat zwei Jahre in Wesselburen. Danach war er als »Hilfsbremser«, oder wie es offiziell hieß, als Pastor im Hilfsdienst nach Nienstedten versetzt worden. Seine Chancen standen nicht schlecht, dass der Kirchenvorstand ihn dort in drei Monaten wählen würde. Wenn er wollte und wenn nicht aus irgendeiner Ecke Stimmung gegen ihn gemacht wurde.

Er nahm die Stufen zum Eingang, wurde von einer studentischen Hilfskraft eingeschleust und stand für einen letzten beruhigenden Atemzug vor dem Zimmer mit der Aufschrift: »Prof. Dr. Bertram Haber, Ordinarius Systematische Theologie«. Dann klopfte er und hoffte auf ein »Herein«. Aber er hatte Pech, und Haderer öffnete ihm persönlich. »Ah, der Doktor Kestner. Wie schön, wie schön.« Kestner hielt den Atem an. Habers Mundgeruch war sein Markenzeichen, das – bis auf ihn – alle kannten und fürchteten. Es führte in seinen Vorlesungen zu zwei freien Vorderreihen, die er selbst stets als Zeichen des Respekts für seine wissenschaftliche Leistung verstand.

Kestner sah auf das Nierentischchen mit den zwei Rattan-Schwingstühlen. Nichts hatte sich an den Geschmacklosigkeiten aus drei Jahrzehnten geändert. Aber die obligatorische Pfeife mit dem süßlichen dänischen Tabak konnte er nicht entdecken. Haderer schien seinen Blick erraten zu haben: »Ja, das Rauchen habe ich aufgegeben. Ein Rauchopfer für die Gesundheit sozusagen.« Sein offenes Lachen wurde von einem Schwall von Fäulnis begleitet, der den Nutzen des Rauchopfers hinsichtlich der Mundhygiene eindeutig widerlegte.

Haber wies ihm einen Platz an dem Tischchen an und nahm einen Schnellhefter aus roter Pappe in die Hand: »Ihre Verspätung, junger Freund, hat mir die Gelegenheit gegeben, mich kurz an Ihren akademischen Werdegang zu erinnern. Fakultätsexamen mit 1,3, erst studentische Hilfskraft, später Assistent beim geschätzten Kollegen Voigt. Abschluss mit …«, er blätterte in den Seiten, als wenn er suchen müsste, »mit ›magna cum laude‹. Nicht der ganz große Wurf, aber durchaus eine Basis.«

Kestner starrte ihn an. Über die fortschreitende innere Verwesung konnte man bei Haber durchaus spekulieren, aber seine Gedächtnisleistung war immer phänomenal gewesen. Natürlich hatte er nicht vergessen, dass Haber selbst und einige Kollegen ihn damals um die Auszeichnungsnote »summa cum laude« gebracht hatten. Sie hatten ihm vorgeworfen, die antisemitische Auslegung des Jakob-Esau-Konflikts nicht genügend beachtet zu haben.

»Ja, ja«, setzte Haber weltmännisch ein, »die ungleichen Zwillinge. Der eine stark, ein guter Jäger, das auffällig rotbehaarte Urvieh Esau und dann das schwächliche Muttersöhnchen Jakob, listig, schlau und so ganz ohne beeindruckende Haarpracht. Ihre Sympathien gehörten natürlich dem glatten Jakob, und deshalb haben Sie nicht so genau nachgeschaut, wer in der Geschichte antisemitischen Mist über den späteren Namensgeber Jakob, alias Israel, gekübelt hat.«

Es durchzuckte Kestner, und er faltete seine Hände, um sie zu beruhigen. Das war gleich eine doppelte Unverschämtheit. Er war bei dem Thema Antisemitismus nicht blind. Die antisemitische Auslegung war nur so hirnlos und durchschaubar, dass er keine Lust gehabt hatte, sie breitzutreten. Aber noch mehr ärgerte er sich über die persönlichen Beleidigungen. Er musste sich unbedingt ein dickeres Fell zulegen.

»Ja, und jetzt wollen Sie in die Königsdisziplin der Theologie wechseln mit dem Thema ...«, wieder blätterte Haber in seinen Notizen, »›Intrige als Thema der Theologie‹. Das müssen Sie mir ein wenig erklären.« Er schlug sein rechtes Bein über und ließ ein leichtes Knacken im Knie hören.

»Eigentlich dachte ich, dass ich das in meiner Begründung bereits beschrieben habe. Aber kurz und knapp. Wie Sie wissen, ist die Bibel voll von Intrigen. Komplizierte Geschichten nicht nur von Erbstreitigkeiten, sondern von Königen, die, um an eine Frau ranzukommen, deren Mann über die Klinge springen lassen. Von Männern, die ihre Ehefrau als Schwester ausgeben, um sich so aus der Affäre zu ziehen. Von Brüdern, die ihren eigenen Bruder clever verkaufen. Letztlich ist sogar die Kreuzigung selbst das Ergebnis einer Intrige von konkurrierenden Gruppen und taktischen Potentaten. Und ich muss nicht eigens erwähnen, dass die Intrigen in der weiteren Kirchengeschichte nicht aufgehört haben. Aber dennoch ist das Thema Intrige in der Theologie kaum bearbeitet worden. Weder im Nachdenken über den Menschen noch in der Ethik.«

Haber erhob seinen Blick an die Decke, als wenn er von dem Rauchmelder eine Inspiration erwarten würde: »So, so, das interessiert Sie also. Wissen Sie, Herr Kestner. Sie haben sich ja schon bei Ihrer Dissertation mehr für Thomas Mann als für die Bibel interessiert. Vielleicht sind Sie ja nur noch einen Buchstaben von einer großen literarischen Karriere entfernt. Aber mit der Intrige sind Sie auf einem Holzweg. Manche Themen sind theologisch einfach deshalb nicht bearbeitet worden, weil sie theologisch uninteressant sind, Herr Kastner.«

Hatte der Typ gerade wirklich »Kastner« gesagt? Oder war die undeutliche Aussprache von Vokalen nur ein weiteres Symptom seiner inneren Selbstauflösung? Kestner sah ihn mit wachsender Ungeduld an. Haber hatte seinen Blick fest auf die dürre Birke vor seinem Fenster gerichtet. »Und jetzt, Herr Haber?«

Haber drehte ihm langsam seinen Kopf zu und setzte sein schiefes Lächeln auf: »Und jetzt geleite ich Sie zur Tür und wünsche Ihnen schon mal alles Gute für Ihren beruflichen Weg außerhalb der Universität.«

Kestner stand auf und ging langsam zur Tür. Er suchte noch nach den richtigen Worten für seinen Abgang. Hinter sich hörte er den schlurfenden Gang von Prof. Haber.

»Obwohl, junger Freund, ein wenig leid tut mir ihr Ausscheiden schon. Ihr markanter Kopf wird mir wirklich fehlen. Er hat so was Asketisch-Professorales.«

Kestner durchzuckte es. Er schnellte herum und knallte dem Professor mit voller Wucht eine Ohrfeige auf die linke Wange. Haber drohte von der Heftigkeit der Ohrfeige ins Wanken zu geraten. Kestner sah noch, wie sich die Finger seiner Hand rötlich auf dem krankhaften Weiß im Gesicht des Professors abzeichneten. Es bekam geradezu etwas Lebendiges durch den Farbschub. Dann drehte er sich um, riss die Tür auf und drehte sich zum Flur. Von hinten hörte er noch die krächzende Stimme von Haber: »Sie werden noch von mir hören. Das wird eine Anzeige geben, von der Sie sich beruflich nicht erholen werden. Verlassen Sie sich drauf.« Zum Glück holte der schlechte Atem seine Worte nicht mehr ein.

Als Kestner aus dem Theologicum ging, fühlte er sich so befreit wie schon lange nicht mehr. Irgendetwas hatte sich in ihm gelöst. Irgendetwas, das mehr war als nur die Ungewissheit seiner akademischen Laufbahn. Jetzt konnte er nur hoffen, dass es mit der Stelle in der Kirchengemeinde in Nienstedten klappen würde. Vor Haber hatte er keine Angst. Der war viel zu feige, um sich als jemand bloßzustellen, der sich einfach eine scheuern ließ.

Abends ging er noch von seinem Hotel aus in den Entlas-Keller auf dem Berggelände. Eigentlich ging man hier nur hin, wenn Bergkirchweih war. Aber ein bisschen Nostalgie musste schon sein. Nach zwei

Maß hatte er die nötige Bettschwere. Aber an dem Bier lag es nicht, dass ihm der anstehende Besuch in der Klinik gar nicht so schwer im Magen lag.

Am nächsten Morgen machte er sich zeitig zur Hautklinik auf. Sie lag fast in der Nachbarschaft zum gestrigen Tatort. Er fragte sich zum Büro von Prof. Leesen durch, der ihn nur einen kurzen Moment in seinem Untersuchungszimmer warten ließ. Er war ein Mittvierziger von sympathischer Erscheinung und mit dichtem, schwarzem Haar. Ganz offensichtlich forschte er nicht in eigener Sache, musste Kestner mit einem Lächeln denken.

Der Mediziner stellte sich in breitem Fränkisch vor, während er seinem Besucher die ganze Zeit unverwandt auf den Schädel sah: »Darf ich mir Ihre Kopfhaut einmal ansehen?« Kestner nickte. Leesen ließ seine Finger systematisch über seinen Kopf wandern. Drückte an einigen Stellen etwas fester, vor allem dort, wo sich Kestner rasiert hatte. Dann betrachtete er seine Augenbrauen bzw. das, was von ihnen noch zu erkennen war. Schließlich tastete er noch die Lymphknoten hinter den Ohren ab.

»Sie scheinen, von Ihrer Alopecia abgesehen, in einem guten körperlichen Zustand zu sein. Allerdings ist Ihre Hauterkrankung schon so weit fortgeschritten, dass sie für unsere kleine Studie nicht mehr infrage kommen. Die Kopfhautpartien, bei denen der Haarausfall durch das Kontaktallergen vielleicht gestoppt werden könnte, sind zu klein, um eine wirklich signifikante Wirkung der Therapie nachweisen zu können. Aber, Herr Kestner, etwas anderes wäre mir in Ihrem Fall wichtiger. Selbst im Falle eines sofortigen Stopps würden Sie mit einer extrem unregelmäßigen Behaarung leben müssen. Sie haben sich ja nicht zufällig für die Totalrasur entschieden, die ich in Ihrem Fall für ausgesprochen klug halte. Darf ich das sagen?« Er zögerte einen Moment. »Sie haben vom Aussehen her das Zeug, ein markanter Typ zu sein. Und wer weiß, vielleicht finden wir irgendwann auch noch eine wirkliche Heilung.«

Kestner sah ihn schweigend an. Was für ein angenehmer Kontrast zu dem aufgeblasenen Kollegen der Theologischen Fakultät gestern.

»Darf ich Sie fragen, welchen Beruf Sie haben?«

»Pastor. Jedenfalls, wenn alles klappt, wie ich es mir wünsche.«

Leesen nickte ihm zu, als wenn er mit dieser Antwort gerechnet hätte: »Entschuldigen Sie meine indiskrete Einschätzung. Aber wenn Sie lernen, mit Ihrer Krankheit gut zu leben, dann wird Ihnen das viele Türen zu anderen Menschen in Ihrer Gemeinde öffnen. Aber was rede ich, Ihr Glaube wird Ihnen bestimmt schon die richtigen Einsichten vermittelt haben.«

»Im Augenblick erwachsen aus meinem Glauben nur jede Menge Fragen, auf die ich keine Antwort habe.«

Als Kestner später wieder im Zug saß, dachte er an Astrids Bemerkung. Nein, er kam weder als Prof. noch als Pinsel wieder. Aber irgendetwas hatte sich dennoch geklärt. Als er auf das Pfarrhaus zuging, hörte er schon die Hunde aufgeregt bellen. Es war gut, wieder zuhause anzukommen.

Kapitel 4

Als Joachim Fiedler das Titelbild der Klatschzeitschrift sah, wurde ihm fast übel. Da glotzten sie verliebt-dümmlich grinsend in die Kamera. Fritz und Anna-Lena Benzow, geborene Weentrig. Das Foto zeigte das Paar vor seiner Hamburger Villa, ihr »Liebesnest«, wie die Illustrierte titelte. Darüber die Schlagzeile: »Chemiker-Millionär will wieder heiraten«. Fiedler stopfte die Zeitschrift in den Abfalleimer der schmierigen Teeküche. »Metallveredlung der Spitzenklasse« versprach das Firmenschild von Witzler & Sohn im Mülheimer Industriegebiet. Das Schild glänzte, alles andere wäre für einen Betrieb für Oberflächenbeschichtung auch ziemlich absurd gewesen. Ansonsten war die Bude so trostlos wie sein Leben.

»Doktor, ich bezahl dich nicht für's Rumsitzen. Nun komm endlich an die Arbeit!«, bellte der Chef aus der Werkstatt. »Die Jungs in Halle 2 warten auf die Freigabeanalyse für das frisch angesetzte Cyanidbad in Zelle 5!« So war er, der Senior. Der Junior keinen Deut besser. Beide scheißfreundlich zu den Kunden. »Alles klar, Meister, wenn Sie den Kotflügel von uns feuerverzinkt zurückbekommen, hält der garantiert länger, als Sie hier noch auf Erden lustwandeln, versprochen!«, flöteten sie, wenn jemand seine verrosteten Oldtimer-Teile bei ihnen ablieferte. Aber wehe, der Lehrling oder einer der vier Gesellen überzog die Frühstückspause mal um fünf Minuten. Andererseits hatten es die Typen auch nicht besser verdient. Alles Loser. Oberflächenbeschichter, allein dieser beknackte Berufsname. Hauptschulabschluss reichte für die Lehre. Und trotzdem fanden sie keinen Nachwuchs. Kein Wunder, bei dieser schmutzigen und stinkenden Arbeit.

Und hier war er also gelandet. Als Hilfslaborant im Kontrolllabor des Vorhofs zur Hölle. »Oberflächen beschichten mithilfe eines elektrolytischen Bads, durch das Strom geleitet wird«, stand in der Berufsschul-Kladde des Lehrlings. Manchmal half er dem Jungen bei den Hausaufgaben. Der Kleine hatte von einer Ausbildung zum Mechatroniker geträumt, ohne Chance bei seinem miserablen Hauptschulabschluss. Stattdessen konnte er sich nun im Stundentakt von Witzler sen. oder Witzler jun. anbrüllen lassen.

Schwer atmend schlurfte Fiedler von der Teeküche zurück ins Labor. Das war jetzt seine Welt. Vom gefeierten Wissenschaftler des Mülheimer Max-Planck-Instituts zur Laborratte in der Galvanotechnik bei Witzler & Sohn. Aus der Champions League in die Kreisklasse. Andererseits musste er angesichts seiner schmalen Rente ja froh sein über diesen Nebenjob.

Benzow dagegen logierte jetzt an der Elbe. Ein nicht einmal durchschnittlich begabter Wissenschaftler, vermögend allein dank einer zufälligen Entdeckung. Und jetzt heiratete dieser Schnösel ausgerechnet die Frau, die seine Karriere, nein, sein Leben zerstört hatte. Anna-Lena.

Fiedler stellte den Maßkolben, in dem er die frische Titrierlösung für die Cyanidbadanalyse herstellen wollte, zur Seite und stützte sich am Labortisch ab. Das Atmen fiel ihm immer schwerer. COPD, Raucherlunge, die Quittung für seine jahrzehntelange Qualmerei. Inzwischen fiel ihm schon das Treppensteigen schwer. Er ekelte sich selbst vor dem schleimigen Auswurf, wenn er husten musste. »Sehr bald werden Sie ohne Sauerstoffgerät nicht mehr klarkommen«, hatte sein Arzt ihm prophezeit.

An allem war Anna-Lena schuld. Sie hatte ihn ins gesellschaftliche Abseits befördert. Nur wegen ihr war er abgestürzt.

Während Fiedler die Titrierlösung bis zum Eichstrich in die Glasbürette füllte, dachte er zurück an jenen verfluchten Tag vor mehr als drei Jahrzehnten im Max-Planck-Institut. Anna-Lena, diese hübsche Auszubildende, hatte ihn mit immer kürzeren Röcken provoziert. Als sie die Post in sein Büro brachte, hatte er sie sich geschnappt. Sie wollte es doch auch, wie all die jungen Dinger. Doch statt sich mit ihm, dem hoffnungsvollsten Chemiker des Instituts einzulassen, hatte sie sich gewehrt und war hysterisch schreiend aus seinem Büro gelaufen. Eine

Stunde später wurde er zum Chef zitiert. Der war außer sich: »Fiedler, diesmal sind Sie zu weit gegangen. Sie unterschreiben jetzt Ihre Kündigung, geben mir Ihren Hausausweis und verschwinden von hier. Sonst zeigt unsere Kollegin Sie an wegen einer Vergewaltigung.«

Seitdem hätte sich Fiedler das Porto für Bewerbungen sparen können. Natürlich erkundigte sich jeder Personalchef auf dem kleinen Dienstweg bei früheren Arbeitgebern. Nur als Laborant fand Fiedler noch Jobs – und verlor sie wieder wegen seiner Alkoholprobleme. Aber wie hätte er diese Demütigungen ohne Bier und Schnaps überstehen sollen? Nun war er Rentner und half Leuten, die ihm früher nicht einmal das Reagenzglas hätten anreichen dürfen, beim Verchromen, Verzinken und Verkupfern.

»Doktor, warum ist die Freigabe für Zelle 5 immer noch nicht da?«, brüllte der Seniorchef aus der Halle. »Ich beeil mich ja«, sagte Fiedler und dachte nur: Was für ein Arschloch. Bedenkenlos ließ er den Lehrling mit krebserregenden Substanzen wie Chromtrioxid ohne vernünftige Unterweisung hantieren. Arbeitsschutz? Unbekannt. Der Laborschrank mit den teils hochgiftigen Chemikalien stand fast immer offen, im Max-Planck-Institut wäre man für eine solche Nachlässigkeit sofort abgemahnt worden. Wobei ihm die ganze Diskussion um Arbeitsschutz und Grenzwerte ziemlich egal sein konnte. Schlimmer als fortgeschrittene COPD konnte kein Krebs dieser Welt sein.

Wie fast jeden Abend verließ Fiedler als Letzter das Labor, daheim erwartete ihn eh niemand. Sein Job war es, den Chemikalienschrank abzuschließen und den Schlüssel im Büro zu deponieren. Dabei fiel sein Blick auf das Vorratsgefäß für das Kaliumcyanid, außerhalb von Expertenkreisen besser bekannt als »Zyankali«. Die teure, analysenreine Variante, die er als Vergleichssubstanz für seine Kalibrierlösungen benötigte. Nicht die technische Qualität, mit der sie die Elektrolysezellen draußen im Werk sackweise befüllten, in Mengen, mit denen man ganz Mülheim mehrfach hätte umbringen können. Da kam Fiedler eine Idee. Natürlich. Er würde dem glücklichen Paar zur Hochzeit ein Geschenk schicken.

Ein unvergessliches Geschenk.

24 Stunden später lieferte Amazon die Packung mit Schokoladen-Hohlkörpern in Herzform, genau passend zur Hochzeit. Auf der Packungsbeilage las Fiedler den Rezeptvorschlag zum Befüllen mit Orangenpaste, Amaretto und Grand Manier.

Fiedler plante indes ein etwas anderes Rezept.

In seinem Chemie-Studium hatten die Chemie der Blausäure und ihrer Salze, der Cyanide, sowie der tödliche Mechanismus ihrer Giftwirkung natürlich zur Grundvorlesung »Anorganische Chemie« gehört. Er erinnerte sich auch noch sehr gut daran, wie ihm im Praktikum ein sadistischer Assi die Aufgabe erteilte, mithilfe von sage und schreibe 250 Gramm Kaliumcyanid ein Präparat zu synthetisieren, das der für seine Doktorarbeit als Ausgangssubstanz brauchte. Und daran, wie er im »Stinkraum« des Universitätslabors schweißgebadet mit dem Zeug hantierend betete, den Tag zu überleben.

An einem der folgenden Abende, nachdem alle anderen bereits wieder vor ihm gegangen waren, machte sich Fiedler daran, sein eigenes kleines Spezialpräparat herzustellen. Er wog Portionen von je zweihundert Milligramm des tödlichen Stoffs auf der Analysewaage ab und füllte diese Portionen in die Hohlkörper. Das weiße, kristalline Pulver sah vollkommen harmlos aus, aber Fiedler wusste es besser und murmelte halblaut vor sich hin: »Das reicht auf jeden Fall, darauf könnt ihr Gift nehmen, ihr Süßen!« Den typischen Bittermandelgeschmack versuchte er durch Zugabe von möglichst viel Zucker und Honig auszugleichen. Dann deckte er die Hohlkörper mit dunkler Schokoladen-Kuvertüre ab.

Fiedler betrachtete sein Werk zufrieden und fühlte sich fast wie ein Konditormeister. Man sah dem Ergebnis seiner Mühe die tödliche Fracht nicht an. Er erwog kurz, den Chefs auch ein paar Pralinen zu kredenzen. Aber das ging natürlich nicht. Leider. Stattdessen säuberte er penibel den Laborabzug und stellte das Kaliumcyanidgefäß ordnungsgemäß zurück in den Chemikalienschrank, bevor er ihn abschloss.

Von zu Hause mitgebracht hatte er eine Tüte Luxus-Pralinen eines Mülheimer Feinkosthändlers. Die Süßigkeiten hatte er wie alle Angestellten vor Jahren vom Seniorchef als Weihnachtsgeschenk bekommen, allein für diese lächerliche Geste hätte der Alte zwei Extra-Pralinen verdient gehabt. Was für ein aufgeblasener Idiot. Fiedler hatte die Tüte nie angerührt, er machte sich nichts aus Süßem. Die Mülheimer Spezialitäten beförderte er in den Abfall und legte die Eigenkreationen vorsichtig Stück für Stück in die Tüte. Eine schöne Glückwunschkarte hatte er schon bedrucken lassen: »Herzlichen Glückwunsch. Die Kolleginnen und Kollegen des Max-Planck-Instituts wünschen dem glücklichen Paar nur das Beste, vor allem Gesundheit.« Diesen Satz fand er angesichts des Präsents überaus originell. Fiedler packte Pralinen und Karte in einen Karton, Benzows Adresse stand zum Glück im Telefonbuch.

Als Fiedler am späten Abend das Labor in der Dunkelheit verließ, atmete er schwer. Seine Lunge machte ihm wieder zu schaffen. Doch er war bester Laune. Endlich hatte ihm seine Arbeit als Chemiker wieder Freude bereitet.

Kapitel 5

»Gehen Sie bloß nie zu den Nachfeiern. Niemals. Nie«, hatte ihm sein Mentor eingeschärft. Das Wippen seines beeindruckenden Patriarchenbarts gab seinen Worten den Takt. »Sie können nur verlieren. Trinken Sie nicht, heißt es, Sie wären ein arroganter Kostverächter. Trinken Sie, heißt es am nächsten Tag schon ›Saufen kann der wie ein Loch‹. Und gehen Sie zum einen, müssen Sie auch zum anderen, kurz, Sie müssen zu allen. Und wehe, Sie gehen nur zu Hochzeiten, aber bei Beerdigungen machen Sie die Fliege. – Kurz und knapp. Niemals! Nie!«

Jetzt war Kestner auf dem Weg zur alten Kaffeerösterei zur Nachfeier. Und natürlich war es keine Beerdigung, sondern eine Hochzeit. Nicht dass er wirklich schlagende Argumente gegen seinen Mentor hatte. Er wollte sich auch nicht rausreden, dass man Wesselburen nicht mit Hamburg vergleichen konnte.

Aber, er musste da jetzt einfach hin. Oder wollte er nur? Egal. Sein Gefühl sagte ihm, dass er dahin sollte. Und wenn man ihm eins nicht zum Vorwurf machen konnte, dann, dass er seinem Gefühl zu oft das Steuer in die Hand drückte.

Kestner war froh, dass er die knappe halbe Stunde an der Elbe vor sich hatte. Zu Fuß. Zwei Kilometer Hamburg at its best. Relativitätstheorie für Emotionen, dachte er immer, wenn er die großen Pötte an sich vorbeiziehen ließ. Dabei hatte er bei den Gefühlen schon die große Klaviatur gespielt auf der Hochzeit. »Junger Bruder«, hatte der Hauptpastor ihm noch kurz in der Sakristei nicht ohne Anerkennung zugesprochen, »Sie haben echt das Zeug zur Rampensau. So, wie Sie das Trauritual hingelegt haben, habe ich selbst noch mal Lust bekommen zu heiraten.«

In der Tat, es hatte alles geklappt wie am Schnürchen. Auf den Organisten am Michel war Verlass, man durfte ihn nur nicht nerven mit modernen Liedern oder überhaupt der Idee, was er zu spielen habe. Ließ man ihm dagegen die Freiheit, dann flog er über die fünf Manuale der großen Orgel wie Kestner selbst nicht im Ansatz über die fünf Bücher Mose. Die Benzows waren klug genug, ihm die Freiheit zu lassen.

»Wir verstehen ja nicht so viel von Musik wie Sie, Herr Kirchenmusikdirektor. Aber vielleicht kennen Sie ja eine begabte Sopranistin, die Schuberts Hochzeitslied im Repertoire hat. Wobei wir natürlich gar nicht wissen, ob es da überhaupt eine Orgelfassung gibt.« Möglicherweise wusste Dr. Benzow das wirklich nicht. Aber nicht zu wissen, dass der Herr Kirchenmusikdirektor mit einer bekannten Sopranistin mit Schwerpunkt Romantik verheiratet war, und auch nicht, dass er schlicht alles auf Orgel umsetzen konnte, wenn er nur wollte, das war deutlich zu viel des Zufalls. Und jetzt wollte er und strickte dem Paar ein Musikprogramm vom Feinsten.

Nicht das erste Mal hatte Kestner gedacht, dass man neben solchen Musikern als Pastor einen schweren Stand hatte. Aber dieses Mal wollte er selbst unbedingt gut sein. Warum eigentlich? Weil er im Michel war und nicht in seiner Kirche in Nienstedten? Oder weil es sich um ein ausgesprochen wohlhabendes Paar handelte? Nein, er mochte die beiden einfach. Sie, die Frau in ihrer unaufdringlichen Schönheit, und ihn in seiner ebenso charmanten Klugheit. Er wünschte ihnen wirklich, dass sie glücklich werden würden, und wenn ihr Hochzeitstag dazu beitragen konnte, dann wollte er den Job gerne und gut machen.

Ihm hatten sie auch Freiheit gegeben. »Anna-Lena hätte auch keine Lust gehabt, sich eine Übersetzung vorschreiben zu lassen, und ich nicht, Chemielaborant zu spielen. Sie sind der Exeget und finden schon die passende Stelle für uns.« Schon wieder! Welcher Chemiker wusste schon, dass man die Beschäftigung mit den biblischen Texten Exegese nannte. Fritz Benzow hatte offensichtlich recherchiert, dass er im Alten Testament promoviert war. Dennoch hatte er sich für das Neue Testament entschieden: »Eure Liebe wachse mehr und mehr und werde reicher an Erkenntnis und Erfahrung.« Irgendwie hatte er in seiner Predigt den richtigen Ton getroffen, glaubte er. Er war bald 25 Jahre jünger als die beiden und hatte nicht versucht, ihnen die Ehe zu erklären. Angesicht seiner eigenen Ehe hatte er auch keine Basis dafür. Aber er hatte versucht, den Bogen zu spannen zwischen dem großen persönlichen Ereignis und dem Wissen der Tradition. Und mindestens jetzt hatte er den Rat seines Vikariatsmentors befolgt. »Mindestens einmal in der Predigt muss die Gemeinde lachen.« Er hatte den Witz gegoogelt »Mama, wie lange sind Papa und du eigentlich schon verheiratet?« – »Zehn Jahre, mein Kind!« – »Und Mama, wie lange müsst ihr noch?« Er wusste gar nicht, dass der Michel eine so gute Akustik hatte, wenn zweihundert Menschen lachten. Er hatte es als Aufhänger genommen, dass Erfahrung und Erkenntnis keine Rezeptbestandteile einer glücklichen Ehe sind. Erst mit der Liebe zusammen werden sie zum Dreisatz einer Ehe, die wachsen kann.

Bei der Ringsegnung hatte er gesehen, dass sogar Dr. Benzow kurz in seine Augenwinkel griff. »Der Ring ist das alte Symbol der Liebe, die keinen Anfang hat und kein Ende. … Eure Ringe werden Spuren der Einwirkung haben, aber die Form des Kreises werden sie behalten. So soll es auch mit eurer Liebe sein.« Als die beiden sich die Ringe ansteckten und ihr Eheversprechen abgaben, war die Festgemeinde wie auf Kommando aufgestanden. Die Braut war so aufgeregt, dass sie einen Moment brauchte, um sich an den Namen ihres Mannes zu erinnern. Als die beiden sich küssten, applaudierte die ganze Festgemeinde.

Noch einmal sah Kestner auf die Elbe. Er konnte den Namen des Containerschiffs nicht erkennen, aber die Aufbauten waren vierstöckig. Warum fielen ihm bei dem Anblick wieder die Erfahrungen ein? Als er auf Kehrwieder einbog, meinte er schon das Lachen und Reden aus der Kaffeerösterei zu hören. Durch die Fenster erkannte er, wie Kellner im weißen Livree mit Flaschen durch die Reihen huschten. Kestner atmete noch einmal tief durch, bevor er die Doppeltür öffnete. Die junge Dame an der Garderobe sah ein wenig verwundert aus, als unter dem Mantel das schwarze Kollarhemd sichtbar wurde. Henning hatte sich bei seinem letzten Schwedenurlaub gleich mehrere davon angeschafft. Irgendwie fand er sie praktisch. Man musste sich nicht lange als Pastor vorstellen und außerdem war man immer passend angezogen.

»Sind Sie der Pastor?«, fragte sie und schien sichtlich erleichtert, dass ihr seine Identifizierung so leicht gemacht worden war. »Das Brautpaar hat mich gebeten, ihm zu sagen, wenn Sie ankommen.« Sie winkte einem der Kellner zu und zeigte auf seinen Pastorenkragen. Der machte sich auf den Weg zum Brautpaar. Aber Fritz Benzow hatte ihn schon gesehen, flüsterte seiner Frau kurz etwas zu und ging mit seinem Champagnerglas auf ihn zu. Im Vorbeigehen nahm er noch eine Sektflöte in die Hand. Kestner sah seinen weißen Smoking mit den elegant abgesetzten schwarzen Streifen an Kragen und Brusttasche. Sein silbergraues, volles Haar schien die Mitte zwischen den Farbextremen seiner Kleidung zu bilden.

Als er kurz vor ihm stand, zögerte er einen Moment. Dann stellte er die Gläser auf einen Beistelltisch, breitete die Arme aus und nahm ihn in den Arm. An seinem Atem konnte Henning erkennen, dass er noch keinen Alkohol getrunken hatte. »Was Sie heute für uns getan haben, werden wir Ihnen nie vergessen, Herr Pastor.« Dann löste er die Umarmung, stieß die beiden Gläser mit einem Klingen aneinander und reichte ihm das Glas. Es wurde still, und alle Blicke richteten sich auf die beiden. »Liebe Freunde, es ist mir ein besonderes Anliegen, unserem Gemeindepastor Dr. Kestner für seinen Gottesdienst zu danken. Eigentlich sagt man uns Chemikern ja nach, dass wir eine Menge von Verbindungen und ihren spezifischen Reaktionen verstehen. Aber Dr. Kestner hat uns heute gezeigt, dass Erkenntnis kein naturwissenschaftliches Privileg ist. Dass Erfahrungen dazukommen müssen und vor allem Liebe, damit etwas wachsen kann. Herr Dr. Kestner, die Kirche kann stolz sein auf junge Menschen wie Sie. Bitte stoßen Sie mit mir an auf unseren Gemeindepastor, von dem wir sicher alle noch hören werden.«

Fritz Benzow hob gerade sein Glas, als am anderen Ende Anna-Lena mit dem Messer an ihr Glas stieß: »Wenn mein Fritz am Tag unserer

Hochzeit einen jungen Menschen so in den Arm nimmt, könnte das der Beginn eines echten Konflikts sein. Aber, Fritz, du bist mir mit deiner Umarmung nur zuvorgekommen. Und ich möchte ergänzen: Lieber Dr. Kestner, be our guest, today and forever.«

Kestner spürte, wie die Röte in ihm aufstieg. Aber es störte ihn jetzt nicht. Er verbeugte sich kurz, hob das Glas und sagte nur kurz: »Auf das Brautpaar!« Dann übernahm Fritz Benzow wieder: »Genießt den Abend mit uns. Erst unser kleines Menü mit frischen Meeresfrüchten und einigen Besonderheiten aus unserer ursprünglichen Ruhrgebietsküche. Dazu Musik von unserer kleinen Liveband, die gerne jederzeit eure Liedwünsche zum Tanzen entgegennimmt. Und dann sind wir besonders stolz darauf, dass unser gemeinsamer alter Chef, Prof. Kranz, und auch mein Sohn Jens es sich nicht werden nehmen lassen, ein paar Worte an uns zu richten. Ich wünsche uns allen, um es mit dem Pastor zu sagen, gute Erfahrungen!«

Zum Glück hatten sie die Ruhrgebietsspezialitäten nur auf die zwei Zwischengänge verteilt. Bei den »Ferkesboahne mit Ferkesfutt« hatte Henning noch höflich probiert, aber beim »Stelmus«, offensichtlich die Stiele von Speiserüben, war er dann endgültig ausgeschieden. Die mit Lachs und Krabben gefüllten Pilze und vor allem die Dorade auf Gemüsebett vergewisserten Henning, warum er lieber in Norddeutschland lebte. Der Abend verlief ebenso entspannt wie unterhaltsam. Die Gastgeber hatten ihn neben den anderen Ehrengast gesetzt, einen, wie er sich selber nannte, Greis, der sich als der akademische Ziehvater von Dr. Benzow und Anna-Lenas ehemaliger Chef vorstellte. Seine Rede auf das Brautpaar, die Kraft einer neuen Verbindung bekannter chemischer Ingredienzen, war geschliffen, druckreif und kurz. Unglaublich, dass dieser Mann bereits 85 Jahre alt war.

Genauso gespannt wurde der zweite Redebeitrag erwartet. Jens Benzow, der einzige Sohn von Fritz aus erster Ehe, war ebenso unscheinbar wie unsicher. Sein Anzug war grau, einzig konterkariert von einem gelben Hemd. Kestner wusste aus dem vorangegangenen Traugespräch, dass die Beziehung zwischen Jens und seinem Vater nicht immer einfach gewesen war. Jens Benzow ging nach dem Zwischengang zum Saalmikrofon an der Ausgangsseite, drehte das Mikrofon wie ein bemühter Profi, knitterte einen Zettel aus der Jacketttasche und begann abzulesen. Seine Stimme klang gequetscht, als er ansetzte: »Lieber Vater, verehrte Stiefmutter. Bei Hochzeiten gehen Träume und langgehegte Wünsche in Erfüllung. Für manche dieser Träume braucht es viel an harter Arbeit. Du, Vater, hast deinen Weg bis zum heutigen Tag über die Zeit mit deiner ersten Frau, meiner Mutter, beschritten. Danke, dass du dich in all den Jahren um den Kontakt zu mir bemüht hast. Das rechne ich dir hoch an. Aber meine wirkliche Bewunderung gilt dir, verehrte Stiefmutter. Deshalb erlaube mir, dass ich mein Geschenk in dieser Feierstunde dir zukommen lasse.«

Kestner merkte, wie eine Totenstille im Saal einkehrte. Über die ganze Festgesellschaft legte sich eine ungeheure Spannung. Jens Benzow wies mit einer einstudierten Geste auf die Eingangspforte, die sich auf sein Signal hin öffnete. Eine aufgedunsene Blondine mit onduliertem Haar, Netzstrümpfen und Lackstiefeln trat ein und hielt einen riesigen Strauß in den Händen, hinter dem ihr Dekolleté fast verschwand. In der Mitte befand sich ein immenser Kaktus, an dessen Seiten sich vergrößerte Geldscheine verschiedenster Länder herabrollten. Henning merkte, wie ein Raunen durch den Saal ging. Solche Frauen kannte jeder Hamburger von einer Straße unweit von hier. Und sie war deutlich eine von der billigeren Sorte. Fritz Benzow sah aus, als wenn er sich verstecken wollte, Anna-Lena Benzow schien in Schockstarre zu verfallen.

»Für dich, verehrte Frau Stiefmutter, geht heute ein Traum in Erfüllung, für den du lange gearbeitet hast. Du hast dich konsequent hochgeschlafen, oh Verzeihung, ich meinte hochgearbeitet, deine Sprachkenntnis eingesetzt, um dich als gebildet auszugeben, hast in einem Gemisch von Schmeichelei und Berechnung Liebe vorgetäuscht, um den geheimen Traum einer Sekretärin …«

Der Pastor hörte die ersten Rufe im Saal: »Unerhört«, »Bodenlose Unverschämtheit«, »Was fällt diesem Widerling denn hier ein …«. Er spürte, wie sich seine Muskeln anspannten. Dieser Vollidiot machte hier gerade einen ganzen Tag zunichte. Schredderte mit seinem Gift die Harmonie einer sorgfältigen und liebevollen Planung.

Jens fuhr ungerührt fort: »Du, liebe Stiefmutter, hast das Glück einer jungen Familie zerstört, hast schon als junge Frau meine Mutter in die Krankheit getrieben und ein Kind in die Chancenlosigkeit …«

Dann kam er nicht weiter. Die Blumenträgerin ging auf die Braut zu und streckte den Kaktusstrauß von sich wie eine brennende Fackel. Offensichtlich hatte sie sich für ihren Auftritt Mut antrinken müssen.

Kestner merkte, wie er nicht mehr an sich halten konnte. Er sprang auf, sein Stuhl knallte nach hinten und er ging auf die Frau zu, um sie Richtung Ausgang zu schleifen, wo Jens mit seinem breiten Grinsen stand und sie zu erwarten schien. Mit einer kräftigen Armbewegung stieß er sie von sich und raunte ihr zu: »Gehen Sie jetzt. Sie haben hier nichts mehr zu tun.« Dann ging er auf Jens zu, fasste ihn am Arm und drängte auch ihn zum Ausgang. Benzows Sohn war einen Kopf größer als der Pastor. Aber sein Oberarm fühlte sich weich an, und der Körper schien sich ohne Spannung zu halten: »Hauen Sie ab hier. Sie sind ein niederträchtiger Kleingeist, der nur auf Zerstörung aus ist. Verpiss dich, du Arsch.«

Jens Benzow ließ sich mühelos hinausdrängen, als wäre er willenlos. Als hätte irgendjemand die letzte Energie vollständig aus ihm abgesogen. Kestner bugsierte ihn vor die Tür. Er stieß ihn in die Dunkelheit mit einem letzten »Hau ab«.

Kestner kehrte zurück in den Festsaal, nachdem er Jens' schwankende Gestalt Richtung Innenstadt verschwinden sah. Im Festsaal hatte die Braut tränenüberströmt ihren Kopf auf den Tisch gesenkt. Ein Rotweinglas war umgekippt, und der Blumenschmuck aus ihrem Haar war in die rote Pfütze geglitten. Ihr Mann und eine ihm unbekannte, große Frau suchten sie zu trösten. Kestner fühlte sich jetzt ebenso kraftlos wie der, den er eben vor die Tür geschoben hatte. Aber er sah auch, dass viele Augen sich auf ihn richteten.

Er wusste nicht, woher er die Kraft nehmen sollte. Er schämte sich. Hatte er das wirklich gesagt – »Verpiss dich, du Arsch!«? Aber vor allem fühlte er sich verantwortlich. Deshalb erhob er noch einmal die Stimme, wie vor wenigen Stunden in der Kirche: »Jetzt hätte ich einen Wunsch an die Band: ›As Time Goes By‹. Vielleicht spielen sie ein paar Takte instrumental, bevor wir den Text hören: ›A kiss is still a kiss‹ und ›I love you. On that you can rely. No matter what the future brings. As times goes by.‹ Und dann lassen sie uns alle das tun, was einzig passend ist: die Liebe dieses wunderbaren Paares feiern.«

Kestner war noch bis halb eins geblieben. Die Hochzeitsfeier war nur schleppend wieder in Gang gekommen. Anna-Lena wirkte wie abwesend. Sie lehnte sich an Fritz wie ein Kind, das aus einem brennenden Haus gerettet worden war. Die große, blonde Frau hatte ihre Hand genommen und streichelte sie. Henning hatte noch viel zu viel getrunken. Aber er hatte das Gefühl, die Leere irgendwie kompensieren müssen. Die Gerüchte des kommenden Tages waren ihm egal.

Als er ging, traf er noch den alten Professor, der sich auch gerade den Mantel anzog. Als sie hinausgingen, wirkte er fast wie ein Gnom. »Junger Freund. Ich bin mir nicht sicher, ob Sie in der Kirche eine steile Karriere machen. Aber Sie sind ein großartiger Mensch. Schlafen Sie gut.«

Kapitel 6

Das Tütchen mit den Pralinen lag im Kühlschrank oben links neben der Milch. Ratlos betrachtete Anna-Lena Benzow die Verpackung mit dem Mülheimer Stadtwappen. Dann fiel es ihr wieder ein. Natürlich, das war ein Hochzeitsgeschenk gewesen, sie hatte die Tüte ja selbst in den Kühlschrank gelegt. Sollte sie jetzt eine Praline essen, verlockend sahen sie ja aus mit ihrer dunklen Kuvertüre? Andererseits würde Fritz ja gleich von seiner Joggingrunde zurückkommen. Und gemeinsam würden die Pralinen noch besser schmecken, am besten bei einer Tasse Tee im Wintergarten.

Fritz Benzow hatte den Alten Schweden am Elbstrand fast erreicht. Der 217 Tonnen schwere Findling schimmerte in der Nachmittagssonne. Wie schön war es doch an der Elbe. Schade, dass Anna-Lena nicht mitgekommen war. »Schatz, lauf du lieber allein. Ich fühle mich zu müde«, hatte sie gesagt. Wie so oft in diesen Wochen. Am Alten Schweden setzte sich Benzow kurz in den Sand und grübelte. Was war mit seiner Frau los? Sie vergaß ständig etwas. Einkaufslisten, Portemonnaie, Schlüssel. Und ihre Stimmung schwankte oft. Mal war sie gereizt wegen Nichtigkeiten. Dann wieder euphorisch, wenn er ihr einen Blumenstrauß mitbrachte.

Klar, die Szene mit seinem Sohn hatte ihr zu schaffen gemacht. Das Verhalten von Jens war durch nichts zu entschuldigen. Und dann noch die Sache mit Fiedler. Eine Woche vor der Hochzeit hatte sie ihm gesagt, dass Fiedler ihr damals Bluse und Rock zerrissen hatte. Warum habe ich ihm damals nicht die widerliche Fresse poliert, dachte Benzow, als er wieder Richtung Nienstedten lief. Wahrscheinlich hatte die Hochzeit bei Anna-Lena die Erinnerung an das Trauma der versuchten Vergewaltigung ausgelöst.

Als er im Wintergarten den gedeckten Tisch mit der Pralinentüte sah, dachte Benzow daran, wie glücklich ihn Anna-Lena machte. Und die Sache mit ihrer Vergesslichkeit würde sich schon wieder geben. Er küsste seine Frau und drapierte die Pralinen auf dem Porzellanteller. »Was für eine nette Geste von unseren einstigen Kolleginnen und Kollegen«, sagte er und schaute sich die Tüte noch einmal an. Doch dann wunderte er sich. »Feinkost Schön«. Wie konnte das sein? Der Laden hatte doch vor zwei Jahren Insolvenz anmelden müssen, auf Facebook hatte er die traurige Nachricht gelesen und sich noch gedacht: »Kein Wunder, dass die pleite sind. Ihr bester Kunde lebt ja jetzt auch in Hamburg.«

Anna-Lena griff nach der ersten Praline und schaute sich das Kunstwerk noch einmal an. Wirklich handgemacht. »Nein, nicht essen. Weglegen, da stimmt was nicht«, schrie ihr Mann plötzlich. Vor Schreck fiel ihr die Praline aus der Hand, sie zerbrach auf dem Parkettboden. »Nichts anfassen«, befahl er.

Zehn Minuten später hatte Fritz Benzow mit Einmal-Handschuhen die Pralinen in einer Kühlbox verstaut. Er klebte die Box zu, pappte einen »Vorsicht! Gift!«-Zettel mit Totenkopf auf den Deckel und fuhr mit seiner Fracht zum Institut für Lebensmittelchemie und Biochemie der Hamburger Uni in der Grindelallee, wo ein ehemaliger Kollege aus dem Max-Planck-Institut Laborleiter war. Der kam nach einer Stunde aus seinem Labor zurück: »Fritz, in dem Zeug ist jede Menge Kaliumcyanid. Eine Praline hätte euch töten können. Wir verständigen jetzt die Polizei. Aber wer aus unserem alten Laden hasst euch so?«

Über diese Frage musste Benzow nicht lange nachdenken.

Drei Tage später nahmen zwei Polizeibeamte Fiedler fest. Die Beweislage war angesichts seiner Handschrift und der Substanzen an seinem Arbeitsplatz im Labor erdrückend. Fiedler schwieg zu den Vorwürfen. Er sagte nur: »Meine Sauerstoffgeräte müssen mit. Ich habe es mit der Lunge.«

Knapp vierhundert Kilometer weiter nördlich versuchte zur gleichen Zeit Fritz Benzow, seine Frau zu trösten. Sie lag völlig aufgelöst auf dem Sofa. Erst gegen Mitternacht beruhigte sie sich wieder etwas und schlief in seinen Armen ein. Noch nie war Fritz Benzow die Endlichkeit des eigenen Lebens so bewusst gewesen. Ein Testament zu schreiben hatte er immer wieder verschoben. Doch nun würde er sich endlich kümmern. Zum Glück kannte er einen Spezialisten auf diesem Gebiet sehr gut.

Kapitel 7

Als der Airbus im Landeanflug durch die Regenwolken schaukelte, krampften sich ihre Hände um die Armlehnen. Ihr Sitznachbar flüsterte ihr aufmunternd zu: »Keine Sorge, es passiert nichts. Das sind nur harmlose Turbulenzen.« Scheiße, der hatte ihren Schweißausbruch bestimmt schon beim Start in Kos gemerkt und hielt sie für eine Passagierin mit panischer Flugangst.

Das Schlimmste: Er hatte auch noch recht. Dabei hatte sie wohl mehr gefährliche Manöver über den Wolken erlebt als die gesamte Crew. Der Flug in Afghanistan 2005 nach Kandahar, in die Hochburg der Taliban. Drei Jahre später im Irak der Flug mit dem Black-Hawk-Helikopter der US-Armee mit zwei Bordschützen, die noch vor der ersten Zwischenlandung das Feuer eröffneten. Oder 2008 beim Hubschrauber-Flug in das umkämpfte Flüchtlingslager Tché im Kongo.

Im Vergleich dazu war der wackelige Anflug auf den Flughafen Fuhlsbüttel ein Kindergeburtstag. Und doch hatte sie Angst, wie bei jedem Flug. Inklusive Magenkrämpfen und Herzattacken.

Und dann noch dieser Typ mit Hawaii-Hemd und Birkenstock-Sandalen hinter ihr, der ununterbrochen seiner Frau ins Ohr jammerte. »Wären wir doch bloß auf Kos geblieben«, brabbelte er in allen Variationen vor sich hin, seitdem der Kapitän kurz vor dem Start das Wetter in Hamburg – Nieselregen, 14 Grad – durchgegeben hatte. »Für ihren Platz in diesem Flieger hätten Tausende auf Kos alles gegeben«, hätte sie ihm gern gesagt. Aber solche Diskussionen hatte sie so satt.

Die Woche auf Kos hatte ihr wieder gereicht. Allein die Frühjogger auf dem Psalidi-Strand, die geflissentlich die Rettungswesten und die kaputten Schlauchboote ignorierten. Sich bloß nicht den schönen Urlaub vermiesen lassen durch das Elend der Flüchtlinge, die Nacht für Nacht den lebensgefährlichen Trip vom nur fünf Seemeilen entfernten türkischen Bodrum riskierten, um die Insel Kos zu erreichen. Die EU, das gelobte Land. Und die nun bei 38 Grad in Zelten hausten, während die Urlauber am schattigen Pool ihren ersten Gin Tonic bestellten. Am meisten erschüttert hatte Sora Lee das junge Ehepaar, das mit seinem Baby die Flucht aus der syrischen Kriegshölle Aleppo gewagt hatte. Und nun um Mineralwasser bettelte. Mit dem Schicksal der Familie war sie in die Reportage eingestiegen, die nun niemand lesen würde. »Wie immer ein großartiges Stück, aber wir brauchen jede Seite für die Lage der Flüchtlinge in Deutschland«, hatte der Ressortleiter bedauernd gesagt. Das vereinbarte Honorar werde man natürlich trotzdem zahlen, Ehrensache.

»Ich kann so nicht weitermachen«, dachte Sora Lee, als die Anschnallzeichen aufleuchteten. Sie watete schon wieder knietief im Dispo, die goldenen Zeiten für Freelancer waren schon lange vorbei. Wirklich golden waren sie ja eigentlich nie gewesen. Sora Lee hatte immer ums wirtschaftliche Überleben kämpfen müssen, doch so hart wie jetzt waren sie noch nie. Alle großen Magazine hatten die Etats für freie Journalisten radikal zusammengestrichen. Wobei sie sehr wohl wusste, dass sie im Vergleich zu denen, über die sie nun seit 15 Jahren schrieb, immer noch unfassbar privilegiert leben durfte.

In der Ankunftsebene blickte Thomas Müller auf den trostlosen Strauß, der in seiner rechten Hand vor sich hinwelkte. Ein Blumengeschäft wäre die bessere Wahl gewesen als die Tanke. Aber zumindest hatte er es aus der Hektik der Tageblatt-Redaktion noch rechtzeitig geschafft, die Maschine aus Kos war gerade gelandet. Müller scrollte durch die Nachrichten-App seiner Zeitung, wie fast immer an diesen Tagen ging es nur um die Flüchtlingswelle. »Erstunterkünfte alle belegt«, »Hilfsaktionen rollen an«, »Messerstecherei unter Syrern«.

Als er Sora Lee sah, den schweren Rucksack auf ihren schmalen Schultern, wusste er sofort, dass irgendetwas nicht stimmte. Dafür kannte er sie zu gut. Vor 15 Jahren, direkt nach der Journalistenschule, waren sie mal kurze Zeit liiert gewesen. Aber die Gegensätze waren zu groß gewesen. Wie sollte jemand, der schon als Pfadfinder Zelten gehasst hatte, mit einer Reporterin zusammenleben, die von Krisenherd zu Krisenherd zog? Aber sie waren, wie es ja immer hieß, gute Freunde geblieben. Nach wie vor wohnten sie sogar zusammen, wenn auch jetzt nur noch als reine Zweck-WG in der Schanze. In den vergangenen Monaten hatte er die Miete komplett übernommen, kein Problem, schließlich verdiente man gut als Ressortleiter.

»Was ist los, Sora?«, fragte er nach einem flüchtigen Kuss. »Die Arschlöcher drucken meine Geschichte über das Flüchtlingslager auf Kos nicht. War alles umsonst«, fluchte sie, als sie den Rucksack in den Golf wuchtete.

Thomas Müller wusste, dass man Sora in solchen Momenten am besten in Ruhe ließ. Als sich auf der Tarpenbekstraße der Verkehr staute, erzählte er ihr von der Hilfsaktion des Tageblatts für Flüchtlinge in Hamburg: »Unsere Leser haben sogar die Drogerie im Erdgeschoss des Verlags fast leergekauft.« »Haben die auch an Chanel N° 5 gedacht?«, fragte Sora Lee spöttisch und ärgerte sich sofort über sich selbst. »Tut mir leid, das war ein blöder Spruch. Ich weiß ja, dass ihr es mit den Flüchtlingen wirklich gut meint. Ich bin einfach nur noch müde.«

Dreißig Minuten später stand sie unter der Dusche, seifte sich wieder und wieder ein. Ihr Ritual nach ihren Einsätzen, um mit dem Staub auch die Erinnerungen abzuschrubben. Doch das gelang ihr immer schlechter. Wie mochte es dem Baby jetzt wohl gehen? Würde man die kleine Familie wieder abschieben? Sie hatte beobachtet, wie griechische Polizisten in dem Chaos die Nerven verloren und um sich schlugen.

Nach der Dusche betrachtete Sora, wie jedes Mal nach ihrer Rückkehr in ihre Wohnung, die Fotos auf ihrer Kommode. Links standen die Bilder ihrer Mutter. Wie schön sie war. 1966 war sie mit gerade 21 Jahren nach Deutschland gekommen. Eine von zehntausend südkoreanischen Krankenschwestern, die sich zum Dienst im bundesdeutschen Gesundheitswesen verpflichtet hatten. Ein Flieger hatte sie in Frankfurt ausgespuckt, ein VW Bulli dann nach Harburg gebracht. Gleich am nächsten Tag begann sie ihre Arbeit in einem Altenheim. Windeln wechseln, Betten beziehen, Essen reichen. Mies bezahlt, aber dennoch geradezu luxuriös im Vergleich zum Verdienst in ihrer Heimat. Mit eiserner Disziplin hatte sie, obschon krank vor Heimweh, jeden Abend Deutsch gebüffelt. 15 Jahre später war sie Pflegedienstleiterin – und schwanger mit Zwillingen. Niemandem hatte sie je verraten, wer der Vater war. »Leider ein Blödmann. Aber Sora, Myung und ich kriegen das auch allein hin, wir brauchen keinen Mann«, sagte sie stets.

Myung. Auf Südkoreanisch so etwas wie »der Helle«, »der Strahlende«. Wie treffend. Jede Faser seines Gesichts strahlte grenzenlose Zuversicht aus. Myung hatte nie gegrübelt, für ihn war das Glas immer halb voll, nie halb leer gewesen. Wenn sie in der Grundschule wieder als »Schlitzaugen« gehänselt wurden, hatte Myung nur gelacht: »Unsere Augen sind unser Glück. Wir sehen viel schärfer als ihr.« Später auf dem Gymnasium hieß Myung nur noch Bruce, den Nachnamen Lee hatten sie ohnehin mit dem Kampfkünstler gemein. Ihr Bruder zählte zu den größten deutschen Judo-Nachwuchshoffnungen. Abseits der Judo-Matte war Myung indes so friedfertig, dass Sora völlig überrascht war, als Myung nach dem Abi erklärte: »Ich gehe zur Bundeswehr.« Drei Jahre später meldete er sich freiwillig zum Einsatz in Afghanistan. Er ließ sich weder von seiner Schwester noch von seiner Mutter umstimmen. »Das ist eine wichtige Mission. Wir müssen die Bevölkerung vor den Taliban schützen.« Beim Abschied hatte er noch gelacht: »Mama, was soll mir denn schon passieren?«

Sora Lee kamen die Tränen, wie immer, wenn sie an den 7. Juni 2003 zurückdachte. Am Vorabend hatten sie noch telefoniert: »Morgen komme ich heim. Ich freue mich so auf euch.« An diesem verfluchten 7. Juni hatte Sora ihren ersten Arbeitstag als Volontärin in der Politikredaktion des Tageblatts. Am Mittag las sie die Eilmeldung: »Selbstmordattentäter tötet in Kabul vier deutsche Soldaten«. Sie raste sofort nach Hause und wusste instinktiv, dass ihrem Bruder etwas passiert war. Vor ihrem

Wohnblock in Harburg parkte ein Fahrzeug mit Bundeswehrkennzeichen. Im Wohnzimmer saß ihre Mutter wie erstarrt zwischen vier Offizieren.

150 Kilogramm Sprengstoff, verborgen im Kofferraum eines Lada, hatten den Bus mit den heimkehrenden Soldaten auf dem Weg zum Flughafen zerfetzt. 29 deutsche Soldaten wurden verletzt, vier starben. Einer der vier war Myung. Die Explosion spaltete seinen Kiefer und trieb Splitter tief in seinen Brustkorb. »Er war sofort tot, er musste nicht lange leiden«, sagte der Militärseelsorger. Worte des Trosts, wo es keinen Trost geben konnte.

Die Tage erlebte Sora Lee wie in einem Film. Die Trauerfeier mit den vier aufgebahrten Särgen, umhüllt mit Truppenfahnen, auf denen die Fotos der gefallenen Soldaten standen. Die Kanzlerin kondolierte, der Verteidigungsminister sagte, Myung habe Deutschlands Sicherheit mit seinem Leben am Hindukusch verteidigt. Als das Lied »Ich hatte einen Kameraden« erklang, stand Sora Lees Mutter auf und rief den hinter ihr sitzenden Offizieren zu: »Ihr habt mir meinen Sohn genommen.« Dann verließ sie die Kirche, Sora eilte ihr hinterher. Doch die Mutter wollte sich nicht von ihr trösten lassen. »Ich möchte jetzt allein sein.«

Vier Wochen später flog Sora Lee mit einer Gruppe Angehöriger auf Einladung der Bundesregierung nach Kabul. Sie besuchten das Camp, in dem Myung und seine Kameraden gedient hatten. An dem Ort des Anschlags legten sie einen Kranz nieder. Soras Mutter wollte nicht mitfliegen: »Mach du das, ich schaffe das nicht.« Die meiste Zeit saß sie im Sessel und blätterte in alten Fotoalben, ihre Hausärztin hatte sie krankgeschrieben. Doch psychologische Hilfe lehnte sie strikt ab: »Ich mache das mit mir aus.«

Sora stellte das Foto ihrer Mutter zurück und nahm die Henri-Nannen-Büste in die Hand. Vier Monate nach Myungs Tod hatte sie den wichtigsten deutschen Journalisten-Preis für ihre Tageblatt-Reportage »Mein gefallener Bruder« erhalten. Noch in der Gala-Nacht bot ihr der »Spiegel«-Chefredakteur einen Job an, Sora wechselte vom Tageblatt zum Nachrichten-Magazin als Reporterin. Sie brauchte den Wechsel auch zur Bewältigung ihrer Trauer. Und ihre Mutter schien ebenfalls so etwas wie Zukunft zu erahnen. Sie arbeitete wieder als Pflegedienstleiterin im Heim. Konnte es so etwas wie ein Leben nach Myungs Tod geben?

»Ich hätte es besser wissen müssen«, dachte Sora. Der 7. Juni 2004 würde ihr Leben für immer in ein Vorher und Nachher teilen. Sie hatte ihre Mutter abholen wollen, um an Myungs erstem Todestag gemeinsam zum Ohlsdorfer Friedhof zu fahren. Als der Türsummer nach ihrem Klingeln stumm blieb, rannte sie voll böser Vorahnung nach oben, noch immer hatte sie ja einen Schlüssel für Mamas Wohnung. Ihre Mutter lag auf der Couch, die geöffneten Tablettenschachteln neben ihr – im Medikamentenschrank des Altenheims hatte sie sich den passenden Suizid-Cocktail zusammengestellt. Ihr Abschiedsbrief war nur vier kurze Sätze lang. »Meine Kleine, ich konnte nicht mehr. Niemand hat Schuld. Verzeih mir. Bleib behütet.«

Eine Woche nach der Beerdigung bat Sora Lee den »Spiegel«-Chefredakteur um Auslandseinsätze als Reporterin. Was hielt sie noch in Hamburg? Stattdessen Afghanistan, Irak, Sudan, Somalia, Kongo. Immer wieder raus zu den Brennpunkten der Welt. Und doch hasste sie ihren Jobtitel als Kriegsreporterin. Als wenn sie süchtig nach Kugeln und Bomben wäre. »Ich bin Krisenreporterin«, sagte Sora Lee stets. Nach zwei Jahren spürte sie, dass sie nur noch selbst entscheiden wollte, wohin ihre nächste Reise führen und wie lange sie sein sollte. Freelancerin, so nannte man das. Aber war sie wirklich frei?

Sora Lee schaute auf die Uhr, grifft nach ihrer Jacke und ging in die Bar im Erdgeschoss, wo sie sich mit Thomas verabredet hatte. Zum Glück war ihr Tisch in der Ecke noch frei. »Du bist aber braun geworden! Hattest du einen schönen Urlaub?«, fragte der Barkeeper. Sora nickte nur, immer noch besser als dieses »So-etwas-Gefährliches-könnte-ich-ja-nicht-machen«-Gequatsche, wenn sie bei Partys von ihren Reportagen aus Afghanistan erzählte.

Am Nebentisch unterhielten sich zwei Frauen über die Laktose-Intoleranz ihrer Kinder: »Stell dir vor, die Erzieherin, diese blöde Kuh, hat Moritz doch glatt wieder Kakao mit Milch gegeben. Jetzt hat er so schlimmes Bauchweh.« Am liebsten hätte Sora Lee ihnen gesagt: »Interessant. 3000 Kilometer südöstlich von hier kämpft übrigens gerade ein Baby bei glühender Hitze um ein paar Tropfen Wasser.«

Vielleicht, dachte Sora, passe ich einfach nicht mehr hierher. In eine Welt, wo die Suche nach einem Kita-Platz zu einem existenziellen Problem hochgejazzt wurde. Und wo man stundenlang debattierte, ob man noch Kuhmilch trinken dürfe. Zu viele Bilder hatten sich in ihr eingebrannt. Das Mädchen, zehn Jahre vielleicht, das im Kongo auf eine Mine getreten war und vor ihren Augen verblutete. Der junge Soldat in Afghanistan, dessen Beine bei einem Angriff der Taliban zerfetzt wurden. Und nun das wimmernde Baby in Kos, mittendrin in der sogenannten zivilisierten Welt.

»Nimmst du auch noch ein Bier?«, fragte Thomas und holte sie aus ihren Gedanken. Sie hatte gar nicht gemerkt, dass er inzwischen in die Bar gekommen war. Natürlich trug er wieder Jeans und ein weißes Hemd. Als sie zusammen waren, hatte sie ihm das ein oder andere bunte Hemd gekauft. Er zog sie nur widerwillig an, das hatte sie immer gespürt. Andererseits mochte sie ihn auch genau deshalb. Äußerlichkeiten waren ihm egal, ihm ging es nur um die beste Geschichte für das Tageblatt. Und er kämpfte für seine Leute, das hatte sie immer an ihm bewundert. Mit ihrer Mutter hatte er sich glänzend verstanden. »Mama, am besten heiratet ihr beide, ihr passt zusammen«, hatte sie einmal spöttisch gesagt. Gerade jetzt, wo sie so etwas wie Halt und Heimat suchte, war sie so froh, dass sie ihn als Freund hatte. Verlässlich. Anständig. Klug.

»Was hast du denn jetzt als Nächstes vor?«, fragte er. Typisch Thomas, dachte Sora. Noch nie hatte er sich treiben lassen können, in ihrem gemeinsamen Urlaub auf Sardinien vor vielen Jahren war er sogar am Vorabend schon mal die nächste Etappe abgefahren, um zu schauen, ob das gebuchte Hotel auch wirklich in Ordnung ist. Das hatte sie oft genervt. Aber jetzt tat ihr das gut: »Ganz ehrlich, ich weiß es nicht. Ich telefoniere morgen mal meine Auftraggeber ab.«

»Vielleicht habe ich ja was für dich«, sagte er und legte einen Umschlag mit Zeitungsausschnitten auf den Tisch. »Es gibt nächste Woche einen spektakulären Prozess in Duisburg. Ein Chemiker aus Mülheim hat versucht, einen Chemiker in Hamburg mit Pralinen zu vergiften. Ich hätte gern, dass du diesen Prozess für uns übernimmst.«

Kapitel 8

Natürlich wusste sie, wo und wie sie unterschreiben musste. Genauso wie sie wusste, dass bei diesem aufgedunsenen Notar nichts stimmte. War er überhaupt Notar? Er hatte irgendwas von »Vertreter« gefaselt. Passte auch viel besser zu dem lächerlichen Auto-Emblem auf seiner Krawatte, die sich unterhalb seines Doppelkinns aus dem zu engen Knoten herausquälte. Warum war denn Dr. Lenzin nicht selbst gekommen? Er ließ es sich doch sonst nie nehmen, alles mit ihnen persönlich zu besprechen. Dieser sonderbare Vertreter hatte sich ihnen vorgestellt, irgendein norddeutsch oder dänisch klingender Name.

Sie lächelte zu Fritz hinüber. Er musste die Krawatte auch gesehen haben. »Ich liebe es, wenn Menschen ihre Bedeutung direkt auf der Brust ausstellen. Egal ob Orden oder Krawatten.« Er hatte das am Abend nach der Welcome-Party in ihrem neuen Haus gesagt, als sie die neuen Nachbarn hatten Revue passieren lassen.

Gelangweilt sah sie zu dem jungen Mann, der sich beim Vorlesen der endlosen Urkunde zu gefallen schien. Zwischendurch unterbrach er sich immer wieder und gab ihnen irgendwelche sinnfreien Erläuterungen, die sie so wenig verstand wie die verlesene Urkunde. Es interessierte sie auch nicht. Sie wusste, dass Fritz sich in ihrer Ehe um so etwas kümmerte.

»Frau Benzow, abschließend und zusammenfassend gesagt: Dieses Testament sichert Sie vollumfänglich ab. Ein Großteil Ihres gemeinsamen Vermögens ist zwar nach ihrem Willen bereits in die Stiftung ›polis et mare‹ überführt. Aber das hier, in diesem Testament aufgeführte Vermögen, neben der Villa die erwähnten Aktien und Anlagen, werden Ihr

Leben sicher hinreichend absichern. Und auch dieser Vermögensteil wird nach diesem Testament mit Ihrem Ableben, gnädige Frau, an die Stiftung übergehen. Bis dahin haben Sie aber volles Verfügungsrecht. Die Vorsorgevollmacht auf den Namen von Dr. Lenzin gilt zwar juristisch gesehen unmittelbar, ist aber nur gedacht für den unwahrscheinlichen Fall der Geschäftsunfähigkeit. Ich erlaube mir den fachlichen Hinweis, dass Sie, Herr Dr. Benzow, sich für den nicht zu erhoffenden Fall einer Trennung von Ihrer Frau nicht hinreichend abgesichert haben. Aber dafür werden Sie sicher Ihre Gründe haben.«

Anna-Lena konnte sehen, dass Fritz seinen Ärger nur noch schlecht beherrschen konnte. »Habe ich«, sagte er nur kurz angebunden. »Können wir, Herr Notarsvertreter, jetzt endlich zur Unterzeichnung kommen? Oder haben Sie noch etwas Erhellendes zu sagen?«

Mit einem säuerlichen Lächeln reichte der junge Mann ihnen den Füllfederhalter, den Dr. Lenzin auch beim letzten Mal benutzt hatte. »Füllfederhalter in der Größe einer Handgranate unterstreichen die Bedeutung unseres Amtes, insbesondere hier in Schleswig-Holstein«, hatte ihnen Dr. Lenzin damals erklärt. Er hatte noch erzählt, dass man eine besondere, dokumentenechte Tinte verwenden musste, wenn man wie er aus Nostalgie an der Unterzeichnung mit einem Füller festhielt. Anna-Lena wollte ihm nicht widersprechen, aber sie hatte ohnehin nie verstanden, wie man einen fremden Füllfederhalter für wichtige Unterschriften nehmen konnte. Eine gute Feder schrieb man selbst ein, oder sie wurde einem von einem Fachmann eingeschliffen.

Wieder musste sie, wie so oft in letzter Zeit, an ihren Vater denken, als sie den Füller aufdrehte. Sie hatte manchmal neben ihm gesessen, wenn er am Sonntagnachmittag seine Mappe vom Büro mit nach Hause nahm und, wie er sagte, »Unterschriften leistete«. Nie war er dazu schludrig gekleidet. Er schraubte seinen alten Reservoirfüller auf und setzte seine schwungvolle Unterschrift an. Nie hörte man die Feder auf dem Papier. Und immer sahen die Buchstaben gleich aus. Sie reihten sich wie zum Tanz, in immer gleicher Formation. »Seine Unterschrift leisten« – bei Papa passte das.

An einem dieser Sonntage hatte sie Vater gebeten, ihr auch seine Unterschrift beizubringen. Er hatte gelacht und ihr erklärt, dass jeder Mensch seine eigene Unterschrift habe. So wie einen eigenen Namen, sein eigenes Aussehen, seine eigene Stimme. Er hatte aus der Stiftablage einen weichen Bleistift herausgenommen und in seiner akkuraten Schrift die Buchstaben vorgeschrieben:

A-n-n-a – L-e-n-a W-e-e-n-t-r-i-g.

»Nun musst du deinen eigenen Weg finden, die Buchstaben zu verbinden. So, dass du in einem Zug durchschreiben kannst. Zwischen den Wörtern hebst du nur kurz ab. Eine kleine Pause für den neuen Schwung.«

Sie hatte lange geübt. Es war im Sommer vor ihrem zweiten Schuljahr gewesen. Sie war die Beste im Lesen und im Schreiben. Und jetzt auch im Unterschreiben. In einem Zug, eine einstudierte Tanzformation, voller Kraft bis zum letzten Buchstaben.

Sie lächelte bei der Erinnerung. Dann schraubte sie den zu schweren Füllfederhalter auf, versuchte die Feder so anzusetzen, dass sie nicht kratzen würde, und schrieb unter die Signatur von Fritz: Anna-Lena Weentrig. Es war ihr nicht so gut gelungen wie damals. Aber etwas von dem alten Schwung hatte sie sich doch bewahrt.

Warum sah der dickliche Notar so sonderbar zur Decke? Auch Fritz' Blick hatte etwas Verlegenes. Er wollte etwas sagen, als der Krawattentyp sich mit einem gequälten Lächeln erhob: »Sie haben vollkommen recht, Frau Benzow, bei vielen Beurkundungen setzen Frauen ihren Mädchennamen hinzu. Aber in diesem Fall reicht Ihr Ehename. Ich gehe schnell und drucke die letzte Seite noch einmal aus.«

Als er den Raum verlassen hatte und die Tür sich hinter ihm schloss, legte Fritz seine Hand zärtlich auf die ihre. Sie konnte die Altersflecken nicht mehr zählen, die sich wie kleine Inseln zwischen den Adern und Knochen gebildet hatten, aber sie spürte die Wärme seiner Hand. Durch die Tür hörten sie ein schallendes Gelächter, dann kehrte dieser unangenehme Mensch mit einem unterdrückten Lächeln auf den Lippen zurück.

Als sie endlich wieder auf dem Rückweg von Wedel aus waren, kam keiner von ihnen mehr auf die unangenehme Szene zu sprechen.

Drei Tage später sagte sich Dr. Lenzin bei ihnen zum Besuch an. Er kam mit einem riesigen Blumenstrauß und einer Flasche Champagner. »Nein, keine Sorge, das ist jetzt nicht die Beigabe zur Rechnung. Die kommt mit der Post. Ich wollte mich nur bei euch entschuldigen. Es ist mir wirklich peinlich, dass Herr Jessen sich so vor euch aufgespielt hat. Er wird einmal ein ausgezeichneter Stiftungsrechtler werden, aber menschlich muss er noch deutlich dazulernen.«

Als Fritz wenig später Dr. Lenzin zur Tür begleitete, konnte sie noch einige Wortfetzen auffangen: »… mache mir Sorgen … kann es sein, dass … krank …«. Wahrscheinlich sprachen sie über einen gemeinsamen Golf-Freund. Sie hatte schon lange den Eindruck, dass Golf sich immer mehr zum Sport für Hochbetagte entwickelte.

Kapitel 9

Das Wetter in Hamburg war besser als sein Ruf. Was andererseits aber auch nicht schwer war, denn der Ruf war grottenschlecht. Aber heute konnte es Hamburg sogar mit der Bodenseeregion aufnehmen. Kestner mochte es, wenn die letzten Sommertage sich verabschiedeten und die ersten Winde aufkamen. Er setzte sich auf sein Rennrad. Es kam ihm ein bisschen lächerlich vor für den knappen Kilometer zu den Benzows. Er sah auch jetzt nicht aus wie sein Vorbild Marco Pantani. Aber immerhin die Leidenschaft für das Radfahren und die Glatze verbanden die beiden miteinander. Zum Glück hatte ihn aber auch niemand wie Pantani »Elefantino« genannt, die Segelohren waren ihm erspart geblieben.

Er hatte die Benzows eine ganze Zeit nicht gesehen. Sie waren nach der Hochzeit zwei Monate ins Tessin gereist. Aus den Augen verloren hatten sie sich schon deshalb nicht, weil Fritz Benzow gelegentlich anrief und ihn darauf ansprach, ob er denn die Stiftung nicht näher kennenlernen wolle. Vor zwei Wochen waren sie sogar zu ihm in den Gottesdienst gekommen. Beim Hinausgehen hatten sie ihn angesprochen: »Haben Sie nicht Lust, Herr Pastor, uns mal wieder zu besuchen? Wir haben einiges umgebaut und vor allem den Garten neu gestaltet.«

Kestner hatte zugesagt, aber dann war wieder so viel dazwischengekommen. Nach zwei Wochen hatte er sich endlich zu einem Hausbesuch angekündigt. »Hausbesuch«, das war auch so ein typisch kirchlicher Ausdruck, der eher an einen Makler denken ließ als an einen Pastor. Egal. Er hatte Anna-Lena Benzow am Apparat gehabt. Sie klang fröhlich und sprach mit ihrer hellen Stimme: »Wie schön, dass Sie sich melden. Also Frühstück, Kaffeetrinken oder Abendessen?« Er hatte sich für den Kaffee entschieden. Morgens saß er gern am Schreibtisch, und die Abende waren immer mehr durch dienstliche Termine belegt. Außerdem hatte er die Hoffnung, bei einem Kaffee nicht wieder auf eine Ruhrgebietsspezialität zu stoßen.

Das Tor zum Grundstück der Benzows war bereits offen. Henning sah, dass es noch das alte Tor der Vorbesitzer war. Oldstyle, schlichtes Holz, olivgrün gestrichen und ohne Motor. Aber ansonsten war der Vorgarten komplett umgestaltet. Dominiert wurde er von einer großen Wildblumenwiese, die kaum sichtbar von einem eingegrünten Weg zur Garage und zum Eingang umsäumt wurde. Kestner stieg vom Fahrrad ab und schob es über das Rasengitter. Nicht schlecht, dachte er, sie haben den Protz durch Geschmack ersetzt.

Anna-Lena Benzow öffnete die Tür, sie musste ihn gesehen haben. »Herr Pastor, herzlich willkommen. Hier neben dem Eingang haben wir einen Fahrradständer, wenn Sie wollen.« Sie führte ihn durch die Eingangshalle in das Wohnzimmer. Die Flügeltüren zum Garten standen offen. »Wir haben uns gedacht, dass wir das schöne Wetter nutzen, und haben draußen eingedeckt. Sonne- oder Schattenplatz zur freien Auswahl.« Kestner griff sich an den kahlen Schädel: »Schatten oder Rennfahrer-Cap – Sie haben die Wahl.«

Anna-Lena Benzow quittierte das Angebot mit ihrem ansteckenden Lachen. Dann rief sie in Richtung eines Nebenzimmers: »Fritz. Unser Pfarrer ist da. Kommst du?« Kestner musste lächeln. »Pfarrer« sagte hier im Norden in der evangelischen Kirche keiner. Aber er wusste, dass das in vielen Kirchen ein heiliger Unterschied war. Pastor war man, wenn man noch keine eigene Gemeinde hatte, dann wurde man Pfarrer und meistens besser bezahlt. Keine Organisation ohne Ordnung eben.

Fritz Benzow trat aus einer Mahagonitür auf der gegenüberliegenden Seite des Kamins. Diesmal zögerte er nicht und nahm Kestner direkt in den Arm: »Warum fällt mir bei Ihnen die Anrede so schwer? Ich schätze Sie als Pastor. Den Doktor kann ich mir eh sparen, und Kestner finde ich klar besser als Benzow. Aber, wenn Sie nichts dagegen haben, würde ich Ihnen gerne das Du anbieten.« Kestner hatte nichts dagegen, auch wenn sein Mentor dazu vermutlich wieder eine andere Meinung gehabt hätte. Fritz Benzow drehte sich zu einer kleinen Anrichte um, auf der ein Tablett mit drei Champagnergläsern stand. Daneben eine Flasche Champagner. »Natürlich können wir Ihnen auch einen alkoholfreien Sekt anbieten«, sagte Anna-Lena Benzow. »Aber«, fiel ihr Fritz ins Wort, »als Chemiker würde ich in erster Näherung glatt mal behaupten, dass der Herr Pastor bei seiner Statur den aus dem Genuss von zwei bis drei Gläsern Sekt resultierenden Blutalkoholspiegel in drei Stunden locker abgebaut hat, und ich hoffe sehr, dass er so viel Zeit mitgebracht hat.«

»Danke, dass Sie nach meinem Alkoholkonsum bei Ihrer Hochzeit noch meinen, mich mit solchen Berechnungen überzeugen zu müssen. Also, sehr gerne, auch zum ›Du‹.« Sie stießen miteinander an, tauschten die ohnehin bekannten Vornamen aus und setzten sich dann in den Garten.

Es gab Pflaumenkuchen mit reichlich Sahne. Den Kaffee gab es French Press. Kestner wäre ein Filterkaffee lieber gewesen. Schön schwach und in großen Mengen, das hatte er sich seit Studentenzeiten nicht mehr abgewöhnt. Sie sprachen eine Zeit über die Hochzeitsreise, die Umbauarbeiten, den Kuchen, das Hamburger Wetter, bevor Henning die Frage nicht mehr an sich halten konnte. »Habt ihr den Auftritt von Jens gut überwinden können?« Henning sah, wie sich Fritz an die Stuhllehne flüchtete. Anna-Lena Benzow sah fast wie eine Schülerin aus, als sie sich auf dem Stuhl aufrecht setzte: »Es gibt in jeder Beziehung Punkte, bei denen man nicht zueinanderkommt. Fritz hält seinen Sohn einfach für einen unreifen Heißsporn ohne Kinderstube. Ich würde da wesentlich weitergehen und begreife den Hass nicht, den Nils so offen gegen mich zeigt. Ich glaube, er braucht eine klare Grenze, damit er sich jedenfalls aus meinem Leben schlicht heraushält.«

Hatte sie gerade »Nils« gesagt? Er hatte sich eben schon gewundert, dass sie manchmal lange nach Worten suchte. Aber in der Sache bewunderte Kestner die Klarheit, mit der sie sich über Jens äußerte. Um zu merken, dass er sich hier auf einem weiterhin verminten Feld befand, musste man nicht Seelsorger sein. Fritz Benzow war sichtlich daran gelegen, das Thema zu wechseln, schien aber nicht zu wissen, wie er es anstellen sollte. Seine Frau kam ihm zuvor: »Wisst Ihr was? Ich lasse euch jetzt mal eine Zeit allein. Fritz hat ja ohnehin sein ganz eigenes Anliegen an dich, Henning. Ich schau währenddessen mal, ob ich nicht einen Zwiebelkuchen vorbereiten kann, der für uns alle reicht. Und Fritz kann dir dann vorrechnen, ob du nach einem Federweißen noch fahrradtauglich bist.« Bei dem letzten Satz lächelte sie Fritz an. Kestner war erleichtert, es zu sehen.

»Ach, es ist eigentlich kein großes Ding, wonach ich dich fragen wollte. Meine Stiftung wird jetzt fünf Jahre alt. Es hat einige personelle Veränderungen gegeben. Wir haben einen neuen Juristen an Bord, und für Anna-Lena wird es manchmal zu viel. Du weißt, ich würde dich sehr gerne möglichst bald in unseren Stiftungsvorstand aufnehmen. Aber das kannst du dir überlegen, während du endlich einmal von dir erzählst. Über uns weißt du ja schon alles seit dem Traugespräch.«

»Über euch vielleicht schon ein bisschen, über dich aber noch nicht wirklich. Aber ich kann gerne mal anfangen. Was interessiert dich?«

»Eigentlich alles. Bis auf das, was man so im Netz rausfindet. Obwohl, als ich gelesen habe, dass du über ›Jakob und Esau‹ promoviert hast, kam mir schon die Frage: Wie kommt man denn auf so was? Aber fang doch gerne an, wo du willst.«

Kestner sortierte einen Moment seine Gedanken: »Irgendwie hängen deine Fragen ja zusammen. Angefangen hat alles mit meiner Liebe zu alten Sprachen. Ich bin hier in Hamburg aufs Johanneum gegangen. Latein ist mir schlicht leichtgefallen. Und dann habe ich Griechisch dazugenommen. Im Unterschied zum Latein musste ich mich jetzt nicht mit Caesars Gallischem Krieg oder Ovids Liebeslyrik rumschlagen, sondern konnte inhaltlich interessante Texte lesen: Aristoteles, Platon. Lange Zeit habe ich gedacht, ich sollte Philosophie studieren. Lehrer zu werden hat mich dabei nicht gereizt. Was ich mit der Philosophie beruflich machen sollte, wusste ich auch nicht. Und dann kam eine zweite große Liebe dazu, dachte ich jedenfalls.«

»Du hast dich in eine Referendarin verliebt, die aus Israel kam«, schlug Fritz Benzow mit einem Lächeln vor.

»Fast. Immerhin fing es auch ziemlich dramatisch an. Mein großes Hobby war Rennradfahren. Ich hatte ein ziemliches Trainingspensum. Mein großes Vorbild war ein italienischer Radprofi, der als absoluter Bergspezialist galt und bis heute einige Steigungsrekorde hält. Aber bei allem, was uns auch sonst verband, er war von klein auf mit Bergen gesegnet. Und ich hatte nur die Harburger Berge. Bei einer meiner Touren kam eine Bracke aus einem Waldstück geschossen und lief mir glatt ins Fahrrad. Ich versuchte auszuweichen und stürzte. Den Hund dagegen hatte ich komplett verschont, was der mir wiederum dadurch dankte, dass er mir in die ohnehin verschrammte Wade biss. Kurz nach dem Hund kam ein Blondschopf aus dem Wald, dem in aller Verlegenheit nichts anderes einfiel, als zu sagen: »Das macht er doch sonst nicht.« Die junge Dame, so stellte sich bald heraus, hieß Astrid.«

»Der Name deiner Frau«, zeigte sich Fritz Benzow wieder gut informiert.

»Ja, meine spätere Frau. Sie war damals 16 und absolute Hundenärrin und ich 17 und hatte seitdem eine Heidenangst vor allen Hunden. Astrid hatte damit ihren ersten Auftrag und versuchte mir die Hundeangst abzutrainieren. Ich war total verknallt und akzeptierte jede Therapie, um in ihrer Nähe zu sein. So lernte ich ihre Familie und vor allem ihren Vater kennen, der Pastor in Heimfeld war. Auf mich übte das Leben der Pastorenfamilie von Anfang an eine ungeheure Faszination aus. In Magnus, Astrids Vater, fand ich den Vater, den ich selbst nie gehabt hatte. Und er, der in Astrid eine selbstbewusste Tochter hatte, die sicher wusste, dass sie mit Glauben und Kirche nichts zu tun haben wollte, fand in mir den Sohn, den er sich vielleicht auch immer gewünscht hatte.«

»Und während deine Astrid dich zum Hundeliebhaber therapiert hast, hast du sie mit der Kirche versöhnt.«

»Na ja, so ganz hat beides nicht geklappt. Aber dazu vielleicht ein andermal. Jedenfalls lernten Astrid und ich uns nicht nur lieben, sondern ich hatte plötzlich mein Rollenmodell: Pastor mit philologischem Interesse oder, dachte ich damals, besser noch: Hochschullehrer mit Latein und Griechisch.«

»Hört sich nach einer guten Entwicklung an. Irgendwie warte ich auf das ›Aber‹.«

»Das kommt noch, aber erst einmal wurde alles noch besser. Nach dem Abi ging ich nach Erlangen zum Theologiestudium. In Erlangen hatte Magnus auch studiert. Dort musste ich die letzte alte Sprache noch lernen: Hebräisch. Und diese Sprache hat mich wirklich erwischt. Hebräisch hat nichts von der trockenen Systematik des Lateinischen, keine passige Logik wie das Griechische. Hebräisch ist eine poetische Sprache. Man muss sie hören, um sie zu verstehen. Sie ist eine existenzielle Sprache. Eine Sprache, in der schon die Begriffe eingefrorene Bilder sind. Kurz und knapp. Ich war verfallen und bin es heute noch. Du kannst mir einen Text aus dem Alten Testament, oder wir Theologen sagen lieber: dem 1. Testament, geben, und ich bin für die nächste Stunde weg.«

Fritz nickte, als wenn er das aus eigener Erfahrung kennen würde. Henning wusste, dass auch er an einem humanistischen Gymnasium gewesen war. Hatte man zu seiner Zeit etwa auch noch Hebräisch gelernt? Aber Fritz erklärte sein Nicken selbst: »Zu Beginn meines Studiums habe ich das auch erlebt. Die Faszination der organischen Chemie. Zeit und Stunde spielten keine Rolle mehr, wenn ich irgendeine Spur verfolgte.«

»Genau. Und vielleicht hast du auch die gleiche Erfahrung gemacht. Man stößt auf Menschen, die diese Faszination teilen, so sehr, dass Altersunterschied und Stellung keine Rolle mehr spielen. Mein späterer Doktorvater war so ein Mensch. Ich wurde seine studentische Hilfskraft, war Teilnehmer seines Doktorandenkolloquiums, als ich noch im fünften Semester war, und wurde später sein Assistent. Er hätte gerne gesehen, wenn ich eine wissenschaftliche Laufbahn eingeschlagen hätte, eventuell sogar sein Lehrstuhlnachfolger geworden wäre.«

»Hätte … wäre – was ist schiefgegangen?«

»Bis zur Promotion eigentlich noch gar nichts. Prof. Voigt, so hieß mein Doktorvater, stieß mich auf die Auslegung der Bibelstellen zum Jakob-Esau-Konflikt. Du weißt, die zwei ungleichen Zwillinge, die sich um das Erstgeburtsrecht gestritten haben. Damals, 2005, gab es eine hitzige Debatte um die Ursprünge des Antisemitismus. Voigts an sich kluger Plan war, dass ich die Motive der Erzählung einmal historisch-kritisch aufarbeiten und zum anderen die Wirkungsgeschichte, besonders in der antisemitischen Auslegung, darstellen sollte.«

Fritz sah ihn etwas verständnislos an: »You've lost me!«

Henning merkte, wie seine Begeisterung zunahm, als er erzählte: »Ich gebe dir ein Beispiel. Von den beiden Zwillingen wird erzählt, dass sie sich schon im Mutterleib gestritten haben. Esau, stark und rotbehaart, wurde dann zuerst geboren. Der etwas schwächliche Jakob, der später den Namen Israel erhielt, kam als Zweitgeborener zur Welt. Er hielt sich an der Ferse seines Bruders, sozusagen als Geburtshilfe, fest. Dieses Motiv der Ferse kommt in der Antike zahlreich vor, am bekanntesten ist die Achillesferse. Es hat die unterschiedlichsten Bedeutungen. Aber in der antisemitischen Auslegung wird es zum Kennzeichen der schwächlichen Hinterlist von Juden, die ihre Stellung von Anfang an nur durch Betrug erreichen können.«

»Und wieso war das ein kluger Plan deines Prof., dich darauf anzusetzen?«

»Weil ich so erstens zeigen konnte, was ich exegetisch draufhatte. Und zum anderen würde ich, wenn ich es geschickt machte, in eine aktuelle Diskussion eingreifen und entsprechend auch wahrgenommen werden. Was auch funktioniert hätte, wenn mich die antisemitische Auslegung mit der Zeit nicht immer weniger interessiert hätte. Viel spannender fand ich den Geschwisterkonflikt. Das Betrügen und Betrogenwerden von Jakob. Die Reaktion von Esau bis hin zu der Versöhnung. Und spannender als die antisemitischen Dumpfbacken fand ich Thomas Mann und seine Auslegung.«

»Und Voigt konnte es nicht ab, dass du dich von seinen Hinweisen entfernt hattest?«

»Voigt ging noch. Er war wohl irritiert, aber schlimmer war die übrige Fakultät. Es war zum Volkssport geworden, die Doktoranden der Kollegen über die Klinge springen zu lassen. Mich versuchte man über die scharfe Klinge der Antisemitismus-Nähe springen zu lassen. Ein echter Ekeltyp fragte ernsthaft, ob ich meine Arbeit nicht doch lieber bei den Germanisten einreichen wollte. Immerhin würde ich ja von Thomas Mann deutlich mehr verstehen als von der Heiligen Schrift.«

»Das hört sich nach einer hübschen Intrige an.«

»Ja, genau. Aber auch hier wieder anders als zu vermuten. Ich bekam meinen Doktorhut, allerdings nicht mehr mit Auszeichnung. Ein für mich viel wichtigeres Ergebnis war jedoch, dass ich mich wohl durch die reale Parallele für die Jakob-Esau-Erzählung als Intrige zu interessieren begann. Und für Intrigen überhaupt. Ich stellte fest, dass das ganze Thema in der Theologie ziemlich ausgeblendet war. Und das, obwohl die Bibel voll von Intrigen ist. Brüder, die ihre Geschwister reinlegen. Ehemänner, die ihre Frauen als Schwestern ausgeben, damit sie besser durchkommen. Könige, die, um an eine Frau ranzukommen, den Mann in einen Kriegseinsatz befördern, der ein Himmelfahrtskommando ist, und … und … und.«

»Die Bibel als Buch von Intrigen? So hab ich das noch nie gesehen.«

»Von Intrigen, Mord, Verbrechen – und das nicht zu knapp. Nur, dass die Theologie das nie größer aufgenommen hat. Und das bekanntlich ja nicht, weil mit der Endredaktion der Bibel die Intrigen aufgehört hätten. Die Kirchengeschichte ist bis in die Gegenwart voll von dieser Linie. Ich fing zum zweiten Mal Feuer für ein theologisches Thema.«

»Für deine Habilitation. Klingt für mich eigentlich ganz vernünftig.«

»Fand ich auch. War es aber nicht. Der Themenwechsel bedeutete einen Fachwechsel. Vom Alten Testament zur Systematischen Theologie. Der systematische Prof. war ein knochentrockener Dogmatiker ohne Gegenwartsinteressen. ›Falls Sie auf einen Fachwechsel setzen, junger Freund, ich schätze solide Arbeit mehr als Hobbyphilosophie mit theologischem Etikettenschwindel.‹ Das war dann das Ende meiner theologischen Karriere. Astrid war heilfroh, wieder aus Franken wegziehen zu können. Ich ging in den kirchlichen Dienst, wurde erst Vikar und vor drei Jahren Pastor hier. Und, wie du weißt, mache ich das gerne.«

Benzow hob sein Glas und prostete Henning zu: »Und mindestens wir haben von der Intrige profitiert. Wie sonst hätten wir dich als Pastor und neuen Freund kennengelernt? Aber nichtsdestotrotz: Du hast dein Vorhaben doch nicht aufgegeben?«

Kestner nahm sein Wasserglas und drehte es in der Hand. Es war aus Kristall und hatte einen Schliff, den man nur ab der Höhe sehen konnte, bei der keine Flüssigkeit mehr in dem Glas war: »Nein, ich gehe immer mal wieder dran. Inzwischen sind es im Manuskript schon mehr als zweihundert Seiten. Aber wie viel davon noch Theologie ist, weiß ich selbst nicht mehr. Offensichtlich haben Schriftsteller und Philosophen hier deutlich mehr Erkenntnisse gewonnen als die Theologie. Und in jedem Fall, ob daraus jemals mehr wird als eine Grenzgängerarbeit, weiß ich genauso wenig. Aber, Fritz, jetzt habe ich wirklich genug von mir erzählt.«

»Das mag dir so erscheinen. Aber bei allen Unterschieden in Zeit und Fach. Die Muster, von denen du erzählst, kenne ich auch zu genau. Dein Hebräisch war meine Chemie. Dein Jakob und Esau waren bei mir eine Entdeckung im zweiten Semester, die die Entwicklung der industriellen Kunststoffe im modernen Sinne erst ermöglicht hat. Sie hat mich, weil ich einen großartigen Förderer hatte, zu einem reichen Mann gemacht. Aber mein Reichtum und die Verbindung zu Professor Kranz, den du ja bei unserer Hochzeit kennengelernt hast, haben jede Menge Neider auf den Plan gerufen. Und dann nahm die Intrige bei mir ihren Lauf. Vermutlich kann ich von Glück sprechen, dass ich es noch bis zum Doktor gebracht habe, aber die Unilaufbahn oder die freie Forschung blieben mir verwehrt. Wenn du willst, erzähle ich dir dies alles im Detail, wenn ich dir im Quellental mal meine Stiftung zeige. Für mich ist das alles jetzt unglaublich lange her, und die Wunden sind, wenn auch nicht narbenfrei, verheilt. Aber, wenn ich das sagen darf, du solltest deine Träume nicht verraten.«

Für einen Moment schwiegen sie, bis sie die Geräusche von Tellern und Geschirr aus dem Wohnzimmer hörten. »Fritz, wenn du es bis jetzt noch nicht geschafft hast, Henning von deiner Stiftung zu überzeugen, schaffst du es heute Abend nicht mehr. Denn jetzt wird gegessen. Und gedeckt und hinterher gemeinsam abgeräumt.«

Die Ansage war klar und unmissverständlich. Es wurde noch ein gemütlicher Abend. Kestner ließ sich von Benzow lieber nicht vorrechnen, ob der Federweiße und der anschließende Riesling wirklich schon bis zur akzeptablen Grenze verarbeitet sein konnten. Als es dunkel zu werden begann, verabschiedete sich der Pastor. Jetzt nahm er sie beide in den Arm. »Wenn du willst«, sagte Anna-Lena, »komm doch beim nächsten Mal mit deiner«, sie zögerte einen Moment, »mit deiner Frau.« Benzow legte zärtlich seinen Arm um ihre Schulter: »Oder du kommst solo. Ganz wie du möchtest.«

Auf der Fahrt nach Hause dachte Kestner noch: Auch das hat er verstanden.

Kapitel 10

Als Sora Lee sah, wie Joachim Fiedler von zwei Justizvollzugsbeamten in den Gerichtssaal geführt wurde, tat ihr der alte Mann fast leid. Zwei dünne Plastikschläuche steckten in den Nasenlöchern, der Rucksack mit der Sauerstoffflasche lastete auf dem gebeugten Rücken. Schwer atmend ließ sich der abgehalfterte Chemiker neben seinem Verteidiger auf der Anklagebank fallen.

Im zweiten Stock des zuständigen Duisburger Schwurgerichts verlas die Staatsanwältin mit monotoner Stimme die Anklage, schilderte minutiös, wie Fiedler die Giftpralinen gefertigt und verschickt hatte. Nur der Umsicht von Fritz Benzow sei es zu verdanken gewesen, dass das Ehepaar nicht qualvoll gestorben sei. Fiedler habe sich des versuchten Mords schuldig gemacht.

Als der Angeklagte dann redete, dachte Sora Lee, dass sie noch nie einen Menschen gehört hatte, dessen Stimme so wenig zu seinem Körper passte. Fiedler holte zwar nach jedem Satz Luft, doch er sprach mit geradezu klirrender Kälte, die Idealbesetzung für die Synchronrolle eines KZ-Kommandanten in einem amerikanischen Holocaust-Drama. Die letzten Sätze spuckte der Chemiker förmlich aus: »Ich bereue meine Tat nicht eine Sekunde. Anna-Lena hat mit ihrem Vorwurf der versuchten Vergewaltigung mein Leben zerstört. Und ihr Mann Fritz ist keinen Deut besser. Beide haben den Tod verdient.« Sein Anwalt, ein junger Pflichtverteidiger, schaute betreten in den Saal.

Dreißig Minuten später trat Fritz Benzow in den Zeugenstand. Er würdigte Fiedler keines Blicks, antwortete konzentriert auf die Fragen der Richterin und sagte am Ende: »Wir hatten unvorstellbares Glück.«

Dann betrat seine Frau als Zeugin den Saal. Anna-Lena zerknüllte ein Papiertaschentuch mit ihrer rechten Hand, ihr Stuhl kippte fast um, als sie sich setzen wollte. Die Richterin spürte ihre Aufregung, fragte besonders freundlich nach ihrem Namen. »Anna-Lena Weentrig«, murmelte sie. Irritiert blätterte die Richterin in ihren Akten: »Dann muss eine Verwechslung vorliegen.« Anna-Lena Benzow schüttelte den Kopf: »Nein, tut mir leid, ich heiße natürlich Benzow nach der Hochzeit.« Mit zittriger Stimme sprach sie dann über die Pralinen: »Ich habe das gar nicht so genau verstanden, aber Fritz hat dann gesagt, ich darf die nicht essen. Dabei sahen sie so lecker aus.«

Als Fiedlers Verteidiger das Wort ergriff, spürte Sora Lee das drohende Unheil. Der Anwalt genoss den Medienrummel, witterte seine Chance für den großen Auftritt: »Frau Benzow, mein Mandant sagt, dass sie mit einem unberechtigten Vorwurf sein Leben zerstört hätten. Was ist damals genau passiert?« Anna-Lena Benzow deutete auf den Angeklagten: »Der da hat mir damals in seinem Büro die Bluse und den Rock zerrissen, mich gegen die Wand gedrückt. Er hat brutal an meinen Haaren gezogen. Irgendwann konnte ich ihn wegstoßen und bin aus seinem Büro gerannt.«

Der junge Anwalt tat so, als würde er in seinen Unterlagen etwas suchen: »Wissen Sie, was mich irritiert? Es gibt keine Anzeige, nichts, gar nichts. Wie kann das sein?«

»Aber es war genauso«, schluchzte Anna-Lena Benzow: »Damals in Essen hat er versucht, mich zu vergewaltigen.«

»Essen, sagen Sie. Das Max-Planck-Institut liegt doch in Mülheim?«

»Ja, natürlich Mülheim, bitte entschuldigen Sie, ich bin so fertig, dass ich das verwechselt habe. In Essen habe ich damals gerudert.«

»Soso, gerudert, verstehe. Aber noch mal die Frage: Warum haben Sie Herrn Fiedler nicht angezeigt?«

»Der Chef hat damals gesagt, es ist besser für den Ruf des Instituts. Und ich hatte Angst um meinen Job. Und es waren ja auch andere Zeiten.«

»Gibt es denn Zeugen für den Vorfall?«

»Ja, natürlich. Einen Laboranten, der gesehen hat, wie ich aus dem Büro geflohen bin. Und natürlich den Chef, dem habe ich sofort alles erzählt.«

»Könnten Sie uns dann bitte seinen Namen nennen?«

Anna-Lena Benzow weinte: »Kretz oder Krotz, ich weiß es nicht mehr.«

»Nur der Form halber, der Chef hieß Prof. Kranz. Sagen Sie, Frau Benzow, Sie können sich an keinen Namen mehr erinnern, wissen nicht einmal mehr die Stadt. Kann es sein, dass Ihre Erinnerung Sie auch bei dem Vorfall trügt? Ist es möglich, dass Sie es waren, die Geschlechtsverkehr mit Herrn Fiedler haben wollte?«

Anna-Lena Benzow schaute zu der Richterin, drehte sich um in den Zuschauersaal und vergrub den Kopf in ihre Hände: »Nein, er hat versucht, mich zu vergewaltigen. Bitte hören Sie auf. Ich bin so müde.«

Die Richterin schob die Akten zur Seite, richtete ihren strengen Blick auf den Anwalt: »Herr Kollege, ich rate Ihnen dringend, sich zu mäßigen. Sie sehen doch, dass Frau Benzow völlig fertig ist.«

Zwei Stunden nach dem ersten Verhandlungstag mailte Sora Lee ihren Bericht ans Tageblatt. Dann lief sie in ihrem Hotelzimmer am Duisburger Hauptbahnhof auf und ab. Was war damals im Max-Planck-Institut wirklich geschehen? Sie sah sich das Foto von Prof. Kranz an, die WAZ hatte damals eine ganze Seite über den berühmtesten Sohn Mülheims zu dessen achtzigstem Geburtstag gemacht. Der Nobelpreisträger sah deutlich jünger aus, sprühte vor Vitalität. Sie googelte ihn und entdeckte zu ihrer Überraschung seinen Namen nebst Adresse im Telefonbuch. Ein Nobelpreisträger ohne Geheimnummer, kaum zu glauben.

Kranz meldete sich nach dem dritten Läuten. Sora Lee stellte sich kurz vor, bat dann um einen Termin: »Ein paar Minuten würden mir reichen, Herr Professor.« Kranz schwieg und sagte dann: »Es geht um Fiedler, oder? Dann ist es gut, wenn wir reden. Kommen Sie am besten gleich heute Abend vorbei. In meinem Alter hat man keine Zeit mehr zu verlieren.«

Kranz' Villa lag in Uhlenhorst, direkt am Waldrand, beste Mülheimer Gegend. Die Haushälterin bat Sora Lee in die Bibliothek: »Bitte nehmen Sie Platz, der Herr Professor kommt gleich.« Nur schemenhaft konnte Sora Lee die Bücherwand wahrnehmen, allein eine Stehlampe spendete gedämpftes Licht.

Das leise Sirren eines E-Rollstuhls holte die Reporterin aus ihren Gedanken. Leicht amüsiert betrachtete Kranz den entgeisterten Blick seines Gastes: »Im Vergleich mit den Fotos zur Feier zu meinem achtzigsten Geburtstag bin ich ein wenig gealtert, oder? Das Schlaganfallrisiko macht leider auch vor Nobelpreisträgern nicht Halt. Aber so etwas passiert. Bitter ist nur, dass ich durch die vielen Medikamente extrem lichtempfindlich geworden bin. Hannelore Kohl hatte die gleiche Krankheit. Nicht schön. Deshalb mag ich es jetzt gern sehr dunkel. Aber Sie sind nicht hier, um mit mir über meine Gebrechen zu sprechen. Sondern über Fiedler. Sagen Sie mir, wie viele Jahre wird der Mann hinter Gitter müssen?«

»Er zeigt keine Reue, er hat alles zugegeben. Das dürfte auf lebenslänglich hinauslaufen. Aber er ist schwer krank. Die Lunge. Laut Gutachten liegt seine Lebenserwartung bei wenigen Jahren, vielleicht sogar nur Monaten.«

Kranz betrachtete seine knochigen Hände: »Ich würde ein Vermögen dafür geben, wenn ich zusehen dürfte, wie dieses Schwein qualvoll erstickt.«

»Was ist damals im Max-Planck-Institut passiert?«

Fast unbemerkt füllte die Haushälterin aus einer Karaffe zwei Gläser mit Wasser.

Kranz nahm einen Schluck und sagte dann: »Ich habe mit niemandem jemals über diesen Vorfall gesprochen. Ich habe an diesem Tag den größten Fehler meines Lebens gemacht. Wobei ich den allergrößten bereits mit Fiedlers Einstellung gemacht habe. In der Chemie ein Genie, prädestiniert, mich einmal als Institutsleiter zu beerben. Aber leider menschlich unterste Schublade. Ein rücksichtsloser Egomane. Und ich Idiot habe ihn zum Oberassistenten ernannt. Und zum Dank hat er

Werkstudenten wie Fritz Benzow das Leben zur Hölle gemacht.

»Und seine Frauengeschichten?«

»Der Idiot hielt sich für unwiderstehlich. Und spätestens als er meine Sekretärin angegrabscht hat, hätte ich ihn rausschmeißen müssen. Aber wie gesagt, fachlich ein Genie.«

»Und die Sache mit Anna-Lena?«

»Was genau vorgefallen ist, wissen nur sie selbst und Fiedler. Aber sie stürmte damals mit zerrissener Bluse und völlig verstört in mein Büro. Ich habe mir dann Fiedler gekauft und ihn fristlos gefeuert.«

»Und Sie haben ihn nicht angezeigt?«

»Nein, das habe ich nicht getan. Schlimmer noch: Ich habe sogar Anna-Lena gebeten, auf eine Anzeige zu verzichten. Der Ruf meines Instituts war mir damals wichtiger als alles andere.«

»Hat Anna-Lena weiter bei Ihnen gearbeitet?«

»Sie hat es ein paar Monate versucht. Aber sie war völlig traumatisiert. Sie bekam Weinkrämpfe, wenn sie nur in die Nähe von Fiedlers Büro kam. Sie hat irgendwann gekündigt. Und ich habe ihr Geld gegeben. Viel Geld. Durch das Patent war ich dazu in der Lage. Aber das wissen Sie ja.«

»Sie haben sich ihr Schweigen erkauft!«

Kranz bugsierte den Rollstuhl ans Fenster, schaute lange in seinen parkähnlichen Garten: »Wissen Sie, dass ich diesen Vorwurf vor vielen Jahren schon einmal gehört habe von jemandem, der genau in Ihrem Sessel saß. Von Karl, meinem besten Freund.«

»Was ist passiert?«

»Einer meiner Laboranten hatte nach ihrer Kündigung noch Kontakt zu Anna-Lena. Er sagte mir, dass sie mit einem Nervenzusammenbruch im Mülheimer Krankenhaus liegen würde. Ich habe dann Karl angerufen, wir waren schon in der Volksschule unzertrennlich, haben nachher gemeinsam studiert. Karl Medizin, ich Chemie. Karl hat später als Psychiater eine Privatklinik eröffnet. Ihn habe ich gebeten, Anna-Lena zu therapieren. Eine Woche später klingelte es Sturm bei mir. Karl war an der Tür, völlig aufgelöst. Anna-Lena hat damals versucht, sich mit

Schlaftabletten das Leben zu nehmen. ›Du musst dieses Schwein jetzt stoppen. Du musst ihn anzeigen, bevor er über andere Frauen herfällt‹, schrie er mich an. Ich habe das abgelehnt, ihm erzählt, wie viel Geld ich Anna-Lena gegeben habe. Das war's dann mit unserer Freundschaft, wir haben uns nie wieder versöhnt. Vor zwei Jahren ist mein guter Karl gestorben.«

»Haben Sie den Kontakt zu Anna-Lena gehalten?«

»Nein, sie wollte nicht. Ich habe nur gehört, dass es ihr nach dem Klinikaufenthalt wieder besser gegangen sein soll. Und dann hat sie sich wohl sehr um ihren Vater gekümmert. Aber wie gesagt, ich kenne keine Details.«

»Aber wieso haben Sie Anna-Lena dann zu Ihrem achtzigsten Geburtstag eingeladen?«

Zum ersten Mal nahm Sora Lee den Anflug eines Lächelns auf dem Gesicht des Professors wahr. »Sie werden mich jetzt für einen alten sentimentalen Trottel halten, der zu viele Rosamunde-Pilcher-Filme gesehen hat. Wissen Sie, jeder im Institut wusste, dass Anna-Lena damals nur Augen für Fritz Benzow hatte. Und ich wusste, dass Fritz auch immer ihre Nähe gesucht hat. Aber er hat dann ja das Institut bald verlassen. Es gab zu viele Neider auf seinen Anteil am Patent, das machte keinen Sinn. Er hat schließlich eine andere Frau geheiratet, aber die Ehe war nicht glücklich. Sie ist bald an Krebs gestorben, er war wieder allein. Also habe ich Anna-Lena eine Einladung geschickt mit der kurzen Notiz, dass Fritz Benzow auch kommen wird. Und siehe da, sie hat sofort zugesagt.«

»Mit Verbindungen kennen Sie sich als Chemiker eben aus.«

Kranz gluckste: »Genau, die beiden waren schon auf meinem Fest unzertrennlich. Benzow rief mich ein paar Monate später voller Glückseligkeit an und sagte mir, dass er Anna-Lena heiraten will. Das war mein bestes Telefonat seit dem Anruf aus Stockholm wegen des Nobelpreises.«

Die Uhr zeigte fast Mitternacht, als der Professor das Taxi für Sora Lee rief. Beim Abschied sagte er: »Sie können alles schreiben, was ich

Ihnen gesagt habe, wenn es Anna-Lena helfen sollte. Erwähnen Sie bitte nur, dass ich mit meinen Kontakten zumindest dafür gesorgt habe, dass Fiedler beruflich kein Bein mehr auf den Boden bekommen hat. Damit habe ich etwas Schuld gegenüber Anna-Lena beglichen.«

Zwei Wochen später fiel das Urteil gegen Fiedler: Lebenslänglich wegen versuchten Mords. Der Anwalt wollte Fiedler noch überzeugen, in die Berufung zu gehen. Fiedler lehnte ab: »Vergessen Sie's. Mit meiner Lunge ist lebenslänglich sehr schnell vorbei.«

Ein paar Tage danach erhielt Sora Lee Post, das Tageblatt-Sekretariat hatte ihr einen an sie gerichteten Brief weitergeleitet. Die Schrift mit den krakeligen Druckbuchstaben wirkte, als hätte ein Kind ihn geschrieben. Sora Lee las: »Liebe Frau Lee, endlich hat jemand die Wahrheit berichtet, was damals in Essen passiert ist. DANKE! Der Fadler hat mich kaputtgemacht. Bitte rufen Sie mich an und besuchen Sie mich. Ihre Anna-Lena«

Fadler? Essen? Was war mit Frau Benzow wirklich los? Dann griff Sora Lee zum Handy.

Kapitel 11

Herbert Nask knipste die Leuchtreklame aus, sein letzter Arbeitsgang für diese Nacht. Sein Blick fiel auf den Stapel Bierdeckel hinter dem Tresen. Natürlich hatte Gerd wieder anschreiben lassen, wie immer: »Herbie, ich kriege meine Stütze in einer Woche. Dann kriegst du auch sofort die Kohle. Versprochen.«

Wie hatte er dieses Kneipenleben satt. Dieses Gesabbel. Den ganzen Abend war es wieder um die Fußball-WM gegangen, die in einer Woche in Südafrika beginnen würde. »Der Jogi bringt's nicht mehr. Der Idiot hat schon das EM-Halbfinale vor zwei Jahren kaputtgemacht. Total vercoacht gegen die Italiener«, hatte Willi nach dem achten Bier gelallt. Nask hatte genickt, wie immer. Dabei war ihm Fußball so was von egal. Ginge es nach ihm, hätte statt Jogi Löw auch Sepp Herberger die Mannschaft aus seinem Grab trainieren können. Hauptsache, Deutschland flog früh raus. Die WM war Gift für seine Kneipe. Seine Stammgäste schauten lieber daheim. Oder in einer Kneipe mit einem richtig großen Fernseher. Da konnte er mit seiner betagten Röhren-Flimmerkiste nicht mithalten.

Der versiffte Fußboden klebte unter seinen Schuhsohlen. Vielleicht hätte er Hedwig doch nicht rausschmeißen sollen. Sie gehörte ja zum Inventar wie die vergilbten Gardinen und die Jukebox, die vor einem Jahr ihren Geist aufgegeben hatte. Aber weder für Reparaturen noch für Hedwigs Lohn war Geld da. Wie auch? Bei Gästen wie Gerd. Bei der Pacht, die immer teurer wurde. Und diesem beschissenen Rauchverbot. Zwar durfte man in seiner Kneipe weiter qualmen. Aber statt Frikadellen und Wiener Würstchen durfte er seit drei Jahren nur noch abgepacktes Zeugs verkaufen, so wollte es das Gesetz. Also Salzstangen und Erdnüsse. Brachte ein paar Euro. Aber kein Vergleich zu den Frikadellen, geformt und gebraten aus Billig-Hack vom Discounter, verkauft für 2,50 Euro das Stück. Das hatte sich gelohnt. Schwarz angebraten, schwarz verkauft.

Nask zog den schmuddeligen grünen Vorhang zu, fummelte dann den Schlüssel in das hakelige Schloss seiner Kneipe. Müsste auch mal dringend repariert werden. Ein paar Nachtschwärmer zogen an ihm vorbei über den Spritzenplatz, und Nask war froh, dass er die Leuchtreklame mit dem Schriftzug »Bei Herbie« abgeschaltet hatte. Was für ein beknackter Name. Warum hatte er sich nur überreden lassen, die Kneipe nach seinem Spitznamen zu benennen? »Herbie« hatte er immer gehasst.

Nask stapfte über die Ottenser Hauptstraße zu Christiansen, das kleine Haus duckte sich neben den mächtigen Viergeschossern. Fast jede Nacht schaute er in die Auslage der ältesten Hamburger Buchhandlung. Hier hatte seine Mutter ihm die drei Winnetou-Bände gekauft. Natürlich nach und nach, anders ging es nicht bei ihrem Stundenlohn von 2,50 als Putze. Die Bände mit dem dunkelgrünen Einband waren am Ende ganz zerfleddert, so oft hatte Nask sie gelesen. Winnetou, Old Shatterhand, Old Firehand – das waren seine Helden. Irgendwann, er musste zwölf Jahre alt gewesen sein, hatte ihm Heinz erzählt, dass er mit seinen Eltern nach Amerika fliegen würde. »Sei vorsichtig, die Indianer könnten dich skalpieren«, hatte Nask seinen Klassenkameraden gewarnt. Der hatte erst ungläubig geguckt, dann lauthals gelacht: »Glaubst du etwa, was Karl May geschrieben hat? Der hat doch damals alles erfunden. Mann, Herbie, bist du doof.« Nask hatte ihm ein paar geknallt, Old Shatterhand, da war er sicher, hätte es nicht anders gemacht.

Ab wann ist in meinem Leben nur alles schiefgelaufen? Über keine andere Frage dachte Nask so oft nach. War es der Tag gewesen, als Addi zu ihnen gezogen war? Vier Jahre alt war er damals gewesen, einen Vater hatte er nie vermisst. »Den brauchen wir nicht, wir haben doch uns«, hatte seine Mutter immer gesagt. Doch dann stand irgendwann der fremde Mann in der Küche, der rechte Arm seines Pullis hing schlaff herunter. »Glotz nicht so blöd, den Arm haben sie mir in Stalingrad weggeschossen«, hatte der Mann ihn angeherrscht.

Fortan wohnte Addi bei ihnen. Eigentlich hieß er Adolf, seine Eltern hatten ihn nach dem Führer benannt. Doch in diesen Zeiten klang Addi besser. Wobei er nichts dagegen gehabt hätte, wenn es bei Adolf geblieben wäre. In Stalingrad hatte er nur seinen Arm gelassen, nicht seine Gesinnung. »Unterm Adolf wäre das nicht passiert«, grunzte er stets, wenn er in der »Bild« über Verbrechen las. Und dass er auch mit links weiter zuschlagen konnte, begriff Herbie schnell. Vor lauter Angst vor seinem neuen Papa machte er nachts wieder ins Bett. Wenn er dafür Prügel bezog, nahm ihn seine Mutter danach in den Arm: »Herbie, du musst dich zusammenreißen. Wir müssen froh sein, dass wir den Addi haben.«

Wenn Addi in der Kneipe saß und mit jedem Bier mehr über die »Drecksausländer« zeterte, die anständigen Deutschen wie ihm die Arbeitsplätze wegnähmen, ging Herbie mit seiner Mutter zum Bahnhof Altona. Der Endbahnhof war für ihn perfekt. Stundenlang konnte er den Dampf- und Dieselloks zuschauen. Manche Lokführer erkannten ihren kleinen Fan, nichts machte ihn glücklicher als ihr Gruß mit der Pfeife ihrer Lok. Einmal solche Loks zu steuern, das war sein größter Wunsch. Doch die Bahn hatte an einem 15-Jährigen mit lauter Vieren und einer Fünf in Mathe sowie der Bemerkung »Herbert sucht leider zu oft Streit« im Volksschulzeugnis bedauerlicherweise kein Interesse. »Wirste eben Koch«, entschied Addi und besorgte ihm eine Lehrstelle in seiner Stammkneipe.

Am Ende der Ottenser Hauptstraße schritt Nask an dem feinen Restaurant vorbei, die Kneipe, in der er im ersten Lehrjahr zentnerweise Kartoffeln geschält hatte, war längst Geschichte. Zum Glück. Der Küchenchef hatte ihn unentwegt angebrüllt, sogar mit Schöpfkellen nach ihm geworfen. Als ihn der Chef wieder mal als »dummes Stück Schifferscheiße« beschimpft hatte, weil er den Spargel nicht sauber geschält hatte, hatte Nask ihm den Topf so vor die Füße geknallt, dass das siedend heiße Kochwasser auf seine dünne Hose spritzte. Der Chef schrie vor Schmerzen, Nask stapfte durch das Spargelmeer zum Ausgang der Küche. Zehn Minuten später beichtete er daheim, dass er die Lehre im wahrsten Sinne des Wortes geschmissen hatte. Addi starrte in sein Dujardin-Glas, stand auf und holte mit dem linken Arm aus. Doch diesmal war Nask schneller und verpasste Addi einen Schlag mit der Faust gegen die Brust. Wie ein taumelnder Boxer versuchte sich Addi auf den Beinen zu halten. Vergebens. Er kippte um, und sein Kopf kollidierte mit der Kante des Küchentischs. Die Cognacflasche kippte um, der Inhalt ergoss sich auf Addis blutenden, massigen Schädel.

Während die Mutter den Notruf wählte und Addi unentwegt brüllte, dass er die »kleine Missgeburt« umbringen werde, packte Herbert Nask seine Sachen. Viel war es nicht. Ein paar Jeans, Hemden, Pullis, Wäsche. Die zerfledderten Winnetou-Bände legte er ganz oben in die Reisetasche. Als er die Haustür hinter sich zufallen ließ, fuhr gerade der Krankenwagen vor. Nask war es herzlich egal. Er kannte sein Ziel.

Eine Viertelstunde später stand er am Tresen der Kneipe »Bei Martha« am Spritzenplatz, so etwas wie sein zweites Wohnzimmer, wo er abends, wenn der Laden brummte, auch bediente. Niemanden auf diesem Planeten hatte er so gern wie die füllige Kettenraucherin am Zapfhahn. Martha hatte immer Zeit für ihn. Vor allem aber war dieser Laden für Addi tabu. Martha hatte ihm nach einer Schlägerei mit zwei Italienern, die sein »Haut ab, ihr Spaghettifresser« nicht auf sich sitzen lassen wollten, Hausverbot erteilt.

Martha schaute nur kurz hoch, die Kippe wie gewohnt im rechten Mundwinkel: »Probleme, Junge? Biste zuhause rausgeflogen?« Nask nickte. »Kein Problem, ziehste erst mal zu mir. Aber jetzt pack mit an und spül die Gläser.«

Mehr als dreißig Jahre lag dieser Tag nun zurück. Doch Herbert Nask erinnerte sich an ihn, als wäre er gestern gewesen. Zusammen hatten sie die Kneipe abgeschlossen, Martha hatte ihn dann in ihrem betagten R4 in ihre Genossenschaftswohnung an der Griegstraße gefahren. Zwei Zimmer, Küche, Dusche, Bad. Sie hatte ihm das Wohnzimmer gezeigt: »Hier kannste bleiben, ich bin ja sowieso fast nur in der Kneipe.« Hier hatte er seine erste Liebesnacht mit Hedwig Dohmen, der Kellnerin, verbracht, in die er sofort verknallt war.

Seit zehn Jahren wohnte er nun hier allein. Drei Tage vor der Jahrtausendwende war Martha gestorben. Lungenkrebs, kein Wunder, bei ihrer Qualmerei. Nachdenklich betrachtete Nask ihr Foto in dem Bilderrahmen im Regal über dem Fernseher. Er vermisste sie noch immer schrecklich. Mit Martha war das Leben so einfach gewesen. Sie hatte sich um alles gekümmert, die Wäsche gewaschen, gekocht. Dafür kellnerte er Tag für Tag in der Kneipe und briet die von den Gästen so gelobten Frikadellen, das immerhin hatte er im ersten Lehrjahr gelernt.

Drei Jahre vor Marthas Tod waren seine Eltern verunglückt. Der einarmige Addi hatte bei einem Ausflug ins Alte Land total betrunken einen Baum auf einer Allee gerammt. Ihr Grab hatte Nask nie besucht.

Doch um Martha trauerte er noch immer. Kurz vor ihrem Einzug ins Leuchtfeuer-Hospiz auf St. Pauli hatte sie noch den Mietvertrag der Wohnung und den Pachtvertrag der Kneipe auf ihn umschreiben lassen. Nach ihrem letzten Atemzug hatte er in ihrem Sekretär einen dicken Briefumschlag entdeckt. Darin waren 30 000 Mark und ein Blatt Papier mit drei schlichten Sätzen darauf: »Für deinen Start! Erzähl es niemandem, sonst gibt es nachher noch Theater mit der Erbschaftssteuer. Pass auf dich auf.« Typisch Martha, bloß nicht lang schnacken.

Tagelang hatte er versucht, seinen Kummer zu ertränken, eine Lokalrunde nach der anderen geschmissen. »Es ist besser für dich, wenn du deine Kneipe umbenennst«, hatte ihm Gerd geraten. Zwei Wochen später leuchtete der Schriftzug »Bei Herbie« am Spritzenplatz, Nask hätte die Reklame am liebsten mit einem fetten Stein eingeschmissen. Was für ein bescheuerter Name. Als Gerd dann auch noch eines Abends lallte, dass es bei Martha irgendwie gemütlicher gewesen sei, hätte er ihm am liebsten eine geknallt. Hedwig hatte was mit einem anderen Stammgast angefangen. Immerhin hatte ihm dies ihren Rauswurf erleichtert.

»Alles nur noch Scheiße«, dachte Nask bei seiner letzten Zigarette auf dem Balkon. Zumal auch noch jeden zweiten Tag der Erbe des Hauses am Spritzenplatz, das im Erdgeschoss seine Kneipe beherbergte, auf der

Matte stand. Nach und nach ließ der Schnösel die Wohnungen sanieren. Parkett, Fußbodenheizung, bodentiefe Duschen – alles vom Feinsten. Wenn die Handwerker gingen, waren bald auch die alteingesessenen Mieter weg, sie konnten sich die luxussanierten Wohnungen nicht mehr leisten. Und die neue Klientel hasste Rauch und Lärm. »Herr Nask, so geht das nicht weiter. Es kann nicht sein, dass Ihre Gäste hier nachts mit ihrer Qualmerei und ihrem Gequatsche auf den Bierbänken vor ihrer Kneipe meine Mieter terrorisieren«, näselte der feine Pinkel immerzu und faselte irgendwas von einer »angemessenen Abfindung bei vorzeitiger Auflösung des Pachtvertrags«. Manchmal wäre Nask fast die Hand ausgerutscht, so ging ihm der Typ auf die Nerven.

Allein die Aussicht auf den morgigen Montag hob Nasks Laune. Kein Gesabbel, kein Bierzapfen, kein »Mach uns noch 'ne Runde, Herbie«.

Stattdessen Ruhetag. Sein Tag.

Am Morgen duschte Nask lang, rasierte sich gründlich, cremte sein Gesicht ein und streifte das frisch gewaschene und gebügelte weiße Hemd über, dazu der Cerutti-Anzug, den ihm Martha noch gekauft hatte. Seine schlanke Figur, die immerhin hatte er gehalten. Er betrachtete sein Gesicht lange im Spiegel. Natürlich hatten sich drei Jahrzehnte Raucherkneipe dort eingegraben. »Du siehst so interessant aus wie Jean Gabin«, hatte ihm Helga mal gesagt, als sie noch zusammen waren. Nask hatte den Namen googeln müssen. Französischer Schauspielstar, Held im Zweiten Weltkrieg, Liaison mit Marlene Dietrich – da gab es unschmeichelhaftere Vergleiche.

Nask ging wie jeden Montagmorgen zum S-Bahnhof Altona, drei Stationen bis Landungsbrücken. Die Silhouette der fast fertiggestellten Elbphilharmonie sah er von weitem. Aber mit Musik hatte er nichts am Hut. Sein Ziel lag in der Speicherstadt. Das Miniatur Wunderland. 2001 hatte er seine Eisenbahn bekommen. Endlich.

Als Kind hatte er jedes Jahr »Bitte eine Eisenbahn« auf seinen Wunschzettel gekrakelt. Einmal, da war er acht oder neun Jahre alt, lag ein Schlafanzug mit einer aufgenähten Lok unter dem Tannenbaum mit Wachskerzen und Lametta. Herbert hatte geweint: »Das ist doch keine richtige Eisenbahn.« Der Mann, den seine Mutter Addi nannte, hatte zweimal zugeschlagen. Nicht ganz so fest wie sonst, es war ja Heiligabend. Aber Herbie hatte verstanden: Das war jetzt seine Eisenbahn.

Er musste 45 Jahre alt werden, um endlich eine echte Eisenbahn zu bekommen. Gut, sie stand nicht bei ihm in Ottensen, sondern in der Speicherstadt. Aber dafür war sie wunderschön. Das Miniatur Wunderland. Seit der Eröffnung kam er jeden Montag hierher, mittags gab es – abgesehen von Schulferien, die er deshalb so hasste – kaum Andrang. Am schönsten fand er Amerika. Stundenlang konnte er zuschauen, wie es Nacht wurde in Las Vegas, wie in Cape Canaveral Raketen starteten und der Güterzug den Grand Canyon kreuzte. Eigentlich fehlten nur noch Winnetou und Old Shatterhand.

Um fünf Uhr gönnte sich Nask noch die Riesen-Currywurst im Restaurant des Miniatur Wunderlands, spülte die Pommes mit einem Alster herunter und schritt dann zum Taxistand. Klar, er hätte die gut zwei Kilometer auch zu Fuß gehen können. Aber es hatte eben Stil, sich zum Atlantic chauffieren zu lassen. Zum Glück war sein Stammplatz in der Ecke mit der besten Sicht noch frei. Nask ließ sich in den dunkelblauen Sessel fallen, betrachtete den Stuck, den Boden mit Schiffsdielen und den roten, handgetupften Velourssteppich. Das war doch eine andere Liga als seine Kneipe. Gut, dafür kostete der Whisky auch dreimal so viel wie bei ihm, aber egal. Einmal in der Woche brauchte er diesen Luxus. Vor allem sabbelte ihn hier niemand voll. Hier war er einfach nur Gast.

An der Bar entdeckte Nask ein Paar, ungefähr in seinem Alter. Der Mann hatte fast seine Figur, die Frau an seiner Seite verströmte unaufdringliche Eleganz. Der Barkeeper servierte ihnen Champagner, verliebt schauten sich die beiden an. »Du bist wieder umwerfend schön, Anna-Lena«, sagte der Mann zu seiner Frau, als sie an ihm vorbeigingen – wahrscheinlich ins Restaurant, wo französische Gourmetküche serviert wurde. Die beiden würden jetzt ihr Fünf-Gänge-Menü genießen und sich dann in ihrer Villa lieben, dachte Nask. Für ihn blieb nur die trostlose Heimfahrt mit der S-Bahn. Fünf Stationen bis Altona, dann der Fußmarsch zur Griegstraße. Und morgen wieder Gerd, Klaus und Willi am Tresen. »Herbie, machste uns noch 'ne Runde«. Dazu das Gesabbel über die WM, die Merkel, den Bürgermeister.

Nask nahm den letzten Schluck seines Whiskys. Wie sang dieser Grönemeyer, der ja auch Herbert hieß und den alle so feierten: »Das Leben ist nicht fair.«

Kapitel 12

Zum Glück hatte der Notar sein Büro in der Falkenschlucht und nicht direkt im Blankeneser Zentrum. Kestner hatte keine Lust, den Probst zu treffen und ihm zu erklären, was er in der besten Nachmittagszeit in dessen Revier machte. Eigentlich war Probst Bantrup ganz in Ordnung und hatte nichts von einem Kontrolletti. Ging ja auch eh schlecht bei einem Pastorenalltag. Jeder Tag war anders, das war der Reiz. Hausbesuche und ein wenig Verwaltung am Vormittag, nachmittags dann Gemeindekreise und Konfirmandenunterricht und am Abend Lektüre und Predigtvorbereitung, das gab's vielleicht noch im Pfarrhaus, in dem Hermann Hesse aufgewachsen war. Er konnte oft erst am Abend wissen, was er tagsüber getan haben würde. In jedem Fall war die Verwaltung immer mehr geworden, Bauausschuss, Finanzausschuss, Personalausschuss. Es war fast ein mittelständischer Betrieb, den er leitete, ohne es je gelernt zu haben. Dazu kamen immer mehr Beerdigungen. Seine Gemeinde war, wie man so hässlich sagte, überaltert. Er sagte lieber »unterjüngt« und versuchte mit der Jugendarbeit etwas dagegenzusetzen. Der Erfolg war mäßig bisher. Er mochte seinen Beruf, gerade wegen der permanent wechselnden Anforderungen. Was er nicht mochte, war sein schlechtes Gewissen darüber, den Ansprüchen des ihn umgebenden Wohlstandsmilieus und vor allem seinen eigenen nicht gerecht werden zu können.

Dieses schlechte Gewissen hatte er auch jetzt im Gepäck, als er mit dem Rad die Elbchaussee entlangfuhr. Vermutlich sah er ziemlich bescheuert aus auf seinem Rennrad mit einem dunkelblauen Anzug und der Schirmmütze, die er tief in die Stirn gezogen hatte. Aber er schwitzte leicht, und seit nun auch die Augenbrauen immer dünner wurden, biss sich der Schweiß direkt auf die Netzhaut. Warum er diese Scheißkrankheit bekommen hatte, würde ihm sein oberster Chef auch mal erklären müssen.

Er hatte sich den Nachmittag rausgeschnitten, um Dr. Lenzin zu besuchen. »Dr. Lenzin ist das Gedächtnis der Stiftung«, hatte ihm Fritz erklärt, »und du wirst ihn mögen. Er ist betagt, aber hellwach. Und er hat den großen Vorteil, dass er kein Chemiker ist. Oder anders gesagt, man versteht ihn.« Kestner wusste schon lange, dass es bei diesem Besuch nicht mehr darum ging, ob er im Beirat der Stiftung, oder wie das hieß, mitmachen würde. Er konnte Fritz nicht enttäuschen, auch wenn er sich als »Fachmann für Ethik« genauso überfordert sah wie als Bausachverständiger. Aber wenn man sich als Theologe nicht auch mit der Rolle des Universaldilettanten anfreundete, war man eh verloren. Und als solcher wollte er wenigstens verstehen, worum es in der Stiftung genau ging.

Dr. Lenzin öffnete ihm selbst. Das Haus aus der Gründerzeit war kleiner, als Henning vermutet hatte, der Hausherr wirkte in seinem Dreiteiler, als wenn er geradewegs aus einer Verfilmung der Buddenbrooks käme. Dazu passte auch, dass er natürlich beim »S« über den spitzen Stein stolperte. »Kommen Sie herein in die gute Stube. Wir sind uns ja schon kurz bei der Hochzeit der Benzows begegnet. Überzeugender Auftritt übrigens samt dem Fluch als Rausschmeißer. Ehrlich gesagt: Der Segen eines Pastors wirkt echter, wenn der auch fluchen kann.«

Vermutlich würde er im Hamburger Westen bis an sein Dienstende auf diese Entgleisung angesprochen werden. Aber die Art des Notars gefiel ihm. Als sie es sich im Wintergarten bequem machten und der Notar den Tee einschenkte, sah Kestner auf dem Tisch einen kleinen Lederband »polis et mare«. Lenzin schien seinen Blick bemerkt zu haben. »Das ist für Sie. Fritz Benzow hat nie eine Festschrift bekommen, obwohl er es verdient hätte. Deshalb habe ich ihm eine kleine zu seinem 65. Geburtstag gemacht. Das Büchlein enthält die wichtigsten Dokumente, eine kurze Darstellung der Ertragslage und eine kleine

Geschichte der Stiftung. Aber das soll das Gespräch natürlich nicht ersetzen. Also, was interessiert Sie besonders?«

»Eigentlich alles. Vielleicht besonders, wie es zu der Stiftung gekommen ist und was die Idee dahinter ist.«

»Das ist auch das eigentlich Interessante. Finanziell gesehen ist ›polis et mare‹ eine, wie ich gerne sage, ›Schlafwagenstiftung‹. Grundsolide finanziert mit einem Stiftungskapital von zwanzig Millionen Euro, angelegt zu einer Zeit, als es das Wort Zinsen noch gab, und mit immer wieder neuen Zuschüssen des Stifters für das laufende Geschäft. Sie wissen, wie Fritz Benzow zu seinem Vermögen gekommen ist?«

Kestner schüttelte den Kopf: »Im Wesentlichen nur das, was man im Internet so finden kann. Fritz selber habe ich an diesem Punkt eher als zurückhaltend erlebt. Ganz anders, als wenn er über Chemie im Allgemeinen und die Polymere im Besonderen spricht.«

Lenzin lachte: »Na, dann darf ich die Vorlesung über Polymere einmal voraussetzen? Biopolymere, die schon die Neandertaler aus Birkenrinde gewonnen und als Klebstoff für Waffen genutzt haben.«

»Und«, imitierte Kestner den begeisterten Tonfall von Fritz, »die im Zweistromland als natürlicher Asphalt zur Abdichtung des Kanalsystems verwendet wurden. Weiter ging es dann mit dem Bernstein als Biopolymer und den Harzen, die Exportschlager wurden, und in der Medizin, zum Gummieren, für Papier, für die Glättung von Ledernähten und sogar für Tinte verwendet wurden. Das Gummi-Arabicum war geboren.«

»Ich merke schon, bis in den Wortlaut hinein die gleiche Vorlesung. Als ich sie zu hören bekam, waren wir unweit von hier in meinem Lieblingsfischrestaurant. Bei der ersten Gräte erzählte er mir, dass man aus Gräten, Tintenfischzähnen und Garnelenabfällen einen vielversprechenden Biokunststoff machen könne und leitete dann zum Kautschuk über.«

Kestner merkte ihren gemeinsamen Spaß daran, das Gedächtnis zu trainieren. Nur mit dem Unterschied, dass sein Gesprächspartner bald fünfzig Jahre älter sein musste als er: »Charles Goodyear und die Geburtsstunde des Gummis 1840.«

»Aber mindestens genauso interessant ist das, was Fritz in seiner Vorlesung nicht aussprach, aber unterschwellig anlegt. Die Geschichte des Kunststoffs ist die alte Geschichte von Segen und Fluch. Wo immer Menschen auf die Natur stoßen, entsteht Kultur. Kultur in ihrer ewigen Ambivalenz, beschleunigt durch die industrielle Nutzung: Todeswaffe oder Medizin, intelligente Nutzung der Natur oder Raubbau an ihr. Den Ernst wusste Fritz immer wieder zu überspielen durch seine humorvollen Details. Bestimmt hat er Ihnen auch von Otto Röhm erzählt, der zu Beginn des 20. Jahrhunderts als erster Chemiker Enzyme technisch verwertete und so den bis dahin verwendeten Hundekot in der Lederindustrie ersetzte.«

»… und 1933 das Patent für Plexiglas anmeldete«, ergänzte Kestner.

Lenzin nickte, und der Pastor sah, dass sein Gegenüber plötzlich ernster wurde: »In der Schilderung des 20. Jahrhunderts verbinden sich bei Fritz die Linien mit seiner eigenen Biografie. Ich weiß nicht, ob das die allgemeine Sicht unter den Wissenschaftsgeschichtlern ist. Aber Fritz stellt das 20. Jahrhundert immer als Jahrhundert der Polymerchemie dar. Gleich zweimal wanderte der Nobelpreis für Chemie nach Deutschland. Hermann Staudinger, der, wenn ich richtig verstanden habe, die Bauanleitung für die sogenannten Polymere entwickelte und dafür 1953 den Nobelpreis erhielt. Und dann zwei Jahrzehnte später an den für einen Nobelpreis ungewöhnlich jungen Kranz, den Mentor von Fritz. Sie sind, Herr Pastor, einige Jahrzehnte jünger als ich, deshalb werden Sie das nicht so empfinden. Aber ich bin immer wieder erstaunt, wie viele Marken und Konsumartikel mit dieser Geschichte verbunden sind: Trevira, Silikon, Diolen, Teflon, Nylon, Perlon. Das sind bis zum heutigen Tag Alltagsbegleiter wie natürlich auch die lange allgegenwärtige Plastiktüte, die für Fritz das Symbol des Polyethylen überhaupt war. Und auch hier wieder: Fluch und Segen. Unendliche neue Möglichkeiten des Kunststoffs in Massenproduktion und zugleich ebensolche Massen an Müll.«

»Was ich nicht verstanden habe, ist, was eigentlich genau der Anteil von Fritz an dieser Entwicklung war. Ich habe verstanden, dass die Arbeit in Mülheim vor allem ein Durchbruch in der Qualität und Masse war. Denn Polyethylen war ja schon in den 1930er Jahren entwickelt worden, aber eben noch sehr aufwendig herzustellen. Dem Forscherteam um Kranz gelang dann ein Verfahren, das bei geringem Druck und Zimmertemperatur eine viel konstantere Qualität lieferte. Aber am Ende der Reise profitieren vor allem zwei Menschen. Prof. Kranz, das chemische Superbrain, und der kleine Student Fritz Benzow. – Irgendwie ist Fritz an diesem Punkt immer ganz unrheinisch von hanseatischer Zurückhaltung. Aber Ihnen gegenüber ist das sicher ganz anders.«

Lenzin verteilte den Rest aus der Teekanne auf ihre beiden Tassen: »Nein, ich glaube, es handelt sich hier um eins der bestgehüteten Geheimnisse in der ganzen Geschichte. Aus den vielen Gesprächen habe ich mir folgende Variante als wahrscheinlich erklärt: Der eigentliche Durchbruch in Mülheim war ja die schlichte Einfachheit, mit der nun die Massenproduktion sehr variabler Polymere möglich wurde. Fritz war damals nichts weiter als ein Werkstudent im zweiten Semester, der sich in seiner Heimatstadt Mülheim nebenbei Geld verdiente. Er war als Chemiker sicher clever, bestimmt aber nicht besser als die erfahrene Forschungscrew um Kranz herum. Fritz war aber, ich sage es einmal untechnisch, ein echter Tüftler. Er hatte ein gutes Gespür für Verfahrenstechnik und wendete neueste Einsichten auf die immer neuen Versuchsanordnungen an. Eine davon führte dann zum Durchbruch. Fritz hat immer gesagt: ›Neugier, Fleiß und vor allem Zufall sind das Rezept meines Erfolgs.‹ Wahrscheinlich war es dann aber vor allem auch, dass er zusammendachte, was andere nicht gesehen hatten. Zu der späteren Beteiligung an den Patentrechten muss aber noch etwas anderes dazugekommen sein, was zugleich sein Schweigen erklärt. Fritz hat angedeutet, dass er seinen eigenen Anteil an dem Durchbruch in einer Seminararbeit niedergeschrieben hat, die erstaunlicherweise nie abgegeben wurde.«

»Bescheidenheit?«, fragte Henning nach.

»Eher nicht. Manchmal hilft ein Blick ins Gesetz, sagen wir unter Juristen. Tatsächlich ist es so, dass es mit dem Patentrecht schwierig wird, wenn die durch Patentierung zu schützende Erfindung in einer früheren wissenschaftlichen Quelle bereits erwähnt wird, in dem Sinn also nicht neu ist. Die Seminararbeit hätte also das Patent mindestens gefährdet und wäre wohl auch das Aus für den Nobelpreis gewesen. Kranz hatte also ein vitales Interesse daran, Fritz in die Patentauswertung miteinzubinden. Außerdem hat er ihn wirklich geschätzt. Kurzum, der kleine Student war fast über Nacht Millionär und erwies sich dann noch als ein kluger Geschäftsmann.«

»Inwiefern?«

»Fritz kam auf die Idee, die Patentrechte nicht einfach zu verkaufen, sondern tauschte sie sehr selektiv gegen Unternehmensbeteiligungen ein. Kranz, den dies alles nicht besonders interessierte, ließ ihn machen. Bis heute hält die Stiftung und im Übrigen auch Fritz selbst Gesellschaftsanteile und Aktien an den erfolgreichsten Chemieunternehmen weltweit.«

»Ungewöhnlich weitsichtig für einen Studienanfänger.«

»Und kaum zu verkraften für die Wissenschaftscommunity. Irgendwie ist es ja auch kaum vorstellbar. Da sitzt im Vordiplom ein schmallippiger Multimillionär, der von einem Nobelpreisträger als einziger Beteiligter direkt an die schöne Geldquelle gesetzt wird. Fritz hat nur angedeutet, dass er immer wie das blinde Huhn unter den Chemikern behandelt wurde, dem – wie er es formulierte – dann noch ein anderer ›ein Goldei unter den Pöter‹ gelegt hat. Noch sein Promotionsverfahren muss ein einziger Spießrutenlauf gewesen sein.«

»Das heißt, er hat eigentlich nie in seinem Leben richtig als Chemiker arbeiten können?«

»Soweit ich verstanden habe, hatte er immer Zugang zu den großen F&E Abteilungen der Chemiekonzerne. Er hat sogar an einigen Anwendungen der Patente entscheidend mitgearbeitet, bei der Entwicklung von Carbon soll er richtungsweisend beteiligt gewesen sein. Fritz war immer interessiert an Innovationen. Aber das war nur die eine Seite. Mit der Zeit sah er immer mehr die Ambivalenz der neuen Forschungen. Mit den 1970er Jahren gingen ja auch die Unschuldsjahre der Chemie allgemein und etwas später die der klassischen Kunststoffe zu Ende. Und es waren oft dieselben Namen von Substanzen und Marken, die von zukunftsverheißenden Wunderwaffen zu Todesfratzen mutierten. Vor allem die Chlorchemie machte den Anfang, dann kam die Asbestkatastrophe, die bis heute Abertausende Opfer kostet, welche an den Spätfolgen sterben. Zu dieser Zeit reihten sich die örtlichen Katastrophen immer schneller aneinander und konnten nicht mehr ignoriert werden: Seveso 1976, Weiden mit vergiftetem und verendetem Vieh, Bilder von Chlorakne bei Hunderten Menschen. Drei Jahre später hatten wir hier den Hamburger Dioxinskandal, die Sanierung des Firmengeländes in Moorfleet ist immer noch nicht fertig. Am eindrücklichsten waren vielleicht die Bilder vom roten Rhein 1986 durch gleich zwei Dutzend chemischer Gifte aus den Sandoz-Werken. Und mit der unvollständigen Aufzählung haben wir Deutschland und die Schweiz noch nicht verlassen. In den Achtzigern kam auch noch das Ozonloch obendrauf. Fluorchlorkohlenwasserstoffe, die die Ozonschicht der Atmosphäre angriffen und in Unmengen durch Kühlmittel in die Atmosphäre freigesetzt wurden. Für den Menschen vollkommen ungiftig, deshalb ahnte man lange Zeit nichts. Doch nun, einmal entdeckt, drohte ein Kollaps der gesamten atmosphärischen Barriere gegen die potenziell tödliche UV-Strahlung der Sonne. Diese bedrohlichen Szenarien führten zur Umweltbewegung und dann zu umfassenden Stoffverboten und Umweltgesetzen. Und nun kam langsam auch das ›Plastik‹, die Polymere, an die Reihe und in Verruf. Ihre biologische Nichtabbaubarkeit und die Vermüllung der Natur, bis zur erst seit relativ kurzer Zeit bekannten Problematik mit dem Mikroplastik. Spätestens jetzt steht auch Fritz' Reichtum auf sehr ambivalenten Füßen, wenn man es so sehen will.«

Kestner sah Dr. Lenzin an. Fritz hatte tatsächlich nicht zu viel versprochen, das Gedächtnis dieses Mannes war schlicht phänomenal: »Um ehrlich zu sein, habe ich von einem Teil der Vorfälle vielleicht nicht mal gehört. Bei anderen funktioniert offensichtlich das Verdrängen. – Aber was man nicht mehr verdrängen konnte, waren das

Gutachten des Club of Rome zu den Grenzen des Wachstums, und der Plastikmüll ist wortwörtlich zum Killerargument gegen ein Weiter-so geworden.«

»Genau an dem Punkt ist Fritz vom Wissenschaftler zum Missionar geworden. Sie haben es wahrscheinlich auf der Website der Stiftung gelesen.« Dr. Lenzin setzte sich die halbierte Lesebrille auf, die auf einem Beistelltischchen lag, und blätterte die entsprechende Seite in dem Lederbändchen auf: »Wenn es so weitergeht, wird in zwanzig Jahren mehr Plastikmüll in den Meeren schwimmen als Fische. Und die Entsorgung des Kunststoffs ist inzwischen eine globale Verschiebeproblematik ohne Verantwortung und Perspektive. Jährlich, wir können die Zahlen nur schätzen, verklappen wir zwischen fünf und zwölf Millionen Tonnen Plastikmüll ins Meer, das entspricht einer Lastwagenladung pro Minute.«

»Klingt nach einem Problem, gegen das auch eine wohlhabende Stiftung nicht ankommen kann.«

»Nein und ja. Und da wird aus dem Missionar wieder der Wissenschaftler. Fritz Benzow will nicht ideologisieren über Recyclingquoten oder Verschärfung von Rechtsvorschriften und Verbotsknebel auch nicht politisch durchsetzen. Er bleibt Naturwissenschaftler und will, dass Menschen mit Ideen ihre Energie für die Lösung wirklicher Probleme einsetzen. Vor drei Jahren hat die Stiftung zum Beispiel eine kleine, wie sagt man heute, Kreativbude gefördert, die dem Geheimnis des Spinnenfadens auf die Spur kommen wollte. Spinnenfäden sind fünfmal so reißfest wie Stahl und übertreffen in einigen ihrer Eigenschaften synthetische Stoffe bei weitem. Das Problem ist nicht, die chemische Zusammensetzung zu analysieren. Die eigentliche Frage ist, wie die Spinne es schafft, dass diese Ketten von Eiweißmolekülen nicht schon in der Spinndrüse oder dem Spinnkanal verklumpen. Vor einem halben Jahr haben die jungen Typen rausgefunden, wie der Prozess vom einzelnen Seidenmolekül zum verbundenen Faden funktioniert. Ein gigantisches Potenzial, ist sich Fritz sicher.«

»Spannend«, pflichtete Kestner bei.

»Ja, genauso wie das Projekt, über dessen Förderung wir in der kommenden Sitzung diskutieren. Dabei geht es um Bakterien, die auch bestimmte Kunststoffe verdauen können. Die Forschungsgruppe hat ein Enzym entwickelt, das den Kunststoff für diese Bakterien offensichtlich schmackhaft, also biologisch abbaubar macht. Bislang sind das alles noch kleine Fortschritte. Aber so wie es heute schon schwimmende Fischfabriken gibt, die direkt an Bord eine Makrele in eine Fischkonserve umwandeln, ist es durchaus denkbar, dass Tanker mit hungrigen Bakterien auf die Plastikinseln unserer Meere angesetzt werden. Am Ende steht dann harmloser oder sogar nützlicher Biomüll.«

»Eine großartige Vision. Schade, dass ich nicht mit Ihnen und den Benzows an dieser Vision arbeiten kann. Gibt es sonst noch irgendetwas, was ich wissen muss?«

Lenzin lehnte sich in dem Rattansessel zurück: »Nichts, was den wahren Grund meines Ausscheidens erklären würde. Es ist tatsächlich schlicht das Alter. Ich möchte gehen, bevor ich es selbst nicht merke, dass ich längst hätte gehen müssen. Außerdem haben wir mit Herrn Jessen einen passablen Nachfolger gefunden. Er ist ein guter Jurist und hat selbst eine eigene Stiftung für bedürftige Kinder.« Passabel, dachte Henning. Das klang nicht gerade nach tiefster Wertschätzung. Aber bevor er nachfragen konnte, setzte Lenzin schon wieder an: »Wissen sollten Sie noch, Herr Kestner, dass die Stiftung auch einen Nebengedanken hat. Sie wurde vor nunmehr fast zehn Jahren gegründet. Ziel war es dabei auch, dass das beachtliche Erbe von Fritz nicht in die Hände seines Sohnes fällt. Nach zehn Jahren ist dieses Ziel für den Großteil des Benzow'schen Vermögens erreicht und der Pflichtteilsanspruch äußerst schwer durchzusetzen. Aber Vermögen, das werden Sie wissen, ist auch jetzt noch in der Verfügung der Benzows. Ich gebe grundsätzlich nichts auf Gerüchte, und außerdem haben Sie ihn ja selbst erlebt. Ich weiß nur, dass Fritz als Vater in einem Dilemma steckt. Er fühlt sich verantwortlich für seinen Sohn und weiß nicht, ob er selbst auch Verantwortung tragen will und kann.« Mit einer flüchtigen Handbewegung schien er das Gesagte wegwischen zu wollen. »Aber was rede ich hier herum. Sie sind ja Pastor und, wie ich Sie einschätze, haben Sie genug Menschenkenntnis, um zu ihren eigenen Urteilen zu kommen.«

Kestner war tatsächlich Pastor genug, um zu wissen, dass er mehr hier nicht erfahren würde. Er sah auf die Uhr. Sie hatten über zwei Stunden gesprochen. Lenzin reichte ihm die kleine Festschrift und fügte hinzu: »Sie werden sicher noch Abendtermine haben oder sonst«, er deutete auf seinen Ringfinger, »mit Ihrer Frau den Feierabend zubringen wollen.« Dann begleitete er ihn zur Tür und bot ihm an, sich jederzeit mit Fragen an ihn wenden zu dürfen.

Als Henning auf das Rad stieg, dachte er noch: Nein, den Abend mit seiner Frau zubringen wollte er nicht. Dann nahm er an der Elbe den Weg stromabwärts. Es kümmerte ihn nicht, dass er mit seinem blauen Anzug bei dieser Geschwindigkeit einen noch lächerlicheren Eindruck machen würde.

Kapitel 13

Die Begrüßung hätte herzlicher kaum sein können. Anna-Lena Benzow drücke Sora Lee, als würde sie die Journalistin nie wieder loslassen wollen: »Ich bin Ihnen so dankbar. Endlich hat jemand geschrieben über das, was damals in Mülheim vorgefallen ist.« Fritz Benzow schaute etwas verlegen zur Seite, dann bat er Sora Lee in den Wintergarten.

»Wie viele Jahre hat das Schwein noch mal bekommen?«, fragte Anna-Lena Benzow. Sora Lee wunderte sich kurz, dass sich das Opfer die Strafe nicht gemerkt hatte. »Lebenslänglich, Frau Benzow.« Fritz Benzow nickte: »Er wird uns nicht mehr bedrohen.«

»Dann droht uns nur noch von Jens Gefahr«, sagte Anna-Lena Benzow. Sora Lee schaute das Paar fragend an: »Entschuldigung, das verstehe ich jetzt nicht.« Fritz Benzow war das Thema sichtlich peinlich: »Frau Lee, Sie müssen entschuldigen, meine Frau meint das nicht so. Sie ist nach dem Prozess nur etwas durcheinander.« Seine Frau knallte ihr Glas auf den Tisch, der Orangensaft schwappte über: »Ich bin überhaupt nicht durcheinander, Fritz. In Nienstedten weiß doch eh jeder, wie mich dein Sohn bei unserer Hochzeit gedemütigt hat. Das kann ruhig ganz Hamburg wissen.«

Fritz Benzow nahm die Hand seiner Frau, sichtlich um Contenance bemüht: »Frau Lee, nur für Sie als Hintergrund, nicht zum Schreiben. Mein Sohn hatte es nie leicht, er hat früh seine Mutter verloren. Und ich habe mich viel zu wenig um ihn gekümmert.« Anna-Lena Benzow stieß die Hand ihres Mannes weg: »Und das gibt ihm das Recht, den schönsten Tag meines Lebens zu ruinieren? Ich will nicht, dass dieser Jochen noch einmal unser Haus betritt.« Fritz Benzow stand auf, schlurfte zur Tür und wirkte auf einmal um zehn Jahre gealtert: »Mein Sohn heißt

Jens, das weißt du doch. Ich lass euch jetzt allein, ich muss mich noch um meine Stiftung kümmern.«

Betreten schaute Sora Lee durch die bodentiefen Fenster auf die Elbe. Der Blick mochte unverbaubar sein, die Hindernisse im Leben ließen sich indes auch mit Millionen nicht aus dem Weg räumen. Für ein paar Augenblicke hatte sie das Wohnzimmer ganz für sich. Dann stellte Anna-Lena Benzow einen riesigen, entsetzlich geschmacklosen Plastik-Kaktus vor den Kamin. An den Stacheln waren Geldscheine aus aller Herren Länder drapiert. »Sie sollen sehen, wozu der feine Herr Sohn fähig ist. Das war sein Geschenk zu meiner Hochzeit, überreicht von einer Prostituierten.« Anna-Lena Benzow spuckte die Worte förmlich aus: »Dazu hat er dann noch gesagt, ich hätte mich hochgeschlafen.« Mit einer Wucht, die Sora der zierlichen Frau gar nicht zugetraut hätte, trat Anna-Lena Benzow den Kaktus in den Kamin, die Geldscheine flogen kreuz und quer durch das Wohnzimmer.

Sie setze sich neben Sora auf die Couch und weinte bitterlich: »Natürlich haben die Gäste sich empört. Aber ich weiß doch genau, was die Nachbarn hier denken. Der große Chemiker. Und die kleine Sekretärin. Ob das man gut geht? Genau wie früher, als ich Fritz im Max-Planck-Institut kennengelernt habe. Für mich war es Liebe auf den ersten Blick, und ich glaube, für Fritz auch. Aber weil sie sich im Institut alle das Maul zerrissen hätten, hat er sich nicht mehr getraut. Und eine andere geheiratet.«

»Ich hoffe doch sehr, dass Ihr Mann seinen Sohn bei der Hochzeit rausgeschmissen hat«, sagte Sora. »Das hat zum Glück der Pastor übernommen. Henning Kestner, den müssen Sie unbedingt kennenlernen. Was für ein feiner Mann, der hat mich gerettet«, antwortete Anna-Lena Benzow und weinte schon wieder: »Fritz ist einfach zu gutmütig. Ich prophezeie dir, er wird ihm wieder verzeihen. Er wird ihm wieder Geld geben. Irgendeines seiner grauenvollen Bilder kaufen. Oder seine nächste Ausstellung finanzieren. So hat er es immer gemacht.«

Sora war der plötzliche Wechsel ins Du eher unangenehm. Unter Kolleginnen und Kollegen, erst recht in Krisenregionen, war es üblich, dass man sich sofort duzte. Ansonsten achtete sie im Job auf Distanz. Auf der anderen Seite tat ihr Anna-Lena leid. »Was willst du jetzt machen?«, fragte sie.

»Ich weiß es nicht«, schluchzte Anna-Lena: »Ich habe Angst, richtige Angst. Ich kann nachts sowieso kaum schlafen, wandere durchs Haus. Zweimal habe ich Jens schon am Fenster gesehen. Er hatte eine Eisenstange in der Hand. Der will mich umbringen, ganz sicher.« Sora schüttelte ungläubig den Kopf: »Und was sagt dein Mann dazu?« »Der denkt, dass ich mir alles einbilde. Ich bin in letzter Zeit manchmal etwas vergesslich. Neulich kannte ich nicht mal mehr den Weg von Blankenese nach Nienstedten. Und ich weiß, dass sich Fritz große Sorgen macht. Ich habe sogar gesehen, dass er Demenz und Alzheimer gegoogelt hat. Aber das ist natürlich Unsinn. Mir geht es bestens. Ich bin nur durch Jens total gestresst.«

Zum Abschied nahm Anna-Lena Benzow Sora Lee fest in den Arm: »Du tust mir gut. Bitte lass mich nicht im Stich.« Die beiden Sätze klangen noch nach, als Sora Lee wieder an ihrem Schreibtisch saß. Natürlich würde sie keine Zeile über den Kaktus schreiben. Dessen Stacheln saßen bei Anna-Lena viel zu tief.

Konnte es wirklich sein, dass Anna-Lena Benzow als 63-Jährige bereits dement war? Sora googelte Ratgeberseiten. Ja, es gab solche Fälle. Selten zwar, aber manche erkrankten bereits mit Mitte vierzig. Gehörte auch Anna-Lena zu den Betroffenen?

Und doch war es nicht die mögliche Krankheit, die bei Sora dieses Mitgefühl auslöste. Dafür hatte sie als Reporterin zu viele schreckliche Schicksale gesehen. Nein, Anna-Lena erinnerte sie an ihre Mutter. Auch sie war so oft gedemütigt worden. Im Heim hatte es Hochbetagte gegeben, die sich nicht von ihr waschen lassen wollten. Sie hatte es ihren Kindern erzählt, wenn die in der Schule als »Schlitzis« gehänselt wurden: »Ignoriert diese Idioten. Die wissen es nicht besser.«

Sora hatte das immer für den falschen Weg gehalten. Unrecht musste man bekämpfen. Jens Benzow jedenfalls brauchte die passende Lektion, um zu begreifen, was er angerichtet hatte. Dann googelte sie noch

Kestner, Henning Kestner, den Pastor, der im richtigen Moment wie ein Türsteher gehandelt hatte. »Der sieht interessant aus, sehr interessant«, dachte Sora, als sie den Laptop zuklappte. »Eher wie ein Kampfschwimmer als wie ein Dorfpastor.«

Kapitel 14

Sie hatte sie nie so weinen gesehen. Nicht in den ganzen vier Jahrzehnten ihrer Freundschaft. Nicht einmal, als ihr Vater gestorben war. Und das ausgerechnet am Tage ihrer Hochzeit. Als dieser widerliche Sohn von Fritz seine Hassnummer gegen Anna-Lena abgezogen hatte. Sie hielt das kleine Leporello in der Hand, das sie ihr später mit den Bildern ihrer Hochzeit geschickt hatte. Kränkung und Schmerz waren aus der Bilderfolge gelöscht. Aber sicher nicht aus ihrer Seele. Nur wer sie nicht kannte und ihren Humor falsch einschätzte, konnte sie für oberflächlich halten.

Sie musste an ein Gespräch denken, das sie vielleicht zehn Jahre nach ihrem Kennenlernen geführt hatten. Sie hatte Anna-Lena gefragt: »Was war 1933?« Und Anna-Lena hatte geantwortet: »Die Machtergreifung natürlich.« Und sie hatte entgegnet: »Ja, bei euch in Deutschland. Aber bei uns war es der erste parlamentarische Antrag auf Entkriminalisierung der Homosexualität.«

Es war der Abend gewesen, an dem sie das erste Mal offen über ihre Situation als lesbische Frau gesprochen hatte. Sie hatten beide ordentlich getrunken. Ihr Chemielehrer-Kollege hatte ihr eine Flasche Selbstgebrannten geschenkt, teuflisches Zeug, vor allem am nächsten Morgen. Aber die hohen Prozente hatten den Gesprächsfluss sehr erleichtert.

Natürlich hatte Anna-Lena es schon lange vermutet. Aber wie in so vielen Freundschaften konnte sich selbst im liberalen Schweden über dieses Thema ein Nebel undurchdringlicher Andeutungen legen. Bei aller Offenheit, immerhin hatte es noch bis 1944 gedauert, dass das Zusammenleben gleichgeschlechtlicher Paare nicht mehr unter Strafe stand, und erst 1979 wurde die Homosexualität als Krankheitsdiagnose aufgegeben. Es brauchte noch weitere acht Jahre, bis Diskriminierung aufgrund von homosexueller Veranlagung unter Strafe gestellt wurde.

Das alles war Turbogeschwindigkeit gegenüber Deutschland, aber für sie selbst doch Teil einer mühselig langsamen persönlichen Entwicklung. Wie lange hatte sie selbst gebraucht, um sich einzugestehen, dass sie lesbisch war? Der Sport war beim Outing definitiv keine Hilfe gewesen, aber immer eine funktionierende Ablenkung. Sie war zweiundzwanzig gewesen, als sie das erste Mal Sex hatte. Und als sie Liv kennengelernt hatte, war sie schon mit dem Studium fertig gewesen.

»Weißt du. Ich habe mich zwar gewundert, dass du keinen Freund hast und auch nie davon erzählt hast, mal einen gehabt zu haben. Aber auf der anderen Seite habe ich mich auch nie von dir angemacht gefühlt«, hatte ihr Anna-Lena bei ihrem Outing gesagt. »Der Grund ist schrecklich einfach«, hatte sie ihr entgegnet. »Du bist schlicht und einfach nicht mein Typ. Ich hab dich richtig gern, ich will dich als Freundin, aber als Frau interessierst du mich nicht. Ich müsste schon verdammt lange mit dir auf einer einsamen Insel sein, bevor zwischen uns was passieren würde.«

Sonderbar, das gehörte auch zu den langlebigen Vorurteilen über Homosexualität. Dass homosexuelle Frauen und Männer in wahlloser Verführerrolle durch die Welt streiften und die unschuldigen Normalos bedrohten. Mit welchen Verdächtigungen hatten sich nicht homosexuelle Kollegen an der Schule auseinanderzusetzen, während man bei Heterosexuellen davon ausging, dass sie sich brav an ihren pädagogischen Auftrag halten würden.

Ehrlicherweise musste Frida zugeben, dass ihr Sexual- und Beziehungsleben nicht die ganz große Nummer gewesen war. Neben einigen kurzen Lieben war es eigentlich nur Liv gewesen. Zehn Jahre älter und so ganz anders als sie. Romanistin, ja und vor allem Romantikerin. Ihretwegen war sie überhaupt wieder von Stockholm an die Westküste gezogen. Direkt nach ihrem Examen zur Sport- und Geografielehrerin. Sie hatte sie als inspirierende, junge Schulleiterin bei einer Tagung »Skolan 2000« kennengelernt und sich nicht nur Hals über Kopf in sie verliebt, sondern sich auch von ihren Visionen anstecken lassen. Liv war Schulleiterin in Lysekil, nördlich von Göteborg am Gullmar Fjord. »Wir zwei bauen die Schule von morgen auf. Statt sinnlosen Lehrplänen selbstbestimmtes Lernen. Pubertät nicht hinter Büchern, sondern draußen. Natur und Sport im Zentrum, da übernimmst du die Verantwortung, Frida. Schweden hat nicht viele Fjorde, aber wenn man da etwas machen kann, ist es Rudern.«

Letztlich wäre es ihr auch egal gewesen. Sie wäre Liv überallhin gefolgt, nur um mit ihr zusammen sein zu können. Ihre Visionen erwiesen sich schnell als nicht realisierbar. Aus dem reformpädagogischen Vorzeigeprojekt wurde eine schlichte Landschule, für die sich keiner besonders zu interessieren schien. Das Schweden der 1970er und 1980er Jahre hatte eh andere Probleme als die Schule von morgen. Aber Liv und sie waren dennoch glücklich gewesen. Sie hatten ein kleines Haus direkt unterhalb der Kirche gefunden, zum kleinen Hafen waren es nicht einmal drei Minuten.

Ihre gemeinsamen drei Jahre gehörten zu der besten Zeit, die Frida gehabt hatte. Bis, ja bis Liv plötzlich erkrankte. Hohes Fieber, Kopfschmerzen. Mal war sie völlig fertig, dann wieder gereizt und verwirrt. Erst hatten sie natürlich an irgendeine Grippeinfektion gedacht, aber es stellten sich keine typischen Erkältungssymptome ein. Und vor allem klangen die Symptome einfach nicht ab. Liv war schließlich ins Universitätsklinikum nach Göteborg gefahren. Auch dort war sie erst herumgereicht worden, bis man in der Neurologie eine akute Demyelinisierung feststellte.

Wie sie diese medizinische Fachsprache seitdem hasste. Sie versteckte die Hoffnungslosigkeit hinter beherrschbaren lateinischen Vokabeln. Denn in Wirklichkeit war es nichts anderes als die schlichte Selbstauflösung des Rückenmarks. Der Krankheitsverlauf war rasant. Die Bestätigung des Verdachts auf MS in der Marburger Variante hatte Liv gar nicht mehr abgewartet. Sie wollte nur raus und nach Hause. Frida hatte sich beurlauben lassen, als sich die Symptome wie im Zeitraffer verdichteten: Koordinationsschwierigkeiten, plötzlich einsetzende Sehstörungen,

Gangunsicherheit. Aber am meisten litt Liv unter ihrer Sprachstörung. Und auf keinen Fall wollte sie wieder in die Klinik. »Dafür, dass ich sterben werde, brauche ich keine Schläuche und Kabel an meinem Körper als Bestätigung.« Es hatte keine zwei Monate gedauert, bis Liv starb. Immerhin so, wie sie wollte, zuhause und mit Frida an ihrer Seite. Ganz gegen das Anraten der Klinik, die ihnen aber auch keine Hoffnung auf irgendeine Form der Heilung oder sei es nur Linderung machen konnte.

Anna-Lena war gekommen, als Liv beerdigt wurde. Aus der geplanten Woche war schließlich ein ganzer Monat geworden. Sie hatte ihr damals geholfen, ihr Leben neu durchzubuchstabieren. »Du musst hier weg. Aus der gemeinsamen Wohnung. Aus der Schule. Und du brauchst Sport.« Sie war erst abgereist, als alle drei Dinge erledigt waren. Eine echte Freundin eben.

Der Versetzungsantrag war sofort angenommen worden. Warum, erfuhr sie schon bald. Die Hammarkullsskolan im Norden Göteborgs hielt schon damals traurige Rekorde. Nur die Hälfte der Schüler schaffte einen Schulabschluss. Die Arbeitslosigkeit im Stadtteil lag auf schwedischem Rekordniveau, und Gewalt war Alltag, Tendenz steigend. Frida war es egal gewesen. Sich durchzusetzen war nie ihr Problem gewesen, und selbst bei den härtesten Burschen verschaffte sie sich schnell Respekt. Sie versank in der neuen Aufgabe, liebte ihren Beruf. Und sie war nicht abhängig davon, dass die Schüler sie mochten.

Anna-Lena hatte keine Ruhe gegeben, bis sie wieder mit dem Sport anfing. Sie nahm ihr altes Hobby wieder auf, aber nicht auf stillem Gewässer. Fjorde hasste sie schlicht seit Livs Tod. Der Gullmar Fjord hatte sie nicht mehr zu sehen bekommen. Sie hatte mit dem Coastal Rowing begonnen, sich ein eigenes Boot gekauft und es im Schuppen des Sommerhauses ihrer Eltern auf Orust untergestellt. Und ein paar Trainerstunden hatte sie sogar genommen, weil es gar nicht einfach war, die robusten Kunststoffboote an der offenen Küste auf den Wellen zu halten. Die Anderssons, ihre Nachbarn, hielten sie schlicht für verrückt, wenn sie sich manchmal noch bei starken Winden auf das Wasser begab. »In meiner Schule habe ich es täglich gefährlicher«, hatte sie nur gelacht. Sie wusste, dass sie manchmal zu weit rausruderte. Die Gefahren musste man ihr nicht erklären. Bohuslän war nicht umsonst bekannt für seine pittoresken Felsen, die nicht alle gut sichtbar über dem Wasser herausragten. Aber auch ohne Felsen und entglittene Container war Coastal Rowing kein Osterspaziergang. Die Nordsee war kalt, insbesondere wenn man es hasste, im Neoprenanzug zu rudern.

2014 war sie dann pensioniert worden. Die ganzen Diskussionen um den Lehrerberuf und den zunehmenden Lehrermangel waren an ihr genauso vorbeigerauscht wie die endlosen Klagen der Kollegen über das schlechte Image und die Unterbezahlung von Lehrern. Sie war zufrieden oder wie man in Schweden eben so sagt: »lagom är bäst« (maßvoll ist am besten). Sie maß ihr Lebensglück nicht mehr an den großen Idealen und glaubte nicht an die Erfüllung großer Träume. Unterhalb dieser Träume wartete nicht die Sinnlosigkeit, sondern es waren schlicht Aufgaben, die es praktisch zu lösen galt, wie sie fand. So wie jetzt, da sie den Umzug nach Orust plante.

Und überhaupt, wenn man durch die Gischt der Wellen ruderte, stellte man sich nicht die Sinnfrage.

Kapitel 15

»Aber wenn du versuchen willst, mir deine Anna-Lena als Heilige zu verkaufen, kannst du dir die fünfhundert Kilometer gleich sparen«, hatte ihm Jens Benzow gleich zu Anfang klargemacht. Selbst nach Jahren hielt Jens unverändert fest daran, dass seine Mutter nur deshalb Krebs bekommen hatte, weil sein Vater sie verlassen hatte. Natürlich für eine andere. Und als dann Anna-Lena in seinem Leben auftauchte, hatte das für Jens perfekt zu seiner Geschichte gepasst.

Nein, den Anspruch, die beiden einander näherzubringen, hatte Fritz schon lange aufgegeben. Im Moment hatte er mit seiner Frau auch andere Sorgen. Die Aussetzer nahmen deutlich zu, und er hatte Angst, sie auch nur für ein paar Stunden allein zu lassen. Und jetzt war er gleich mit Übernachtung weg. Er hatte sich für das Auto entschieden. Die IC-Strecke ins Rheinland war immer noch vorsintflutlich, und er brauchte die Fahrt mit Tempomat bei 120, um seine Gedanken zu sortieren. Jens war trotz allem sein Sohn. Ein Hitzkopf, einer der seinen Platz auf der Erde noch nicht gefunden hatte, aber er hatte eben auch eine Menge Pech gehabt.

Sie hatten sich auf eine Wanderung im Kottenforst geeinigt. Treffpunkt Wasserburg in Adendorf. Fritz hatte ihm angeboten, ihn zuhause abzuholen, aber Jens hatte abgelehnt. »Bei uns im Haus wird gerade renoviert.« So trafen sie sich dann auf dem Parkplatz. Jens fuhr mit seinem alten Fiesta vor und parkte neben seinem Jaguar. Zwei Welten. Jens fingerte an einer Papiertüte, als er auf ihn zukam, und streckte ihm eine kleine Figur hin, deren nackter Hintern unschwer zu erkennen war.

»Mama hat immer erzählt, dass du so gerne Marzipan magst.« Fritz lächelte, als er die kleine Figur in die Hand nahm: »Et Bröckemännche. An dem bin ich früher fast täglich vorbeigekommen auf meinem Weg von Beuel zur Uni.« Er drehte die Figur vorsichtig in der Hand und sah in das schelmische Gesicht mit der rausgestreckten Zunge. Das Original war Ende des 19. Jahrhunderts von den Bonnern am Strompfeiler der ersten Rheinbrücke angebracht worden, den Hintern auf die andere Rheinseite nach Beuel gerichtet, die »schääl Sick«. Typisch rheinische Rache, weil sich die Beueler an der Finanzierung der Brücke nicht hatten beteiligen wollen.

»Danke«, sagte Fritz Benzow. Er freute sich ehrlich über die Aufmerksamkeit, auch wenn er rätselte, ob sie auch für eine Botschaft stand. Sein Sohn zeigte auf ein Wanderschild mit dem Hinweis »Schloss Gudenau«, und die beiden setzten sich in Bewegung. Als wenn er die unausgesprochene Frage geahnt hätte, setzte Jens Benzow an: »Das Brückenmännchen fiel mir ein, als du gesagt hast, dass du gerne über unsere Beziehung sprechen wolltest. Wie sagt eine meiner Kolleginnen immer: Das macht die Welt auch nicht schöner, wenn man sich nicht mal mehr mit dem Hintern anschaut.«

»Na, dann haben wir ja schon mal ein hochgestecktes Ziel«, sagte Fritz mit einem Lächeln. »Nicht unterhalb des Brückenmännchens. Aber vielleicht, Jens, geht ja noch mehr. Ich habe immer versucht, dich zu unterstützen. Doch irgendwie hat es nie richtig geklappt.«

Jens Benzow sah auf den Weg. »Ich weiß, du hast mich immer wieder irgendwo mit Geld rausgehauen. Das werde ich nie vergessen. Und deshalb habe ich auch keinen Grund, mich in deine Richtung wie das Brückenmännchen zu verhalten. Aber ehrlich gesagt hast du mich nie richtig verstanden.«

Fritz nickte. Sein Sohn hatte recht. Wahrscheinlich war es sogar schlimmer. Er hatte es auch nicht oft versucht. Vieles war ihm an Jens von Anfang an fremd geblieben. Aber das war jetzt nicht die Zeit, die Gründe zu erforschen: »Kann ich das jetzt noch ändern?«

»Ich weiß es nicht. Jedenfalls nicht für die Vergangenheit. Sonst können wir gleich bis in den Spessart durchwandern. Ich verstehe nicht, warum du Mama verlassen hast. Ich begreife nicht, warum du aus Bonn weggezogen bist in der Zeit, als ich dich als Vater am meisten gebraucht hätte. Ich verstehe bis heute nicht, warum du mich beruflich immer in eine Richtung bringen wolltest, die nichts mit mir zu tun hatte …«

Fritz atmete tief die angenehme Luft des frühen Herbstes ein. Er merkte, wie das Organ, das ihn am stärksten mit seinem Sohn verband, sich heftig meldete: sein immer schlechtes Gewissen. »Vielleicht kann ich dir ja einiges erklären?«

»Du musst mir gar nichts mehr erklären, woran wir sowieso nichts mehr ändern können. Mich interessiert nur noch die Gegenwart.«

»Und das heißt?«, fragte ihn Fritz, der allmählich jede Ahnung verlor, wohin das Gespräch führen würde. Wollte er doch nur wieder Geld?

Jens blieb stehen und wendete sich ihm so zu, dass er ihm direkt in die Augen schauen konnte: »Akzeptiere mich einfach so, wie ich bin. Lass mir meine Träume und hilf mir, deine Träume zu verstehen. Und trau mir etwas zu, anstatt mir wie früher immer nur meine Verantwortung abzunehmen.«

Fritz Benzow sah, wie sein Sohn seinen Blick senkte. Irgendetwas musste ihn verändert haben. Da war nichts mehr von dem rasenden Zorn, von den Vorwürfen. Oder war er schlicht erwachsen geworden? »Okay, erzählen wir uns von unseren Träumen …«

Es war noch eine lange Wanderung geworden. Irgendwann hinter Wachtberg hatten sie eine Taxe bestellt und waren in die Bastei nach Bad Godesberg gefahren, wo Jens vorausschauend einen Tisch bestellt hatte. Das Gespräch war leicht gewesen und zugleich intensiv. Jens hatte ihm erzählt von seinem Traum, nicht einfach nur Künstler zu sein, sondern als Künstler zu leben und anerkannt zu sein. Über Tag im Stadthaus zu arbeiten und in den freien Stunden zu malen kam ihm wie ein unerträgliches Doppelleben vor, dem er irgendwann einmal ein Ende setzen wollte. Fritz hatte seinem Sohn zum ersten Mal von seiner Stiftung erzählt, von seinem Traum, der Geschichte des Kunststoffs eine neue Richtung zu geben.

Das Gespräch drohte eine schwierige Wendung zu nehmen, als Jens ihn fragte, ob er die Stiftung deshalb gegründet habe, um seinen Traum vor seinem eigenen Sohn zu schützen. Jens hatte den wunden Punkt getroffen. Einen Moment hatte Fritz gezögert, ausweichend zu antworten. Aber dann hatte er es schlicht bejaht. Ob es diese Ehrlichkeit war oder die eigenartige Veränderung in seinem Wesen, die er sich nicht erklären konnte, jedenfalls hatte Jens ganz unerwartet geantwortet: »Du hättest mich auch einfach fragen können, ob ich dir bei der Verwirklichung deines Traums helfen kann.«

Irgendwie war das zum Schlüssel geworden: sich gegenseitig bei der Verwirklichung des Traums zu helfen. Sie hatten lange überlegt, wie das für Jens aussehen könnte. Er wollte kein eigenes Atelier mit Papa als Mäzen für Miete und Lebensunterhalt. Er wollte Anerkennung. Und er wollte, das hatte Fritz zu seiner Erleichterung gespürt, nicht gegen die Stiftung um sein Erbe kämpfen. Sondern er wollte seinen Platz in dem Traum des Vaters bekommen. Als Fritz ihm anbot, in den Vorstand der Stiftung zu kommen, war er überrascht gewesen. Aber dann hatte er nach kurzem Zögern Ja gesagt. Zum Schluss hatte Jens noch darauf bestanden, die Rechnung selbst zu bezahlen.

Als Fritz abends in seinem Hotel direkt beim Beethoven-Haus lag, konnte er nicht einschlafen. Was war das für ein wundervolles Gespräch gewesen. Fanden sie als Erwachsene jetzt doch neu zueinander, jenseits alter Verletzungen und Vorwürfe? Er überlegte sich schon, wie er eine Ausstellung für Jens organisieren würde. Wer auf die Einladungsliste kam. Und ja, warum sollte sein Sohn nicht auf Dauer seinen Platz in der Stiftung einnehmen? Er hatte einen kaufmännischen Beruf gelernt und die Idee seiner Stiftung nicht nur verstanden, er teilte sie sogar. Klar, er würde Anna-Lena überzeugen müssen, dass sie aus dem Vorstand zurücktrat. Aber das hatte er ohnehin in den letzten Monaten öfter gedacht. Fritz fühlte sich so glücklich wie schon lange nicht mehr.

Jens brachte den weiteren Abend unweit von seinem Vater im Limes zu. Eigentlich wollte er noch seine Kollegin Petra einladen – nach dem Abend war er ihr noch einen schuldig –, aber die wollte lieber zum Yoga. Sie hatte komplett recht gehabt. »Väter mit schlechtem Gewissen sind Manövriermasse. Statt erfolglos gegen ihn zu kämpfen, kannst du ihm helfen, etwas aktiv gegen sein schlechtes Gewissen zu tun. Todsicher.«

Kapitel 16

Als Jens Benzow erwachte, dröhnte ihm der Schädel. Das Sonnenlicht fiel in die Suite. »Verdammt ich war gestern so blau, dass ich nicht mal mehr die Vorhänge zugezogen habe«, murmelte Benzow beim Blick auf die Alster, wo die Ruderboote ihre Bahnen zogen. Nett hier, wirklich sehr nett. Kein Vergleich zu seiner Bude im neunten Stock im schäbigen Hochhaus in Bonn-Auerberg. Der Alte, das musste man ihm lassen, hat nun mal Stil. Und zum Glück auch das nötige Kleingeld, um die Suite im Atlantic zu finanzieren.

Nein, Papa ließ sich nie lumpen. Bei der Ausstellung hatte er das Beste vom Besten aufgefahren. Sushi, natürlich von Henssler, Austern aus dem Frischeparadies und kistenweise besten Champagner. »Was für ein geiler Abend«, dachte Benzow. Der würdige Rahmen für den Start in seine Künstlerkarriere. Statt in irgendeinem verwarzten Bonner Keller hatte er seine Bilder endlich in einer der bekanntesten deutschen Galerien zeigen dürfen. Neuer Wall, beste Adresse. »Nie wieder Chips und Wein aus Pappkartons bei einer Eröffnung«, schwor sich Benzow, als er sein weißes Hemd in den Papierkorb stopfte. Er ahnte, dass sich an dem riesigen Sushi-Fleck aus einem Lachs/Reis-Gemisch jede Reinigung vergebens versuchen würde. Egal, ein solch kleines Malheur konnte bei all der Aufregung schon mal passieren. Erst recht, wenn man am größten Künstler-Tag seines Lebens eine sehr unerfreuliche Begegnung hatte. Als er mit seinem Vater noch letzte Hand an die Aufhängeschienen gelegt hatte, hatte plötzlich der Pastor in der Zarge gestanden. Und natürlich hatte er wieder mit seinem seidenen Taschentuch seine ständig schwitzende Glatze poliert. Was für ein affektierter Idiot.

»Der hat mir wirklich gerade noch gefehlt«, dachte Benzow. Den Namen hatte er verdrängt, zu unerfreulich war ihre erste Begegnung gewesen. Damals, bei der Hochzeit. Minutenlang hatte der Pastor über das Glück der späten Jahre referiert. Und sein alter Herr und diese Anna-Lena hatten geturtelt wie ein Teenager-Pärchen. Peinlich. Dabei hatte Benzow ihn doch gewarnt: »Papa, was willst du mit einer ehemaligen Sekretärin? Die ist doch nur heiß auf dein Geld.« Aber Vater hatte sich nicht beirren lassen. »Anna-Lena ist die Liebe meines Lebens, akzeptier das gefälligst.« Und dabei hatte er ihn über den Rand seiner auf die Nase geschobenen Brille so streng angesehen wie früher, wenn er wieder mal eine Fünf in Mathe nach Hause gebracht hatte.

Benzow musste kichern, als er an die Hochzeit dachte. Dieses Gesicht seiner Stiefmutter – was für ein schreckliches Wort – würde er nie vergessen, als sie sein Geschenk auspackte. Stundenlang hatte er mit seinem Kumpel Kalle, einem gescheiterten Grafikstudenten, in einer durchzechten Nacht an der Installation gearbeitet. Ein Kaktus, umspielt von kopierten Geldscheinen in den Währungen aller Herren Länder, dazu das Wort »Sekretärinnen-Traum« auf der Schale eingraviert. Ziemlich witzig, wie Jens Benzow fand. Doch an dem Abend lachte niemand. Noch nie hatte er seinen Vater so wütend erlebt. Dessen Frau tropften Tränen auf das weiße Hochzeitskleid, der Pastor reichte ihr sein seidenes Tuch, bevor er sich auf ihn stürzte. Hielt der sich etwa für Sean Connery?

Benzow schaute in den Spiegel. Zum Glück hatte er das volle Haar seines Vaters geerbt. Nirgendwo Geheimratsecken. Wie lächerlich doch Männer in jungen Jahren mit Glatze aussahen. Wie dieser Prof. in seinem ersten Semester an der Kunsthochschule Bonn. Machte mit seinem engen schwarzen T-Shirt und dem federnden Gang auf Zinédine Zidane. Alle durften ihn duzen, die Studentinnen himmelten ihn an. Wahrscheinlich hätten sie beim Kurs »Aktzeichnen« lieber ihn als Modell gehabt als diesen Trottel, der sich für zehn Euro die Stunde auszog. Benzow wusste, dass er mit seiner Zeichnung nie einen Preis gewinnen würde. Aber das gab diesem Prof. noch lange nicht das Recht, dieses Bild im Hörsaal als Werk eines Stümpers zu geißeln. Benzow hatte sich den Glatzkopf geschnappt und ihm mitten im Seminar eine verpasst. Unter Gepolter und Wehgeschrei war der Idiot in seine Staffelei geplumpst, aus der Platzwunde auf dem kahlen Schädel quoll das Blut, statt wie ein französischer Weltstar sah er aus wie ein drittklassiger Kirmesboxer. Und während die Weiber im Zeichensaal hysterisch herumschrien – »ein Arzt, wir brauchen einen Arzt« –, hatte Benzow seelenruhig alle Akt-Exponate in Schnipsel zerrissen. Mit dieser Aktion war seine Karriere an der Kunsthochschule natürlich beendet, aber zum Glück war auf seinen Vater Verlass gewesen. Der hatte zwar getobt, aber dann auch aus Sorge vor Schlagzeilenfutter im Boulevard – »Sohn eines Star-Chemikers schlägt Kunst-Prof.« – die Angelegenheit diskret geregelt. Den Strafbefehl über zehntausend Euro und das Schmerzensgeld über tausend Euro konnte er ja auch aus der Portokasse begleichen.

Benzow nahm Mineralwasser aus der Minibar, trank die Flasche auf Ex. Wie hatte Kalle nach einer Nacht mit zwanzig Bier und vierzig Zigaretten immer gesagt: »Mann, habe ich einen Brand.« Doch damals waren die Kopfschmerzen nie so schlimm gewesen, vielleicht war die Kombination Champagner/Sushi doch nicht das Richtige für ihn. Egal. Nach diesen Zeiten mit Nudeln, Reis und Billig-Dosenbier hatte er sich dieses Festmahl verdient.

Benzow warf ein Aspirin in das nächste Mineralwasser, als er an seine Hartz-IV-Monate dachte, bevor er städtischer Angestellter wurde. Er war immer knapp bei Kasse gewesen, Künstlerschicksal. Doch dank Papas monatlichen Überweisungen war er damals gut über die Runden gekommen. Die Anrufe im Wochentakt hatte er so gar nicht vermisst. Waren doch eher Kreuzverhöre. »Wann suchst du dir endlich richtige Arbeit?« »Du hättest Karriere machen können, wenn du Chemie studiert hättest.« »Ich habe dir so viele Türen geöffnet.« Immer die gleiche Platte, dazu dieser schnarrende Ton am Telefon. Nicht auszuhalten. Und immer diese Anspielung auf die Geschichte in der Dunkelkammer. Dabei lag die mehr als zehn Jahre zurück. Der alte Herr hatte die Dunkelkammer dem Bonner Beethoven-Gymnasium spendiert: »Die

Kinder sollen lernen, wie man Filme entwickelt und Abzüge macht.« Benzow wurde noch übler, als er an den widerlichen Chemiegestank dachte. Und an den Moment, als Daniel, sein Mitschüler, aus Jux und Dollerei das Licht anknipste und damit den Film mit den Vogel-Aufnahmen zerstörte. Stundenlang hatte er mit seiner Mutter auf der Terrasse mit der Kamera nach Spatzen und Zaunkönigen gefahndet. Und dann kam Daniel und machte alles kaputt. Jens hatte ihm den Fixierer ins Gesicht geschleudert, zum Glück konnten Ärzte das Augenlicht retten. Ohne den Einfluss seines Vaters wäre er von der Schule geflogen. Aber der Direktor beließ es beim Verweis, im Gegenzug spendierte Vater drei teure Gitarren für den Musikraum.

Er kramte in seiner Brieftasche, nahm behutsam das Foto heraus. Seine Mutter. Wie schön sie war. Wie immer, wenn er ihr Bild betrachtete, wurden seine Augen feucht. Mama hatte ihn immer verteidigt, auch nach dem Zwischenfall in der Dunkelkammer und der Ehrenrunde in der neunten Klasse. Wie hatte Vater getobt: »Was sollen die Leute denken, dass es für den Sohn des besten deutschen Chemikers gerade mal für die Müllabfuhr reicht?« Mama hatte ihn dagegen getröstet: »Du wirst das schaffen, mein Junge.« Dann hatten sie wieder stundenlang gezeichnet und gebastelt. Warum war seine Mama so früh gestorben? Scheiß Krebs. Wie stolz wäre sie gestern Abend gewesen.

Jens Benzow machte noch eine Flasche Wasser auf, auch der Blick auf die glitzernde Alster tat ihm gut. Vielleicht sollte er ganz nach Hamburg ziehen. Was hielt ihn denn schon in Bonn? Abgesehen von der kleinen Sushi-Panne und dem frostigen Wiedersehen mit dem Pfaffen hätte der Abend nicht besser laufen können. Ein Mann Gottes sollte doch verzeihen können, statt ihm ewig das Hochzeitsgeschenk vorzuhalten. Aber wahrscheinlich hatte der Pastor einfach Minderwertigkeitskomplexe wegen seiner Glatze.

Zum Glück war nur wenige Minuten nach dem Pfaffen die Journalistin gekommen. Sie hatte ihn sofort geduzt: »Ich schreibe heute über deine Ausstellung.« Das hatte ihn bei der Eröffnungsrede noch mehr angestachelt. Er hatte den ganz weiten Bogen gespannt. Von der Romantik über Jugendstil, Surrealismus und Pop-Art bis zu »Stadt, Land, Bild«. Seiner Ausstellung, die so viele Stile vereint. »Stadt, Land, Bild«. Was für ein genialer Titel. Vielsagend und doch einprägsam. Sein Vater hatte anerkennend genickt. Der Alte verstand zwar nichts von Kunst, schätzte aber eloquente Redner. Und gestern war er richtig gut gewesen.

Dann hatte er Sora Lee noch persönlich Bild für Bild erklärt. Gut, sie war nicht die hellste Kerze auf der Torte, sah aber wirklich umwerfend aus und schrieb brav mit, als er über seinen Entschluss referierte, die Kunsthochschule nach dem ersten Semester zu verlassen: »Der Uni-Betrieb hat mich als Künstler zu sehr eingeschränkt.« Die Kleine mit den süßen Rehaugen hatte ihm diese Version sofort abgenommen: »Das finde ich aber total mutig.« Er hatte sie dann noch gefragt, ob sie nicht noch auf einen Drink in die Atlantic-Bar mitkommen wolle. »Heute leider nicht, ein anderes Mal«, hatte sie geflötet und sich dann nur noch mit diesem Pfaffen unterhalten. Dabei war der doch verheiratet.

Beim Champagner langte sie jedenfalls ordentlich zu. »Mein Bericht ist morgen ab 9 Uhr online, lass dich überraschen«, sagte sie beim Abschied. Anna-Lena, seine Schwiegermutter, erstickte dabei fast an einem Lachanfall, das Ganze war nur noch peinlich. Aber Anna-Lena war an dem Abend eh nicht so ganz auf der Höhe, zweimal hatte sie ihn mit Joachim angesprochen, dem alten Herrn war das sichtlich unangenehm. Aber egal. Was interessierte ihn der Geisteszustand der Schwiegermutter oder die Libido einer Journalistin? Viel wichtiger war doch, dass die Besucher, darunter vor allem Geschäftsfreunde seines Vaters, fast alle Bilder gekauft hatten, ein Nachbar aus Nienstedten legte spontan noch einen Tausender drauf. »Das ist so gut. Von wem haben Sie nur dieses Talent?«

Jens Benzow schaute auf sein iPhone. Schon viertel nach zehn. Wenn er noch im Atlantic frühstücken wollte, musste er sich sputen. Aber ein Blick auf Soras Bericht konnte nicht schaden. Könnte ja sein, dass ein Atlantic-Gast ihn fragen würde, ob er der berühmte Maler sei. Benzow loggte sich in die Tageblatt-App ein. Und richtig: Der Bericht über die Ausstellung war prominent platziert.

Beim Blick auf das Bild fiel Benzow allerdings fast das iPhone aus der Hand. Die Idioten aus der Redaktion hatten ein Foto gewählt, wo er mit grenzdebilem Blick gerade den Sushi-Fleck auf seinem Hemd begutachtete. Er sah aus wie der letzte Penner. Scheiße, wie konnte das passieren? Und wieso hieß die Überschrift »Stadt, Land, Klecks«?

Dann las Benzow Soras Bericht.

Wir alle kennen die peinliche Situation, wenn junge stolze Eltern Frühwerke ihrer Kinder zeigen. Irgendwelche Tusch-Aktionen, die man besser entsorgt statt präsentiert hätte. Am liebsten würde man die Eltern bitten, Pinsel und Papier fortan vor dem kleinen Kevin zu verstecken. Aber das macht man natürlich nicht, sondern lobt artig das Hingeschmierte.

Wozu so etwas führen kann, war am Freitagabend in der Galerie am Neuen Wall zu sehen. Dort stellte ein gewisser Jens Benzow seine Werke aus. Der Nachname dürfte vielen Tageblatt-Lesern bekannt vorkommen. Dr. Fritz Benzow, einst einer der bekanntesten deutschen Chemiker, zählt zu den großzügigen Mäzenen der Hamburger Kulturszene.

Was ihn dazu bewogen hat, die Karriere seines Sohnes finanziell zu pampern, weiß nur er. Geschmack kann es nicht sein. Wer die Bilder betrachtet, fragt sich vor allem dies: Warum experimentiert der Filius nicht wie einst der Vater im Labor statt im Atelier? Verglichen mit Benzows Werken ist jeder Malen-nach-Zahlen-Versuch ein wahres Kunstwerk. Ein Kunstlehrer an der Volkshochschule wäre reif für die Klinik, würden ihm solche Werke zum Abschluss des Kurses gezeigt. Der Titel »Stadt, Land, Bild« könnte banaler kaum sein. Wohl um dem so anerkannten Vater einen Gefallen zu tun, kauften die Besucher dennoch Bilder. Hoffentlich sind die Keller groß genug, um diese Machwerke zu deponieren.

Übertroffen wurde der völlige Mangel an Kreativität und Talent nur noch durch die Ansprache des selbsternannten Künstlers, der über Kunstepochen referierte, aber munter Surrealismus und Dadaismus verwechselte. Von der Kunsthochschule Bonn will sich Benzow, gestatten Jens Benzow, übrigens nur verabschiedet haben, weil ihn der Uni-Betrieb so eingeengt habe. In Bonn erzählt man sich eine etwas andere Version.

Demnach soll Benzow einen Prof. verprügelt haben, weil der es wagte, ein Bild von ihm zu kritisieren.

Eine so spannende Szene gab es an diesem tristen Abend leider nicht. Wobei: Der Schlussakkord war witzig. Jens Benzow, reichlich angeschickert vom teuren Schampus des Herrn Papa, kippte sich eine ordentliche Portion Sushi aufs blütenweiße Hemd. Lieber Jens Benzow, bitte schmeißen Sie dieses Hemd nicht weg. Der Klecks sah wunderbar aus, der ist Ihnen wirklich gelungen. Das könnte ein Fingerzeig für eine bessere künstlerische Zukunft sein.«

Jens Benzow klappte sein iPhone zu, nahm das Wasserglas und schleuderte es gegen die verzierte Tür. Dieses verdammte Luder hatte ihn gelinkt. Jetzt fügte sich alles ins Bild. Das war die Rache seiner Stiefmutter, geschmiedet mit der Reporterin. Womöglich steckte der Pfaffe auch noch mit drin. Beim Aufheben der Scherben schnitt er sich in den Daumen, das Blut tropfte auf den dicken Teppich. Benzow betrachtete die Wunde lange und murmelte: »Dafür werdet ihr bezahlen. Alle.«

Kapitel 17

Der Glückwunsch mit der Betreff-Zeile »Danke Sora« des Tageblatt-Online-Chefs traf um 9 Uhr ein. »Ein paar Kollegen haben sich zwar total aufgeregt über deine Ausstellungskritik. So was gehöre sich nicht. Aber der Chef fand's super. Und dein Bericht ist die meistgeklickte Geschichte auf unserer Seite. Hatten wir bei einer Ausstellung noch nie. Und der Bericht läuft auch auf Facebook und Instagram super.« Die Gratulation galt ebenso dem Fotografen, der genau im richtigen Moment auf den Auslöser gedrückt hatte. Was für ein Bild: Jens Benzow kippt sich das teure Henssler-Sushi auf sein weißes Hemd und schaut dämlich in die Kamera. Herrlich.

Und nach diesem Malheur hatte dieser selbsternannte Künstler der Herzen auch noch versucht, sie anzubaggern. Schon deshalb – aber vor allem wegen seines Auftritts bei der Hochzeit seines Vaters und seiner Stiefmutter – hatte er die Lektion mehr als verdient. Auf einem der Fotos von der Ausstellungseröffnung war auch Pastor Kestner zu sehen, unverkennbar durch seine markante Glatze. Höchst attraktiv. Schlau, redegewandt. Entschlossen. Leider mit Ring am Finger. Verheiratet, das hatte er ihr erzählt, war er mit einer Hundetrainerin. Hunde. Ausgerechnet. Machte sie doch um jeden Köter einen ausgeprägten Bogen. Und mit dem lieben Gott konnte sie schon gar nichts anfangen. Sie hatte einfach zu viel Elend gesehen, um noch an gütige höhere Mächte zu glauben.

Wie auf ein Stichwort leuchtete der Name Henning auf ihrem vibrierenden Handy auf. Bat der Pastor womöglich doch um ein Date? Bestens gelaunt meldete sie sich: »Henning, das ist aber fein, dass du mich anrufst. Wie geht's dir?« Doch der Pastor antwortete gar nicht auf ihre Frage, sondern bölkte so laut, dass sie fast ihr Handy fallen gelassen hätte: »Für wen hältst du dich? Machst du auf Scharfrichter? Hast du Spaß daran, Menschen zu vernichten? Was fällt dir ein, solch ein Machwerk über einen Künstler zu schreiben? Hast du überhaupt keinen Anstand?«

»Was sollen diese Vorwürfe? Du fandst die Bilder doch genauso schrecklich. Außerdem hat er Anna-Lena so gedemütigt, keiner weiß das besser als du.« »Und das gibt dir also das Recht, ihn lächerlich zu machen, indem du ein Foto mit seinem bekleckerten Hemd zeigst? Das ist kein Journalismus, das ist ein privater Rachefeldzug.« Im Hintergrund hörte Sora, wie die Hunde anschlugen. Ihr Gebell wurde so laut, dass sie den Pastor kaum noch verstehen konnte. Sie hörte, wie Henning fluchte: »Jetzt haltet endlich die Schnauze, ich muss telefonieren.«

Nein, musst du nicht. Jedenfalls nicht, um mich jetzt abzuwatschen. Als wenn er es gespürt hätte, dämpfte der Pastor seine Stimme: »Sora, ganz im Ernst. So etwas kannst du nicht machen. Du kennst genauso wenig wie ich die familiären Hintergründe. Du weißt nicht, was der Junior durchgemacht hat.«

Sora schwieg. Da hatte der Pastor leider recht. Der alte Benzow hatte ja angedeutet, wie sehr sein Sohn unter dem frühen Verlust seiner Mutter gelitten hatte. Aber dieser Streit am Telefon machte sie nervös, zumal die Hunde weiter kläfften. Wohin sollte das führen? Dann rutschte ihr die Frage genauso raus: »Und jetzt?«

»Wie, und jetzt?«, antwortete Kestner verblüfft.

»Na, ich meine. Wolltest du einfach Dampf ablassen? Sagen, dass du enttäuscht bist nach unserem gestrigen Gespräch? Mich zu irgendwas veranlassen? Selbst wenn ich wollte, ich kann doch nichts rückgängig machen.«

Am anderen Ende der Leitung blieb es eine Zeit lang still. Ziemlich lange. Dann hörte sie Hennings nun ganz ruhige Stimme: »Na, vielleicht kannst du doch was machen. Aber vielleicht sprechen wir darüber nicht am Telefon.« Wieder entstand eine Pause. »Hast du noch Zeit, dass wir darüber bei einem Glas Wein sprechen?«

»Wein statt kalter Dusche. Das klingt gut.«

Als Henning Kestner aufgelegt hatte, hörte er in das Haus hinein. Kein Hundegebell mehr. Wahrscheinlich war Astrid mit den Hunden zur Elbe runtergegangen. Und er würde jetzt wirklich zur »Traube« nach Ottensen radeln? Was war eigentlich in ihn gefahren? Es war doch kompletter Blödsinn, dass er ihr das, was er ihr raten würde, nicht am Telefon loswerden konnte. Ehrlich gesagt wusste er auch gar nicht genau, was er ihr sagen wollte.

Hatte er das alles inszeniert, um sie zu sehen? Hatte er sie vorher vor allem deshalb angeblökt, um nach gestern Abend wieder Abstand zu bekommen? Und hatte dann Angst vor der eigenen Courage bekommen, sie richtig zu vergrätzen?

Als er sich im Flur anzog, schrieb er noch einen Zettel: »Muss noch mal los. Bin in ein oder zwei Stunden zurück.« Er klebte das Post-it auf den Spiegel neben der Schlüsselablage. Dann ging er durch die Tür und stieg auf sein Fahrrad. Als er zwanzig Minuten später an Hamburgs ältestem Weinhaus ankam, war Sora Lee noch nicht da. Er schloss sein Fahrrad ab und ging in die überfüllte Gaststube. Der Kellner kam auf ihn zu: »Haben Sie reserviert?« Kestner schüttelte den Kopf. »Und bleiben Sie allein?«

»Nein, ich hoffe nicht.« Der Kellner lächelte ihm zu. »Wissen Sie was, ich gebe jetzt mal das Separee frei. Es ist ohnehin schon eine halbe Stunde über die Zeit.« Als Henning es sich gerade bequem gemacht hatte, sah er den suchenden Blick von Sora: »Na gehst du mit deinen anderen Freundinnen auch immer gleich ins Separee?«

Henning Kestner merkte, dass eine leichte Röte in ihm aufstieg. Beim Thema Schlagfertigkeit hatte er gegen Sora keine Chance. Schnell flüchtete er sich auf sicheres Terrain und schlug ihr einen Frankenwein vor. Scheurebe. Und begründete ihr die Wahl: »Die Scheurebe ist fast genauso alt wie dieses Weinrestaurant. Sie wurde nach dem benannt, der sie als erster aus Riesling und der Bukettraube gekreuzt hat: Georg Scheu.« Er winkte dem Kellner zu.

Als dieser ihn erwartungsvoll ansah, klinkte sich Sora mit einem charmanten Lächeln ein: »Für mich ein Bier bitte.« Henning hoffte, dass sie nicht sofort kommentieren würde, wie er den Rest seiner Augenbraue hochzog. Als er die Bestellung aufgenommen hatte, legte Sora ihren Kopf schräg und lächelte ihn so offen an, dass er zwischen ihren Lippen ihre Zahnreihen erkennen konnte: »Ok, Herr Doktor. Die Vorlesung würde wahrscheinlich mühelos noch eine halbe Stunde weitergehen. Aber wichtiger wäre mir, dich zu verstehen. Erst faltest du mich am Telefon zusammen, dass ich fast mit deinen Hunden zusammen abgewinselt wäre. Dann setzt du eine konspirative Besprechung an, die sich mit dem Telefon nicht vereinbaren lässt. Und dann treffen wir uns in einer gemütlichen, unbeobachteten Ecke und du präsentierst dich als Sommelier, der mir die Vorzüge einer fränkischen Rebsorte vermitteln will.«

Henning sah, dass Soras Lächeln nichts an Intensität verloren hatte. Aber vor allem merkte er, dass er schon wieder rot anlief. »Wenn ich dir jetzt sage, dass ich dir nur sagen wollte, dass ich denke, du solltest dich bei Fritz Benzow entschuldigen, dann …«, er suchte nach den richtigen Worten, »… dann würdest du mir nicht glauben.« Jetzt war er es, der sie anlächelte, und sie schüttelte den Kopf.

»Ok. Aber dann kann ich dir nur sagen, dass ich selbst nicht weiß, warum ich dich wirklich sprechen wollte. Eigentlich wollte ich dich vor allem sehen. Und auf keinen Fall wollte ich, dass wir uns zerstreiten und verletzen. Es passt vorne und hinten nicht in mein Lebenskonzept. Aber, Sora, ich habe …«

»Du musst dich jetzt nicht um Rotkopf und Kragen reden, Henning. Und ich hätte mich auch nicht auf den Weg in dieses Spießermilieu gemacht, um meinen Artikel endlich mal mit einem Pastor nachbesprechen zu können. Und dass ich keine Gottsucherin mehr bin, habe ich dir gestern schon gesagt. Mit Gott habe ich seit Kundus fertig.«

»Und muss ich dir noch mal sagen, dass ich Menschen nicht als Missionsopfer sehe? Aber warum betonst du das immer so entschieden, dass du mit Gott nichts zu tun haben willst?«

Henning sah, dass sich eine Traurigkeit in Soras Augen abbildete. »Eigentlich wollte ich es nicht. Aber wenn du es aushältst, erzähle ich dir von meinem toten Bruder und meiner Mutter.« Sie nahm Hennings Weinglas und trank es in einem Zug leer.

Dann wurde es noch ein längerer Abend. Als sie drei Stunden später die Traube verließen, nahm sie ihn lange in den Arm. »Danke, dass du mir zugehört hast. Ich weiß selbst nicht, warum das heute aus mir herauskommen konnte. Es lag bestimmt an der Scheurebe.«

»Woran sonst?«, entgegnete er mit einem Lächeln.

»Und an einem Punkt musst du dir keine Sorgen machen. Ich werde Fritz Benzow um Entschuldigung bitten. Dafür ist mir Anna-Lena zu wichtig.«

Als er sie zum Busbahnhof gebracht hatte, war es deutlich später, als sein Zettel erklären würde. Er ließ sich Zeit für seinen Heimweg.

Kapitel 18

Der Wohnwagen am Bredenbeker Teich war das Einzige, was er sich erlaubt hatte. Ein Tabbert Comtesse, Baujahr 1977. Ein Ausbund an Spießigkeit. Aber genau damit fügte er sich in das Ensemble auf dem Campingplatz perfekt, weil unauffällig, ein. Er hatte ihn für 4200 Euro gekauft. Den Stellplatz hatte er direkt dazugenommen. Aber es war nicht der Preis, der den Ausschlag gab. Er roch nicht. Oder vielleicht nur ein wenig. Nach Familie mit kleinen Kindern, Sonnencreme, Weichspüler – bildete er sich jedenfalls ein. Zum Schluss hatten die Eltern ihn nur noch alleine genutzt und fanden ihn zu groß. Sie hatten ihm von den Familienurlauben mit den kleinen Kindern erzählt. Gardasee, Holland, Österreich – irgendwann mit der Pubertät wollten die Kinder nicht mehr mit.

Ein Einschnitt, über den er viel nachgedacht hatte. Man konnte es auch hier gut sehen. Jugendliche, die ihre Handtücher mit genau bemessenem Abstand zu ihren Familien auslegten. Genervt von den kleinen Geschwistern, uninteressiert an der Welt ihrer Eltern. Man sah sie versonnen auf ihre Smartphones schauen, Stöpsel im Ohr. Irgendwann standen sie auf. Ihre Körper hatten die Verspieltheit von Kindern verloren. Aber sie hatten auch noch nichts von der aufdringlichen und lauten Art der Pubertierenden, die sich häufig in Gruppen am Rand hielten, mit ihren schrecklichen Ghettoblastern und der noch furchtbareren Musik, die Bässe aneinanderreihte wie das Schlagen eines entfernten Presslufthammers.

Tim Jessen hielt seine Augen an die Augenmuscheln seines digitalen Fernglases. Er hatte sich für ein binokulares Modell entschieden, sogar mit Nachtsichtfunktion. Aber vor allem mit Kamerafunktion. Gestochen scharfe Bilder, für die er sonst ein Teleobjektiv in der Größe einer Panzerfaust gebraucht hätte.

Aber heute würde er nichts mehr davon haben. Die Wirklichkeit hatte die Niederschlagsvorhersage aus dem Wetterbericht weit übertroffen, und über dem Wasser konnte er nichts anderes als Einheitsgrau erkennen. Da würde kein interessantes Objekt mehr kommen. Er suchte den Waldrand der kleinen, in der Mitte des Teichs liegenden Insel nach Vögeln ab. Zwei, drei Bilder machte er jedes Mal, wenn er hier war. Wahrscheinlich war das eine unnötige Vorsichtsmaßnahme. Wer sollte seinen Wohnwagen filzen? Und selbst wenn er einmal ein Bild nicht am gleichen Tag löschen würde. Ein kleines, niedliches Mädchen in Badekleidung inmitten Hunderter Vogelbilder, was sollte man ihm daraus für eine Anklage machen? Schließlich hatte Naturbeobachtung am Bredenbeker Teich Tradition. Waldemar Bonsels, vermutlich Ahrensburgs berühmtester Schriftsteller, hatte in seiner Kindheit hier all die Insekten beobachtet, die er dann in seiner »Biene Maja« verwurstet hatte. Den hundertsten Jahrestag des Erscheinens seines Buches hatten sie auf dem Platz groß gefeiert. Glücklicherweise vor seiner Zeit. Idylle und Spießigkeit hatten für ihn auch ihre Grenzen.

Die Auflösung der Bilder war jedes Mal beeindruckend. Die Heckenbraunelle, die er jetzt auf der Leinwand sah, zerlegte die Linsen in ein Meer unterschiedlicher Grautöne. Sein Lieblingsbild war die Aufnahme eines Mädchens, vielleicht elf Jahre, das im Wasser mit seiner Freundin Frisbee gespielt hatte und dann mit nacktem Oberkörper aus dem Wasser kam. Er musste genau hinsehen, um zu unterscheiden, wo kleine Schweißperlen sich auf der Haut bildeten und wann es Tropfen aus dem Teich waren. Er hatte beides zu zählen versucht, bis er aufgab und sich in dem Anblick ganz verlor. Das Bild hatte er jetzt schon länger behalten, als er es sonst tat. Aber er hatte seine klaren Regeln: nie von einem Mädchen zu lange.

Man musste ihm nicht erklären, was rechtlich erlaubt war und was nicht. Er war Jurist und kannte das Strafgesetzbuch. Und genauso wenig musste man ihm erklären, dass er nie eine Antwort darauf bekommen würde, was gerecht ist. Ja, er war hebephil, wie die Sexualforscher sagten. Nett, dass sie Hebe, die griechische Göttin der Jugend, zur Schutzpatronin gemacht hatten für das, was sie als sexuelle Perversion ansahen. Denn nichts anderes war es ja für die meisten. Pädophilie, Spielart junge Mädchen.

Warum er hebephil war, wusste er selbst nicht. Nicht weil ihm in seiner Kindheit etwas Grässliches zugestoßen war, nicht weil er keine Chancen gehabt hätte, an erwachsene Frauen ranzukommen. Nicht weil er schlechte Erfahrung mit Frauen gemacht hatte. Er liebte einfach junge Mädchen so, wie andere blonde Frauen liebten. Ja – und so, wie es andere Männer anmachte, wenn sie Frauen mit großem Busen sahen, war es bei ihm umgekehrt. Er liebte es, wenn in einem Körper noch nicht alles entwickelt war. Wenn die Brustwarzen noch klein waren, die Scheide noch zu sehen. War das gerecht, dass er so empfand? War das gerecht, dass er damit paraphil war, sexuell neben der Spur? Oder wie man es am Stammtisch sagen würde, ein »Kinderschänder« oder »Kinderficker«.

Gerecht – das war wie Schuhe, die einfach zu groß sind. Wie bei einem Clown, der dauernd über sich selbst stolpert. Selbstgerecht, das kannte er, beste Familientradition. So wie Dr. Wilhelm Jessen, der mit fast hundert Jahren gestorben war und den er selbst nie kennengelernt hatte. Dabei waren sie doch fast Kollegen, der Ahnherr und er. Angesehener Notar, mit Villa am Alsterlauf. Erst strammer Nazi, dann überzeugter Demokrat. Vor allem Hanseat durch und durch. Was ihn nicht daran gehindert hatte, die eigene Tochter rauszuschmeißen, weil sie sich in einen 19 Jahre alten polnischen Zwangsarbeiter verliebt hatte. Das eigene Enkelkind, seine Mutter, als »Russenbalg« nicht einmal sehen zu wollen. Seine Verbindungen waren schon als junger Mann so gut, dass es ihn nur einen Anruf gekostet hatte, seine Tochter aus Ravensbrück herauszubekommen.

Das Russenbalg war groß gewachsen, blond und blauäugig, ganz die Linie, auf die der Großvater Rassenstolz hätte entwickeln können. Hatte ihr aber nichts genützt. Ihr Pass vermerkte Ravensbrück als Geburtsort, ihre Seele trug den Ort noch mehr in sich. Sie hatte überlebt. »Nur, um dann einen großartigen Sohn wie dich großzuziehen«, hatte sie immer wieder gesagt. In seinen Ohren klang es wie eine Beschwörungsformel. Ansonsten schwieg sie über ihre Vergangenheit.

Er hätte so gern mehr gewusst. Warum hatte die Großmutter auch jeden Kontakt zu der Tochter abgebrochen? Teilte sie die Vorurteile ihres Mannes oder wurde sie schlicht von ihm unter Druck gesetzt? Wie ein Lavastrom, unter dem alles Lebende verkohlte und versteinerte, legte sich das Schweigen auf alle Beziehungen seiner Mutter. Es begrub auch den Vater, über den er auch nur Mantras zu hören bekommen hatte. »Er hat uns nie geliebt.«

Warum hatte er seine Mutter nicht bedrängt, genötigt, angeschrien, dass sie ihm sagen sollte, was sie wusste? Dass er ein Recht darauf hatte, von seiner Familie zu erfahren. Dass er wenigstens den Namen seines Vaters wissen wollte, damit er selbst etwas über ihn herausfinden konnte. – Wann hatte er aufgegeben, sie zu fragen? Wann hatte er es aufgegeben, auch nur sich selbst zu fragen? Wann hatte er das Schweigen nicht nur akzeptiert, sondern sich zu eigen gemacht?

Auf dem erkalteten Boden des Schweigens hatte seine Fantasie zu spielen begonnen. Aus dem Schweigen lösten sich die Menschen und wurden lebendig. Nicht als Retter und Ritter, die im Traum alles änderten. Nein, sie kamen ganz real, tauchten kurz in seinem Alltag auf. Veränderten den Alltag mit ihrer reinen Anwesenheit. So wie die Kleine, deren Schweißperlen sich immer neu bildeten, selbst wenn sie sich zu ihm legte und sein Glied in die kleine feste Hand nahm und ihn dabei liebevoll anlächelte.

Jessen sah auf die kleine Anlage. »Wusste ich gar nicht, dass du dich für Vogelbeobachtung interessierst«, hatte Jonas noch gesagt, als er ihm die Anlage erklärte. »Aber klar brauchst du ja auch etwas, um dich von der vielen Arbeit abzulenken.« Die Kabel hatte er sauber von dem Fernglas aus an dem Stativ entlanggeführt und unter der Tischplatte mit dem Beamer verbunden. Wenn er auf die Leinwand an der Kupplungsseite des Tabberts sah, störte ihn kein Kabel. Was er auf der Leinwand sah, fügte sich direkt ein in das, was er sehen wollte. Aber die Fantasie brauchte diese Bilder, um zu funktionieren.

Die vom Schweigen geschützte Fantasie war zur zweiten Wirklichkeit geworden. Es waren keine zwei Welten geworden. Er brauchte sich nur die Holzvertäfelung der Decke anzusehen, um sich das klarzumachen. Das kleine Camperglück am Bredenbeker Teich war so eine Gelenkstelle zwischen den Welten. Die ersten Filmchen, die er im Hinterzimmer der Videothek auf dem Kiez gekauft hatte, waren es auch. Die gelegentlichen Besuche im Netz. Aber wo immer er die Grenze überschritt, die ihn von den Normalos unterschied, kam niemand zu Schaden.

Im Gegenteil. Seine Neigung zu Kindern hatte eine andere Gestalt gefunden. Im kommenden Jahr würden sie das erste Jubiläum feiern. Aber nicht das war wichtig, sondern die vielen Kinder und Jugendlichen, denen »Kinder in Not« schon geholfen hatte. »Tragen Sie irgendwas ein, Herr Jessen«, tatsächlich war dies der Startschuss für seine Stiftung gewesen. Der verbitterte alte Mann, dessen Frau jämmerlich an Darmkrebs gestorben war, hatte mit seinen fünf Mietshäusern nur ein Interesse gehabt: dass sein undankbarer Sohn möglichst nichts von seinem Vermögen sehen würde. Der nämlich hielt sich für was Besseres und hatte die Waschsalon-Kette seines Vaters nicht übernehmen wollen. Die Geschichten variierten in ihren hässlichen Details, aber das Muster blieb immer gleich. Hass in Familien, Neid und Hinterlist. Zielstrebigkeit, die nur noch das Ziel kannte, den anderen zu schädigen.

Dem Mann war völlig egal, wer sein Vermögen erben würde. Hauptsache: nicht sein missratener Sohn. Und so war Jessen auf die Stiftungsidee gekommen. Gründung der Stiftung, sukzessive Übertragung des Vermögens in die Stiftung und dann am besten zehn Jahre friedliches Leben. Mit ein wenig Glück konnte man so sogar den Pflichtteilsanspruch der leiblichen Erben ausschließen.

Bei dem alten Mann hatte das nicht ganz funktioniert. Vier Jahre nach Stiftungsgründung war er an einem Aneurysma gestorben. Der Sohn focht die Stiftung an und versuchte alles, um an sein Erbe zu kommen. Ehrlicherweise musste Jessen zugeben, dass er dabei sogar ziemlich erfolgreich war. Die Stiftungsgründung ließ sich natürlich nicht zurückdrehen. Aber statt der erhofften 3,7 Millionen Euro Verkehrswert der Immobilien blieb gerade einmal eine halbe Million übrig. Der Rest wurde an den gesetzlichen Erben ausgekehrt. Aber das Ganze hatte auch zwei unerwartete Nebeneffekte. Der Fall wurde in der Lokalpresse aufgegriffen, Jessen schaffte es als der »Anwalt der Kinder« in jedes Käseblatt der Region. Und er selbst war in den rechtlichen Auseinandersetzungen nicht dümmer geworden. Stiftungsrecht war eine eigene Welt, und in der war er jetzt definitiv zuhause.

Sein Bekanntheitsgrad hatte seiner Stiftung gutgetan, vor allem in den ersten Jahren. Aber noch bekannter als bei vermögenden Erblassern wurde seine Stiftung unter Jugendhilfeeinrichtungen und freien Initiativen. Auch bei den Jugendämtern hatte Jessen schnell einen Namen. Er half schnell und unbürokratisch. 2015 war fast alles aus dem Ruder gelaufen. Bei der neuen Willkommenskultur hatte sich keiner Gedanken gemacht, wie man mit hochtraumatisierten Kindern und Jugendlichen umgehen sollte. Allein in einem Monat 72 Anträge auf Traumatherapie. Er war gnadenlos überfordert gewesen.

Die Stiftung war finanziell immer noch auf Kante genäht. Aber zum Glück war er ja jetzt in den Vorstand der Stiftung »polis et mare« hineingekommen. Ein feiner Zug vom alten Lenzin, dass er ihn dafür vorgeschlagen hatte. Trotz der blöden Testamentsgeschichte. Natürlich erhielt er kein Honorar. Aber der Zugang zu der alten Benzow hatte ihm jetzt schon mal bei dem einen oder anderen Liquiditätsengpass geholfen. Für Kinder zückte sie immer gerne einen Scheck, und niemand wusste besser als er, dass da noch eine Menge zu verteilen war. Am besten wäre natürlich, wenn man beim Stiftungszweck noch was drehen würde. Stadt und Meer waren ja schließlich auch was für Kinder. Und für den Notfall hatte er sich damals noch ein paar Kopien gemacht.

Tim Jessen sah auf die leere Leinwand und lächelte. Den Tipp für das technische Equipment hatte er von Zarif bekommen. Einer der wenigen, denen er hatte helfen können. Zusammen mit Jonas hatte ihm Zarif geholfen, sein kleines Bildstudio zu bauen. Nein, die Welten waren nicht getrennt. In beiden spielten Kinder eine Rolle. Kinder, die Liebe brauchten. Seine Liebe.

Kapitel 19

Als Fritz Benzow das Schild »Gedächtnissprechstunde« sah, schlug er den Mantelkragen hoch. Er wusste natürlich, wie gering die Gefahr war, dass ihm ausgerechnet jetzt ein Kollege aus seiner Zeit am Mülheimer Max-Planck-Institut über den Weg laufen würde. Manche hatten ihm den finanziellen Erfolg geneidet. »Der schöne Fritz, so reich, aber leider jetzt mit Fleckerlteppich im Hirn«, würden die jetzt höhnen.

In den Gedanken an die jahrelangen Demütigungen wäre er beinahe an Jacobsens Büro vorbeigegangen. Doch dann holte ihn ein dröhnender Bass in die Gegenwart zurück. »Fritz, jetzt ignorierst du mich nach so langer Zeit.« Noch immer trug Holger Jacobsen einen Vollbart, unter seinem Arztkittel wölbte sich ein mächtiger Bauch. Aber die Stimme war unverkennbar, drei Jahre hatten sie im Bonner Studentenwohnheim Tür an Tür gewohnt. Holger, einst Krankenpfleger – und noch immer hoffnungsloser Idealist. Nach seinem glänzenden Examen hätte der Neurologe in der Medizin durchaus Karriere machen können. Stattdessen blieb Jacobsen seiner klapprigen Ente treu – und dem Uni-Betrieb. Vor 15 Jahren war er in die Spezialambulanz des UKE für Gedächtnisstörungen gewechselt.

Jacobsen füllte Wasser aus dem Spender in zwei Gläser: »Ich bin im Dienst. Anstoßen auf euer Glück müssen wir ein anderes Mal.« Doch dann wurde der Arzt ernst: »Wo ist Anna-Lena? Du wolltest sie doch mitbringen.«

Benzow nahm erst einen Schluck, die Antwort war ihm peinlich: »Sie wollte am Ende doch nicht. Es war ihr unangenehm, obwohl ich gesagt habe, dass dieser Termin außerhalb der normalen Sprechstunde stattfindet, weil du dir die Zeit nimmst. Sie schämt sich so.« Jacobsen nickte:

»Das kenne ich von vielen Patienten. Sie haben Angst vor der Diagnose. Aber nun erzähl mal genauer. Was ist los mit Anna-Lena?«

Benzow begann zu erzählen. Und merkte, wie gut es ihm tat, sich alles von der Seele zu reden. Die ständigen Probleme mit der Orientierung. Ihre nächtlichen Ängste: »Sie denkt wirklich, dass mein Sohn sie umbringen will.« Die peinliche Szene beim Notar, als Anna-Lena mit ihrem Geburtsnamen unterschrieb. Und gestern die Sache mit dem Schmuck. »Fritz, meine Kette und mein Ring sind weg. Man hat mich beklaut«, hatte Anna-Lena geweint. Zehn Minuten später entdeckte sie beides zwischen Butter und Marmelade wieder, statt in den Tresor hatte seine Frau ihren Schmuck in den Kühlschrank gelegt. »Holger, du musst mir helfen. Ich habe Angst, dass Anna-Lena dement ist«, sagte Benzow dann.

Holger Jacobsen schwieg lange: »Das klingt nicht gut. Aber ihre Probleme können auch eine andere Ursache haben. Wir müssen sie untersuchen. Du musst sie zu mir bringen.«

Benzow schlug mit der flachen Hand auf den Tisch, dass das Wasser in seinem Glas fast überschwappte: »Holger, das Leben ist nicht fair. Wir sind erst seit zwölf Jahren zusammen. Anna-Lena ist doch erst sechzig. Das kann doch nicht alles sein.« Jacobsen schüttelte den Kopf: »Fritz, ich habe hier Patienten, die mit Mitte fünfzig an Alzheimer erkranken. Das ist selten, aber es passiert. Umso wichtiger ist es, dass wir Anna-Lena gründlich untersuchen. Und zwar bald. Und selbst wenn es Alzheimer sein sollte, könnte sie mit den richtigen Medikamenten und Therapien in den nächsten Jahren noch ein wirklich gutes Leben führen. Die Forschung hat enorme Fortschritte gemacht.«

»Kann das wirklich noch ein gutes Leben werden? Für eine Frau, die immer so stolz und selbständig war? Neulich hat sie mich aus dem Auto angerufen. Sie hat geweint. Sie wusste nicht mehr, wie sie aus Blankenese zu uns nach Nienstedten kommt. Dabei ist sie diesen Weg Hunderte Male gefahren.«

»Fritz, sollen wir mal rübergehen zur Onkologie? Wo junge Mütter um ihr Leben kämpfen? Oder in die Kinderherzstation? Da liegen Fünfjährige, die seit Monaten an ein Kunstherz angeschlossen sind und auf ein Spenderorgan warten. Ja, du bist doch nicht der Typ, der sich im Leid suhlt. Außerdem macht es die Lage weder für Anna-Lena noch für dich besser. Komm, du warst immer ein Kämpfer. Lass dich nicht hängen.«

Benzow griff zum Mantel und wollte nur noch weg. Doch Jacobsen fasste ihn an seinem Unterarm: »Fritz, du musst mit Anna-Lena herkommen. Und rede mit ihr, dass sie nicht mehr Auto fahren darf. Das ist gefährlich.«

Kapitel 20

Sonntag, viertel nach acht, das war seine Zeit. Der »Tatort« gehörte für Fritz Benzow zum Tagewerk wie einst das Periodensystem. Den aus Münster mochte er besonders, als Rechtsmediziner war Prof. Dr. Dr. Börne ja in gewisser Weise ein Seelenverwandter. Benzow öffnete dazu gern einen schönen Riesling und stellte die Kristallgläser auf die kleinen Tische neben der Couch.

In letzter Zeit ertappte sich Benzow allerdings immer öfter bei dem Gedanken, dass er den »Tatort« lieber allein geschaut hätte.

»Fritz, ist der Thiel jetzt der Mörder?«

»Nein, Anana-Lena, Thiel ist doch der Kollege von Börne, das weißt du doch.«

»Fritz, wo ist denn jetzt die Ulrike Folkerts, die finde ich doch so toll.«

»Anna-Lena, die ermittelt doch in einem ganz anderen ›Tatort‹«.

Und dann dieses ständige »mach mal lauter«, »mach mal leiser«. Und dieses Rumgehampel mitten in den spannendsten Momenten. Was Anna-Lena beim Abspann dann seufzen würde, kannte er inzwischen zur Genüge: »Ach Fritz, früher waren die Krimis irgendwie besser.«

Viel lieber schaute sie »Die Schwarzwaldklinik«, die DVD-Boxen mit den siebzig Folgen waren schon ganz abgegriffen. Benzow konnte die gestanzten Dialoge inzwischen fast auswendig. Und im Vergleich zu den ewig gleichen Kamerafahrten durch den Schwarzwald waren ja selbst die Führungen durch das Mülheimer Max-Planck-Institut prickelnd gewesen.

Egal. Anna-Lena konnte sich an Prof. Dr. Brinkmann und seinem Sohn Udo, dem lächerlichen Frauenhelden mit kräuselndem Brusthaar, nicht sattsehen. Bei ihrem Anblick saß sie wie angewurzelt auf dem

Sofa, den Mund weit geöffnet. Wenn Benzow zum Golfplatz fuhr, legte er ihr vorher immer die DVD mit ihrer Lieblingsfolge »Heimkehr« ein. Er wusste, dass die dann in einer Dauerschleife lief.

Vor ein paar Wochen allerdings hatte Benzow ein Erlebnis in Sachen »Schwarzwaldklinik«, das ihn noch immer deprimierte. Er kam nach einer eher mäßigen Golf-Runde gerade zur Tür herein, als ihn Anna-Lena umarmte und ganz fest drückte: »Fritz, du kannst dir nicht vorstellen, wer uns gerade besucht hat. Prof. Brinkmann war hier. Es ist so schade, dass du ihn verpasst hast. Er lebt jetzt in Hamburg und macht immer noch Visiten.«

Fritz Benzow schob die Golftasche in die Abstellkammer und murmelte nur: »Anna-Lena, das kann nicht sein, Prof. Brinkmann ist schon vor Jahren gestorben.«

»Ja, das denken alle. Aber das stimmt nicht. Prof. Brinkmann hat es mir genau erklärt. Er hatte einfach zu viel zu tun. Dann hat er sich lieber für tot erklären lassen. Und jetzt macht er nur noch ausgewählte Hausbesuche.«

»Und worüber habt ihr gesprochen?«

»Naja, du weißt ja, dass ich manchmal etwas vergesslich bin. Und es tat mir so leid, dass du neulich keinen ›Tatort‹ gucken konntest, weil ich statt des Eisbechers die Fernbedienung in die Tiefkühle gelegt hatte. Und weißt du, was Prof. Brinkmann mir gesagt hat?«

»Jetzt bin ich aber gespannt.«

»Dass ich mir überhaupt keine Sorgen machen soll. In meinem Alter könne man schon mal etwas vergessen. Und selbstverständlich darf ich auch weiter Auto fahren. Ist das nicht toll? Der Professor Brinkmann ist so nett. Beim Abschied hat er mir das Du angeboten. Kannst du dir das vorstellen? Wahrscheinlich kommt er nächstes Wochenende wieder zu uns. Es wäre so schön, wenn ihr euch dann auch kennenlernen würdet.«

Fritz Benzow zog sein Smartphone aus der Tasche, scrollte auf den Wikipedia-Eintrag zur »Schwarzwaldklinik«: »Anna-Lena, bitte schau dir das an. Es gab nie eine echte Schwarzwaldklinik, das ist alles nur Film, erfunden von Drehbuchautoren. Und es gibt auch keinen Professor Brinkmann, sondern nur einen Klaus-Jürgen Wussow. Einen Schauspieler. Und der ist 2007 gestorben.« Fast hätte er gesagt, dass Wussow am Ende seines Lebens dement war, aber das verkniff er sich lieber. Er ließ sich deprimiert in den Sessel fallen. Wie sollte er Anna-Lena nur überzeugen, sich endlich im UKE untersuchen zu lassen?

Kapitel 21

Er hatte das Cap Polonio gebucht. Mit ihm musste sich Pinneberg nicht hinter den besten Hamburger Adressen verstecken. Denn die Idee, das Interieur des ehemaligen Luxusliners in ein Hotel zu verlegen, hatte hier eine gelungene Umsetzung gefunden. Vor allem aber kannte Tim Jessen den Besitzer. Wenn alles lief, wie er wollte, dann würde er den Benzows und ihm nach der Sitzung einen guten Tisch anbieten, an dem sie hoffentlich endlich ins Du wechseln würden. So hatte er jedenfalls bei der Buchung gedacht. Aber dann hatte der alte Benzow immer krudere Andeutungen gemacht, dass es bei dieser Sitzung um wichtige Weichenstellungen für die Stiftung gehen würde. Mindestens genauso irritierend war, wen er noch zu der Sitzung eingeladen hatte. Jessen hasste Sitzungen, für die er sich nicht ausreichend vorbereiten konnte. Jetzt war die Cap Polonio vielleicht wirklich auf hoher See.

»Meine Dame, meine Herren. Ich stelle fest: Es wurde frist- und formgerecht zu dieser außerordentlichen Stiftungsratssitzung eingeladen. Erschienen sind die Vorstandsmitglieder Herr Dr. Fritz Benzow als Vorsitzender, der mich zugleich als seinen Stellvertreter gebeten hat, die heutige Sitzung zu leiten. Des Weiteren von Vorstandsseite anwesend ist Frau Anna-Lena Benzow, womit wir zugleich vollständig und beschlussfähig sind. Auf Wunsch des Vorsitzenden«, Jessen sah auf das vor ihm liegende Papier, als ob er die Namen ablesen müsse, »als Gäste – in umgekehrter alphabetischer Reihenfolge – sind anwesend Herr Dr. Henning Kestner und Jens Benzow. Selbstverständlich beide ohne Stimm- und Antragsrecht. Ihrer beider Einverständnis voraussetzend, verehrte Vorstandskollegen, würde ich das Protokoll übernehmen.« Eigentlich delegierte Jessen das Protokoll gerne, aber in diesem Fall konnte es notwendig werden, dass er seinen Mangel an Vorinformation durch die Protokollabfassung ausglich.

»Einziger Tagesordnungspunkt heute ist, wie der Einladung zu entnehmen war, der Punkt ›Vorstandsangelegenheiten‹. Sie, Herr Dr. Benzow, haben dazu eine Erklärung angekündigt. Sie haben das Wort.«

Dr. Benzow nickte, schaute kurz zu seiner Frau, die die ganze Zeit schon aus dem Fenster blickte, als wäre ihr Blick irgendwo da draußen angekettet. Dann schien er einen Moment zu überlegen, ob er aufstehen sollte, entschied sich aber, sitzen zu bleiben. Er räusperte sich kurz, bevor er ansetzte: »Liebe Anwesende, eigentlich ist heute ein guter Tag für die Stiftung. Sie soll jünger werden und etwas breiter aufgestellt. Aber eine solche Veränderung ist immer auch ein schwerer, vielleicht sogar schmerzlicher Schritt, der insbesondere dich betrifft, liebe Anna-Lena.« Sein Blick war auf seine Frau gerichtet und schien sie anzuflehen, sich ihm zuzuwenden.

Aber sie starrte weiter aus dem Fenster. Nur leise bewegten sich ihre Lippen, bis es ganz klar aus ihr herauskam: »Ich will das alles nicht mehr.« Jessen registrierte die Härte in ihrer Stimme, während ihr Mann sich wegzubücken schien wie ein geschlagener Hund. »Genau, meine Frau will und schafft das alles nicht mehr. Sie hat sich deshalb entschlossen, ihr Vorstandsmandat mit sofortiger Wirkung niederzulegen.«

»Ich will mich jetzt hier nicht niederlegen. Das Hotel hier ist schlecht, und ich bin nicht müde.« Ihr Protest war deutlich, aber ihre Stimme klang schon viel schwächer. Jessen hatte den Eindruck, als wenn sie unter Medikamenten stünde. Für einen Moment spielte er seine Optionen durch. Sollte er versuchen, über Frau Benzow die Neubesetzung des Vorstandes irgendwie zu verhindern? Aber wie? Und hätte das nicht unweigerlich die Gegnerschaft von Fritz Benzow zur Folge? Während er noch überlegte, schaltete sich Jens Benzow ein: »Herr Vorsitzender, wenn Sie mir den Einwurf erlauben, sollten wir meiner armen Stiefmutter nicht diese demütigende Vorstellung ersparen? Sie haben doch meinen Vater gehört: Sie kann und will dieses Amt nicht mehr wahrnehmen. Und das sehen wir doch alle.« Dr. Benzow sah seinen Sohn dankbar an, und dieser nickte ihm kaum merklich zu. Mit wachsender Unruhe erkannte Tim das Einverständnis. Was in Himmels Namen war passiert seit dieser stadtbekannten Ausstellung, in der Jens nicht nur sich, sondern auch seinen Vater bis auf die Knochen blamiert hatte. »Wenn du das auch denkst, Vater, kümmere ich mich jetzt um ein Taxi für deine Frau.« Ohne die Antwort abzuwarten, nahm er das Handy neben seinem Wasserglas und stand auf.

»Einen kleinen Moment noch, Herr Benzow. Bevor Ihre Stiefmutter die Sitzung verlässt, muss ich sie dennoch fragen, ob sie zurücktritt. Anderenfalls könnten wir dann nur ihre Absetzung nach § 6, Absatz 4 unserer Satzung beschließen. Und dies sollten wir dann zunächst ohne unsere Gäste diskutieren.«

»Herr Jessen«, jetzt war es die sonore Stimme des Pastors, »lassen Sie es doch gut sein. Wir sehen doch alle, dass Frau Benzow ihr Amt nicht mehr wahrnehmen kann.« Was war das denn jetzt? Tim schaute vom einen zum anderen. War das hier ein abgekartetes Spiel mit ihm als einzigem Zuschauer? Es war doch der Pastor gewesen, der den jungen Benzow so taff von der Hochzeitsfeier entfernt hatte. Und jetzt machte er auf Schmusekurs.

Anna-Lena Benzow hatte ihre Augen für einen Moment auf den Pastor gerichtet und ihn kurz angelächelt. Dann schaute sie vor sich, faltete einen kleinen Zettel auf, den sie in ihrer Hand gehalten hatte und las stockend: »Hiermit lege ich mein Amt im Vorstand der Stiftung ›polis et mare‹ nieder.«

Ihr Mann legte ihr zärtlich die Hand auf den Unterarm. Sie zog ihn zurück, als wenn sie sich verbrannt hätte. Dann stand sie auf und ging auf die Tür zu. Durch das Fenster konnte Jessen sehen, dass das Taxi längst da war. Da war wohl gar nichts zu bestellen gewesen. Als sie an ihm vorbeiging, raunte sie ihm noch zu: »Passen Sie bloß auf die Kinder in Schweden auf, Herr Notar, und kommen Sie mich besuchen, wenn Sie dabei Hilfe brauchen.« Hilflos nickte er ihr zu, als sie die Tür öffnete, gefolgt von ihrem Mann, der sie zum Taxi begleitete. »Ich bitte um eine kleine Unterbrechung. Ich bin gleich zurück.«

Durch das Fenster konnte Jessen sehen, wie Dr. Benzow seine Frau zum Taxi eskortierte. Sie ging wie ferngesteuert, ohne jeden eigenen Antrieb. Dann sprach er noch eine ganze Weile mit dem Taxifahrer, der lächelte, als er einen sichtbar großen Geldschein entgegennahm. Zeige- und Mittelfinger hob er noch zu seiner imaginären Fahrermütze, stieg ein und fuhr ab.

Dr. Benzow kam in den Sitzungsraum zurück, setzte sich und leerte sein Wasserglas in einem Zug: »Ich möchte Ihnen und euch herzlich danken, dass ihr diese letzten Minuten mit so viel Respekt und Würde gestaltet habt. Ich denke, wir sollten uns jetzt der Zukunft zuwenden.«

Jessen verstand die Andeutung: »Ja, dann geht es jetzt wohl um die Nachwahl. Verstehe ich richtig, Herr Dr. Benzow, dass wir mit Ihrem Sohn und Pastor Kestner zwei Kandidaten zur Auswahl haben?«

»Nun ja«, sagte der Angesprochene, der nun seine alte Souveränität wiedergewonnen hatte. »Nicht ganz. Unsere Satzung sieht vor, dass der Vorstand aus drei bis fünf Personen gebildet werden kann. Ich schlage vor, dass wir beide Herren, Herrn Dr. Kestner und meinen Sohn, zunächst in den Vorstand wählen.« Tim schluckte einen kurzen Moment, als er das »zunächst« hörte. Wieder ratterte er in Windeseile seine Optionen durch. Die beiden Kandidaten rausschicken und ein offenes Wort mit Benzow sen. suchen? Aber der hatte sich entschieden, das merkte man. Was im Zweifelsfall nach Satzung hieß, dass er bei Pattsituationen die Stimmenmehrheit hatte. Und er, Jessen, war nicht gut beraten, sich die Neuen direkt zu Gegnern zu machen. Die besten Karten hatte man manchmal, wenn man seine Gegner mit einer Umarmung erdrückte.

»Dann ist ja alles klar. Vielleicht können wir die Formalitäten einfach gestalten. Wenn keiner von uns beiden amtierenden Vorständen einen Einwand hat, können wir ohne geheime Wahl und in Anwesenheit die beiden Kandidaten per Akklamation in den Vorstand wählen.«

Nach dem Beifallsklopfen fragte er die beiden Neuen noch, ob sie die Wahl annehmen wollten. Erwartungsgemäß bestätigten sie und bedankten sich artig für das Vertrauen. Jessen merkte, dass sein Vorrat an Höflichkeiten allmählich aufgebraucht war. »Gut, dann denke ich, dass wir unseren einzigen Tagesordnungspunkt zur allseitigen Zufriedenheit abgearbeitet haben.«

»Nicht ganz«, fiel ihm Dr. Benzow ins Wort, »es gäbe da noch einen Punkt. Ihr alle wisst, dass mir an einer Verjüngung des Vorstandes liegt. Deshalb möchte ich selbst den Vorsitz niederlegen und meinen Sohn als meinen Nachfolger vorschlagen. Nachdem sich die Journalistin für ihren unglückseligen Artikel bei mir entschuldigt hat und die Ausstellung in einem Fachartikel eine ganz andere Bewertung erfahren hat, ist auch die Reputation unserer Familie wiederhergestellt.«

Jessen fing fassungslos den Blick auf, den die beiden Benzows austauschten. Hatten die ein Glückshormon gespritzt bekommen? War der alte Benzow wirklich so naiv zu glauben, dass er den Flurschaden durch eine Entschuldigung für beseitigt hielt? Auch der Pastor schien überrascht. Oder lag es einfach an seiner Glatze, dass sich gelegentlich sonderbare Faltenformationen auf seiner Stirn bildeten?

Eine Viertelstunde später war der Spuk endlich vorbei. Jens Benzow war als neuer Stiftungsvorsitzender gewählt worden. Mit allen Sonderrechten: Vetorecht bei so ziemlich allem, was wirklich wichtig war. Doppeltes Stimmrecht bei Pattsituationen. Immerhin hatte der Alte ihn nicht auch noch als Stellvertretenden Vorsitzenden durch den Pastor ersetzt. Dr. Benzow und der Pastor hatten sich schnell auf den Weg gemacht. »Wir sehen uns morgen, Papa, beim ›Jacob‹ zum Frühstück. Ich bleibe noch einen Moment und freunde mich ein wenig mit meinem Stellvertreter an.«

Immerhin verabschiedete sich der Pastor noch mit einem Lächeln, an dem er nichts Falsches erkennen konnte: »Auf gute Zusammenarbeit, Herr Jessen.«

Aus dem Anfreunden wurde dann allerdings nichts. Der Jaguar war noch nicht vom Hof heruntergefahren, als Jens Benzow Jessen so nahekam, dass der seinen abgestandenen Atem riechen konnte: »Damit wir uns gleich richtig verstehen, ab jetzt weht hier ein anderer Wind. Ich werde mich nicht noch einmal von einem Fischkopf vorführen lassen. Also, Herr Jessen, keine Fisimatenten. Keine Erweiterung des Stiftungszwecks. Es ist jetzt meine Stiftung und, wie Sie gemerkt haben dürften, zwischen meinen Vater und mich passt kein Löschblatt. Sie haben genau die Wahl, in meinem Sinne mitzumachen oder sich fertigmachen zu lassen. Und zwar von mir. Ich erwarte Ihre Antwort, Herr Anwalt. Gerne auch in der richtigen alphabetischen Reihenfolge.«

Offensichtlich war Jens Benzow so begeistert von seinem eigenen Humor, dass er schallend loslachte, während er sich abwendete. Jessens Antwort hatte er gar nicht mehr abgewartet. Er hatte mal gehört, dass das Wort »Fisimatenten« von dem Ruf der napoleonischen Soldaten an die deutschen Mädchen stammte: »Visitez ma tent« – »Besuchen Sie mein Zelt«. Mit diesem Typ wollte er definitiv nicht in ein Zelt. Er war entschlossen und gefährlich.

Dann lächelte er und sagte zu sich selbst: »Aber mehr vielleicht auch nicht.« Jedenfalls hatte er definitiv kein Interesse daran, das Schicksal seiner Stiftung von diesem aufgeblasenen Hobbykünstler zerstören zu lassen.

Kapitel 22

Der Kosmetik-Termin an jedem ersten Dienstag im Monat in Blankenese war ihr heilig. Ihr Fritz, der alte Charmeur, sagte zwar gern: »Schatz, mit jeder Falte wird deine Schönheit nur nachgezogen.« Aber sie wusste nur zu gut, dass man in ihrem Alter etwas für seine Haut tun musste. Wie so oft in den vergangenen Wochen hatte Fritz angeboten, sie zu chauffieren. Manchmal ging ihr seine Fürsorglichkeit auf den Wecker. Ja, in letzter Zeit vergaß sie schon mal ab und an was. Aber was hatte das mit Autofahren zu tun? Nichts. Seit mehr als 45 Jahren hatte sie nun den Führerschein. Und noch nie hatte sie einen Unfall gebaut.

Außerdem war die Orientierung doch kinderleicht. In dem Straßengewirr von Ottensen hatte sie sich neulich zwar so verirrt, dass sie einen Taxifahrer bitten musste, sie zu lotsen. Aber den Weg von Blankenese nach Nienstedten kannte sie nun im Schlaf. »Wenn die Elbe von dir aus gesehen auf der rechten Seite liegt, bist du richtig unterwegs«, hatte Fritz ihr erklärt. Als wenn sie das nicht selbst wusste.

Der Verkehr konnte einen allerdings schon wuschig machen. Vor allem diese Radfahrer, die kreuz und quer über die Elbchaussee fuhren. Aber da war ja das Hotel Jacob, einmal links, einmal rechts, dann war sie da. Doch dann fiel es ihr siedend heiß ein: Sie hatte vergessen, die Eier für den Sonntagskuchen auf dem Markt in Blankenese zu kaufen. Sollte sie noch mal umkehren? In diesem Moment hörte sie das kreischende Geräusch. Verdammt, vor lauter Nachdenken über die Eier hatte sie den Pfosten der Toreinfahrt übersehen.

Als sie den Schaden an der Fahrertür begutachtete, eilte auch schon ihr Mann aus dem Haus. »Ich habe dir hundertmal gesagt, dass du nicht mehr Auto fahren sollst«, herrschte er sie an. So laut wurde er sonst nie.

Aber er hing nun mal so sehr an dem alten Saab. »Vom Sonett II wurden in den 1960er Jahren nur 1600 Exemplare gebaut«, dozierte er gern, wenn Besucher den Oldtimer bewunderten.

»Es tut mir so leid, Fritz. Ich war in Gedanken«, schluchzte Anna-Lena. Sofort war der Zorn ihres Mannes verraucht. Er nahm sie in den Arm und tröstete sie: »Am Ende ist es doch nur ein Stück Blech. Ich rufe bei der Werkstatt an, gebe den Saab ab, die reparieren das, kein Problem.«

Zwei Stunden später rollte ein tiefblaues Ungetüm in die Einfahrt. Anna-Lena Benzow musste kichern, als sie vom Küchenfenster zusah, wie ihr Mann aus dem tonnenschweren Gefährt kletterte, ein bisschen sah er aus wie ein Junge in einem viel zu großen Matrosenanzug. Aber er guckte stolz. Sehr stolz. »Hat eben doch Vorteile, wenn man ein Stammkunde ist«, brummte er zufrieden und deutete auf das Dickschiff hinter sich: »Die haben mir für die Dauer der Reparatur einen nagelneuen Volvo XC 90 mitgegeben. Mit allem Drum und Dran.« Vor allen Dingen mit einer Einparkhilfe, hätte er fast hinzugefügt. Aber angesichts der zunehmenden Gereiztheit seiner Frau verkniff er sich das lieber.

»Aber das Ding hat doch noch nur zwei Pedale«, sagte Anna-Lena irritiert. »Automatik, meine Liebe. Das ist viel einfacher, links Bremse, rechts Gas. Kuppeln brauchst du nicht mehr.«

»Ach so, alles klar, dann ist es ja gut«, murmelte sie und stolperte beinah beim Gang zurück ins Haus. Was war nur aus seiner Frau geworden, dachte Fritz Benzow. Früher war sie förmlich über das Parkett geschwebt. »Ein unsicheres Gangbild gehört auch zu den frühen Symptomen einer Demenz«, hatte ihm sein alter Studienfreund Holger Jacobsen im UKE gesagt.

Als das Telefon schellte, war er fast erleichtert. Wer anrief, wusste er sofort, als er sah, wie sich Anna-Lenas Gesicht aufhellte. Frida. Ihre beste Freundin. Die ehemalige schwedische Weltklasse-Ruderin hatte Anfang der 1970er Jahre Anna-Lena trainiert. Für die hatte es zwar für die große Karriere nicht gereicht, aber dafür war eine innige Freundschaft entstanden. Mindestens einmal im Jahr besuchte Anna-Lena Frida auf Orust, einmal war er sogar mitgefahren. Fritz mochte die streng vegan lebende Lehrerin, die ihr Single-Dasein genoss. Zwar kriegten sie sich regelmäßig in die Wolle, da Frida von Kunststoff ungefähr so viel hielt wie von Nackensteaks. »Du Plastik-Genie hast die Umwelt kaputtgemacht«, frotzelte sie gern nach dem dritten Snaps, dem gewürzten schwedischen Branntwein, nach dessen Genuss Fritz Benzow immer entsetzliche Kopfschmerzen bekam. Aber Fritz machte das nichts – und irgendwie hatte Frida ja sogar ein klein bisschen recht.

Anna-Lenas laute Stimme holte ihn aus der Vergangenheit. Er lauschte an der Schlafzimmertür – und schämte sich dafür. Zerstörte die Demenz auch ihre Ehe?

Als Anna-Lena dann ihrer Freundin wortreich das Saab-Malheur erklärte (»Und ich sage noch zu Fritz, fahr langsamer«), musste er kurz lachen. Doch dann hörte er Anna-Lena fragen: »Frida, weißt du, wie man ein Auto mit Dings, äh mit Automatik fährt? Wie fahre ich denn mit nur zwei Pedalen?« Dabei hörte er ihre Schritte, ziellos tippelte sie durch das große Zimmer. Morgen, sagte sich Fritz Benzow, morgen müssen wir endlich reden. Und den gemeinsamen Termin zur Demenz-Untersuchung im UKE vereinbaren.

24 Stunden später war Fritz Benzow tot.

Teil II
Das Leben nach dem Tod

Kapitel 23

»Wenn du dich von jedem Todesfall so runterziehen lässt, dann können wir bald nur noch von der Hundeschule leben.« Astrids Worte hallten ihm noch im Ohr. Sie hatte ihn im Arbeitszimmer angetroffen, wie er laut geweint hatte, nachdem er von Fritz' Tod erfahren hatte. Nein, das tat er weiß Gott nicht bei jedem Todesfall. So viel hätte trotz allem auch Astrid von ihm wissen müssen. Und nein, sie würden nicht von der Hundeschule leben müssen. Schon deshalb nicht, weil sie davon gar nicht leben können würden. Das hatte er ihr eigentlich sagen wollen, aber Astrid war mal wieder schneller: »Ich muss jetzt los zum Welpentraining.« Und er hatte wieder geschwiegen. Hund gut – alles gut. Gegen Astrids Lebensphilosophie konnte er nur noch anschweigen.

Und jetzt war er auf dem Weg zu »der Benzow«. Was für eine Tragödie. Den eigenen, geliebten Mann totzufahren, was für ein fürchterliches Geschick. Wie würde sie je damit leben können? Vielleicht nur durch ihre Krankheit, die vielleicht ein gnädiges Vergessen über diese Katastrophe legen würde? Es wäre irgendwie nur fair, wenn diese Krankheit, die überhaupt erst zu dem Unfall geführt hatte, ihr jetzt wenigstens beim Weiterleben helfen würde.

Kestner ahnte, dass sich Anna-Lena nach all dem, was gestern geschehen war, in einem schrecklichen Zustand befinden musste. Aber er wollte auch nicht warten, bis der Bestatter sich bei ihm meldete. Hoffentlich war es nicht wieder sein besonderer Liebling mit der Standardbegrüßung: »Moinsen, Pastor, wir haben 'ne Leiche, heute mal keine fröhliche …« Fröhlich war für ihn alles ab 75 Jahren, alles andere spielte keine Rolle. Aber diesmal würde er recht haben, Fritz war keine fröhliche Leiche.

Er hatte sich nur schnell das schwarze Jackett übergeworfen. Im Kindergarten hatte es gekracht, weil die Leiterin sich an einer Mutter abgearbeitet hatte. Die hatte ihren Porsche so vor der Einfahrt geparkt, dass die Müllabfuhr nach einem kurzen Hupen unverrichteter Dinge weitergefahren war. Die Kita-Chefin war für ihre spitze Zunge bekannt. »Wenn Sie sich so einen Schlitten leisten und dann nicht parken können, sollten Sie mal über einen Fahrer nachdenken.« Das war keine verbale Charmeoffensive gewesen. Die Mutter hatte daraufhin herumgeschrien: »Sofort, und ich meine wirklich sofort, lassen Sie jetzt Ihren Vorgesetzten kommen!« Und der Vorgesetzte war niemand anderer als er, Kestner. Die Szene war eigentlich nur grotesk gewesen. Die Kita-Leiterin war gut anderthalb Kopf kleiner als Henning, stand ihm aber in der Gewichtsklasse in nichts nach und wirkte vor dem Eingang ihres Kindergartens wie eingepflockt. Umtänzelt wurde sie von einer hysterischen, eher zur Magersucht tendierenden Mutter, die offensichtlich direkt vom Meditationskurs in einem weißen Gewand zum Kinderabholdienst gefahren war. Sie glich einem bekehrten Racheengel, der auch direkt auf ihn zuflog: »Wenn Sie mir nicht auf der Stelle versprechen, dass dies hier mindestens eine Abmahnung nach sich ziehen wird, werde ich zivilrechtlich gegen Ihre Angestellte vorgehen.«

Immerhin hat sie nicht gleich mit Kirchenaustritt gedroht, dachte Henning. Aber dann hatte er doch auf Versöhnungsmodus mit Schauspieleinlage umgeschaltet. Mit der Kita-Leiterin hatte er sich über schnellen Augenkontakt geeinigt und sie mit einem »Mit Ihnen, Frau Drost, muss ich später noch reden« aus der Kampflinie gezogen. Der Racheengel hatte dies schon als Teilsieg verstanden und ihn dann noch komplett mit seinen Erfahrungen in Personalführung zugeschwallt. Letztlich hatte die Zusicherung des Pastors, sie zukünftig in schwierigen Personalsituationen gerne als Beraterin konsultieren zu wollen, zu einem friedlichen Ende geführt. Dann war er noch kurz zu seiner Frau Drost hineingegangen, die er eigentlich Ulla nannte. »Wenn du noch einmal dein freches Maul nicht hältst, Ulla, dann melde ich dich bei der Dame zur dreiwöchigen Fortbildung an.« Sie hatte ihn nur kurz angelächelt und dann »Time to Say Goodbye« geflötet.

Als Kestner schließlich vor der Villa der Benzows stand, war es eine Stunde später, als er gedacht hatte. Und in einer guten Stunde musste er wieder am Gemeindehaus sein und Konfirmandenunterricht geben. Allmählich zahlte es sich aus, dass er Rennrad fuhr. Erst eine ganze Zeit später öffnete Anna-Lena die Tür. Sie war verweint, hatte verquollene Augen mit tiefschwarzen Rändern, zerzaustes Haar – sie sah einfach schrecklich aus. Als sie ihn sah, zögerte sie einen Moment: »Ach, du bist es.« Dann nahm er sie in die Arme. Eine ganze Weile blieben sie so stehen. Dann gingen sie in das Wohnzimmer. Auf dem Sideboard und dem Wohnzimmertisch sah Henning lauter kleine Zettel.

Sie schien seinen Blick gesehen zu haben: »Ich vergesse im Moment so viel und muss mir alles aufschreiben. Es ist ja so viel zu erledigen bis zur Beerdigung. Frida hat gesagt, du kannst sicher verhindern, dass er kommt.«

Henning schaute auf einen der Zettel. »Traueranzeige – Text« stand dort in Druckbuchstaben: »Entschuldige, Anna-Lena, du bist zu schnell für mich. Wer war noch mal Frida, und was hat sie gemeint?«

»Du weißt doch, Frida, meine Freundin aus Schweden. Sie kann leider nicht zur Beerdigung kommen, sie hat die Eierstöcke entfernt bekommen. Aber wir telefonieren jeden Tag miteinander. Schade, dass sie nicht kommen kann. Sie mochte Fritz doch auch so. Und sie hätte mir bei der Trauerfeier geholfen. Sie hat mir immer geholfen.«

Der Pastor erinnerte sich an die resolute, großgewachsene Frau, die bei der Hochzeitsfeier direkt neben Anna-Lena gesessen hatte. Sie hatten sich nicht kennengelernt. Aber eine Freundin wäre jetzt das Beste … Und was hatte sie ihr geraten? Egal, jetzt galt es, dass sie erst einmal die nächsten Tage zurechtkam. »Hast du irgendjemand, der ein paar Tage zu dir ziehen kann?«

Anna-Lena Benzow schüttelte den Kopf. »Ich möchte auch nicht, dass mich jemand so sieht. Ich bin so durcheinander. Ich vergesse ja sogar, meinen Gästen etwas anzubieten.« Ihr Lächeln war gequält, und sie wollte gerade aufstehen.

»Bleib ruhig sitzen, Anna-Lena. Hast du schon ein Beerdigungsinstitut ausgesucht?«

Sie suchte nach einem Zettel. Nachdem sie mehrere in der Hand gehabt hatte, fand sie offensichtlich den richtigen: »Ja hier, Olaf Ruden.«

Henning war froh. Mit Empfehlungen musste man als Pastor immer ein wenig vorsichtig sein. Der Tod war eben auch schlicht ein Geschäft. Aber Olaf Ruden gehörte zu denen, die weniger ins Marketing als in die menschliche Seite investierten. Vor allem Olafs Frau würde er gut ansprechen können.

»Anna-Lena, mach dir bitte keine Sorgen wegen der Beerdigung. Das können wir dir abnehmen. Olaf und seine Frau nehmen die praktische Seite in die Hand, da kannst du dir ganz sicher sein. Aber du musst jetzt an etwas anderes denken.«

»Das habe ich ja gesagt. Er soll nicht kommen«, fiel sie ihm ins Wort.

Kestner dämmerte es: »Du meinst Jens?«

»Ja«, sagte sie und fuhr sich durch die Haare, »er will mich umbringen. Er zerstört alles.«

Kestner sah sie einen Moment an. Es hatte keinen Sinn. Er konnte ihr ihre Angst nicht nehmen. Aber genauso wenig ließ sich verhindern, dass er zur Beerdigung kommen würde. Vielleicht hatte er eine Chance, ihn in der Friedhofskapelle und am Grab etwas zu isolieren. Aber er war der Sohn. »Ich schaue, was ich machen kann. Aber du musst mir etwas anderes versprechen, Anna-Lena. Du musst ins UKE gehen und dich untersuchen lassen. Fritz ist gestorben durch den Wagen, den du gefahren hast. Es kommt eine Untersuchung auf dich zu. Und wenn es für dich nicht ganz unangenehm werden soll, muss ganz klar festgestellt werden: Du bist unschuldig, weil du krank bist.«

Für einen Moment standen die letzten Worte im Raum. Dann begann Anna-Lena Benzow zu murmeln: »krank … krank … krank«

Kestner hoffte, dass mit jeder Wiederholung die Erkenntnis in ihr mehr Raum finden würde. »Ich habe mit Sora gesprochen. Sie kommt morgen zu dir. Sie will dich sehen. Und sie bietet dir …«, er zögerte einen Moment: »Sie geht mit dir zum Arzt.«

Als Kestner wieder auf das Rad stieg, hatte der Konfirmandenunterricht schon angefangen. Er hoffte, dass die Ersten nicht schon Morgenluft gewittert hatten und abgehauen waren. »Fritz ist gestorben, durch den Wagen, den du gefahren hast«, dachte er, während er sich beeilte, zum Gemeindehaus zu kommen. In der Richtung musste er seine Botschaft suchen: nüchterne Tatsachen, keine Schuldvorwürfe, kein Drumherum. Warum Fritz' Tod ihn selbst so traurig machte, über diese Frage nachzudenken würde er später hoffentlich Zeit finden.

Kapitel 24

Es wäre einer von zwei freien Abenden in dieser Woche gewesen, an denen er sich mal wieder mit seiner wissenschaftlichen Arbeit hätte beschäftigen wollen. Er hatte jetzt alles gelesen, was Theologen zum Thema »Intrige« geschrieben hatten. War nicht viel und vor allem nicht gut. Das zumindest konnte er unter der Überschrift »Forschungsübersicht« akademisch aufblähen und niederschreiben. Keine besondere Herausforderung, aber selbst dafür brauchte man Zeit.

Stattdessen saß Kestner an diesem Dienstagabend an seiner Traueransprache. Lieder und alles drumherum hatte er schnell ausgesucht. Der Musikdirektor aus dem Michel hatte natürlich abgesagt: »Ohlsdorfer Friedhof, Fritz-Schumacher-Halle, vergessen Sie's. Auf dem Knüppel spiele ich nicht mal, wenn Sie den Ersten Bürgermeister beerdigen.« Zum Glück hatte er ja noch seinen eigenen Kirchenmusiker in Nienstedten, und der war nicht so wählerisch. Auch wenn er nicht verstand, warum die Beerdigung am anderen Ende der Stadt sein musste. Banale Geschichte: Das Krematorium in Öjendorf wurde gerade renoviert, und Fritz hatte verfügt, dass er anonym beerdigt werden wolle. Am Ende wurde es dann Ohlsdorf. Immerhin wieder ein Hamburger Superlativ: der größte Parkfriedhof der Welt.

Sogar den Bibelspruch hatte Fritz schon bestimmt: »Gott wird vernichten, die die Erde vernichten.« Der Satz aus dem letzten Buch der Bibel war ziemlich frei übersetzt, aber vor allem störte Kestner der Inhalt: Vernichtung als Strafe Gottes für Vernichtung. Was für eine schreckliche Logik und außerdem noch überflüssig. Denn das würden die Menschen auch ohne die Strafe Gottes hinbekommen. Sie würden sich schlicht selbst vernichten, indem sie die Erde vernichteten.

Aber das eigentliche Problem war ja morgen nicht die ökologische Krise. Es war die unglaubliche Tragik, dass eine Frau ihren geliebten Mann totgefahren hatte. Sie hatte den Tod verursacht, aber war sie schuldig? Schuld war die Krankheit, die sie hatte. Wollte man ihr jetzt den Vorwurf machen, dass sie ihre eigene Krankheit nicht wahrhaben wollte?

Irgendwann hatte sich der Pastor dann entschieden. Ja, das musste er rüberbringen: Es ist jetzt die Zeit der Fragen, nicht der einfachen Antworten. Gebraucht werden jetzt nicht Urteile gegeneinander, sondern Sorge füreinander. Und wie immer flossen dann die Worte ganz leicht auf das Papier. Er stellte Fritz dar als einen Mann, der kluge Fragen stellen konnte. Als Wissenschaftler und als Stiftungsgründer. Und der es sich nicht einfach machte mit den Antworten. Der weitersuchte. Nur an einem Punkt war sein Suchen zur Ruhe gekommen, in der späten Liebe zu seiner Anna-Lena. Er würde gewollt haben, dass diese Liebe das letzte Wort hat und nicht die einfachen Antworten und Urteile.

Es war halb eins gewesen, als er fertig war. Er ging in das kleine Gästezimmer. Morgen würde er Astrid sagen, es sei spät geworden und er habe sie nicht mehr stören wollen. Glauben würden sie es beide nicht.

Die Beerdigung war um zwei Uhr. Am Vormittag erledigte er noch lustlos einige Verwaltungsarbeiten und fuhr dann um zwölf Uhr mit der S1 in den Hamburger Norden. Wäre er nett gewesen, hätte er das Auto genommen und den Kantor mitgenommen. Aber er brauchte die Zeit für sich. Außerdem hasste er es, bei Gottesdiensten auf den letzten Drücker zu kommen. Er hatte noch das Bild von Jens Benzow aus dem Tageblatt runtergeladen. Olaf Ruden würde schon dafür sorgen, dass er möglichst weit und außer Sichtweite von Anna-Lena sitzen würde. Kestner war so konzentriert, dass er den alten Mann, der über einen Rollator gebeugt und mit Sauerstoffschläuchen in den Nasenlöchern vor der Kapelle stand, gar nicht wahrnahm.

Als er um kurz vor zwei die Kapelle von der Sakristei aus betrat, sah er, dass die Kapelle zu einem Drittel gefüllt war. Er erkannte einige seiner Gemeindemitglieder, die sich offensichtlich von der weiten Strecke doch nicht hatten abhalten lassen. An der Seite mit dem Lesepult konnte er hinten Jens Benzow erkennen. Auf der gegenüberliegenden Seite saß Anna-Lena, dicht neben ihr Sora. Kestner musste sich beherrschen, sie nicht zu lange anzusehen. In schlichtem Schwarz sah sie schlicht umwerfend aus. Anna-Lenas Gesicht war zur Hälfte von einem dichten, dunklen Schleier verborgen. Als die Orgel die letzten quälenden Töne des Vorspiels herausgequetscht hatte, ging Kestner zum Lesepult. »Auch das, was wir heute tun müssen, Abschied nehmen von einem uns lieben Menschen, tun wir im Namen Gottes …« Er merkte, wie er mit jedem Stück des vertrauten Ablaufs ruhiger wurde. Bei seiner Ansprache konnte er keinerlei Reaktionen erkennen. Nur im Gesicht von Jens Benzow meinte er den flackernden Widerschein eines Lichts zu erkennen. Spielte der Typ wirklich gerade mit seinem Handy? Er bemühte sich, seinen Blick nicht zu oft an Sora festzumachen, und fand seinen Halt glücklich bei Dr. Lenzin, der konzentriert in der Mitte auf einem der Außenplätze zum Gang hin saß.

Nach der Aussegnung wandte sich der Pastor noch einmal an die Trauergäste: »Im Namen der Witwe möchte ich Sie herzlich bitten, von Beileidsbekundungen abzusehen. Sie finden am Ausgang ein Kondolenzbuch, in das Sie sich gerne eintragen können.« Dann kamen die Träger herein mit ihren lächerlichen Zylindern und weißen Paradehandschuhen. Immerhin zahlte Ruden mit vierzig Euro einen Tacken mehr als andere, achtete dafür aber auch darauf, dass sie nicht getrunken hatten. Der Pastor wartete auf die Witwe. Sora Lee und er nahmen sie in die Mitte, als sie hinter dem Sarg aus der Kapelle gingen.

Sie hatten verabredet, dass der Leichenwagen ein Stück weiter den Weg entlang stehen würde, damit die Trauergäste ohne Aufhebens zur Seite abbiegen konnten. Als die Träger den Sarg in den Leichenwagen schoben, standen nur noch sie drei auf der linken Seite. Anna-Lena zitterte wie in Wellen, fest untergehakt bei Sora. Gegenüber standen noch Jens Benzow und in einigem Abstand Dr. Lenzin. Die Heckklappe schloss automatisch. Die Träger nahmen ihre Zylinder ab, und der Mercedes fuhr langsam los. Dr. Lenzin nickte Kestner zu, der daraufhin auf ihn zuging. »Wenn Sie wollen, kann ich Anna-Lena nach Hause bringen. Ich habe dafür gesorgt, dass der Hausarzt auch kommt. Und noch was, Herr Pastor. Danke. Sie haben …«

In dem Moment hörten sie Sora Lees Stimme: »Hau ab, du Arsch. Und zwar sofort.« Kestner sah, dass Sora Lee jetzt mit einiger Mühe Anna-Lena mit beiden Händen zu halten versuchte, während sich Jens Benzow mit schnellen Schritten von ihnen entfernte. Kestner beeilte sich, zu den beiden Frauen zu kommen, und fasste die Witwe ebenfalls unter: »Was ist los gewesen?« Sora Lee beugte sich zu Kestner und flüsterte ihm ins Ohr: »Er hat gesagt: Du hast meinen Vater umgebracht, du Hure.«

Kestner war froh, dass Lenzin jetzt auch zu ihnen gekommen war und das Regiment übernahm. »So, Anna-Lena, ich fahre dich jetzt nach Hause. Sie haben noch den Schlüssel vom Saab, Frau Lee? Lassen Sie sich Zeit, ihn zurückzubringen. Er wird ja jetzt nicht mehr gebraucht.«

Als Anna-Lena sich willig von Lenzin hatte wegführen lassen, standen Sora Lee und der Pastor plötzlich allein vor der leeren Kapelle. Er blickte ziellos nach vorne, ohne sie anzusehen: »Hast du noch ein bisschen Zeit, Sora? Ich glaube, ich brauche noch einen Spaziergang.« »Und ich danach noch einen Schnaps«, ergänzte Sora. »Und die schwedische Affenschleuder fährst dann du nach Hause.«

Da war sie wieder, Sora, die ihn spüren ließ, dass er noch lebte. Und wie um das zu bestätigen, fügte sie noch hinzu: »Und übrigens Pastor, wenn man dich so erlebt, bekommt man richtig Lust, sich beerdigen zu lassen.«

Sie gingen auf der Friedhofsseite linksherum und machten die große Runde über Kapelle 8 und 7 zum Haupteingang. Dann überquerten sie die Fuhlsbüttler und gingen ins Café Schwesterherz auf der Alsterdorfer Straße. Ihr Gespräch wurde schnell ernst. Was wird aus Anna-Lena? Was ist los mit diesem Widerling Jens? Und wie geht es mit der Stiftung weiter? Wer konnte noch helfen?

»Wie hat der Pastor eben gesagt«, sagte Sora, als sie beim Auto angekommen waren und sie ihm die Schlüssel in die Hand gab. »Es ist jetzt die Zeit der richtigen Fragen, nicht der einfachen Antworten.« Langsam gingen sie zum Parkplatz hinter dem Forum zurück.

Henning wusste hinterher auch nicht mehr, wie es dazu gekommen war. Aber er hatte Sora einfach zu sich gezogen und sie lange geküsst. Als sie sich mit Mühe wieder voneinander gelöst hatten, lächelte Sora ihn an: »Ja, und jetzt haben wir eine gute Frage mehr.«

Kapitel 25

Mit dem fast weißen Vollbart und den gutmütigen Augen erinnerte er sie an Käpt'n Iglo, mit dem sie den Duft von Fischstäbchen verband, ihr Leibgericht in Kindertagen. Sora Lee mochte den etwas fülligen Neurologen sofort. »Nun lassen Sie den Doktor mal weg«, hatte Dr. Jacobsen ihr zur Begrüßung gesagt. Doch seine ganze Aufmerksamkeit galt Anna-Lena Benzow. Er nahm sie fest in den Arm: »Mein aufrichtiges Beileid. Du weißt, wie sehr ich Fritz gemocht habe. Wir haben uns direkt zu Beginn meines Studiums angefreundet. Ein glänzender Wissenschaftler. Und ein feiner Kerl.«

»Und ich habe ihn auf dem Gewissen«, antwortete Anna-Lena leise. Würde die Untersuchung in der Gedächtnisambulanz des UKE nun vorbei sein, bevor sie richtig begann? Anna-Lena hatte sich am Nachmittag noch einmal lange gesträubt: »Bring mich lieber ins Gefängnis. Da gehöre ich hin.« Dabei hatte sie auf die Titelseite des Tageblatts getippt: »Drama in Othmarschen: Frau fährt ihren Mann tot«. Mit viel Zureden hatte Sora Lee sie dann doch ins Auto bugsiert und zum UKE gefahren.

Zum Glück fand der Neurologe die richtigen Worte: »Anna-Lena, es war ein Unfall. Du hast Gas und Bremse in einem für dich völlig neuen Auto verwechselt. Das passiert immer wieder. Es war keine Absicht. Und ich verspreche dir, dass wir die Untersuchung sofort abbrechen, wenn es dir nicht mehr gut geht.«

Im Internet hatte Sora recherchiert, dass Dr. Jacobsen zu den Koryphäen in der Demenz-Forschung gehörte. Die Liste seiner Publikationen umfasste bei Wikipedia zwei Seiten, Sora verstand nicht einmal die Titel. Sie sagte: »Herr Jacobsen, wir sind hier, weil wir uns um Anna-

Lena große Sorgen machen. Sie vergisst vieles und hat große Orientierungsprobleme. Wir fürchten, es könnte Alzheimer sein.«

Der Neurologe rückte das Modell des menschlichen Gehirns auf seinem Schreibtisch zurecht, schaute die Journalistin lange an und sagte: »Frau Lee, ich glaube, dass sich Anna-Lena sehr wohl allein ausdrücken kann.«

Sora Lee schluckte. Der Arzt hatte recht. Das war taktlos gewesen.

Jacobsen wandte sich wieder Anna-Lena zu: »Wie geht es dir?«

Anna-Lena rutschte auf ihrem Stuhl hin und her. Sie zögerte: »Nicht gut. Der Unfall hat alles noch schlimmer gemacht. Mein Gedächtnis macht mir seit langem zu schaffen. Ich sehe im Kühlschrank, dass wir keine Milch mehr haben, und fahre zum Supermarkt. Wenn ich vor dem Kühlregal stehe, weiß ich nicht mehr, was ich kaufen wollte. Und ganz schlimm war es neulich an der Kasse. Ich wollte mit EC-Karte bezahlen und wusste meine Geheimnummer nicht mehr. Das war so peinlich. Und ich finde oft die richtigen Worte nicht mehr. Ich sage Zeitung, obwohl ich Buch meine.«

Der Neurologe machte sich Notizen: »Hast du auch Probleme mit der Orientierung?« Anna-Lena nickte: »Neulich war ich in Blankenese einkaufen und wusste den Weg zurück nicht mehr, obwohl ich ihn schon hundertmal gefahren bin.« Bei Gerüchen sei es ähnlich: »Ich liebe Rosen. Aber ich erkenne nicht mehr ihren Duft.« Ganz schlimm sei inzwischen, dass sie so viele Dinge verlege: »Neulich dachte ich, mir wäre mein Schmuck gestohlen worden, als ich ihn im Tresor nicht wiederfinden konnte. Gefunden habe ich ihn dann im Kühlschrank. Aber weißt du, was mich am meisten fertigmacht?«

Jacobsen und Sora Lee warteten gespannt.

»Meine Angst. Ich weiß, wie sehr mich mein Stiefsohn hasst. Nachts höre ich, wie er um unser Haus schleicht. Kurz vor dem Unfall habe ich ihn wieder mit einer Eisenstange vor unserem Fenster gesehen. Er will mich umbringen. Und jetzt kann Fritz mich nicht mehr beschützen.«

Der Neurologe räusperte sich: »Anna-Lena, lass uns bitte zuerst ein paar Tests machen.« Dr. Jacobsen holte eine Karteikarte aus seinem

Schreibtisch: »Anna-Lena, ich nenne dir jetzt zehn Wörter, du versuchst bitte, dir möglichst viele Begriffe zu merken.« Dann las er betont langsam und deutlich von der Karte ab: »Hund – Katze – Tisch – Banane – Apfel – Kino – Geld – Bett – Stuhl – Auto.« Seine Patientin konnte sich Hund, Tisch, Apfel, Kino, Geld und Stuhl merken. Der Arzt las die Begriffe ein weiteres Mal vor: »Versuche, sie dir noch einmal einzuprägen. In 15 Minuten frage ich dich noch einmal.«

Nach ein paar Rechenaufgaben fragte der Neurologe wieder nach den Begriffen. Sora Lee war gespannt, wie viele Anna-Lena noch einfallen würden. Es waren ja schlichte Wörter. Anna-Lena Benzow überlegte und schaute den Arzt konsterniert an: »Von welchen Worten sprichst du? Worum geht es jetzt?« Sora drehte sich um, die beiden sollten ihre Tränen nicht sehen. So schlimm stand es also um Anna-Lena.

Der Neurologe nickte dagegen nur, legte ein kariertes Blatt Papier auf den Tisch und bat Anna-Lena, eine Uhr mit dem Zeigerstand 11:10 Uhr zu zeichnen.

Anna-Lena nahm den Stift und malte einen Kreis mit Ziffern. »Links die Drei. Rechts die Neun. Nein, das sieht komisch aus.« Sie setzte neu an: »Die Zwölf muss nach rechts. Aber wohin mit der Sechs? Und wo muss der kleine Zeiger hin?« Die Bilder wurden immer undeutlicher, aus dem Kreis wurde ein Quadrat. Dann feuerte Anna-Lena den Stift an die Wand, warf den Block auf den Boden und weinte: »Ich bin zu doof, ich kann das alles nicht mehr.« Sora Lee nahm die Witwe in den Arm: »Alles gut, Anna-Lena, alles gut.«

Dr. Jacobsen räusperte sich: »Vielleicht hören wir für heute besser auf. Wir müssen sowieso noch weitere Termine vereinbaren, um genau zu wissen, wo dein Problem liegt. Wir brauchen auch noch eine MRT-Aufnahme deines Kopfes.« Anna-Lena setzte sich wieder hin: »Niemand muss mehr in mein Gehirn gucken, ich kenne doch die Wahrheit. Ich bin dement.«

Der Neurologe rollte mit seinem Drehstuhl zu ihr hinüber. »Anna-Lena, auch wenn das am Ende unserer Untersuchungen die Diagnose sein sollte, wirst du trotzdem weiter viel Freude am Leben haben können. Das Leben ist nicht vorbei. Wichtig ist nur, dass du die Therapien, über die wir dann genauer sprechen werden, auch machst. Und dass du die Medikamente nimmst, die wir dir verordnen. Sie können das Fortschreiten der Demenz verlangsamen. Aber es geht nur mit dir. Dann spricht überhaupt nichts dagegen, dass du noch lange autark wirst leben können. Ich habe nur eine Bitte: Fahr nicht mehr selbst Auto. Es ist besser so. Für alle.«

»Glaubst du ernsthaft, ich setze mich noch einmal in ein Auto? Ich habe meinen Mann totgefahren!«, rief Anna-Lena Benzow. Dann stockte sie: »Jetzt wird Jens mich noch mehr hassen. Ich werde sterben. Das ist sicher. Er weiß ja, dass ich jetzt alleine in der Villa lebe.« Der Neurologe schaute sie lange an: »Anna-Lena, wäre es eine Überlegung wert, dass du wieder in deine Heimat ziehst? Zurück zu deinen Verwandten, Freunden und Bekannten?« Anna-Lena schüttelte heftig den Kopf: »Bevor ich nach Mülheim gehe, bringe ich mich um.«

Kapitel 26

Auch am Tag danach gingen Sora Lee die Worte von Anna-Lena Benzow nicht aus dem Sinn. Warum hasste die Witwe die Stadt an der Ruhr so sehr? Sicher, die versuchte Vergewaltigung durch Fiedler hatte sie als junge Frau schwer traumatisiert. Aber warum wollte sie keinen Kontakt mehr zu ihrer Heimat?

Google lieferte nur wenige Treffer für »Weentrig Mülheim«. Eine Todesanzeige aus einem Trauerportal fiel Sora Lee auf. Ein gewisser Helmut Weentrig war 1995 »nach langer, schwerer Krankheit« verstorben. »Papa, ich vermisse dich so sehr, Anna-Lena« stand in der Anzeige.

Und dann sah Sora Lee den Abschlussbericht eines Essener Demenz-Symposiums von 1990: Angehörige schrieben über die kräftezehrende Pflege von Alzheimer-Kranken. Der Bericht von Anna-Lena Weentrig hatte den Titel »Ich kann nicht mehr« und war Hilfeschrei und Anklage zugleich. »Gestern hat Papa wieder versucht, seine Strümpfe in der Toilette herunterzuspülen, der Klempner war zum dritten Mal in dieser Woche bei uns. Papa läuft jede Nacht ziellos durch die Wohnung, ich habe seit Monaten nicht mehr durchgeschlafen. Als ich vergangene Woche kurz zum Einkaufen war, wollte er sich Nudeln kochen und hat sie dann vergessen. Fast hätte er die Küche abgefackelt.«

Alle Freunde und Verwandten hätten sich zurückgezogen. »Es kommt keiner mehr zu uns. Alle lassen mich im Stich. Und Mama ist ja schon lange tot.« Am schlimmsten sei jedoch, dass ihr Vater sie nicht mehr erkennen würde. Der Bericht endete mit den Sätzen: »Papa ist mein Ein und Alles. Ich kann ihn nicht in ein Heim geben. Aber manchmal denke ich, dass es meine Mama mit ihrem Krebs besser hatte als ich.«

Sora Lee googelte den Namen des Arztes, der das Symposium organsiert hatte. Inzwischen praktizierte er als Psychiater in Köln – und war als Vorsitzender der Alzheimer-Gesellschaft Mülheim auskunftsfreudig. »Sie haben ihren Artikel ja ohnehin in meinem Abschlussbericht gelesen. Anna-Lena gehörte zu denen, die es besonders schwer hatten. Ich habe ihr immer wieder gesagt, dass sie so nicht weitermachen darf. Dass es ihrem Vater am allerwenigsten hilft, wenn sie zusammenbricht. Aber sie hat jede psychische Hilfe abgelehnt. Sie hat mir damals gesagt, dass sie als junge Frau einmal in einer solchen Klinik gewesen sei. Diese Erfahrung reiche ihr fürs Leben. Mehr habe ich leider nie erfahren.«

So tief saß also ihr Fiedler-Trauma, dachte sich Sora Lee und fragte: »Was ist aus Anna-Lena nach dem Tod ihres Vaters geworden?« »Sie wollte ins Ausland. In ein Entwicklungshilfeprojekt in einem französischsprachigen Land in Afrika. Die Sprache beherrschte sie ja perfekt. Und finanziell war sie meines Wissens unabhängig. Aber wie geht es ihr jetzt?« »Nicht gut. Wir fürchten, dass auch sie Alzheimer hat. Und sie lebt jetzt ganz allein in der Villa.«

Der Arzt war erschüttert: »Was für ein Drama. Da pflegt sie ihren Vater so viele Jahre – und kriegt dann die gleiche Krankheit. Mehreren Alzheimer-Patienten in einer ähnlichen Lage wie Anna-Lena habe ich übrigens empfohlen, sich einen Hund zuzulegen. Es gibt inzwischen Hunde, die sich wunderbar auf Betroffene mit einer Demenz einstellen. Die geben Sicherheit und Geborgenheit.«

Nachdem Sora Lee aufgelegt hatte, betrachtete sie lange das Foto ihrer Mutter. Sie hatte sich aus Kummer über den Tod ihres Sohns in Kabul das Leben genommen. Würde Alzheimer irgendwann in Anna-Lenas Gedächtnis den Unfalltod ihres Mannes auslöschen? Wie einen Eintrag in einem Kalender, den man ausradiert? Nein, Demenz taugt nicht als Akt der Gnade, dachte Sora Lee. Anna-Lena brauchte Hilfe, sie hatte ja in ihrer Heimat niemanden mehr. Was würde ihr jetzt guttun? Ein Hund wäre bestimmt nicht falsch, das würde sie Anna-Lena empfehlen. Und ein Erlebnis, um auf andere Gedanken zu kommen. Sie hatte auch schon eine Idee. Nur Henning würde sie noch überzeugen müssen. Aber den wollte sie ohnehin schon längst mal wieder anrufen.

Kapitel 27

Die Kiste stand hinter den frisch gebügelten Oberhemden. Anna-Lena Benzow wollte die Hemden in die Kiste mit den Sachen für das DRK legen, Fritz brauchte sie ja nicht mehr. Und für die Altkleidersammlung waren sie viel zu schade.

»DEMENZ« hatte Fritz mit seiner steilen, akkuraten Handschrift auf dem Zettel notiert, der auf der Kiste klebte. Der Karton quoll fast über mit Broschüren, Büchern und Magazinen der Deutschen Alzheimer-Gesellschaft. »So viel Sorgen hat sich der Fritz um mich gemacht«, dachte sie und stellte den Karton vor den Kamin. Auf Info-Blätter wie »Demenz – das sind die ersten Signale« konnte sie dankend verzichten. Seit gestern kannte sie nun die finale Diagnose: Alzheimer.

Eine Stunde Zeit hatte sich Holger Jacobsen für sie genommen, ihr alles erklärt. Ging um Flüssigkeiten, Nervenwasser oder so. Und um Aufnahmen ihres Kopfes. Irgendwann hatte sie gar nicht mehr hingehört. Wie ein Wasserfall waren Worte wie MRT, Demenz und Therapien an ihr vorbeigerauscht. War alles egal. Alzheimer. Was musste sie mehr wissen? Im Rückblick war sie selbst überrascht, wie gelassen sie reagiert hatte. Mehr noch: Sie war geradezu erleichtert gewesen. Jetzt hatte sie Klarheit.

Die Tage danach hatte sie allein verbracht. Sie wollte jetzt niemanden sehen. Nicht einmal Sora Lee. Oder den Pastor. Beiden hatte sie eingeschärft, mit niemandem über die Diagnose zu sprechen: »Ich will nicht, dass die halbe Nachbarschaft darüber redet.« Die Medikamente würde sie schon nehmen. »So vergesslich bin ich dann auch wieder nicht.«

Sie legte Holzscheite in den Kamin, die Broschüren konnte sie dann nach und nach verfeuern, am Ende den Karton. Sie liebte den flackernden Schein des Feuers, das Geräusch des knisternden Holzes, dann die Glut, das alles tat ihr gut. Wobei: Ein kurzer Blick in ein Magazin konnte ja nicht schaden. Sie sah auf das Bild einer gutaussehenden Frau. »Ich heiße Martina, bin 55 Jahre und habe Alzheimer«, hieß die Überschrift. Mein Gott, dachte Anna-Lena, die ist ja noch zehn Jahre jünger als ich. Sie las das Interview, in dem Martina über die Diagnose berichtete (»Das Gespräch mit dem Arzt dauerte fünf Minuten, dann war die Tür wieder zu.«), über den Verlust ihrer Arbeitsstellen und über ihre Einsamkeit: »Meine Freundinnen haben sich alle von mir zurückgezogen.« Ganz am Ende stand ein Satz, den sie wieder und wieder las: »Ich bin nicht doof. Nur vergesslich.«

Nicht doof. Nur vergesslich. Das würde sie sich merken.

Sie schaute auf ihre Uhr, zum Glück hatte Fritz ihr zur Hochzeit eine Armbanduhr mit großen Ziffern geschenkt. Sah zwar etwas klobig aus, aber sie konnte die Uhrzeit wunderbar lesen. Drei Uhr, also Zeit für einen Spaziergang durch Nienstedten. Aber wo war nur ihr Schlüssel? Im Flur lag er nicht, im Mantel steckte er auch nicht. Eine halbe Stunde suchte sie das ganze Haus ab und schaute dann sogar im Kühlschrank nach. Und richtig, da lag der Bund, genau neben den Eiern, die sie gestern gekauft hatte.

»Ich muss mich mehr konzentrieren. Der Schlüssel gehört auf das Sideboard im Flur. Der Schlüssel gehört auf das Sideboard im Flur. Der Schlüssel gehört auf das Sideboard im Flur.« Wie ein Mantra sprach sie den Satz immer wieder vor sich hin, als sie hinunter an die Elbe ging. Als sie ihre Nachbarn von weitem sah, winkte sie. Doch das Ehepaar bog ab in die Seitengasse, tat so, als hätte es sie gar nicht bemerkt. Anna-Lena stapfte wieder nach Hause. Traurig. Die hassen mich hier alle, weil ich Fritz totgefahren habe. Vielleicht sollte sie wegziehen. An die Alster. Den Ruderbooten zuschauen.

Wie sehr vermisste sie den gleichförmigen Takt im Boot, das Kommando der Steuerfrau beim Start: »Volle Länge. Und ab.« Es war seltsam. Sie sah sich völlig klar im Boot auf dem Essener Baldeneysee. »Dicke Bank«, so hatte der Vierer geheißen. Und sah Frida, die Trainerin.

Eine ehemalige Weltklasse-Ruderin. Und nun vergebens bemüht, den Baldeneysee-Vierer zumindest in die regionale Spitze zu befördern. Sie hörte Fridas Kommandos mit dem lustigen skandinavischen Akzent.

Es war seltsam. Ihre Erinnerung glich einem Film, der immer verschwommener wurde. Was sich vor Jahren, ja Jahrzehnten abgespielt hatte, sah sie vor ihrem inneren Auge so scharf, als wäre es gestern passiert. Und was sie diese Woche erlebt hatte, wusste sie mitunter kaum noch. Wo hatte Holger sie noch untersucht? Im Albertinen-Krankenhaus? In der Klinik in Rissen? Oder im UKE? Aber eigentlich war es ja auch egal.

Alzheimer. Die Diagnose. Nur das zählte. Nicht doof, nur vergesslich.

Sollte sie Frida einweihen? Nein. Ihre Freundin hatte genug eigene Sorgen nach ihrer Krankheit. Was hatte sie noch mal gehabt. Krebs? Nein, so schlimm war es nicht. Irgendwas mit dem Darm. Oder mit dem Magen? Oder mit den Eierstöcken? Mist, sie musste sich einfach mehr aufschreiben. Irgendwo musste doch noch eines dieser dicken Notizbücher sein, die Fritz mal von einem Chemiker-Kongress mitgebracht hatte.

Zum Glück war Fridas Nummer eingespeichert, ihr Telefonbuch war nämlich leider weg. Sora Lee hatte ihr die Nummer in das Handy eingetippt, das sie ihr geschenkt hatte, und mit der Suchnummer 2 versehen: »Das Anna-Lena ist dein absolutes Notfallhandy. Unter der 1 hast du mich sofort und jetzt Frida unter der 2.«

Schon beim Klang ihrer Stimme wurde Anna-Lena warm ums Herz. Sie erzählte von ihrer Operation – »Eierstöcke, aber alles gut verheilt, keine Komplikationen« – und dann von ihren Plänen: »Im Sommer will ich wieder zurück ins Boot.« Dann wollte sie wissen: »Anna-Lena, wie geht es dir? Wie hast du den Unfall verkraftet? Kommst du alleine klar?«

Anna-Lena Benzow musste sich jetzt konzentrieren, um nicht die Alzheimer-Diagnose zu verraten. Viel lieber sprach sie von früher: »Weißt du noch, wie wir damals auf dem Baldeneysee gesegelt sind?« »Gesegelt? Du meinst gerudert.« »Ja natürlich, gerudert, sorry, auf diesem Boot. Das hieß doch ›Dicke Dings‹ oder so.«

Für ein paar Sekunden hörte Anna-Lena nur die Atemzüge ihrer Freundin. Dann sprach sie langsam: »Ist bei dir wirklich alles in Ordnung? Manchmal denke ich, du stehst neben dir, wenn wir reden. Das hängt bestimmt mit dem Unfall zusammen. Aber bitte geh zum Arzt. Und lass dich untersuchen.« »Ja, ja, mache ich, aber jetzt muss ich gleich los. Ich melde mich wieder.«

Anna-Lena legte auf. Sie musste sich jetzt etwas Gutes tun. Der Kamin, der würde sie entspannen. Sie griff zum Stabfeuerzeug, wollte mit der Broschüre »Demenz – das sollten Sie jetzt bei Vollmachten, Verfügungen und Ihrem Testament beachten« das Feuer entfachen. Denn diese Informationen brauchte sie wirklich nicht mehr. Ihr guter Fritz hatte sich um alles gekümmert. Zusammen mit diesem Notar. Lenzin, oder wie der hieß. Ein feiner Mensch. Der hatte kein Aufhebens gemacht, als sie das Testament mit ihrem Geburtsnamen unterschrieben hatte. Mein Gott, war ihr das peinlich gewesen. Aber Lenzin hatte einfach ein neues Exemplar ausgedruckt. Nur Jessen, dieser Schnösel, hatte überhaupt nicht zu ihm gepasst.

Egal. Ihre Angelegenheiten waren geordnet, wie Fritz das immer genannt hatte. Da konnte auch sein flegelhafter Sohn nichts mehr ändern. Dieser Jens konnte ihr gestohlen bleiben. Erst hatte er ihre Hochzeit ruiniert und sie dann bei der Beerdigung beleidigt. Geschah ihm ganz recht, dass er nichts erben würde.

Die angebrochene Rotweinflasche hatte sie zum Glück gleich neben den Kamin gestellt. Er war jetzt einen Tick zu warm, aber schmeckte köstlich. Dazu dieses Knistern. Herrlich. Holger hatte recht: Auch mit Demenz konnte das Leben schön sein. Als sie ihr Glas wieder abstellte, hörte sie plötzlich Schritte. Sie zog den Vorhang etwas zur Seite und lugte auf die Terrasse. Sie sah den Mann im schwarzen Anorak, eine Stange in der rechten Hand.

Jens. Er war zurück. Ganz vorsichtig zog sie den Vorhang zurück. Sora hatte recht. Sie brauchte einen Hund. Unbedingt.

Kapitel 28

Den Ausschnitt aus der »Bild«-Zeitung hatte sich Joachim Fiedler an die Wand geklebt. Fiedler konnte sich an den Fotos nicht sattsehen. Der SUV. Das zerborstene Schaufenster. Der Krankenwagen. Das Polizeiauto. Der Notarzt. Und darüber in fetten Lettern: »Ehefrau fährt Chemie-Millionär tot.« Natürlich war auf den Fotos das Opfer nicht zu sehen. Aber das konnte sich Fiedler vorstellen. Wie Benzow da unter der mächtigen Stoßstange lag, zermalmt von dem tonnenschweren Geländewagen.

Jeden verdammten Tag in seiner Haft hatte sich Fiedler den Moment seiner Rache ausgemalt. Er hatte sich vorgestellt, wie er das Paar in den Keller seiner Villa einsperren würde. Ohne Wasser, als Nahrung nur salzige Chips. Er würde eine Kamera montieren, sich an seinem Laptop an ihrem Durst weiden. Und irgendwann würde Anna-Lena um Gnade winseln: »Hol uns hier raus, ich mache alles, was du sagst.«

Dabei hatte Fiedler immer gewusst, dass diese Fantasie niemals Realität werden würde. In seinem Zustand würde er es gerade noch zur Haustür der Villa schaffen. »Fiedler, Sie haben jetzt GOLD Stufe IV erreicht«, hatte ihm der Knastarzt bei seiner letzten Untersuchung gesagt. GOLD? Auf solche Begriffe kamen nur noch Mediziner. Für COPD-Patienten wie ihn hieß GOLD IV Endstation. Lungenfunktion unter dreißig Prozent, Atemnot, Erstickungsangst, Rollator. Ohne sein Sauerstoffgerät wäre er längst tot. Inzwischen brauchte er den Sauerstoff Tag und Nacht, die Erstickungsanfälle wurden immer heftiger. Immerhin hatte der lebensbedrohliche Zustand seine vorzeitige Haftentlassung beschleunigt. Der Amtsarzt hatte ihm bescheinigt, dass seine Krankheit »nicht auf angemessene Art in einem Vollzugskrankenhaus behandelt werden kann«.

Zudem war er – abgesehen von seinen Hilferufen bei akuten Anfällen – ein Mustergefangener gewesen. Auch deshalb hatte ihm der Hamburger Fürsorgeverein nun diese Wohnung in Mümmelmannsberg besorgt. Hochhaus, zwölfte Etage, sozialer Brennpunkt – aber barrierefrei. Seine Wohnung in Mülheim hatte er vor Haftantritt ohnehin kündigen müssen. Und warum sollte er seine letzten Monaten an der Ruhr verbringen? Dann lieber Hamburg. Hier hatte er noch eine letzte Rechnung offen.

Nach wie vor konnte es Fiedler kaum fassen, dass Anna-Lena ihren geliebten Gatten am dritten Tag nach seiner Haftentlassung – die Helfer vom Fürsorgeverein bauten gerade sein Bett vom Second-Hand-Händler auf – mit ihrem SUV ins Jenseits befördert hatte. Wenn es nach ihm gegangen wäre, hätte der gute Fritz ruhig etwas mehr leiden können, der Gifttod mit den Pralinen wäre qualvoller gewesen. Aber egal. Fritz lag nun unter der Erde. Totgefahren von seiner eigenen Frau. »Lag es an ihrer Demenz?«, hatte die Bildzeitung zwei Tage nach dem Unfall getitelt. Ob Anna-Lena wohl noch so etwas wie Schuldkomplexe hatte? Oder hatte sie dank Alzheimer den Unfall schon wieder vergessen?

Fiedler hatte sich für dreißig Euro ein Taxi zum Ohlsdorfer Friedhof gegönnt, eigentlich konnte er sich das gar nicht leisten. Aber er wollte sich nicht entgehen lassen, wie die Trauergemeinde den Fritz zu Grabe trug. Mit einem betagten Zeiss-Fernglas hatte er, gestützt auf seinen Rollator, aus sicherer Entfernung beobachtet, wie der glatzköpfige Pastor die Witwe tröstete. Gut sah sie aus, keine Frage. Trotz Alzheimer. Und natürlich war diese Journalistin auch dagewesen. Sora Lee. Die Frau, die dieses Machwerk über die angebliche Vergewaltigung im Mülheimer Max-Planck-Institut geschrieben hatte. Genüsslich sah Fiedler, wie sie voller Wut an der Schleife eines Gestecks riss.

Das konnte nur sein persönlicher Gruß gewesen sein. »Nur wer vergessen wird, ist tot. Dein alter Chemiker-Freund J. F.« hatte er auf die Schleife drucken lassen. Dass ihm das noch eingefallen war. Herrlich. Schade nur, dass Anna-Lena die geniale Anspielung auf ihre Demenz nicht mehr verstehen würde.

Fiedler öffnete die Balkontür, mobilisierte seine Kräfte, um den Rollator über die Schwelle zu manövrieren. Anstrengend, aber an der frischen Luft konnte er am besten nachdenken. Ja, er musste sich jetzt intensiv um Anna-Lena kümmern. Sie hatte es wirklich verdient. Aber er musste sich beeilen. »Fiedler, Sie müssen froh sein über jeden Tag, den Sie in Freiheit genießen dürfen«, hatte ihm der Arzt im Knast bei der Abschlussuntersuchung gesagt. Der machte kein Mimimi, sondern sprach Klartext: »Ein schwerer Schub ist in Ihrem COPD-Zustand nur eine Frage der Zeit. Und dann steigt das Infarktrisiko.« Fiedler hatte nur mit den Schultern gezuckt: »Immer noch besser als Ersticken.«

Er durfte also keine Zeit verlieren. Am besten würde er Anna-Lena morgen mal anrufen und seinen Besuch ankündigen. Ein kleines Mitbringsel lag schon hübsch verpackt auf dem Esstisch.

Eine Schachtel Pralinen.

Als Fiedler die Balkontür wieder schloss, hatte er es sich anders überlegt. Die Pralinen würde er ihr schicken, zum Glück war es zur Post nicht weit. Und etwas Süßes würde Anna-Lena in ihrer Trauerphase als Trost bestimmt gebrauchen können.

Kapitel 29

Als die Gondel ihren höchsten Punkt erreichte, klatschte Anna-Lena Benzow in die Hände: »Kinder, das ist so schön. Der Michel, die Elbe, die Alster. Mehr geht nicht.« Sora Lee fixierte angestrengt die Glatze von Henning Kestner, ihre Höhenangst machte ihr zu schaffen.

Aber egal. Anna-Lena war glücklich – nur das zählte. In den ersten Tagen nach der Beerdigung hatte sie so apathisch gewirkt wie ihre Mutter nach dem Tod von Myung. Doch dann war die Trauer umgeschlagen in innere Unruhe und Verwirrtheit. Am Donnerstag hatte sie angerufen: »Sora, ich verstehe nicht, wo Fritz bleibt. Er ist doch sonst immer pünktlich. Weißt du, wo er stecken könnte? Diese Woche eröffnet der Dom. Wir gehen doch sonst immer am ersten Tag hin, um Riesenrad zu fahren.« Sora hatte spontan geantwortet: »Anna-Lena, wir machen das in diesem Jahr anders. Wir beide fahren Riesenrad. Gleich morgen. Und den Pastor nehmen wir auch noch mit.«

Der war allerdings überhaupt nicht begeistert. »Sora, das ist eine totale Schnapsidee.« Am Ende ließ er sich doch breitschlagen. Und so saßen sie nun zu dritt in der Gondel. Die Witwe hatte ihr Handy und ihr Portemonnaie dem Pastor in die Hand gedrückt: »Bitte pass auf meine Sachen auf. Fritz sagt immer, dass auf dem Dom so viel geklaut wird.«

Sehr zu Soras Unwillen gönnte der Mann am Steuerpult des Riesenrads seinen Gästen eine Extrarunde. Anna-Lena Benzow fand das großartig: »Danke, dass ihr mich mitgenommen habt. Warum heiratet Ihr nicht? Ihr seid so ein schönes Paar. Das sagt der Fritz auch immer.« Pastor Kestner verdrehte die Augen: »Anna-Lena, du weißt schon, dass ich verheiratet bin, oder?«

Sora Lee war heilfroh, als sich die Gondel wieder öffnete. Anna-Lena Benzow eilte direkt zur Schießbude: »Könnt ihr mir eine Rose schießen?« Sora Lee schüttelte den Kopf: »Ich werde in diesem Leben kein Gewehr mehr anfassen.« Der Pastor schaute sie fragend an. Sie sagte leise: »Henning, ich erkläre dir das, wenn wir unter uns sind. Aber jetzt musst du das übernehmen.«

Der Pastor zahlte, nahm das Luftgewehr, fixierte ein Keramikröhrchen und drückte ab. Daneben. Auch der zweite, dritte und vierte Schuss verfehlten das Ziel. Doch dann zerstob das Röhrchen endlich. Kestner ließ noch mal nachladen. »Du sollst auch eine Rose kriegen.« Und siehe da: Diesmal traf er sofort. Sora Lee umarmte Kestner: »Wusste gar nicht, dass du ein Scharfschütze bist.« Der Pastor lachte, drehte sich um: »Anna-Lena, willst du noch eine Rose? Ich bin gerade so gut in Form.«

Doch hinter dem Pastor stand nur eine Punkerin, vielleicht 16 Jahre alt: »Alter, schieß mir lieber einen Teddy.« Kestner und Sora Lee schauten sich ratlos um: »Wo ist Anna-Lena? Eben war sie doch noch hier.« Die beiden schoben sich durch den Pulk, ihre Rufe wurden übertönt von den kreischenden Teenagern aus der Looping-Achterbahn. »Komm, wir gehen zurück zum Riesenrad. Vielleicht ist sie dort«, rief Sora Lee.

»Haben Sie hier eine Frau gesehen, Mitte sechzig, blondes Haar, circa 1,65 Meter groß?«, fragte Kestner außer Atem. »Nö, nicht meine Altersklasse«, sagte der Mann an der Gondel: »Und nun macht mal Platz. Ihr seht doch, was hier los ist.«

Immer mehr Menschen strömten auf das Heiligengeistfeld. »Wir trennen uns, du gehst links runter, ich rechts. In einer halben Stunde treffen wir uns hier wieder«, rief Sora Lee. Dann rannte sie einen Losverkäufer fast über den Haufen. »Bist du total bescheuert?«, schimpfte der Mann und klaubte die Lose wieder auf, um sie in seinen Eimer zurückzustopfen. Beim Autoscooter peitschte »Atemlos« von Helene Fischer aus den Boxen, vergebens spähte Sora Lee hinter jeden Pfeiler. Dann stürmte sie in die Toilettenanlage, vorbei an der empörten Klofrau. Sie rüttelte an den verschlossenen Türen: »Anna-Lena, bist du da irgendwo?« Die Toilettenfrau wurde wütend: »Geht's noch? Ich hole gleich die Polizei.«

Vor dem Stand mit Zuckerwatte und Mandeln entdeckte sie Anna-Lena dann endlich, ihr roter Mantel mit dem Pelzkragen war unverwechselbar. Erleichtert tippte sie ihr von hinten auf die Schulter: »Anna-Lena, wo warst du denn? Wir haben uns Sorgen gemacht.« Doch statt ihrer Freundin drehte sich eine wildfremde Frau um: »Wer sind Sie? Haben Sie mich erschreckt!« »Tut mir leid, eine Verwechslung«, stammelte Sora Lee.

Zurück am Riesenrad sah sie sofort, dass Hennings Suche auch ergebnislos gewesen war. Mit einem Taschentuch tupfte er sich die Schweißperlen von der Glatze. Und er war wütend. Richtig wütend: »Ich habe dir gleich gesagt, dass das eine Schnapsidee ist. Jetzt haben wir den Salat.« Sora Lee umklammerte die Oberarme des Pastors: »Henning, es nutzt Anna-Lena überhaupt nichts, wenn du jetzt hier durchdrehst. Wir gehen jetzt zur Domwache und bitten um Hilfe.«

Zwei Polizisten bugsierten einen völlig betrunkenen Mann in die Ausnüchterungszelle, als der Pastor und Sora Lee den Tresen der Wache erreichten. Ein Beamter hörte den beiden zu, tippte den Namen »Anna-Lena Benzow« in den Computer und stutzte: »Das ist doch die Frau, die vor drei Wochen ihren Mann in Othmarschen totgefahren hat, oder?« Sora Lee nickte. Der Beamte ging zurück zum Tresen: »Habe ich Sie also richtig verstanden? Sie kommen an einem Freitagabend mit einer demenzkranken Frau auf den Dom, nehmen ihr das Handy und die Geldbörse mit allen Ausweisen ab und verlieren die Dame dann? Und einen Treffpunkt haben Sie vorher auch nicht vereinbart?«

»Den hätte sich Anna-Lena sowieso nicht merken können«, antwortete Sora Lee und spürte im gleichen Atemzug, dass sie mit diesem Satz alles nur noch schlimmer machte. Die Stimme des Polizisten wurde schneidig: »Was erwarten Sie jetzt von uns? Sollen wir alle Fahrgeschäfte schließen und dann fordern, dass nur noch Suchmeldungen durchgegeben werden? Wobei es sein kann, dass wir den Dom in zwei Stunden eh dichtmachen müssen. Aber nicht wegen Ihrer Freundin, sondern wegen einer schweren Gewitterwarnung. Sie können sich vorstellen, was dann hier gleich los sein wird.«

Wie auf Bestellung grollte der erste Donner über den Dom. Noch entfernt, aber nah genug, um das drohende Unwetter zu erahnen. Kestner und Sora Lee schwiegen betreten, was den Beamten versöhnlich stimmte: »Meine Kolleginnen und Kollegen werden Ausschau halten, dank des Unfalls haben wir ja sehr gute Fotos von Frau Benzow. Mehr können wir nicht tun.«

»Und wenn sie den Dom verlassen hat und irgendwo durch St. Pauli irrt?«, fragte der Pastor, als sie die Domwache wieder verließen. »Das glaube ich nicht. Sie wird hier irgendwo sein. Wir suchen weiter«, sagte Sora Lee. Wieder zuckte ein Blitz über das Heiligengeistfeld. Die Schlangen wurden noch länger, viele Dombesucher suchten vor dem Unwetter noch den ultimativen Nervenkitzel.

»Wo würde Anna-Lena jetzt am ehesten Zuflucht suchen?«, überlegte Kestner. »Ganz sicher nicht vor diesen Monster-Fahrgeschäften mit den peitschenden Beats«, sagte Sora-Lee. Kestner verharrte und tupfte sich wieder Schweißperlen von seiner Glatze: »Komm mit, ich habe eine Idee.« Die beiden liefen zum Ausgang Feldstraße, vorbei an einer Mini-Scooter-Bahn für Kinder. Ganz in der Ecke stand das betagte Kettenkarussell. Und wie festgewachsen stand Anna-Lena Benzow vor dem Kassenhäuschen. Ungläubig schaute sie den Pastor und Sora Lee an: »Seid ihr extra nach Mülheim gekommen? Vor diesem Kettenkarussell bei der Saarner Kirmes haben Fritz und ich uns das erste Mal geküsst.« Dann kicherte sie: »Wir waren damals noch so jung. Er war Assistent, ich noch in der Ausbildung. Und es sollte ja keiner wissen, dass wir was miteinander hatten.« Dann hakte sie sich bei den beiden ein: »Und jetzt lasst uns was essen gehen. Fritz kommt bestimmt auch gleich.«

Kapitel 30

Als Anna-Lena Benzow am nächsten Morgen erwachte, lag die Plastikrose neben ihrem Bett. »Wer hat mir die denn geschenkt«, sagte sie zu sich selbst. Irgendwann kehrten die Erinnerungen bruchstückhaft zurück. Sie hatte gestern den Dom besucht. Fritz war diesmal nicht dabeigewesen, komisch eigentlich. Dafür aber der Pastor, dieser nette junge Mann. Hans? Hermann? Und die Journalistin hatte auch mit in der Gondel des Riesenrads gesessen. Die hatte einen so schönen kurzen Namen. Sora. Aber die Rose hatte ihr der Pastor geschossen. Wie nett. Warum machten sich die beiden bloß immer solche Sorgen um sie? Sie waren ganz aufgelöst gewesen, als sie sich am Kettenkarussell getroffen hatten. Als wenn ihr dabei irgendetwas zustoßen könnte.

Als sich Anna-Lena Benzow anzog, klingelte das Telefon. »Bestimmt Sora, die wissen will, wie es mir geht«, dachte sie, als sie auf die grüne Taste drückte. Doch statt Soras freundlicher Stimme hörte sie nur röchelnden Husten. »Hallo? Wer ist denn da? Geht es Ihnen nicht gut?«, fragte Anna-Lena Benzow.

»Entschuldigung, aber meine Lunge macht mir gerade wieder zu schaffen. Hier spricht Fiedler. Joachim Fiedler.«

»Fiedler? Ich kenne keinen Fiedler.«

»Aber Anna-Lena, wir haben uns doch vor vier Jahren gesehen. Vor Gericht. Weißt du das nicht mehr? Bist du so vergesslich geworden?«

Für einen Sekundenbruchteil blitzte bei Anna-Lena Benzow die Erinnerung auf. Im Saal hatte ganz links ein böser Mann gesessen. Der hatte ihr etwas antun wollen. Aber was?

»Anna-Lena, ich habe gehört, dass du Alzheimer hast. Wie schrecklich. Dafür bist du doch eigentlich viel zu jung. Aber weißt du wirklich nicht mehr, dass ich Fritz und dir die schönen handgemachten Pralinen zur Hochzeit geschickt habe?«

Pralinen? Ja, mit ihnen war etwas gewesen. Fritz hatte immer gerufen: »Nicht essen, nicht essen.«

»Anna-Lena, stimmt es eigentlich, dass du deinen Mann totgefahren hast? Mein Beileid. Wobei es um den Fritz nicht wirklich schade ist. Jedenfalls kein großer Verlust für die Wissenschaft.«

Anna-Lena Benzow wollte auflegen. Doch ihre Hand krampfte um den Hörer.

»Anna-Lena, ich habe gelesen, dass das Langzeitgedächtnis bei Alzheimer-Kranken noch erstaunlich funktioniert. Erinnerst du dich nicht mehr, wie wir es in meinem Büro getrieben haben? Es hat dir doch gefallen. Warum hast du dir nur diese Geschichte mit der Vergewaltigung ausgedacht? Kannst du mir das jetzt mal verraten?«

Anna-Lena Benzow fiel der Hörer aus der Hand. Doch sie hörte noch die röchelnde Stimme. »Anna-Lena, mir geht es leider gerade nicht so gut. Sobald es mir besser geht, komme ich dich besuchen. Aber vorher kriegst du noch ein schönes Päckchen von mir.«

Fiedler legte sein Handy zur Seite. Dieses Telefonat war das beste seines Lebens gewesen. Doch dann mischte sich in sein Lachen wieder dieser schreckliche Husten, Fiedler spuckte gelb-grünen Schleim ins Waschbecken. »Jetzt ersticke ich«, dachte er, die Atemnot wurde immer schlimmer. Fiedler griff nach seinem Cortison-Spray, das ihm der Arzt für den Notfall verschrieben hatte. Und tatsächlich, die Enge im Brustkorb ließ etwas nach. Fiedler sah auf sein Handy, laut DHL-Sendungsverfolgung übergab der Paketbote genau in diesem Moment das Pralinen-Präsent. Was für ein perfekter Zeitplan.

»Mein Gott, was ist mit dieser Frau los?«, dachte der Zusteller, als sich die Tür der Villa öffnete. Anna-Lena Benzow wirkte völlig aufgelöst. Doch sie schüttelte den Kopf, als der Paketbote fragte, ob er den Notarzt anrufen solle. Sie öffnete die Schachtel und sah die Pralinen. »Nicht essen, nicht essen«, hämmerte es in ihrem Schädel. Dann brach sie weinend auf dem Sofa zusammen.

Fiedlers Luftnot nahm wieder zu. Wie sollte er sich auch entspannen, ohne zu wissen, was gerade in der Villa passierte? Würde sie die Pralinen essen? Oder in den Mülleimer werfen? Wäre schade drum. Denn diese Packung enthielt statt Blausäure wirklich nur feinstes Marzipan. Unruhig schob Fiedler mit seinem Rollator in seiner Wohnung auf und ab. Nein, er hielt es einfach nicht aus. Zumal er ja noch ein schönes Geschenk für die trauernde Witwe hatte. Er musste jetzt gleich zur Villa. Seine Barschaft für das Taxi nach Blankenese sollte reichen. Fiedler legte das Fotoalbum in seinen Rucksack mit der Sauerstoffflasche und rief die Taxizentrale an.

Eine Stunde später klingelte es wieder bei der Villa. »Ich mache nicht auf, ich mache nicht auf«, sagte Anna-Lena Benzow zu sich selbst. Aber wenn es der Pastor war? Oder Sora? Als sie die Tür öffnete, sah sie einen alten Mann mit einem Rucksack, der sich über seinen Rollator beugte. »Wer sind Sie?«, fragte Anna-Lena Benzow mit bebender Stimme. »Aber Schatz, erkennst du mich nicht mehr? Ich bin es, der Joachim. Hast du ganz vergessen, wie viel Spaß wir in meinem Büro in Mülheim hatten? Schmecken die Pralinen? Hast du Lust, dass wir gemeinsam in diesem Album blättern?« Anna-Lena Benzow öffnete das Album und sah auf der ersten Seite das Foto eines riesigen Autos, das in ein Schaufenster gefahren war. Auf den nächsten Seiten Zeitungsausschnitte. Berichte über einen Unfall in der Waitzstraße, über einen Prozess gegen einen preisgekrönten Chemiker. Auf der letzten Seite schaute ihr Mann auf einem Foto fragend in die Kamera. Darüber hatte jemand mit steiler Handschrift in Druckbuchstaben notiert: »Warum hast du mich umgebracht?« Anna-Lena Benzow warf schreiend die Tür zu und flüchtete zurück ins Haus.

Fiedler stieg wieder ins Taxi, das auf ihn gewartet hatte. Der Fahrer klappte den Rollator zusammen und legte ihn in den Kofferraum. »Was war denn da gerade los?«, fragte er, als er den Mercedes wieder Richtung Mümmelmannsberg steuerte. »Meine frühere Lebensgefährtin ist manchmal etwas seltsam«, antwortete Fiedler und schwieg den Rest der Fahrt. Zurück in der Wohnung holte er sich schwer atmend ein Bier aus dem Kühlschrank, obwohl er wusste, dass die Kombination aus Alkohol und Cortison alles andere als ideal war. Aber egal, diesen Triumph musste er feiern. Als er nach der Flasche griff, wurde die Atemnot plötzlich wieder schlimmer. Viel schlimmer. Fiedler dachte, dass sein Brustkorb zerspringen würde. Scheiße, wo war sein Cortison? Mit letzter Kraft öffnete er den Rucksack. Doch er fand das Spray nicht, wahrscheinlich war es ihm im Taxi aus der Jacke gefallen. Fiedler wollte um Hilfe schreien, doch seine Kehle war wie zugeschnürt. Dann setzte sein Herz aus.

Fünf Tage später kroch süßlicher Verwesungsgeruch aus Fiedlers Wohnung. Die Nachbarn riefen die Polizei. Als die Bestatter den Leichnam abholten, wunderte sich ein Polizist über die Unfallfotos an der Tür: »Das muss ein seltsamer Kauz gewesen sein.«

Kapitel 31

»Ich glaube, Bjarki könnte der Richtige für deine Anna-Lena sein.« Astrid Kestner hatte wieder das Strahlen in ihrem Gesicht, das ihn schon bei ihrer ersten Begegnung in den Harburger Bergen umgehauen hatte. »Ich habe ihn vorhin kennengelernt. Da stimmt alles. Ist halt ein Pudel mit drin. Gelehrig, sozial, vielleicht ein bisschen zu wenig will-to-please. Mein Vorschlag, ich besuche Anna-Lena mal und mache mir ein Bild von der anderen Seite. Oder wir holen den Hund erst mal zu uns, und du bekommst auch einen Eindruck.«

Er kannte Astrid gut genug, um zu wissen, was das bedeuten konnte. Auf diese Weise hatten sie schon drei Hunde zu sich geholt. Aber er mochte auch ihre Art. Zupacken, umsetzen, machen. Die wichtigen Fragen hatten sie immer schon untereinander aufgeteilt. Er war für das Warum und das Wieso zuständig, sie für das Wie und das Wann. Eigentlich waren sie damit lange ein gutes Paar gewesen. Egal ob es um Hausgestaltung, Urlaub oder Umzüge ging, immer war aus dieser Kooperation schnell ein Zuhause, ein Erlebnis und effektive Arbeit geworden.

So war es auch jetzt gewesen. Kestner hatte ihr erzählt, dass Anna-Lena einen Hund gebrauchen könnte. Astrid hatte ihn skeptisch angeschaut. Sie hielt nichts davon, wenn Hunde als Problemlöser in Familiensysteme eingeschaltet wurden. Sie ersetzten kein Kind, keine Therapie und waren kein Allheilmittel gegen Beziehungsunfähigkeit. Aber dann hatte sie einen Tee aufgesetzt und eine kleine Liste aufgestellt. »Was du jetzt nicht direkt weißt, findest du bitte bei Anna-Lena heraus.« Und dann waren sie die Punkte durchgegangen.

Hat Anna-Lena schon mal Hunde gehabt? Bewegt sie sich viel? Hat sie eine klare Körpersprache? Muss der Hund gut allein sein können, wenn sie ihn in ihren Haushalt aufnimmt? Bringt die Demenz eine Wesensänderung mit sich? Hat sie genügend Zeit und Konzentration, um den Hund zu erziehen? Insgesamt waren es 24 Punkte, die sie mit Henning durcharbeitete. Meistens wusste Henning eine Antwort oder hatte zumindest eine Einschätzung. Letzteres reichte ihr nicht. Sie holte einen zweiten Zettel und schrieb mit ihrer säuberlichen Handschrift die Fragen auf, die Henning klären sollte. Er erinnerte sich, wie er sich früher gefreut hatte, wenn sie ihm Briefe geschrieben hatte. Der Klarheit ihrer Schrift entsprach die Klarheit ihrer Gefühle und Gedanken. »Obwohl, deine Briefe sind auch großartig«, hatte sie manchmal gesagt, »erst braucht man zwei Tage, um sie zu entziffern, und dann noch ein halbes Jahr, um sie zu verstehen.« Lange Zeit hatte er gehofft, dass ihre Unterschiedlichkeit sich zu etwas Gemeinsamem anreichern würde.

Als sie ihm die Fragenliste sauber in der Mitte auf A 6 zusammenfaltete, sagte sie: »Ich glaube, ich weiß genug, um mich mal umzuhören. Leider ist das ja in Deutschland alles ziemlich schlecht organisiert, wenn es nicht gerade um Blindenhunde geht. Therapiehunde gibt es bei uns natürlich auch in jeder Spielart. Diabetes-Hunde, die bei Unterzuckerung anschlagen. Hunde, die man auf alle möglichen Verhaltensauffälligkeiten von Jugendlichen konditionieren kann. Klar gibt es auch Trainingsprogramme für die unterschiedlichsten Alterserkrankungen. Das Problem ist nur, dass in Deutschland fast keine Ausbildung bezahlt wird, außer eben bei Blindenhunden. Aber wenn es für Anna-Lena passt, dann spielt Geld in diesem Fall ja wahrscheinlich keine große Rolle.«

Kestner erinnerte sich, dass er total erstaunt gewesen war, als Astrid ihm einmal erzählt hatte, was die Ausbildung eines Blindenhundes vom Suchprozess für den Welpen bis hin zu den geforderten Prüfungen kostete. Er konnte sich Preise irgendwie schlecht merken und hatte eine Zahl von 25 000 bis 30 000 Euro im Kopf. Aber was war das schon für ein Preis, wenn sich dadurch ein Mensch mit Seh- oder Hörbeeinträchtigung wieder weitestgehend ungehindert bewegen konnte?

Nach drei Tagen war Astrid zu ihm ins Arbeitszimmer gekommen. In der Hand hielt sie ein kleines Tablett mit einer Flasche Asti und zwei Gläsern. Sofort fing sie an, ihm von Bjarki vorzuschwärmen. »Ist er sehr süß?«, hatte Henning mit Blick auf den Asti gefragt. »Das auch«, hatte sie mit einem Lachen zugestimmt. Aber vor allem ist er ein echter Glücksgriff. Er hat einem älteren Mann gehört, der zunehmend erblindet ist. Es ist ein Labradoodle, relativ klein. Aber sehr smart. Svenja, du weißt, meine Kollegin aus Norderstedt hat ihn trainiert. Er konnte tatsächlich immer mehr für seinen Menschen mitdenken, sah Hindernisse auf Kopfhöhe und führte um Wurzeln herum, wenn sie eine Stolpergefahr waren. Trotzdem wäre aus ihm kein Blindenhund geworden. Immer wieder ging der Jagdinstinkt mit ihm durch, und nicht immer ließ er sich abrufen. Sein Herrchen setzte sich dann einfach einen Moment hin, und Bjarki war nach ein paar Minuten immer wieder zurückgekehrt. ›Er soll doch auch seinen Spaß haben‹, hat sein Herrchen wohl immer Verständnis gezeigt. Über zwei Jahre waren die beiden ein großartiges Paar. Dann bekam er Lymphdrüsenkrebs, und es ging leider ziemlich schnell. Bjarki ist jetzt fünf. Die Frau des Hauses hat kein Verhältnis zu dem Tier und sitzt eh lieber zuhause. Aber Bjarki ist ein Arbeitstier im besten Alter und braucht Beschäftigung.«

Kestner lächelte sie an. Das klang doch alles fantastisch.

»Und du, hast du deine Hausaufgaben auch gemacht?«

Der Pastor zögerte: »Na, du weißt ja selbst, was hier los war. Drei Beerdigungen in der letzten Woche, der Brand im Jugendkeller und dann noch …«

Sie unterbrach ihn: »Und dann noch die Intrige, die dich die letzten freien Minuten kostet. Weißt du was, mein Henning, ich nehme dir das jetzt mal ab. Du arbeitest ohnehin schon so viel. Und ich freue mich, wenn ich dich einmal unterstützen kann mit dem, was ich kann. Aber dafür trinkst du jetzt den Asti mit mir.«

Es wurde noch ein schöner Abend. Und seit langen Wochen liebten sie sich wieder einmal. Glücklich schliefen sie nackt nebeneinander ein.

Kapitel 32

Lanya zog wieder wie besessen. Der schmale Weg zu der Kiesgrube schlängelte sich vorbei an undefinierbaren Sträuchern, mal mit, mal ohne Nadeln. Die Namen kannte er eh nicht. Sie interessierten ihn auch nicht. Genauso wenig wie alles andere von dem, was er jetzt machte. Immerhin war es trocken, wenn auch schweinekalt. Die Töle nachher mit nassem, stinkendem Fell ins Auto zu setzen wäre zu viel gewesen.

Herbert Nask fingerte in der rechten Jackentasche seiner grünen Öljacke nach Zigaretten, als der Hund scharf nach rechts zog. Natürlich ohne ersichtlichen Grund, die Nase wie immer auf dem Boden. Die Handschlaufe der dünnen Lederleine schnürte sich in sein Handgelenk und ließ ihn das Rauchen vergessen. Er hatte ohnehin nur noch fünf Minuten, bis er am vereinbarten Platz sein musste. Würde er eben später rauchen, am besten in Frauchens Auto mit dem Hund zusammen. Der mochte das. War ja auch eine Mercedes-G-Klasse, der Geländewagen der Familie. Sein Mund verzog sich zu einem schiefen Grinsen.

Ein paar Hundert Meter weiter stoppte Lanya, hob die Nase und fing an zu zittern. Wenn er irgendetwas an dem Hund besonders hasste, dann war es dieses Zittern. Dauernd fing das Vieh an zu frieren. Warum schaffte man sich im Norden Deutschlands einen Hund an, den schon vor dem Wintereinbruch die Temperaturen umhauten? »Magyar Vizslas sind eine alte ungarische Hunderasse. Intelligent, ausgezeichnete Spürnasen. Schnell, drahtig und immer aufmerksam«, hatte Frau Dr. Merz ihm erklärt. Ihren Doktor hatte sie von ihrem Mann geliehen, der ihn wahrscheinlich gekauft hatte. Aber sie mochte es, wenn Herbert sie mit »Frau Doktor« anredete. Hatte ihm zwei Euro mehr die Stunde eingebracht. Und heute, mit dem wunderbaren Naturerlebnis und der

Trainerstunde im Rader Forst, konnte ihm das Ganze mit Benzingeld glatte fünfzig Euro einbringen. Er hatte in seinem Leben schon härter für weniger Geld arbeiten müssen.

Als sie um die nächste Ecke bogen, fügte Lanya dem Zittern auch noch ein heftiges Schwanzwedeln hinzu. Sie hatte die kleine Gruppe gesehen. Fünf Frauen mit überzüchteten Vierbeinern und die unvergleichliche Astrid Kestner. Unvergleichlich war ihre Autorität bei Hunden, äußerlich war sie eher unauffällig. Blondschopf mit etwas zu rundem Gesicht. Der riesige Outdoor-Parka ließ nicht erkennen, ob es darunter interessantere Rundungen gab. War ihm aber auch egal. Für ihn war Astrid Kestner schlicht reizlos.

»Ach, da kommt ja auch unser Hundeflüsterer Herbie«, ätzte sie gut gelaunt. Wer hatte ihr eigentlich erlaubt, ihn so zu nennen? »Hat Lanya heute wieder dich ausgesucht statt Frauchen? Der gute Nachbar im Jägerkostüm.«

Nask suchte nach einem passenden Spruch, der dieser Kestner das Maul stopfen könnte. Aber irgendwie schaffte sie es immer wieder, dass ihm nichts einfiel. Und ihr zu sagen, dass Frauchen wegen Bänderriss immer noch zu verfrühtem Whiskytrinken verdonnert war, ließ er lieber. Die Damen um ihn herum waren alle aus besserem Hause. Das galt wahrscheinlich auch für die Neue, die er erst jetzt sah, weil sie von ihm aus schräg hinter Astrid stand. Sie trug einen eng anliegenden Lodenmantel, der teuer aussah, genauso wie der Haarschnitt ihres Hundes, offensichtlich irgend so ein Pudel, aber ohne das lächerliche Krönchen. Die Frau nickte ihm mit einem Lächeln zu. Er hatte in dieser Umgebung nicht damit gerechnet, aber sie sah wirklich nicht schlecht aus.

»So, ihr Lieben«, ließ Astrid Kestner ihren Kasernenton hören, »heute ist unsere letzte Trainingsstunde im Jahr, und wir üben die Orientierung am Menschen. Aber vorher möchte ich euch noch Anna-Lena Benzow vorstellen, die mit ihrem Bjarki hier ist. Bjarki war schon erwachsen, als er zu ihr kam, aber die beiden sind schon ganz gut zusammengewachsen. Anna-Lena und ich kennen uns über meinen Mann, aber wir duzen uns hier sowieso alle. Die Stammbäume lassen wir zu

Hause.« Ohne dass sie die Antwort abwartete, erklärte sie die Aufgabe: Die Gruppe bildete ein Spalier mit sitzenden Hunden, durch das in der Mitte jeweils eine Hundeführerin in Fußnähe hindurchzugehen hatte. »Diejenigen von euch, die sich das zutrauen, können die Übung ohne Leine und Leckerli machen. Wer will, kann aber auch einen ersten Versuch mit Leine machen.«

Den Anfang machte Lizzy mit ihrem Schoßhund, den Nask in Gedanken immer nur »das Chromosom« nannte. Das Chromosom war wie immer völlig eingeschüchtert und so ängstlich, dass es sich eh nur an sein Frauchen hielt. Das einzig mögliche Scheitern konnte hier nur darin liegen, dass das Chromosom aus Angst gar nicht erst loslief. Als Lizzy das Problem durch ihr mitgebrachtes Leckerli gelöst hatte, das sie unmittelbar vor den Hund hielt, lief dieser so eng wie möglich an ihrer Seite.

»Super, Lizzy, genau richtig, du hast das Anfangsproblem gelöst, indem du es deinem Hund mit Futter einfacher gemacht hast, sich an dir zu orientieren. So hast du ihm gezeigt, dass er mit dir die Aufgabe sicher bewältigen kann. Sehr gut. Anna-Lena, du wärest jetzt dran. Möchtest du es versuchen oder willst du heute erst einmal mit Bjarki zuschauen?«

»Wir können es ja mal versuchen«, sagte sie mit einem kurzen Nicken und begab sich in die Startposition. Sie hockte sich ab, stellte Kontakt zu Bjarki her, hielt ein Leckerli in ihrer rechten Hand und ließ den Pudelmischling oder was er war neben sich herlaufen. Er schaute immer wieder kurz zu ihr, zuckte einmal, als ein anderer Hund bellte. Astrid war sichtlich begeistert. »Du stehst in gutem Kontakt zu deinem Hund, Anna-Lena. Das Leckerli hättest du wahrscheinlich nicht gebraucht. Bjarki möchte auch so alles für dich richtig machen, das hätte ich vor ein paar Wochen noch nicht erwartet. So ist es für euch nicht mehr weit bis zur Leinenbefreiung.«

Bei den anderen Gespannen ging es sehr unterschiedlich zu. Ein Cockerspaniel wurde eher an der Leine über den imaginären Catwalk gezogen. Einer stürmte direkt durch die Reihe und setzte einem Vogel nach. Nask hatte schon gehofft, auf den Auftritt verzichten zu können, als Astrid schnarrte: »Und nun, Herbie, wie wär's, wenn du uns zeigst, wie man einen sehr lebendigen und aufmerksamen Hund hier durchmanövriert? Herbie, the floor is yours.«

Nask nahm Position, während Lanya wieder gewaltig zitterte. Er griff ihr in die Flanke, um ihre Aufmerksamkeit zu gewinnen, und herrschte sie mit einem klaren »Fuß« an. Die ersten Meter gingen noch ganz gut. Dann erblickte Lanya das Chromosom und stürzte mit kräftigen Sprüngen auf das kleine Tier zu. Lizzy ging in Verteidigungshaltung, was Lanya durch einen kleinen Haken zu umgehen wusste. »Hörst du auf, komm sofort hierher!«, brüllte Nask. Astrid war inzwischen zu Lizzy geeilt und stellte sich breitbeinig vor Lanya auf: »Hau ab«, sagte sie mit Schärfe, aber nicht laut. Wie auf Bestellung drehte die Hündin ab und wartete kleinlaut darauf, von Astrid Kestner wieder in Gnaden aufgenommen zu werden.

Zu allem Überfluss gab die Trainerin dann auch noch ihren unwiderstehlichen Rat: »Herbie, das war eindrucksvoll. Erstens können wir bei dir lernen: Wenn ein Hund nicht gehorcht, hat das immer was mit der Beziehung zu tun. Zweitens: Wenn ein Hund nicht gehorcht, muss das dem Hund Stress machen und nicht dem Herrchen. Drittens: Rumbrüllen von unbekannten Befehlen gewöhnt den Hund daran, auf Durchzug zu stellen. Und damit Schluss für heute, Folks, wir sehen uns also im nächsten Jahr wieder, dann wieder wie gewohnt im Jenischpark. Bis dahin wünsche ich allen eine gute Adventszeit, schöne Weihnachten und einen guten Rutsch.«

Die letzten Worte hörte Nask nur noch im Weggehen. Vielleicht waren fünfzig Euro doch zu wenig, um jemanden wie Astrid zu ertragen. Unter anderen Umständen hätte er sie einfach zusammengeschissen und ihr gezeigt, dass man so nicht mit Herbert Nask umgehen kann. Aber diese Millionärsgattinnen hielten ja alle zusammen, und am Ende hätte er noch eine Klage wegen Beleidigung am Hals.

Ruckartig zog er Lanya auf den schmalen Weg, als er hinter sich schnelle Schritte hörte: »Fritz, Fritz, warten Sie doch kurz.« Er erkannte sofort ihre klare Stimme wieder, die sich so wohltuend von Astrids Kommandoton abhob. Er blieb stehen und sah, wie sie mit leichten Schritten auf ihn zueilte, Bjarki in perfektem Abstand.

»Danke, dass Sie mich nicht auch noch Herbie nennen.« Er streckte ihr die Hand entgegen. »Aber Herbert trifft es leider schon.« Auf den letzten Metern zog sie sich den Lederhandschuh aus. Ihr Händedruck war fest und zugleich verletzlich. Ihm fiel auf, dass sie wieder auf ein »Sie« gewechselt hatten.

»Herbert, ich wollte Ihnen nur sagen, dass ich Astrids Verhalten unangemessen fand. Ihr Hund ist ein ganz besonderes Tier, es wird nicht leicht, ihn zu erziehen. Aber Sie werden das mit Geduld und Liebe schaffen. Und in jedem Fall hatte Astrid keinen Grund, Sie so runterzumachen.«

»Die Frau hat einfach ein Problem mit Männern, die nicht machen, was sie will.«

»Oder vielleicht auch nur mit Männern, die gut aussehen.« Herbert sah das Lächeln. Wann hatte er eine Frau ihn das letzte Mal so anlächeln sehen? Er suchte noch nach Worten, als sie nachsetzte: »Was halten Sie davon, wenn wir noch ein Stück mit unseren Hunden ohne den Feldmarschall spazieren gehen? Ich könnte gut noch ein wenig Bewegung gebrauchen. Und ich kenne mich hier überhaupt nicht aus.«

Anna-Lena Benzow kam so nah an ihn heran, dass er ihr dezentes Parfüm riechen konnte. Die Frauen, die früher in seiner Kneipe seine Gäste waren, hatten deutlich andere Marken bevorzugt, die einen eher kurzatmig machten. »Ja, warum nicht? Und Lanyas Frauchen wird sich freuen, wenn der Hund ausgelastet ist.«

Sie kamen auf ein freies Wiesenstück und ließen den Hunden ihren Lauf. Ein Herbstwind frischte auf, und Nask schlug den Kragen seines Mantels hoch.

»Wie schön die beiden jetzt miteinander laufen. Es gefällt ihnen wohl auch besser als das Dressurtraining. Kümmert sich sonst Ihre Frau um den Hund?«, fragte Anna-Lena, während sie den Hunden nachsah, die in einem großen Bogen wieder zu ihnen zurückkehrten.

»Nein, ich bin unverheiratet. Das Frauchen ist nur eine Nachbarin, die wegen eines Bänderrisses mit dem Hund nicht rauskommt. Ich unterstütze sie ein wenig, sie ist schon älter und ihr Mann gestorben.«

Sie nahm einen Stock wie beiläufig auf, und Bjarki kam sofort zu ihr gerannt: »Na, dann ist es ja noch weniger erstaunlich, dass der Hund nicht so auf Sie hört.« Sie lächelte ihn offen an und sagte ohne Zusammenhang: »… ihr Mann ist gestorben«.

»Ja, aber er war schon über neunzig und ging seit einem Jahr kaum mehr aus dem Haus.«

Ihr Schritt wurde langsamer, und ihr Blick schien sich zu verlieren: »Fritz war erst 76, aber alle hielten ihn für Anfang sechzig. Und er hatte noch so viel vor. Unser Haus war doch eigentlich gerade erst richtig fertig. Wir haben uns noch nicht mal einen Hund angeschafft. Aber das habe ich jetzt ja gemacht.«

Herbert kam sich vor wie früher auf der Kirmes an diesen asiatischen Spielständen, wo man irgendwelche Fäden mit geringer Aussicht auf Erfolg aus dem Nichts ziehen musste. »Ja, das haben Sie gemacht«, versuchte er als Antwort.

Anna-Lena blieb abrupt stehen. »Was habe ich gemacht?« Ihr Blick war hart geworden, als hätte er ihr einen Vorwurf gemacht.

»Ich meine, Sie haben sich einen Hund angeschafft. Und wie ich finde, ein sehr schönes Tier. Fritz ist Ihr verstorbener Mann?«

Sie entspannte sich wieder und schlug den Weg ein, auf dem der Parkplatz ausgeschildert war. »Ja, das haben Sie sehr schön gesagt. Fritz ist mein verstorbener Mann. Manchmal denke ich, er ist immer noch bei mir. Aber damit will ich Sie nicht belasten.«

Der Weg unter ihren Füßen begann zu knirschen, als sie auf den Parkplatz zuliefen. Bjarki kam zu seinem Frauchen, und glücklicherweise folgte Lanya in seiner Spur. Anna-Lena nahm mechanisch einen Autoschlüssel aus der Tasche, und Herbert erkannte das Saab-Emblem. Dann gehörte also das Oldtimer-Cabrio zu ihr. Ein echter Sonett, Jahrgang 1958, in traditionellem Rot und einem Zustand, als wäre er gerade vom Band gelaufen.

»Eine echte Rarität«, sagte Herbert anerkennend. »Der Wagen dürfte älter sein als Sie.«

Sie lächelte ihn an: »Ich mag Männer mit gekonnten Komplimenten. Aber in den Volvo werde ich mich nicht mehr setzen.«

Was war das jetzt schon wieder? Herbert stand schon wieder vor dem Fadenknäuel. Aber diesmal nahm sie ihm das Entwirrspiel ab.

»Ich will schon die ganze Zeit ein Auto kaufen, in dem ich Bjarki mitnehmen kann. Aber ich verstehe nichts von Autos. Kennen Sie sich da aus? Ich meine, für eine Empfehlung.«

»Sehr gerne, Anna-Lena. Aber dafür müsste ich mehr von Ihren Vorstellungen wissen.«

Als er wenige Minuten später in den Mercedes stieg, hatte er ihre Visitenkarte in der Hand und eine Einladung für den kommenden Samstag zum Tee. Er mochte keinen Tee. Aber die Frau war interessant. Definitiv. Wenn auch sonderbar. In Gedanken überlegte er schon, was er zum Anziehen hatte. Die Jägerklamotten, die ihm die alte Merz von ihrem Mann mit den Worten aufgedrängt hatte: »Hat er viel zu groß gekauft, aber Ihnen müssten sie ja passen. Und Sie können ja nicht wie ein Hafenarbeiter rumlaufen.« Die kamen ja nicht für eine Einladung zum Tee infrage. Aber eigentlich musste der alte Cerruti-Anzug noch passen. Überhaupt schien ihm gerade alles zu passen.

Kapitel 33

Als das Martinshorn des Rettungswagens durch seine Wohnung in Ottensen jaulte, fiel Nask plötzlich wieder ein, wo er die Frau schon einmal gesehen hatte. In der »Bild«, der Unfall in Othmarschen. »Tatort Waitzstraße – Millionär wird von seiner Frau totgefahren« war die Schlagzeile gewesen.

Nask griff zu seinem Handy und googelte den Unfall. Keine Frage, die Frau gestern mit dem Hund war Anna-Lena Benzow. Aber warum durfte die schon wieder Auto fahren? Oder sich sogar ein neues Auto kaufen? Auf seinem Handy entdeckte Nask noch eine Geschichte aus dem Tageblatt über das Ehepaar. Den Artikel hatte irgendeine Asiatin verfasst. Sora Lee. Addi hätte das Tageblatt bei diesem Autorennamen gleich zerrissen. Doch der Bericht war spannend. Der Alte war mit irgendeinem Chemiepatent steinreich geworden. Das Ehepaar strahlte in die Kamera. Hatte er nicht genau dieses Paar vor Jahren in der Atlantic-Bar gesehen?

Egal. Er musste jetzt überlegen. Sollte er bis Sonntag auf die versprochene Einladung zum Tee warten? Oder sollte er einfach spontan zur Villa fahren? Vielleicht sogar mit Lanya, auch wenn ihm der Köter so auf die Nerven ging?

Er durfte diese Chance nicht vermasseln. In den letzten beiden Jahren war wirklich alles schiefgelaufen, das Hildegard-Knef-Lied »Von nun an ging's bergab« war zum Soundtrack seines Lebens geworden.

Seine Pechsträhne hatte an einem sonnigen Tag begonnen, als plötzlich zwei Männer in seiner Kneipe standen, die sich als Steuerprüfer vorstellten. Er hatte ihnen die Kladde gegeben, in die er seit Jahren mit dem Kuli alle Einnahmen und Ausgaben notierte. Das war ein Riesenfehler gewesen. 32 051,63 Euro mahnte das Finanzamt sechs Wochen später an. Hätte er sich doch bloß früher um diesen Steuerscheiß gekümmert.

Nask hatte schnell begriffen, dass dieses Schreiben das Aus für seine Kneipe bedeutete. Seinen Dispo hatte er ohnehin um mehr als 3000 Euro überzogen. Nask bat um ein Gespräch mit dem Schnösel-Erben des Hauses und zog dafür extra seinen Cerruti-Anzug an. Besser die 30 000 Euro als Abfindung für das vorzeitige Ende des Pachtvertrags mitnehmen, als noch tiefer in die Schuldenfalle zu rutschen. Doch das kleine Arschloch lachte ihn nur aus: »Ach, Herr Nask, ich habe gehört, die Steuerfahndung war bei Ihnen. Ich hatte denen einen dezenten Hinweis gegeben. Ich bin ja ein gesetzestreuer Bürger. Natürlich lasse ich Sie vorzeitig aus dem Pachtvertrag raus, entsorge sogar ihr stinkendes Mobiliar auf meine Kosten. Aber Geld kann ich Ihnen leider nicht mehr dafür geben.« Da hatte Nask rotgesehen und den Erben windelweich geprügelt. Erst als dessen Kiefer knackte, ließ Nask von ihm ab, zapfte sich drei Bier in seiner Kneipe, schloss ab und ging nach Haus. Am Abend kam die Polizei, drei Monate später saß er im Knast. Sechs Monate wegen schwerer Körperverletzung. Seit der Entlassung lebte er von Hartz IV – und Hunde-Sitting. Nicht einmal die Miniatur-Wunderland-Besuche konnte er sich noch leisten.

Nask war klar, dass selbst der einarmige Addi zu Anna-Lena besser gepasst hätte als ein verkrachter Ex-Knacki. Machte es überhaupt Sinn, sich um den Kontakt zu bemühen? Das Klingeln seines Handys holte ihn aus der Grübelei. »Ist dort Nask? Herbert Nask? Hier ist Anna-Lena Benzow. Können Sie bitte ganz schnell herkommen? Ich werde bestohlen.« Die Stimme der Witwe klang ganz anders als gestern. Aufgeregt. Fast hysterisch. Nask packte eine Extraportion Gelassenheit in seine Antwort: »Frau Benzow, gar kein Problem. Beruhigen Sie sich. Ich bin in zwanzig Minuten bei Ihnen. Und glauben Sie mir. Mit Dieben kenne ich mich aus.«

Was nach sechs Monaten Santa Fu keine Lüge war.

Zum Glück stand der G-Klasse-Mercedes der Familie Merz noch vor seinem Wohnblock an der Griegstraße, er hatte gestern Abend nur diese blöde Töle abliefern müssen, das Auto aber behalten dürfen. »Wir nehmen so lange den Porsche. Oder den Range Rover«, hatte Gisela Merz – Dr. Gisela Merz – zum Abschied geflötet. Mein Gott, wie er dieses Neureichen-Getue hasste.

Aber egal, jetzt war die G-Klasse genau richtig. Niemand würde in einem 100 000-Euro-Gefährt einen Hartz-IV-Empfänger vermuten. Nask klingelte an der Tür der Villa. Anna-Lena Benzow öffnete völlig aufgelöst: »Fritz, da bist du ja endlich. Wir müssen mit unserer Ulla reden, sie hat uns wieder bestohlen. Meine 2000 Euro sind weg.« Im Wohnzimmer saß die Putzfrau, ihre abgearbeiteten Hände erinnerten Nask an seine Mutter. Sie weinte: »Frau Benzow, ich habe noch nie etwas gestohlen. Sie sind nach dem Unfall einfach durcheinander, Sie haben das Geld verlegt.«

Nask ahnte, dass die Putzfrau recht hatte, irgendwie tat sie ihm sogar leid. Aber er durfte jetzt keine falschen Rücksichten nehmen. Daher sagte er entschlossen: »Vielleicht ist es besser, wenn Sie jetzt gehen. Ich bespreche das dann in Ruhe mit Frau Benzow.« Die Putzfrau zerknüllte ihr Taschentusch und verließ heulend die Villa.

»Herr Nask, ich bin so dankbar. Ich brauche jetzt einen Aquavit. Liegt im Eisfach. Schenken Sie uns auf den Schreck zwei Gläser ein.« Plötzlich wirkte die Witwe wieder ganz klar. Nask öffnete das Eisfach. Neben der Flasche lag ein Briefumschlag, prall gefüllt mit 100-Euro-Scheinen. Nask ließ den Umschlag schnell in seinem Jackett verschwinden.

»Es ist so schön, dass ich mal wieder Besuch habe. Wollen wir heute Abend nicht etwas essen gehen? Vielleicht ins Atlantic?«, fragte Anna-Lena, nachdem Nask ein zweites Mal nachgeschenkt hatte. Nask nickte, die Aussicht auf ein edles Menü war entschieden verlockender als die ewigen Dosen-Ravioli in der Griegstraße. »Sehr gern, Frau Benzow, aber nur wenn ich Sie einladen darf«, antwortete Nask. Die Witwe tätschelte den Hund: »Bjarki, bist du auch schön artig?« Dann hakte sie sich bei ihm ein. Wie ein Paar gingen sie zum Auto. »Das ist aber ein schöner Wagen. Und so schön hoch«, lobte sie beim Einsteigen.

Eine halbe Stunde später saßen die beiden an der Bar des Atlantic. Der Barkeeper wirkte zwar kurz irritiert, servierte dann aber den Champagner. »Genau hier habe ich mit meinem Fritz auch immer gesessen«, sagte Anna-Lena Benzow mit einem Anflug von Trauer. »Ich weiß«, hätte Nask beinah gesagt. Aber er nickte nur.

Eine Flasche Rotwein danach waren sie dann auch offiziell beim Du. Nask machte es nichts aus, dass Anna-Lena ihn mal Herbert und mal Fritz nannte. Hauptsache, sie erzählte, er musste sich erst mal die passende Biografie zulegen. Oft konnte er Anna-Lena nicht folgen. Mal ging es um ihren Stiefsohn Jens (»Der will mich umbringen!«), dann wieder um den Unfall (»Das Auto war schuld.«). Zwischendurch um eine Journalistin und um einen Pastor (»Die beiden sind so nett!«). Dann zog sie Nask ganz dicht an sich heran: »Stell dir vor, die wollen mich für verrückt erklären. Da sagen Leute, ich hätte Alzheimer. Ich soll jetzt Therapien machen.« »Die brauchst du doch nicht. Dafür bist du doch viel zu jung. Und zu schön«, brummte Nask.

Da küssten sie sich das erste Mal.

Nask gab so wenig wie möglich von sich preis. Sein französisches Bistro »Chez Herbert« habe er gerade verkauft: »Der Laden hat jeden Abend gebrummt. Aber ich will jetzt mehr Zeit für mich haben.« Als der Kellner die Rechnung brachte, erschrak Nask. Sie entsprach in etwa seinem monatlichen Hartz-IV-Regelsatz. Dennoch gab er reichlich Trinkgeld. Beim letzten Drink an der Bar wechselte Nask auf einen alkoholfreien Cocktail, eine Polizeikontrolle hätte ihm gerade noch gefehlt. »Fritz, wenn wir daheim sind, lieben wir uns vor dem Kamin. Wie früher!«, hauchte Anna-Lena ihm ins Ohr.

Die Aussicht erregte ihn.

Vier Tage später saß Nask wieder vor dem Kamin, ein Rotweinglas in der linken, die Zigarette in der rechten Hand. Das Feuer wärmte ihn in seinem seidenen Schlafanzug. Auch den hatte er von Fritz geerbt. Genau wie die gesamte Garderobe. Was für ein glücklicher Zufall, dass sie die gleiche Figur hatten. Seinen Cerruti-Anzug hatte Nask sofort in den Altkleidercontainer gestopft, der begehbare Kleiderschrank im ersten

Stock der Villa bot mehr Auswahl als jedes Herrenmodegeschäft an der Mönckebergstraße.

Es war weit nach Mitternacht. Und endlich schlief Anna-Lena fest, der Köter schnarchte auf seinem Fell direkt vor ihrem Bett. Die letzte Nacht war wieder fürchterlich gewesen. Dreimal hatte Anna-Lena geschrien: »Fritz, dein Sohn ist unten. Der will uns umbringen!« Dann war sie ziellos durch das Schlafzimmer gerannt, der Hund hatte dazu wie verrückt gebellt.

Wenigstens jetzt hatte er seine Ruhe. Und konnte vor allem entspannt rauchen. Anna-Lena hasste seine Qualmerei: »Fritz hat immer gesagt, wie gefährlich Nikotin ist. Und es stinkt so.« Und dann noch der nervige Köter. Stundenlang konnte Bjarki Stöckchen hinterherjagen. Am zweiten Tag in der Villa hatte Nask einen Zweig so weit wie möglich in die Elbe geworfen. Aber der Hund war zäh, kämpfte sich durch die Wellen zurück.

Manchmal kam sich Nask vor wie ein Zauberer, der versuchte, mit fünf Kegeln gleichzeitig zu jonglieren. Ihm durfte einfach keiner runterfallen. Bei ihrem zweiten Restaurantbesuch wäre es fast passiert. Anna-Lena wollte unbedingt nach Ottensen ins Petit Amour, nur einen Steinwurf von seiner einstigen Kneipe entfernt. Nask hatte sich vor Jahren einmal die Speisekarte angesehen und sich angesichts der Preise von 180 Euro für ein Menü für den Burger-Laden nebenan entschieden.

Nach dem Dessert wusste Nask, dass die sieben Gänge jeden verdammten Cent wert waren. Als er bezahlte – zum Glück hatte er gleich am ersten Tag fünf weitere prall gefüllte Briefumschläge entdeckt –, freute er sich schon auf ein weiteres Schäferstündchen vor dem Kamin. Doch am Spritzenplatz trafen sie ausgerechnet Gerd, seinen einstigen Stammgast. »Alter, wir sind froh, dass du wieder raus bist. War es hart in Santa Fu?«, rief Gerd. Nask schob ihn zur Seite – »wir haben jetzt leider gar keine Zeit« – und beruhigte dann Anna-Lena: »Ein früherer Freund. Inzwischen leider nur noch besoffen. Der meinte St. Tropez, wo ich für mein Bistro einkaufen wollte.«

Auch wenn ihn Anna-Lenas Krankheit mitunter nervte, hatte Alzheimer doch einen entscheidenden Vorteil: Anna-Lena vergaß schnell, sie sprach nie wieder von Gerd. Auch dass er mal mit der G-Klasse vorgefahren war, erwähnte sie nicht mehr. »Das Auto muss zur Inspektion«, hatte er ihr gesagt, bevor er den Geländewagen wieder bei den Merzens ablieferte. Schade um die Kiste, aber alles war besser, als diese Lanya-Töle zu bändigen.

Solche Jobs, das war sicher, hatte er nun nicht mehr nötig. Dankenswerterweise hatte Anna-Lena den Pin-Code ihrer EC-Karte auf gleich drei Zetteln notiert, dazu das Geld aus den Umschlägen. Seine Schulden hatte Nask jedenfalls in Rekordzeit tilgen können.

Und doch waren die paar Tausender lächerlich im Vergleich zu den Summen, die er in den Ordnern des verblichenen Fritz Benzow gesehen hatte. Mein lieber Schwan. Da ging es um zig Millionen. Zufrieden leerte Nask sein Rotweinglas. Diese Anna-Lena war sein Hauptgewinn. Und den würde er mit niemandem teilen. Erst recht nicht mit irgendwelchen Stiftungen, die er in dem Ordner mit dem Titel »Nachlass« entdeckt hatte. Was ging ihn der Plastikmüll in den Meeren an? Dieses Testament musste er dringend ändern lassen. Sollte Anna-Lena eben einen neuen letzten Willen aufschreiben. Zu seinen Gunsten. Würde er ihr einfach diktieren. Segnete sie das Zeitliche, ohne ihn zu bedenken, wäre sonst das Kapitel Villa für ihn geschlossen. Und ewiges Leben gab es nicht. Erst recht nicht für Alzheimer-Kranke. Das hatte Nask gegoogelt.

Aber er musste aufpassen. Vor allem diese Reporterin war gefährlich. Süß. Aber Dynamit.

Nask brachte sein Rotweinglas in die Küche. Scheiße, sah es hier schon wieder unordentlich aus. Die Ablage quoll über mit halbvollen Joghurtbechern, abgelaufenen Käsepackungen und verschimmelter Marmelade. Anna-Lena öffnete eine Packung – und hatte sie sofort vergessen. Wie sollte er in diesem Chaos klare Pläne für die Zukunft fassen? Sie brauchten jemanden für den Haushalt, und Nask hatte auch schon eine Idee. Hedwig Dohmen. Die konnte ordentlich was schaffen. Und vielleicht ließ sich auch im Bett die alte Leidenschaft wieder entfachen. Anna-Lena sagte ihm zu oft: »Fritz, bitte nicht so heftig.« Das törnte ihn ab. Hedwig dagegen hatte genau das immer gemocht. Wegen des Rauswurfs war sie wahrscheinlich immer noch sauer auf ihn. Aber das ließ sich mit Geld lösen. Wie fast alles.

Und davon hatte er ja nun genug.

Als er wieder hinauf in den ersten Stock stapfte, fiel sein Blick auf die Fotos im Treppenhaus, die Anna-Lena und Fritz glücklich strahlend im Schnee zeigten. »Da waren wir in der Schweiz. Da müssen wir auch mal hin«, hatte ihm Anna-Lena gesagt.

»Eigentlich keine schlechte Idee«, dachte Nask. Die Schweizer Berge hatten ihm im Miniatur Wunderland schon so gut gefallen.

Kapitel 34

Als Hedwig Dohmen die Tür zu ihrer Wohnung im zehnten Stock des Hochhauses in Osdorf aufschloss, hörte sie schon wieder das Geknatter der Maschinengewehre. Kalle hatte also wieder mal den ganzen Tag mit seinen Ballerspielen zugebracht. Naja, immer noch besser als eine neue Klau-Aktion bei Penny, dachte sie, als sie die Tüte mit den Einkäufen in die Küche wuchtete. Geld war ja da, Herbie hatte ihr heute achtzig Euro in die Hand gedrückt: »Warst fleißig, hast dir eine Belohnung verdient.«

Eine Woche arbeitete sie nun schon als Haushaltshilfe bei Herbert und dieser bekloppten Alten. Als Herbert ihr die Stelle anbot, hatte sie zunächst abgelehnt: »Du Arsch hast mich damals eiskalt abserviert, als deine Kneipe nicht mehr lief.« Doch das Gehalt überzeugte sie letztlich, achthundert Euro die Woche, natürlich schwarz, dafür hatte sie als Putzfrau allerhand Klos schrubben müssen. Bei »Rein & Fein« hatte sie sofort gekündigt, war eh eine miese Ausbeuterfirma.

Da war der neue Job in der Villa körperlich deutlich entspannter. Allerdings nervte die Frau kolossal. Manchmal rief sie wie eine Verrückte: »Jens, da kommt Jens!« Dann war sie plötzlich wieder ganz sanft und legte sich zu ihrem Hund auf den Boden.

Und dann gab es natürlich auch noch Herbie. Direkt am ersten Tag hatte er ihr einen Hunderter gegeben: »Kauf dir was Schönes. Morgen Abend sperren wir die Alte und ihren Köter in die Kammer und machen es uns bei mir in Ottensen gemütlich. Ganz wie früher.«

Mein Gott, der hielt sich mit seinen goldenen Zähnen und den nikotingelben Fingern noch für unwiderstehlich. Und er wollte jetzt nur noch Herbert genannt werden, wie affig. Andererseits konnte sie das Geld wirklich gut gebrauchen. In ihrer Küche sah es aus wie in einem

Saustall. »Warum kannst du nicht wenigstens dein Geschirr spülen?«, herrschte sie ihren Sohn an, der weiter die Maschinengewehre rattern ließ. Irgendwann bequemte sich Kalle, die Kopfhörer wegzulegen. »Und wie war es heute?«

»Wie soll es schon gewesen sein? Die Alte ist wieder komplett durchgedreht. Sie hat so an der Tür gerüttelt, dass die Alarmanlage angegangen und die Polizei angerückt ist. Dazu das Gebelle des Köters. Die Anlage haben wir jetzt abgestellt. Brauchen wir nicht, ist ja sowieso fast immer jemand da.«

»Und morgen Abend gehst du wieder mit diesem Herbie in die Kiste, oder? Ich begreife das nicht. Wie kannst du dich wieder mit einem Typen einlassen, der dich so schäbig behandelt? Oder willst du wieder wie früher dein Hobby zum Beruf machen?«

Am liebsten hätte Hedwig Dohmen ihrem Sohn eine geknallt. Aber der war fast 18 – und deutlich stärker als sie. Leider hatte er von seinem Vater, von dem sie sich noch in der Schwangerschaft getrennt hatte, nur die kriminelle Ader geerbt, nicht dessen Gerissenheit. Neulich hatte Kalle bei P&C Klamotten geklaut und sein Handy vor Aufregung liegen gelassen. Andererseits fiel ein Ladendiebstahl mehr oder weniger bei seiner Strafakte kaum ins Gewicht. Es war nur eine Frage der Zeit, bis Kalle wieder in den Jugendknast Hahnöfersand einrücken musste.

Am nächsten Abend machte sich Hedwig für ihren Abend mit Herbie fein. Halterlose Strümpfe, enger Lederrock, da hatte sich Herbies Geschmack über die Jahrzehnte nicht verändert. Sie sagte ihrem Sohn nicht mal Tschüs. Der saß ja ohnehin wieder vor seinem PC und zockte.

Als die Tür ins Schloss fiel, schaltete Kalle den Computer sofort aus. Wie hatte seine Mutter gleich nach dem ersten Arbeitstag in der Villa gesagt: »Dieses Haus ist eine Goldgrube. Allein das Bild von diesem Kandinsky über dem Esstisch kostet ein Vermögen.« Mama hatte es abfotografiert und daheim gegoogelt. Ein Kandinsky hing auch über seinem Bett. Der Blaue Reiter. Allerdings nur als gerahmtes Poster. Geschenk von seiner Mutter. Die hatte den Druck von irgendeiner Thekenbekanntschaft geerbt.

Kalle nahm sein Poster von der Wand, er fand das Bild eh hässlich. In der Villa hing zwar irgendein anderer Kandinsky. Aber das würde schon niemandem auffallen, die Alte war ja sowieso plem-plem. Und Herbie kannte sich mit Weibern vielleicht gut aus, aber hatte von Kunst keine Ahnung. Ein Original, das wusste Kalle wenigstens, war immer besser als eine Kopie. Und teurer. Viel teurer.

Kalles Blick fiel auf den Schlüsselbund auf dem Schuhschrank. Den brauchte Mutter heute Abend nicht. Mittwochabend war ja neuerdings Herbie-Abend. Er packte Handschuhe und eine Maske ein und legte das Kandinsky-Poster in den Rucksack.

Eine halbe Stunde später stellte Kalle das Fahrrad vor der Villa ab, der Türschlüssel passte. Ausgezeichnet. Sein Handy hatte er daheim gelassen, nicht dass ihm noch mal eine Panne wie bei P&C passierte. Leider hatte er ohne sein Handy auch keine Taschenlampe. Egal, so musste er sich eben erst mal durch die Dunkelheit tasten, um die Lage zu checken, bevor er es riskieren konnte, das Licht anzuknipsen.

Sekunden später trat Kalle gegen den Schirmständer, der prompt umkippte. Das Gepolter weckte Bjarki, der sofort anschlug. In dessen Bellen mischten sich die panischen Rufe einer Frau: »Jens. Bist du das? Willst du mich umbringen?« Kalle knipste das Licht an, sah den riesigen Kamin und das Bild über dem Esstisch. Von dem Hund drohte keine Gefahr, der war ja genauso eingesperrt wie die Alte.

Bei ihrer Schreierei und dem Gebelle konnte es jedoch nur eine Frage der Zeit sein, bis ein Nachbar oder gar die Polizei hier auftauchen würden. Vor Aufregung fiel ihm fast das teure Bild runter. Und es war eine nervige Fummelei, danach das Kandinsky-Poster auf die Haken zu platzieren. Dann rannte Kalle raus zu seinem Fahrrad, die schwere Tür fiel hinter ihm zu.

Zur gleichen Zeit zog Nask in Ottensen seine Hose wieder an. So prickelnd war das Abenteuer mit Hedwig dann doch nicht gewesen. Auf längere Sicht musste er sich nach was Jüngerem umschauen. Oder vielleicht mehr von den blauen Pillen nehmen, für die im Internet immer geworben wurde. »Am besten, du kommst gleich mit, dann sparst du dir morgen den Weg von Osdorf zur Villa«, brummte Nask, als Hedwig Dohmen ihren Lederrock wieder überstreifte.

Als Nask dann die Villa betrat, war er heilfroh, dass er Hedwig mitgenommen hatte. Selbst zu zweit konnten sie Anna-Lena kaum beruhigen. »Hier war ein Einbrecher, ich habe es genau gehört! Wahrscheinlich war es Jens.« Herbert fasste sie fest am Arm, führte sie von Fenster zu Fenster, von Tür zu Tür: »Siehst du hier irgendwelche Einbruchspuren? Hier war keiner. Du bildest dir das alles nur ein.« Hedwig folgte den beiden. Im Esszimmer sah sie ein Poster, das hier nicht hingehörte.

Wo es gehangen hatte, wusste sie genau.

Kapitel 35

Als Anna-Lena Benzow die Schneeflocken sah, strahlte sie. Endlich wieder weiße Weihnacht. Gleich würde Mama die gute Stube abschließen, so wie sie es immer an Heiligabend machte. Papa würde den Tannenbaum schmücken. Anna-Lena Benzow roch schon den Duft der Zimtsterne. »Kind, iss nicht so viel, es gibt doch gleich was Richtiges«, würde Papa sagen. Wie jedes Jahr an Heiligabend. Den Kartoffelsalat mit Heringsstipp würde sie hinunterschlingen, die Minuten zählen bis zur Bescherung. Ob das Christkind an die Rollschuhe denken würde?

Anna-Lena Benzow hörte das Tuten eines Containerschiffs. Das da unten war ja gar nicht die Ruhr. Sondern die Elbe. Sie kicherte. Mein Gott, sie war wirklich etwas durcheinander. Wahrscheinlich hatte sie nur geträumt. Konnte immer mal passieren. Fritz würde sie davon besser nichts erzählen. Warum auch? Der machte sich ja schon genug Sorgen.

Welche Hummel-Figur er ihr dieses Jahr wohl schenken würde? Vielleicht den Engel der Hoffnung? Oder die Sternsinger? Immer an Heiligabend lag eine neue Figur für ihre Sammlung unter dem Weihnachtsbaum. Mit so viel Liebe verpackt, dass Anna-Lena Benzow das Papier kaum aufreißen mochte.

Doch dann erschrak sie. Sie hatte völlig vergessen, für ihren Fritz ein Geschenk zu besorgen. Und jetzt war es schon weit nach Mittag. Hatten die Buchhandlungen überhaupt noch auf? So ein Mist. Fritz freute sich dann doch immer so über einen neuen Krimi, am liebsten aus Skandinavien. Sonst war sie jedes Jahr spätestens Ende November zu einer der Buchhandlungen gefahren, die sie so liebte. Sie fand es schrecklich, sich Bücher über das Internet zu bestellen. Sollte sie den Computer fragen, was gerade das Richtige für ihren Fritz wäre? Bei Kortes und Heymann in Blankenese, bei der Buchhandlung am Nienstedter Marktplatz oder bei Harder und Quotes in der Waitzstraße nahm man sich dagegen Zeit für sie. Würde sie es zur Waitzstraße noch schaffen? Plötzlich raste ihr Herz, sie hielt sich die Ohren zu. Zu laut war das Martinshorn. Das viel zu große Auto. Das Blaulicht.

Der Unfall.

Zur Waitzstraße würde sie nie wieder fahren.

»Na, Frau Plem-Plem, stehen wir irgendwann auch mal auf? Ist doch Weihnachten.« Da war wieder die Stimme dieser schrecklich ordinären Frau. Wie hieß die noch? Hildegard? Hiltraud? Hedwig? Herbert musste sie angeschleppt haben. »Warum sollen wir uns in unserem Alter noch mit dem Haushalt belasten?«, hatte er gesagt. Und seitdem war diese Frau da. Und wurde von Tag zu Tag unverschämter. Sie musste endlich den Mut aufbringen, Herbert zu sagen, dass er diese unmögliche Person entlassen solle.

Herbert Nask zündete sich bereits die fünfte Zigarette an diesem Morgen an. Den zweiten Cognac hatte er auch schon intus. Ja, er rauchte und trank gerade zu viel. Aber wie sollte man dieses Leben ohne Nikotin und Alkohol ertragen? Anna-Lena keifte schon wieder da oben. Und Hedwigs schrille Stimme tat ihm in den Ohren weh. Wie entspannt waren die Weihnachtstage in Ottensen gewesen. Mit den »Stirb-Langsam«-DVDs. Alle sechs Teile. Dazu Pizza. Und kühles Bier. Herrlich. Kein Gesabbel. Kein Gekeife.

Für einen Moment überlegte Nask, was Bruce Willis in der Villa machen würde. Als Erstes würde er bestimmt diesem verdammten Köter zwei Kugeln ins Hirn jagen. Dann Hedwig, schließlich Anna-Lena. Oder umgekehrt. Jedenfalls wäre dann Ruhe im Karton.

Der Gedanke an ein schnelles Ableben seiner – wie sagte man das jetzt gern – Lebensgefährtin erinnerte Nask, dass er das Testamentsproblem immer noch nicht gelöst hatte. Seit Wochen wollte er Anna-Lena nun schon den neuen letzten Willen diktieren, den er sich aus dem Internet heruntergeladen hatte. Dann würde ihm endlich alles gehören, wenn Anna-Lena das Zeitliche segnen würde.

»Herbert, ist der Weihnachtsbaum geschmückt? Wann essen wir? Wir müssen früh in der Kirche sein, die ist an Weihnachten immer so voll.« Wie Nask dieses Fragen-Feuerwerk hasste. Stattdessen könnten sie jetzt schön in dem Züricher Luxushotel sitzen und sich bedienen lassen. Hatte er gebucht, inklusive St. Moritz danach. Wieder alles vom Feinsten. Aber sie hatte ihn nur verständnislos angestarrt: »Fritz, das geht doch nicht. Weihnachten bleiben wir doch immer hier, gehen in die Kirche, machen dann Bescherung. Hast du das völlig vergessen?«

Nask hätte sie gern mal so richtig zusammengefaltet. Aber er musste sich beherrschen. Noch gab es kein Testament. Und erst recht keine Hochzeit. Wenn sie die Polizei rief, konnte es passieren, dass man ihn sehr nachdrücklich bitten würde, die Villa zu verlassen. Die Rolle des Lebensgefährten, der sich trotz ihrer schweren Demenz aufopferungsvoll um seine Partnerin kümmert, würde ihm bei seiner Santa-Fu-Vergangenheit kein Bulle abnehmen. Also musste er bis auf Weiteres den Verständnisvollen geben. Auch Hedwig hatte er schon x-fach eingeschärft, Anna-Lena nicht ständig zu provozieren. Und nun gefälligst einen Baum zu besorgen, ihn zu schmücken und Kartoffelsalat mit Würstchen zu machen. Für achthundert Euro pro Woche war das ja wohl nicht zu viel verlangt. Doch leider wurde Hedwig immer aufsässiger. Hätte er sie bloß nicht eingestellt.

Sollte er sie jetzt einfach feuern? Nein, sie wusste zu viel. Er konnte nicht riskieren, dass sie überall rumquatschen würde, ihr Herbie sei in Nienstedten auf eine Goldader gestoßen. Diese Information war in den falschen Kreisen Dynamit. Nein, er musste bei seinem Kurs bleiben: Anna-Lena abschirmen. Deshalb hatte er all ihre Therapien abgesagt. Besser so.

Auch Ausflüge an vertraute Orte waren inzwischen zu gefährlich. Wie der Besuch des Miniatur Wunderlands vergangenen Dienstag. Nask hatte sich wie ein kleines Kind auf all die Lokomotiven, die Güterzüge und die startenden Flugzeuge gefreut. Anna-Lena war nur unruhig auf- und abgelaufen. Als sie das Matterhorn in der Modelllandschaft sah, machte sie sich daran, über die Absperrung zu klettern: »Fritz, endlich sind wir wieder in der Schweiz.« Zum Glück hatten die Mitarbeiter entspannt reagiert. Nask hatte die total verwirrte Anna-Lena zum Ausgang gezerrt.

Jetzt sah sie dagegen wieder gut aus. Und wirkte völlig klar. »Herbert, wollen wir fahren? Ich sitze in der Kirche gern weiter vorn, damit ich alles verstehe. Leider habe ich total vergessen, dir ein Geschenk zu besorgen.«

Nask nickte. Das war nun wirklich sein geringstes Problem. Sich selbst hatte er bereits beschert, als er beim Juwelier in Blankenese die Cartier-Armbanduhr für Anna-Lena gekauft hatte. Die Rolex hatte er sich wahrlich verdient. Der Juwelier hatte gestaunt, als er 4600 Euro in bar auf den Tresen gelegt hatte. Dank Anna-Lenas EC-Karte nebst Pin war er immer flüssig. Das kurze Sirren des sich öffnenden Geldautomatenschlitzes genoss er noch immer.

Auf die abendliche Christvesper um sechs Uhr hätte er dagegen dankend verzichten können. Immerhin flackerte bereits der Kamin, die Uhr lag hübsch verpackt unter dem Weihnachtsbaum – und den Kartoffelsalat hatte die widerspenstige Hedwig dank eines Extra-Hunderters dann doch zubereitet. Und notfalls würde er sich den Abend eben schöntrinken, zwei Weißweinflaschen hatte er schon kaltgestellt.

Eine Stunde lang bedauerte Nask, dass er nicht drei Flaschen in den Kühlschrank gelegt hatte. In der Kirche saßen sie, wie von Anna-Lena gewünscht, in der ersten Reihe. Schön auf dem Präsentierteller. Nask spürte die bohrenden Blicke, er wusste genau, wie in Nienstedten über ihn getuschelt wurde. »Der passt doch gar nicht hierher.« »Der will doch nur ihr Geld.« Und dann hielt auch noch dieser Glatzkopf den Gottesdienst. Ausgerechnet Kestner. Wenn er nur wüsste, wie lächerlich er in seinem schwarzen Talar aussah. Spielte den Mitfühlenden bei seinen Besuchen in der Villa. Den hatte er schön rauskomplimentiert.

Der Gottesdienst war gruselig. Die Halleluja-Jaulerei des Kirchenchors mit seinem »Jauchzet« und »Frohlocket« wären schon ein Grund gewesen, gleich noch einmal aus der Kirche auszutreten. Aber dann warf der Pastor ein Bild an die Wand. Unscharfe Konturen, eine reizlose

Frauenfigur mit einer dicken Babypuppe auf dem Schoß. Dann faselte er etwas davon, dass dieses Maria-Bild ihn so anspreche, weil es so realistisch sei. Maria nicht als die selige Gottesmutter, sondern eine junge, arme Frau, vielleicht 15 oder 16 Jahre alt. Ein vornehm gekleideter alter Mann hinter ihm rief irgendetwas von entarteter Kunst und verließ die Kirche lautstark protestierend, seine Frau im Schlepptau. Nask wäre ihm am liebsten gefolgt und hätte ihn nach einer Zigarette gefragt.

Aber stattdessen musste er sich anhören, wie der Totenschädel jetzt erst richtig loslegte. Schwafelte etwas von der Liebe Gottes, die uns mit den Augen dieses Mädchens ansähe und uns zum Handeln herausforderte. Und dann hatte der Typ doch glatt ihn angesehen. Er hatte es genau gemerkt. Hatte seine sonore Stimme klingen lassen, während er ihn fixierte: »Reichtum ist zum Teilen da, sonst ist er nur lieblose Gier.«

Dieses Arschloch. Am liebsten wäre Nask aufgestanden und hätte dem Pfaffen links und rechts welche geknallt. Der wagte es doch tatsächlich, ihm vor versammelter Gemeinde ins Gewissen zu reden.

Mit hochrotem Kopf stapfte Nask dreißig Minuten später aus der Kirche und schleifte Anna-Lena förmlich hinter sich her. »Schatz, der Henning hat so schön gesprochen. Hast du gemerkt, wie freundlich er uns angesehen hat? Wir können ihn doch fragen, ob er zu uns zur Bescherung kommen will.« Nask knallte vor Wut den ersten Gang in den Saab, dass das Getriebe röhrte: »Nein, das machen wir mit Sicherheit nicht.«

Als Nask die Villa aufschloss, zog sich Hedwig Dohmen gerade den Mantel über: »Kartoffelsalat steht im Kühlschrank, ihr kommt ja hoffentlich alleine klar.« Selbst ein Heiligabend mit Kalle, ihrem missratenen Sohn, war ihr lieber als eine Bescherung mit Herbie und Anna-Lena. Außerdem saß ihr der Schreck über die Szene gestern beim Abendessen noch in den Knochen. »Wo ist denn das richtige Bild?«, hatte Anna-Lena Benzow gefragt und auf Kalles Kandinsky-Poster an der Wand gedeutet. Zum Glück hatte Herbie nur unwirsch geantwortet: »Das Bild hängt da schon seit Jahren, iss jetzt weiter.« Da habe ich Glück gehabt, dachte Hedwig, als sie in ihren Fiesta stieg. Sie hatte ihrem Sohn wegen des Einbruchs zwar die Hölle heißgemacht. Andererseits konnte man das Bild bestimmt irgendwann verkaufen, sie brauchte Geld für den Start in ein neues Leben. Auf Dauer war die Villa unerträglich.

»Machen wir jetzt die Bescherung?«, fragte Anna-Lena Benzow nach dem Essen ungeduldig. Nicht ohne Stolz überreichte Nask ihr das Päckchen mit der Uhr. Anna-Lena Benzow öffnete es und schaute ihn fragend an: »Eine Uhr habe ich doch. Wo ist meine Hummel-Figur? Für meine Sammlung?« Nask war nun restlos bedient: »So ein Scheißding ist dir wichtiger als eine kostbare Uhr? Du hast sie doch nicht mehr alle.« Anna-Lena Benzow brach in Tränen aus, dann ging sie wortlos nach oben. Nask schaute in die Flammen des Kamins und entkorkte die nächste Flasche Wein. Jetzt stand die Schweiz an. Der Urlaub würde ihn hoffentlich auf andere Gedanken bringen. Aber vorher musste er das Testament neu regeln. Die durchschnittliche restliche Lebenserwartung von Alzheimer-Kranken lag bei acht bis zehn Jahren, hatte er bei Google gelernt. Nask fand das lang. Sehr lang. Er musste sich dringend wieder die Bruce-Willis-Filme anschauen. Stirb langsam. Aber nicht zu langsam.

Kapitel 36

Übermüdet klappte Sora Lee ihren Laptop zu. Seit Wochen schrieb sie in Tag- und Nachtschichten ihr Buch für einen namhaften Hamburger Verlag über ihre Zeit als Reporterin in Krisenregionen. Der Termin für die Abgabe rückte immer näher. Ihr Handy schaltete sie fast immer aus, jede Mail, jeder Anruf lenkte sie nur ab. »Ich bin jetzt im Tunnel«, hatte sie Henning gesagt. Nach dem Dom-Abenteuer hatte sie Anna-Lena nur noch einmal besucht und den Labradoodle kennengelernt. Bjarki war wirklich ein ganz Lieber, der tat Anna-Lena gut. Und plötzlich hatte sie Lust auf einen spontanen Besuch.

Während sie eine halbe Stunde an der Haustür der Villa klingelte, hörte sie sein fröhliches Gebell. Doch dann schlug es in wimmerndes Jaulen um. »Halt die Fresse, du blöder Köter«, vernahm Sora, als sich die schwere Haustür öffnete. Im Flur stand ein Mann, das Brusthaar quoll aus seinem weit geöffneten karierten Hemd. Er trat nach Bjarki, der verängstigt ins Wohnzimmer flüchtete.

»Was machen Sie hier?«, fragte Sora entsetzt.

»Ich wohne hier. Und der Rest geht Sie gar nichts an. Aber damit Sie sich den Namen schon mal merken: Herbert Nask«, schnaubte der Mann und streckte seine nikotingelben Finger zur Begrüßung aus. Breitbeinig baute sich Nask in der Türschwelle auf: »Meine Freundin hat sich hingelegt. Sie möchte keinen Besuch. Wir wollen auch nicht mehr, dass hier ständig irgendwelche Leute klingeln. Wie gesagt, Anna-Lena braucht Ruhe. Sind Sie diese Chinesin, diese komische Reporterin, von der Anna-Lena immer spricht?«

Aus dem Wohnzimmer lugte Anna-Lena in den Flur: »Fritz, was ist denn los? Haben wir Besuch?« »Nein, Schatzi, nur eine Vertreterin, die uns eine Versicherung aufschwatzen will«, antwortete Nask, vergebens bemüht, so etwas wie Zärtlichkeit in seine Stimme zu legen: »Geh schon mal wieder nach oben, ich komme gleich nach.«

Grimmig blickte Nask auf Bjarki, der sich vorsichtig dem Flur genähert hatte. »Brauchst du noch einen Tritt?«, fauchte Nask. Sofort verzog Bjarki sich wieder. »Und nun zu dir, meine kleine Chinesin. Ich will nicht, dass du weiter hier aufkreuzt. Das regt Anna-Lena nur auf. Ab sofort regele ich hier alle Angelegenheiten.«

Sora Lee bebte vor Zorn: »Ich glaube, es ist besser, wenn ich die Polizei hole.« »Mach ruhig, Schlitzauge. Die Beamten können gern kommen. Sie werden hier eine heile Welt sehen. Einen Mann, der sich fürsorglich um seine Freundin kümmert. Und um ihren Hund«, gackerte Nask.

Er steckte sich eine neue Zigarette an und sah dem Rauch nach, als wenn er auf einen neuen Gedanken gekommen wäre: »Wir könnten uns natürlich auch wieder vertragen. Komm doch die Abende mal vorbei. Ich zünd den Kamin an und wir beide machen es uns gemütlich. Anna-Lena kann ja oben mit dem Köter schmusen. Und ich kauf für uns noch ein Bärenfell.« Nask wieherte vor Lachen. Für einen Moment überlegte Sora Lee, ihre Faust in das Goldzahngebiss zu rammen. Aber körperlich war sie Nask klar unterlegen. Stattdessen sagte sie: »Ich komme wieder. Allerdings mit unserem Fotografen. Ihre Visage ist die perfekte Optik für meine Tageblatt-Geschichte ›Gauner zockt hilflose Witwe ab‹.« Nask zog die Haustür zu: »Meinetwegen, aber ihr müsst euch beeilen. Bald fahren wir in die Schweiz. Die Berge tun uns gut nach all der Aufregung. Tschüs, Schlitzauge.«

Kapitel 37

Eigentlich war es ja etwas unwürdig, wenn Spitzenhotels sich mit besonderen Sonderangeboten anbiederten. Aber das war dann auch das Einzige, was man am Baur au Lac hätte aussetzen können. Der Paketpreis für das »lac en hiver« hatte den Vorteil, dass Herbert Nask sich um so etwas wie Speisefolge und Weinauswahl nicht kümmern musste. Und auch nicht um das Programm. Drei Stunden Bootstour auf dem Zürichsee und diesem Zubringerfluss mit eigenem Kapitän samt Übernachtung für 2500 Euro war doch als Preis ganz okay. Statt Käsefondue hätte er Fleisch vorgezogen. Aber egal.

Der Tag hatte es wirklich in sich gehabt. Er hatte die neunhundert Kilometer mit kurzer Pause tatsächlich in acht Stunden gemacht. Der Maserati Levante brachte 250 Stundenkilometer auf die Piste. Er hatte ihn nur als Leihwagen gebucht, eigentlich passte ja ein Sportwagen besser zu ihm. Aber Anna-Lena zuliebe hatte er dann doch den SUV genommen. »Wie sollen wir sonst Bjarki mitnehmen?« Der allerdings war glücklicherweise dann doch in einer Edelpension in Eppendorf geblieben. Bis Göttingen hatte Anna-Lena noch gestänkert: »Fahr nicht so schnell, Fritz.« Schlagfertig wie er war, hatte er nur geantwortet: »Fritz fährt doch gar nicht schnell.« Hinter Göttingen hatte er dann endlich richtig Gas geben können. Er hatte extra den Reifendruck auf 1,8 bar abgesenkt und das Fahrwerk auf 210 Millimeter Bodenfreiheit hochgepumpt. Schließlich wollten sie ja noch in die Berge. Aber der alte Trick seines Kneipenkumpels Max zahlte sich auch auf der Autobahn aus. Der Maserati lag wie ein Brett und glitt elegant wie ein Surfboard.

Am Autobahnkreuz Dernbach war Anna-Lena wieder aufgewacht und ganz gesprächig. Er hatte ihr von dem Fondue-Dinner im Vintage-

Boot erzählt. »Welche Sprache sprechen die jetzt eigentlich in Zürich?«

»Ach Schatzi, bis Bern ist, glaube ich, alles deutsch.«

»Ich würde so gerne mal wieder Französisch sprechen und auch Englisch.«

Na, du hast Probleme, dachte Herbert, du verwechselst mich dauernd mit deinem Mann und willst Fremdsprachen sprechen. Aber andererseits, vielleicht konnte er ihr ja einen Gefallen tun. Er öffnete das Handschuhfach und holte eine Schlafbrille heraus: »Weißt du was, Anna-Lena, jetzt ziehst du mal diese Brille auf und nimmst dir den Kopfhörer. Der liegt auch im Handschuhfach. Ich spiele dir ein wenig Richard Clayderman vor, und du entspannst dich, während ich eine kleine Überraschung für dich vorbereite.«

Anna-Lena lächelte ihn an und tat, wie geheißen. Dann fuhr sie die Lehne zurück und entspannte sich sichtlich. Herbert ging noch mal ordentlich auf das Gaspedal und rief über die Sprachfunktion das Baur au Lac an. Die Mädels da waren echt auf Zack. Sie versprachen, sich darum zu kümmern, dass der Kapitän des Schiffes heute Abend Frau Benzow auf Französisch begrüßen würde. Als er hinter Rastatt wieder auf 220 beschleunigte, dachte er noch: Auch nicht schlecht, was du hier leistest. Rennfahrer auf der Autobahn und gleichzeitig organisieren, dass die Geliebte am Abend auf einen französischen Kapitän trifft.

Er hatte wirklich alles im Griff. Genau wie die Sache mit dem Testament. Nach der unerfreulichen Begegnung mit dieser Sora hatte er sofort gemerkt, dass er vorsichtig sein musste. Das Luder konnte ihm gefährlich werden. Also hatte er gleich am Abend Anna-Lena eine Flasche von ihrem Bollinger hochgeholt. »Anna-Lena, wir müssen die letzten Angelegenheiten regeln. Was soll aus Bjarki und mir werden, wenn dir was passieren würde?« Bereitwillig hatte sie ihren »letzten Willen« hingekrakelt, das Testament mit der Stiftung hatte sie sowieso nie verstanden oder längst wieder vergessen. Den Text hatte er aus dem Internet, er wusste, wie wichtig es war, dass das Testament handschriftlich verfasst wurde. Nun also hatte sie ihm alles vermacht. Er war safe, wie man jetzt so gern sagte. Wobei: Wenn Anna-Lena wirklich dement war, konnte das doch noch schwierig werden. Aber egal, darum würde er sich später Gedanken machen. Jetzt musste er sich erst mal auf die Autobahn konzentrieren, Tempo 220 – da brauchte man schon einen guten Fahrer.

Bereits um fünf Uhr nachmittags checkten sie im Hotel ein. Die Junior Suite war herrlich und bot einen Ausblick auf den See. Von Norden her sah Herbert eine Schneefront heranrücken. Als sie gegen sieben Uhr zur Schifffahrt abgeholt wurden, setzte ein leichter Schneefall ein. Anna-Lena schmiegte sich an ihn, und er dachte nur, dass es ein netter Abend werden konnte.

Es wurde ein netter Abend. Auf dem Schiff waren nur vier weitere Tische eingedeckt. Alles kultivierte Leute, dachte Herbert. Der Kapitän machte seine gekonnte Ansage auf Französisch – »notamment pour Madame Benzó«. Genauso charmant setzte er sich später zu ihnen, flirtete mit Anna-Lena und zwinkerte Herbert zu. Annas Gesichtsfarbe näherte sich mehr und mehr dem Rotwein an, den Herbert im Geschmack zu lasch fand. Er stieg auf Bier um.

Als sie um elf Uhr wieder im Zimmer angekommen waren, plapperte Anna-Lena immer noch munter vor sich hin, die meiste Zeit auf Französisch. Einen Moment lang überlegte er, ob er sie nicht bewegen konnte, es ihm auf Französisch zu machen. Aber er vermutete nur einen Absturz ihrer Laune. Sie machten sich bettfertig, und Herbert hatte eine Zeit lang mit seinen Verstopfungen zu kämpfen. Kein Wunder, bei der langen Fahrt und all dem Käse. Als er ins Zimmer eintrat, sah er, dass Anna-Lena im Negligé auf ihn wartete.

»Vien, mon chéri«, sagte sie und schaltete das Licht aus. Er verstand kein Französisch, aber alles war auch so klar. Er nahm sie hart ran. Sie stöhnte immer wieder: »Warum bist du so grob, Fritz?« Aber das kannte er schon von Frauen. Er war überzeugt, dass sie oft nicht zeigen konnten, wie sehr es ihnen gefiel. Als er fertig war, meinte er, sie weine vor Glück.

Nask wachte am nächsten Morgen wie immer früh auf. Anna-Lena schlief noch. Er hatte Blähungen und ging ins Bad. Als er zurückkam, war auch Anna-Lena wach geworden. Sie sah ihn mit einem Lächeln an.

»Was haben wir eigentlich gestern Abend gemacht? Na egal, wenn du so nett wärst, kannst du schon mal das Hotel bezahlen. Wann haben wir den Termin bei der Bank?« Sie öffnete ihre Handtasche, und Herbert kam aus dem Staunen nicht heraus. Die Tasche war voll mit großkalibrigen Frankenscheinen. »Wo kommen die denn her? Hast du gestern Nacht noch eine Bank überfallen?«

Anna-Lena lachte ihn entwaffnend an: »Wieso, die hast du mir doch gegeben. Die waren doch immer in der Schublade. Du hast doch gesagt: Die Steuer muss nicht alles wissen. Und beim nächsten Mal nehmen wir das Geld mit in die Schweiz.«

Für einen Moment dachte Herbert nach, wo sie wohl übernachtet hätten, wenn die deutsche Grenzpolizei den Inhalt der Tasche vor ihm gesehen hätte. »Vielleicht gibst du mir mal die Tasche und ich schaue, was wir davon die nächsten Tage so gebrauchen können.« Bereitwillig gab sie ihm die Tasche. Im Vorflur ihrer Suite warf er einen genaueren Blick hinein. Die Schweizer Nationalbank hatte ein dezenteres Violett gewählt für ihren Tausender als die Kollegen aus Frankfurt. Herbert hatte lange genug in der Kneipe gearbeitet, um zu erkennen, dass die Kohle für zwei Maserati reichen würde. Er schüttelte den Kopf und ging zur Rezeption. Sein Leben war ohne Frage deutlich angenehmer geworden.

Nach dem Frühstück machten sie sich auf in die Innenstadt. »Lass uns zu Fuß gehen, Herbert, es gibt so herrliche Geschäfte auf dem Weg zur Bank.« Ach, dachte er, wenn sie etwas will, kennt sie plötzlich doch meinen Namen. Aber es konnte ihm nur recht sein. Die Bank war keinen halben Kilometer entfernt und die frische Luft würde ihm guttun. An der Rezeption gab er noch schnell den Autoschlüssel ab und bat darum, ihm Schneeketten aufzuziehen, falls es weiter schneien würde. Dann traten sie in die winterliche Luft. Schon an der nächsten Ecke gelangten sie rechts in die Börsenstraße. Sonderbar, dachte Herbert, es braucht nicht viel, und man fühlt sich in dieser Stadt zuhause.

Als sie links in die Bahnhofsstraße einbogen, sah Herbert schon die Ausschilderung zum Paradeplatz, ihrem Ziel. Allmählich wurde er doch neugierig, was ihn da erwartete. Sicher keine Pferde, eher schon

Mäuse, dachte Nask und musste selbst über seinen Witz lachen. Sie hatten noch genügend Zeit bis zum Banktermin. Also schlenderten sie die Bahnhofstraße entlang. Sie hatte sich wieder bei ihm untergehakt. Wahrscheinlich geben wir kein schlechtes Paar ab, dachte er noch, als er auf der gegenüberliegenden Seite das Tiffany sah. Er steuerte sie gekonnt auf die Auslage zu. Annas Blick wurde immer verschwommener. Sie starrte auf die T-Kollektion. Kleine »T«s, geschickt eingearbeitet in Armreifen, Ohrringe, Anhänger oder Ringe.

T wie teuer, dachte Herbert, wie konnte man nur so bescheuert sein, um für viel Geld für andere Reklame zu laufen. Aber jetzt ging es um etwas anderes: »Anna-Lena, ich möchte dir gerne etwas aus dieser Kollektion schenken, ganz egal, was es kostet.« Sie sah zu ihm auf und hatte Tränen in den Augen. »Du bist so gut zu mir.« Als sie den Laden betreten hatten, kümmerte sich eine reizende Brünette um sie, der Herbert viel lieber etwas gekauft hätte. Als Anna-Lena sich für einen Armreif entschied, kam von hinten ein älterer Herr dazu, wahrscheinlich der Besitzer. »Eine ausgezeichnete Wahl für eine schöne Frau«, sagte er in Schweizer Singsang, »18 Karat Gold, Diamanten – und ein ausgesprochen raffinierter Klappmechanismus. Das Bühnenstück der Kollektion sozusagen.« Anna-Lena hatte wieder ihren Dackelblick. »Aber Schatz, ist das nicht viel zu teuer?«

»Zu teuer und du – das geht nicht zusammen«, sagte Herbert mit dem Lächeln eines Weltmanns. Er nahm den Armreif und schaute auf das Preisschild. 38 000 Franken, das war ja fast ein halber Levante, jedenfalls in der preiswerten Dieselversion. Egal. »Packen Sie es nett ein«, sagte Herbert mit dem nötigen Understatement und beugte sich zu dem Chef hinüber. »Und bitte packen Sie noch einen passenden Ring extra dazu. Nur meine Frau soll es nicht sehen.«

Als er die 45 000 Franken hinblätterte, stand sein Plan. Heute Abend würde er ihr einen Antrag machen. Vermutlich würde er dafür wieder dieses widerliche Bubbelwasser trinken müssen. Aber die Kombination Ehemann plus Testament – das würde vor jedem Gericht der Welt reichen.

Wenige Minuten später waren sie am Paradeplatz angekommen. »Der Platz hat mehr Banken als du Goldkronen im Gebiss«, hatte sein Kumpel Max ihm gesagt. Konnte stimmen, zählte Herbert. »Was hast du noch mal gesagt, Anna-Lena, welche Bank ist es? Die UBS oder die Credit Suisse?« Seine Frage verhallte im Quietschen der Tram.

»Ich glaube, die war's«, sagte Anna-Lena etwas kleinlaut.

Als sie vor dem Gebäude standen, schaute Anna-Lena verunsichert an der Fassade hoch. Herbert musste ihr helfen, das war klar: »Wo hast du denn den Zettel mit den Zugangsdaten, wahrscheinlich irgendeine Nummer?«

»Wieso, die kennen uns doch. Wir waren doch schon mal hier, oder?«

Jetzt musste sich Nask wirklich beherrschen: »Du meinst, wir sind jetzt tausend Kilometer durch Europa gefahren, und du weißt weder die Bank, noch hast du Unterlagen mit?« Seine Stimme wurde immer lauter: »Bist du denn eigentlich total …« – er unterbrach sich und senkte die Lautstärke. Er hatte ein Ziel für heute, das er nicht aus den Augen verlieren wollte: »Bist du dir denn total sicher, dass du nichts dabeihast?«

Sie kramte in ihrer Tasche und sah ihn an wie ein Kind, das beim Naschen erwischt worden ist. Den Bankbesuch konnte er vergessen, machte sich Herbert klar. War ja auch nicht schlimm, wenn er an das Geld dachte. Ein gutes Drittel war eh weg. Für den Rest würde er in St. Moritz weitere Ideen entwickeln. Und notfalls konnte er die Kohle auf dem Rückweg in seinen Schuhen verstecken. Eins wollte er allerdings noch wissen: »Was ist denn überhaupt drin in dem Bankfach?«

»Ganz viele von diesen«, sie suchte nach dem Wort »Firmenpapieren und … dann diese goldenen Medaillen mit dem Hirsch drauf. ›Die sind besser als die Goldbarren‹, hast du immer gesagt, ›wenn es mal hart auf hart kommt.‹«

»Aktien und Krügerrand,« murmelte Herbert vor sich hin. »Wie viele sind viele, Anna-Lena?«

»Ich weiß es nicht genau, aber fünfzig bestimmt.« Wahrscheinlich eine Unze, vermutete Herbert, das war die Größe, die die meisten Menschen sich ins Fach legten für den Fall einer Flucht. Also rund noch mal ein Maserati in der Schublade. Über den Wert der Aktien konnte er nur spekulieren. Hoffentlich wusste Jens Benzow nichts von dem Bankfach.

Sie aßen noch eine Kleinigkeit im Restaurant »Bärengasse«. Nach all dem Käse gestern war es gut, mal wieder ein argentinisches Rind zwischen die Kiemen zu bekommen. Als sie danach auf die Straße traten, schien Anna-Lena nicht einmal zu merken, dass sie ihren Pelz vergessen hatte. Im Hotel angekommen, beglich er die neue Rechnung: »Wir haben die Schneeketten aufgezogen, Herr Nask. Übrigens, Sie hatten zu wenig Druck auf den Reifen, das hat die Werkstatt bei der Gelegenheit auch reguliert.«

Nask verzichtete darauf, dem Mäuschen hinter der Theke das Fahrverhalten eines Maserati zu erklären. Sie stiegen in den vorgeheizten Wagen und fuhren nach St. Moritz ab. Die drei Stunden Fahrzeit erschienen Herbert wie ein Ausflug auf einer Modelleisenbahn. Fast passend dazu stimmte Anna-Lena immer wieder Kinderlieder an.

Bei der Wahl der Unterkunft hatte Nask nichts dem Zufall überlassen. Er hatte sie im Carlton Hotel eingebucht. Es war zwar nicht das älteste Hotel unter den sogenannten Big Five, aber es hatte eine gigantische Sonnenterasse mit einem spektakulären Blick auf den verschneiten See und die Berge. Während des Ersten Weltkriegs hatte die griechische Königsfamilie hier gewohnt, und später dann sollte irgendein russischer Zar hier seine Sommerresidenz gehabt haben. Nask hatte die teuerste Suite ausgesucht. Angeblich hatte in ihr ein berühmter russischer Künstler gepennt, der nach einer heißen Nacht die Wände mit seinen Bildern bemalt hatte. Er wusste, Anna-Lena mochte so einen Schnickschnack, und bestimmt würde er irgendjemand finden, der ihr die Bilder von diesem Kandinsky erklären würde. Für den Abend buchte er noch schnell einen Bollinger und Blumen. Der Antrag würde ihm sicher nicht einfach über die Lippen gehen. Aber, so dachte er mit seinem Sinn für Humor, Anna-Lena war ihm schon lieb und teuer. Die Knienummer sparte er sich entsprechend, aber als er zu dem Antrag den Ring zückte, war sie ganz aus dem Häuschen: »Wo hast du den denn besorgt, Herbert, der passt ja genau zu einem Armreif, den ich neulich mal irgendwo gesehen habe?«

Die nächsten Tage verbrachte sie ihre Zeit vor allem vor der Staffelei, die das Hotel in der Suite aufgestellt hatte, damit die Gäste des Appartements sich hier austoben konnten. Manchmal konnte er Anna-Lena kaum überreden, etwas mit ihm zu unternehmen. Man nennt die Berge im Engadin zwar den »Festsaal der Alpen«, aber Anna-Lena malte lieber in der Kinderstube ihres Hotels. »Schau mal, hier ist die Ruhr«, erklärte sie ihm eines ihrer Bilder, das eine blaue Schlange auf grünem Grund zeigte. Manchmal wollte sie nicht einmal zu den Mahlzeiten mitkommen.

Ihm konnte es egal sein. Er fuhr hoch auf den Berninapass und den Piz Nair und genoss die klare kalte Luft. Am meisten hatte er sich auf eine Tour mit dem Bernina Express nach Tirano gefreut.

Wenigstens für eine Übernachtung würde er der zunehmenden Unruhe von Anna-Lena entkommen, die manchmal die halbe Nacht malte und morgens nicht wach wurde. Früh am Morgen war er abgefahren, aber er war noch nicht einmal bis Cavaglia gekommen, als das Hotel ihn anrief. »Herr Nask, wir müssen Sie bitten, zu Ihrer Frau zu kommen. Sie ist nach der Sauna halbnackt auf die Sonnenterrasse gekommen und dort herumgeirrt. Sie hat mehrere Gäste belästigt und gefragt, wo ihr Zimmer ist. Wir haben uns natürlich um sie gekümmert und auch einen Arzt kommen lassen. Aber den hat sie abgelehnt und nach einem Fritz gefragt.«

Zum Glück blieb das der einzige Zwischenfall. Danach hatte Herbert das Hotel fast nicht mehr verlassen. Mit Pool, Restaurant und Bar hatte er eigentlich einen ganz guten Dreiklang gefunden, und Stress hatte er wirklich genug gehabt in seinem Leben. Abends war Anna-Lena zunehmend sperrig, aber auch da hatte er keinen Ehrgeiz, sich zu verkämpfen. In Hamburg warteten schließlich andere Möglichkeiten auf ihn. Gut, nicht unbedingt mit Hedwig. Sie hatten wirklich mal eine heiße Zeit miteinander gehabt. Jetzt war sie seine Haushälterin geworden. Wie das Leben so spielte. Aber aus alter Glut ließ sich nicht wirklich was entzünden. Egal, ein vermögender Mann war auch für deutlich jüngere Frauen interessant.

Nach zehn Tagen reisten sie ab. Anna-Lena bestand darauf, ihr Gekrakel mitzunehmen. In der letzten Phase ihres neu entdeckten Künstlertalents hatte sie immer wieder Bjarki zu malen versucht. »Wo ist Bjarki jetzt? Wir müssen doch mit ihm rausgehen. Er kann doch nicht so lange an sich halten.« Konnte er, da war sich Herbert sicher. Wahrscheinlich war er sogar froh über die Abwechslung. Genau wie er, Herbert.

Aber alles in allem hatten sie eine gute Zeit gehabt. Jedenfalls hatte er definitiv schlechtere kennengelernt. Und zum ersten Mal in seinem Leben stand er kurz vor der Heirat. Dann stiegen sie in den Levante. Er hatte einen Zwischenstopp in Wiesbaden eingeplant. In dem Casino dort war er noch nicht gewesen. Wenn er gut durchkam, konnte er heute Abend noch Millionär werden. Obwohl – eigentlich war er es ja schon.

Kapitel 38

Der Mann mit dem weißen Turban und dem langen Bart deponierte die Bombe am Rand der staubigen Straße in Kabul. Durch ihr Fernglas konnte Sora genau sehen, wie der Taliban-Kämpfer den Zeitzünder einstellte. Dann sah sie ihren Bruder in dem Bus, ganz vorne links, gleich neben dem Fahrer. Zwei, drei Kurven nur, dann würde der Bus die Stelle mit der Bombe passieren. Nichtsahnend winkte Myung ihr zu. Fröhlich, voller Vorfreude auf das Wiedersehen. Sora wollte aufspringen, dem Bus entgegenrennen, ihn stoppen. Doch der Priester neben ihr zog sie zurück: »Es ist zu spät. Es gibt nur noch einen Weg.« Der Priester legte das Gewehr an, nahm die Augen des Talibans ins Visier. Doch plötzlich tauchte eine Frau im Schussfeld auf. Anna-Lena. Der Priester senkte die Waffe: »Es geht nicht. Ich kann nicht schießen.« Zwei Sekunden später explodierte der Bus, die Glasscherben zerschnitten Myungs Gesicht. Sora warf das Fernglas zur Seite, rannte in das brennende Trümmerfeld, zog mit aller Kraft an ihrem blutenden Bruder. Doch seine Uniform schien verschmolzen mit dem Sitz, sie schaffte es einfach nicht, ihn aus dem Bus herauszuzerren. Sie schrie den Pastor an: »Henning, hilf mir endlich. Wir müssen Myung retten.«

In diesem Moment stürzte Thomas in ihr Zimmer, nahm sie in den Arm. »Sora, was ist los? Warum hast du so laut geschrien?« Sora schüttelte den Kopf: »Es ist alles gut. Ich habe nur schlecht geträumt.« Sie war in Sicherheit. In der Schanze. In ihrem Zimmer. Aber an Schlaf war nicht mehr zu denken.

Ich habe Anna-Lena bekniet, sich für die Therapien anzumelden. Dabei bräuchte ich selbst eine, dachte sie und ging unruhig in der Wohnung auf und ab. Anna-Lena, wie mochte es ihr gerade wohl gehen? An der Seite dieses aufgeblasenen Idioten. Zwei Wochen war ihre unerfreuliche Begegnung mit diesem Nask schon her. Seitdem hatte sie mit Henning hin- und herüberlegt, wie man Anna-Lena helfen könnte. Aber auch Dr. Lenzin, der Notar, wusste keinen Rat. Er reagierte entsetzt auf Soras Bericht: »Erst verliere ich meinen alten Fritz durch diese Tragödie. Wir müssten jetzt vor Gericht eine gesetzliche Betreuung anregen. Aber das kann dauern.« Und die angedrohte Tageblatt-Geschichte war eh eine haltlose Drohung, keine Zeitung würde einen solchen Artikel ohne Einverständnis der Betroffenen drucken.

Sora Lee hatte immer wieder in der Villa angerufen. Aber niemand meldete sich. Und Anna-Lenas Handy war abgeschaltet. Sora beschloss, noch mal nach Nienstedten zu fahren. Als sie zwanzig Minuten später vor der Villa stand, war sie erleichtert. Das Licht brannte, der alte Saab stand vor der Garage. Und beim Klingeln stand nicht Nask, sondern Anna-Lena in der Tür. Bjarki stürmte an ihr vorbei direkt auf sie zu. War doch alles so wie früher? War der Typ wieder weg? Anna-Lena sagte zunächst kein Wort, dann fragte sie: »Wer sind Sie?« Sora Lee nahm ihre Freundin in den Arm: »Anna-Lena, alles wird gut. Ich bin so froh, dass du wieder da bist.«

Der Blick ins Wohnzimmer entsetzte sie. Bei dem Gestank von Alkohol und Nikotin wurde ihr fast übel. Der Aschenbecher auf dem Tisch quoll über, zwei leere Whiskyflaschen lagen neben dem Kamin, das schöne Sofa hatte zwei riesige Brandflecke. Und die schönen Bilder von Anna-Lena und Fritz? Alle weg.

Zu spät roch Sora Lee den fauligen Atem. Mit einer Gewandtheit, die sie dem Mann niemals zugetraut hätte, hatte sich Nask ihr genähert, packte sie fest an ihrem linken Arm. Sora Lee riss sich los und schrie: »Sind Sie total verrückt geworden?« Nask drehte sich um zu Anna-Lena: »Schatz, bitte geh wieder nach oben. Nimm den Hund mit. Ich muss hier nur kurz was klären.« Anna-Lena nickte, stakste unsicher die Treppe hoch und wäre auf der dritten Stufe fast ausgerutscht.

Nask wandte sich Sora zu: »Und nun zu dir, Schlitzauge. Ich hatte dir doch klar gesagt, dass ich dich hier nicht mehr sehen will.« Sora versuchte sich zu beherrschen: »Herr Nask, Sie sehen doch, dass Anna-Lena Hilfe braucht. Lassen Sie sie mich zu ihrem Arzt bringen.«

»Hier wird keiner irgendwo hingebracht. Glaubst du, ich merk nicht, was hier läuft? Du und dein feiner Herr Pastor wollt mich hier rausdrängen. Aber das könnt ihr vergessen. Muss ich dir erst den Wisch zeigen, dass ich alles erben werde? Hier geht künftig alles nur noch über meinen Tisch. Hast du das verstanden?«

Sora-Lee rang um Fassung. »Sie sind wirklich das größte Arschloch auf diesem Planeten. Aber damit werden Sie nicht durchkommen!« Nask hob eine Whiskyflasche auf, für einen Moment fürchtete Sora, er würde damit auf sie losgehen. Aber Nask stellte die Flasche neben den Aschenbecher auf den Tisch und betrachtete das Chaos: »Hier sieht es wirklich aus wie in einem Saustall. Dabei haben wir nur ein bisschen unsere Heimkehr aus der Schweiz nach Hamburg gefeiert. Aber zum Glück haben wir ja inzwischen eine gute Perle, wie man sie in diesen Kreisen gerne nennt.« Nask ging zur Treppe und brüllte: »Hedwig, komm endlich runter und mach hier klar Schiff.«

Dann stieß er Sora in den Sessel und baute sich vor ihr auf: »Schlitzauge, hör jetzt gut zu. Ich habe in meinem Leben schon genug Pech gehabt. Ich habe Dinge gesehen, die kannst du dir mit deinen süßen Mandelaugen nicht vorstellen. Aber glaub mir, man wird nicht blöder, wenn man nicht nur auf dem, sondern auch im Bau war. Und auch wenn meine Kneipe pleite gegangen ist, ein paar richtig gute Freundschaften haben sich da erhalten. Jetzt habe ich es mit Anna-Lena besser getroffen als jemals vorher. Glaubst du ernsthaft, ich lasse mir das wieder wegnehmen?«

Sora rappelte sich aus dem Sessel auf. Wenn Blicke hätten töten können, wäre Nasks Schicksal besiegelt gewesen. Tatsächlich wich er instinktiv einen Schritt zurück, während Sora ihn anfauchte: »Sie haben nicht die leiseste Ahnung, was für Dinge meine Augen schon gesehen haben! Sie sind nur eine lächerliche Figur, ein Versager, der hier den großen Max macht. Das wird nicht klappen, dafür werde ich sorgen. Für Typen wie Sie ist in Santa Fu noch ein Zimmer frei.«

Nask sagte nichts, fingerte nach seinen Zigaretten, steckte sich schweigend eine an und blies Sora den Rauch direkt ins Gesicht. Und sprach leise. Ganz leise: »Schlitzauge, ich kann dich nur warnen. Halt dich da raus. Ich kenne einflussreiche Männer auf dem Kiez. Die fackeln mit Leuten wie euch nicht lange. Die werden die Glatze bei deinem Pastor noch ein bisschen länger ziehen. Aber um dein schönes Gesicht würde es mir mehr leidtun.« Dann wieherte er plötzlich: »Obwohl, da kommt mir eine andere Idee. Du kannst dem Pastor sagen, dass wir ihn sehr bald brauchen werden. Anna-Lena und ich wollen heiraten. Und es wäre zu schön, wenn er uns trauen würde. Und du könntest Trauzeugin werden.«

Kapitel 39

»Kannst du die Hunde füttern? Ich muss noch mal los zum Einkaufen.«

Fast gleichzeitig hörte er die Haustür schlagen. Zeichneten sich Fragen nicht dadurch aus, dass sie eine Antwort erforderlich machten? Ansonsten sind sie eine Aufforderung. Egal, das größte Problem hatte Kestner damit, dass er die Hunde nicht füttern konnte. Jens Benzow hatte eben von der Autobahnabfahrt angerufen, er musste jeden Moment hier sein. Und er ahnte, dass das Gespräch länger dauern würde.

Er hatte sich gewundert, als Jens Benzow ihn angerufen hatte. Es war unmittelbar nach der Testamentseröffnung gewesen. »Ich brauche wirklich mal Ihren Rat. Mehr als Pastor und Mensch ...« Das passte so ganz und gar nicht zu ihrer bisherigen Geschichte. Aber irgendwie hatte seine Stimme anders geklungen. Nichts von dieser Aggressivität, eher traurig und stammelnd. Und er hatte sich auf den weiten Weg von Bonn aus gemacht. Nein, telefonieren wollte er nicht.

Der blecherne, absteigende Dreiklang der Klingel riss ihn aus dem Nachdenken. Er hatte bei »Privat« geklingelt. Kestner ging trotzdem durch den kleinen Flur von seinem Arbeitszimmer zu der separaten Tür. Er würde im Arbeitszimmer mit ihm reden. Als er öffnete, sah Kestner, dass Jens Benzow abgenommen hatte. Unter dem linken Arm hielt er ein größeres, in braunes Versandpapier eingeschlagenes Päckchen. War das etwa eine große Pralinenschachtel für die Frau des Hauses? Dazu passte jedenfalls, dass er in der Rechten fast verlegen eine Weinflasche hielt, die er ihm jetzt in die Hände drückte. »Stammt von einem Weingut an der Ahr, das ich gut kenne. Der Rotwein in der Region hat geschmacklich in den letzten Jahren deutlich zugelegt.« Der Pastor bedankte sich artig und führte ihn in sein Arbeitszimmer.

Jens Benzow sah sich um: »Na, mit Tapezieren haben Sie ja keine Arbeit mehr«, sagte er mit Blick auf die Bücher. Es stimmte, inzwischen parkte ein kleiner Mittelklassewagen in seinen Regalen. Er wies seinen Gast auf das kleine Zweisitzersofa hin: »Möchten Sie einen Tee?« Jens nickte. Gedankenverloren stellte er das Päckchen neben den Couchtisch.

»Wo fange ich an?« Er nahm einen Schluck von seinem Tee. Kestner hatte ihn nicht einmal gefragt, ob er überhaupt Roibusch mochte. »Seit der Testamentseröffnung ist mir eine Menge durch den Kopf gegangen. Sie wissen vielleicht, dass mein Vater mir seine Sammlung der Bilder von Otto Pankok vererbt hat. Und nicht nur das …« Kestner wusste es nicht, aber er wollte auch nicht nachfragen. Es ging ihn letztlich nichts an. »Otto Pankok war der bedeutendste Künstler Mülheims, Vaters Heimatstadt, berühmt vor allem durch seine Holzschnitte. Die Bilder stellen einen großen Wert dar, aber das ist nicht der Punkt. Wenn mich irgendetwas in meinem Leben erreicht hat, jede Selbstverteidigung ausgeschaltet hat, ist es Kunst gewesen. Das gilt auch umgekehrt. Wenn ich selbst male, setze ich manchmal etwas in mir frei, das ich selbst nicht kenne. Aber wir waren bei Pankok. Mein Vater hat wohl die bedeutendste private Sammlung, darunter auch sechs Porträts, von alten Menschen, von Geächteten, wie er selbst sagt, eines davon ein Selbstbildnis des Künstlers. Aber das Großartige an diesen Holzstichen ist, dass Pankok mit ganz einfachen Linien Gefühle zeichnete. Trotz, Wut, Gehässigkeit, viel seltener Zufriedenheit, Liebe. Und das künstlerisch Beeindruckende ist, dass diese Gefühle sich den dargestellten Figuren so tief in die Gesichter eingeschnitten haben, dass sie mit dem Wesen der Dargestellten verschmelzen. Sie tragen nicht nur Spuren ihrer Gefühle, die Gefühle furchen sich unverlierbar in die Gesichter ein.«

Kestner hatte noch nie etwas von Pankok gehört, aber er verstand, was Jens Benzow meinte. Er kannte das manchmal auch von Hausbesuchen bei alten Menschen, Lebensgeschichten, die sich in die Gesichtszüge eingegraben hatten.

»Die meisten der Bilder hängen noch in der Villa …«, Benzow zögerte einen Moment, »in der meine Stiefmutter lebt. Aber ich habe sie in den vergangenen Wochen in Katalogen und Reproduktionen angesehen. Irgendwann ist mir dann klargeworden: Ich will nicht, dass sich in mein Gesicht die Spuren von Wut, Hass, Enttäuschung und Kränkung eingraben. Irgendwann will ich einmal ein Selbstporträt malen. Es wird kein van Gogh werden und vielleicht auch kein Pankok, aber ich will, dass mein Bild einmal die Züge des Alters trägt, aber nicht die von Bitterkeit und Hass. Vielleicht hat mir bei meinem Nachdenken auch geholfen, dass mein Vater mir den Inhalt eines Bankfaches in Zürich vermacht hat. Vor zehn Tagen bin ich dort gewesen. Das Aktienpaket, das ich dort vorfand, überfordert mich absolut, aber auch so ist klar: Mit dem, was ich schon jetzt geerbt habe, werde ich mir den Traum eines eigenen Studios leisten und mindestens für ein paar Jahre beweisen können, dass ich wirklich ein Künstler bin, der Beachtung verdient.«

Kestner dachte an die Ausstellung zurück. Hoffentlich irrte er sich da nicht und bereitete seine nächste große Enttäuschung vor. Aber gleichwie, er hatte immer noch nicht begriffen, was Jens von ihm wollte. Er musste sich sehr täuschen, wenn dieser gerade eine Show vor ihm abzog: der neugeborene Künstler auf der Suche nach, ja, nach was eigentlich? Aber, zum Himmel, was wollte er dann von ihm?

In die Stille hinein fingerte Jens Benzow an dem Päckchen. Vorsichtig entfaltete er einen rückseitigen Bilderrahmen. Nur das jetzt nicht, dachte Kestner. Er hat gemalt und will mein Lob. Und wenn das ausbleibt, habe ich hier gleich eine Szene. Er hatte eine Vorstellung entwickelt von Benzows extremer Sprunghaftigkeit.

»Viele berühmte Künstler haben als Auftragsarbeiten Porträts gemalt. Einige von ihnen sind richtig gut. Mit unterschiedlichen Worten haben sie das Geheimnis ihrer Bilder beschrieben: Du musst dein Gegenüber mit den Augen eines Liebenden malen. Du musst sie nicht selbst lieben, aber du musst diese Perspektive einnehmen. Bei nicht wenigen Künstlern hat das zu heftigen Affären mit ihren Models geführt.« Jens Benzow unterbrach sich und schaute auf das Bild, als wenn er es begutachtete. »Ich weiß, dass mein Vater sich nichts mehr gewünscht hätte, als dass ich seine Frau akzeptiert hätte. Oder zumindest respektiert hätte, dass er diese Frau liebt. Aber ich habe geglaubt, diese Frau nur hassen zu müssen. Nach seinem Tod habe ich immer so weitergemacht. Sie wissen ja, was ich zu ihr bei Vaters Beerdigung gesagt habe.«

Der Pastor nickte, immer noch unfähig, etwas zu sagen, das Klarheit bringen konnte.

»Ich war außerdem gekränkt, weil die ganze Beerdigung über meinen Kopf hinweg gestaltet wurde. Während der ganzen Trauerfeier habe ich nur auf dem Handy gedaddelt und sinnlos bei Insta geblättert. Und auch über Sie habe ich mich tierisch geärgert. Ist das denn nicht so, dass man mit den engsten Angehörigen spricht, wenn man eine Beerdigung plant? Und bin ich etwa kein engster Angehöriger?«

Kestner rückte unruhig auf seinem Stuhl herum. Er fühlte sich ertappt. In der Tat hätte er Jens wenigstens anrufen müssen. Welches moralische Recht hatte er sich herausgenommen, ihn einfach zu übergehen? Hatte es ihm letztlich nicht gereicht, dass er ihn einfach unsympathisch fand? »Sie haben recht, Herr Benzow. Ich hätte Sie bei der Vorbereitung nicht übergehen dürfen. Ich muss mich dafür ehrlich bei Ihnen entschuldigen.«

»Das ist nett, Herr Pastor, aber darum geht es mir nicht. Sie hatten ja allen Grund, so zu handeln, nach der Szene, die ich bei der Hochzeit hingelegt habe. Entscheidend ist etwas anderes, das mir klargeworden ist. Ich kann und will nicht mein weiteres Leben gegen jemanden kämpfen. Gegen meinen Vater, weil er nicht bei meiner Mutter geblieben ist. Gegen meine Stiefmutter, weil sie meinen Vater beerbt. Gegen Sie, weil Sie sich auf die Seite meiner Stiefmutter gestellt haben. Gegen … Gegen … Gegen … Und das wahrscheinlich nur mit dem Ergebnis, dass ich mein eigenes Leben von Hass und wachsender Verbitterung zerfressen lasse. Ich verfolge einen Traum: ein Künstler zu sein. Und ich kenne keinen Künstler, den ich bewundere, dessen Kunst sich nur aus Missgunst und Hass gespeist hat. Verzweiflung ja, Trauer, enttäuschte Liebe, Angst – aber eben nicht Hass.«

Kestner merkte, wie er einen Moment lang unaufmerksam gewesen war. Er hatte wieder an sein Lieblingsthema »Intrige« denken müssen.

Intrigen lebten von Täuschung. Die Täuschung konnte kunstvoll sein, aber letztlich war sie immer zerstörerisch. Meist auch für den, der sie angezettelt hatte.

»Als ich aus der Schweiz zurückgekommen bin, habe ich mir eine Aufgabe gestellt. Es ist mir erst im Nachhinein klargeworden, dass ich damit aus der Negativspirale ausbrechen wollte. Ich habe mir vorgenommen, wie die großen Porträtmaler eine mir fremde Frau mit den Augen eines Liebenden zu malen. Und dann habe ich Anna-Lena so gemalt, wie sie mein Vater gesehen haben könnte. Wollen Sie das Bild sehen?« Jens Benzow streifte jetzt das Packpapier auf den Boden.

Der Pastor war sich nicht sicher, ob er das Bild wirklich sehen wollte. Was, wenn es wieder nur eine Stümperei war. Wenn er aus Höflichkeit nach den Ähnlichkeiten suchen sollte auf einem Bild, das als Porträt am Montmartre keine zwanzig Euro gebracht hätte. Er nahm sich innerlich zusammen, als er nickte.

Jens Benzow wendete den Rahmen, und Kestner gab sich wenige Sekunden, bevor er auf das Bild starrte. Dann sah er Jens mit Erstaunen an. Das Bild war schön, schlichtweg schön. Nicht auf eine billige Weise, in Annäherung der Züge von Anna-Lena an irgendein Ideal. Sie war wirklich getroffen. Die ungewöhnliche Stirn unter dem unregelmäßigen Haaransatz, die großen Augen mit den zarten Augenbrauen, die etwas zu große Nase. Die schönen geschwungenen Lippen. Alles stimmte und strahlte zugleich von innen eine Schönheit aus, die Tiefe hatte: »Sie haben recht, Herr Benzow, so könnte Ihr Vater seine Frau gesehen haben. Ich bin kein Kunstexperte, aber ich finde das Bild großartig.«

Jens Benzow lächelte: »Danke, dass Sie das sagen. Und was die Kunstexperten sagen, ist mir in diesem Fall einfach egal. Das Bild stellt für mich eine Wendung dar, die erst einmal nur für mich eine Bedeutung hat.«

»Erst einmal« hatte Kestner deutlich gehört. Er merkte, wie die Skepsis in ihm wieder genährt wurde. Sollte er nicht als Pastor jemand sein, der an Umkehr glaubte? An das Recht auf Veränderung für jeden? Selbst in verfahrenen Situationen. Dennoch konnte er sein Misstrauen nicht unterdrücken: »Was meinen Sie mit ›erst einmal‹?«

»Das betrifft jetzt den Rat, den ich von Ihnen erfragen wollte. Meine Idee ist, dass ich das Bild gerne Anna-Lena schenken möchte. Ich möchte sie um Entschuldigung bitten und sie fragen, ob sie bereit wäre, mit mir ein neues Kapitel aufzuschlagen.«

Kestner schaute durch das Fenster in den Garten. Es war dunkel geworden. Er dachte daran, dass Sora Lee ihm von diesem unangenehmen Typen erzählt hatte, der jetzt bei Anna-Lena eingezogen war und ihren Beschützer spielte. »Ich bin mir nicht sicher, ob das funktionieren kann. Und das liegt nicht an Ihrem großartigen Bild und auch nicht an Ihrem guten Willen. Es ist oft alles zu viel für Anna-Lena, und vielleicht wäre sie überfordert, wenn Sie plötzlich bei ihr vor der Tür stehen.«

»Aber dann könnten Sie sie doch vielleicht anrufen. Ihr sagen, dass ich mich mit ihr aussöhnen möchte. Oder am besten, Sie kommen gleich mit.«

»Geben Sie mir bitte ein paar Minuten. Ich muss ganz kurz unsere Hunde reinlassen und ihnen Futter geben. Währenddessen will ich mir überlegen, ob und wie es funktionieren könnte.«

Zum Glück war Astrid noch nicht wieder zurück, als er die Hunde gefüttert hatte. Dann war er zu Jens Benzow zurückgekehrt. Nein, mitkommen konnte er nicht. Er hatte in einer halben Stunde Kirchenvorstandssitzung. Da konnte er nicht fehlen. Aber er hatte die Nummer des Handys, das Sora Anna-Lena Benzow für den Notfall gegeben hatte. Vielleicht konnte er sie ja überreden, ihrem Stiefsohn eine Chance zu geben.

Als Kestner seinen Gast verabschiedete, bat er ihn noch: »Lassen Sie mir bis acht Uhr Zeit, Ihre Stiefmutter zu erreichen. Ich schicke Ihnen dann noch eine Textnachricht, dass Sie zu ihr gehen können. Ich wünsche Ihnen ehrlich, dass sich Ihr Wunsch erfüllt.«

Als Jens Benzow zu seinem Auto ging, dachte Kestner noch, wer für ihn selbst eigentlich erhoffte, dass sich seine Wünsche erfüllen würden. Aber im Moment war er sich ohnehin nicht so klar, was er sich eigentlich so genau wünschte. Er rief Anna-Lena an und erreichte sie zum Glück sofort. Sie war sehr klar, und er konnte ihr von Jens' Besuch und seinem Anliegen erzählen: »Gib ihm eine Chance, Anna-Lena.« Sie war bis zum Ende zögerlich. Als er auflegen musste, sagte sie ihm noch: »Aber das mache ich nur, weil mein kluger Pastor mir das sagt.«

Als er drei Stunden später nach einer nervigen Sitzung ins Pfarrhaus zurückkehrte, sah er schon das Blinken auf seinem Anrufbeantworter. Drei neue Nachrichten. Vorsichtshalber öffnete er schon mal die Rotweinflasche von der Ahr. Es war der einzige Alkohol, den er im Haus hatte. Während er mit einigem Missfallen den Tropfen probierte, hörte er die erste Nachricht. Sie war von Jens. Im Hintergrund waren Fahrgeräusche zu hören: »Danke, Herr Pastor, für das Gespräch. Aber leider hat alles nichts genützt. Ich habe meine Schwiegermutter gar nicht zu Gesicht bekommen. Stattdessen einen grobschlächtigen Typen, der sich als Verlobter von Anna-Lena ausgegeben hat. Ich glaube, er war betrunken. Er hat gesagt, er hätte von Anna-Lena den Auftrag bekommen, mich nicht reinzulassen. Dann hat er mir das Bild aus der Hand gerissen und das Packpapier abgerissen. Gelacht hat er, fett und dreist. Und dann hat er gesagt: ›He, das ist ja mal echt was für unseren Kamin. Zum Anzünden könnte das gerade noch reichen.‹ Ich hab dann beigedreht, mein Hotelzimmer abgesagt und fahre jetzt nach Hause. Bin auf der Höhe von … Osnabrück. Vielleicht war das alles doch keine gute Idee. Gute Nacht, Herr Pastor, und trotz allem: Vielen Dank für das Gespräch.«

Kestner füllte sich das Glas noch mal auf und ging zur Gartentür. Die Hunde folgten ihm schwanzwedelnd und schossen in den Garten hinaus. Wenigstens für euch, dachte der Pastor, wendet sich der Abend noch mal zum Guten.

Kapitel 40

Vermutlich war es der Gegensatz, der sie reizte. Im Gleichtakt mit anderen sein, präzise die immer gleiche Bewegung vollziehen, sich ganz fokussieren auf das eine Ziel und die vielen kleinen Schritte dahin. Und zugleich die immer neue Überraschung, die notwendige Entscheidung innerhalb von Sekundenbruchteilen, die stets neue Anpassung, um schnellstmöglich anzukommen.

Dass sie beides liebte, hatte jedenfalls nichts mit dem Erfolg zu tun. Konnte es wahrscheinlich auch gar nicht. Jedenfalls nicht bei ihr. Frida hatte die Statur einer Ruderin. Sie war groß und breit gebaut, hatte Muskeln, die nicht nur aus Masse bestanden, sondern fein definiert waren. Oder sollte sie sagen »gewesen waren«? Egal – sie galt immer noch als Legende. Mit ihr hatte erst- und leider einmalig ein Ruderteam aus Schweden bei einer Europameisterschaft Gold geholt, sogar noch vor dem Achter aus der DDR. Und selbst im Einer hatte sie noch einen respektablen vierten Platz belegt. Ostberlin 1968, ihr größter Erfolg. Damals hatte sie sogar darüber nachgedacht, ihre Sportleidenschaft zum Beruf zu machen. Sie konnte Sportlehrerin werden und vielleicht an einem Sportgymnasium ein Leistungszentrum aufbauen. Ihr Trainer hatte sie ermutigt und ihr den Trainerinnenjob in Essen besorgt. Beim Gedanken musste sie immer noch schmunzeln. Einen langen, verzweifelten Sommer hatte sie versucht, einem sogenannten Kader von Pubertierenden Rudern als Wettkampf beizubringen. Gescheitert war sie schon an der Sprache. Die Englischkenntnisse der deutschen Mädels reichten nicht einmal dafür aus, ihren einfachsten Anweisungen entsprechend das richtige Boot aus dem Schuppen zu holen. Aber auch sonst hatte sie keinen Draht zu ihnen aufbauen können. Mensch – es war 1968, überall in der Welt brodelte es. Der Vietnamkrieg, das Attentat auf Martin Luther King, Prager Frühling – und die Mädchen summten in der Umkleide die Bee Gees: »Now, I have found, that the world is round« – mehr hatten sie über die Welt offenbar nicht herausgefunden. War sie ungerecht, wenn sie dachte, dass die schwedischen Jugendlichen doch etwas wacher durch die Welt gingen? Nach acht Wochen war sie jedenfalls frustriert wieder abgereist, immerhin hatten sie bei den NRW-Meisterschaften sogar noch einen Zweiten belegt. Aber es war nur Krampf gewesen. Auf der Fähre Kiel – Göteborg hatte sie ihre Profipläne endgültig über Bord geworfen.

Das einzig Positive, was dabei herausgekommen war, war die Freundschaft zu Anna-Lena. Sie war genauso erschreckend unpolitisch wie die anderen. Aber sie war nicht gleichgültig. Vieles ging ihr nahe. Sie hatte ein gutes Auge für das Miteinander in der Gruppe. Und vor allem hatte sie sie schlicht gerettet. Ihr Englisch wurde mit jedem Gespräch besser, hatte sie das Gefühl, und die anderen akzeptierten sie als Mittlerin. Schon in der zweiten Woche bat Anna-Lena sie, ihr einige schwedische Wörter beizubringen. Sie lernte Sprachen so selbstverständlich wie andere Fahrradfahren. Und wie dem, der Fahrrad fahren kann, ein neues Fahrrad keine großen Schwierigkeiten bereitet, lernte sie neue Sprachen. Sie lernte dabei nicht nur Vokabeln und Grammatik wie nebenbei, sondern imitierte auch perfekt den Tonfall und die Satzmelodie ihres Gegenübers. »Nach einem Telefonat kann ich an Anna-Lenas Sprache erkennen, mit wem sie gesprochen hat«, hatte Fritz einmal gesagt. Es stimmte. Anna-Lena konnte sich auf eine unglaubliche Weise anpassen. Nicht, indem sie sich selbst aufgab. Nein, es war ihre große Gabe, Nähe herzustellen.

Vielleicht lag es an dieser Anpassungsfähigkeit, dass Anna-Lena sich von Anfang an so für den Orientierungslauf begeistert hatte. Frida hatte sie zu einer Ausgleichssportrunde beim ersten Besuch im Herbst 68 mitgenommen und ihr die Grundzüge erklärt: »Start und Ziel sind vorgegeben, auf dem Weg musst du einige Stationen absolvieren. Du bekommst eine minimalistische Karte, aber den Weg musst du selbst finden.«

»He«, hatte Anna-Lena mit ihrem ansteckenden Lachen geantwortet, »so wie ich mir das Leben wünsche: ein klares Ziel und dann Freiheit für den eigenen Weg.« Nur die ersten Male waren sie noch gemeinsam gelaufen, aber dann hatte sie mit den eigenen Wegen ernst gemacht. Sie war schnell richtig gut geworden. Sie hatte die Leichtigkeit, nicht nur um Unebenheiten der Wege auszugleichen, sondern auch um Hindernisse fast mit Schwung zu nehmen. Sie vermied kraftraubende Kletterpartien, nahm lieber kleine Umwege in Kauf und setzte eher auf die Festigkeit ihres langen Schrittes.

Bei Frida hatte es nicht einmal für eine Platzierung bei einem der kleinen Provinzwettkämpfe gereicht, aber Anna-Lena hätte es weit bringen können. Doch wer kannte in Deutschland schon Orientierungslauf?

Immerhin, ihre Freundschaft hatte davon profitiert. Mindestens einmal im Jahr kam Anna-Lena zu ihr nach Orust, um an einem Lauf teilzunehmen. Der »Hittaut«, wie sie den großen Lauf in Göteborg inzwischen nannten, war für sie zu einem Pflichttermin geworden, und fast immer blieb sie eine Woche, die sie mit gemeinsamen Trainingseinheiten und langen Abenden füllten. Vor vier Jahren hatte Frida das Laufen ganz aufgeben müssen. Knieprobleme. Anna-Lena war trotzdem gekommen: »Ich muss ja noch was nachholen. Du hast all die Jahre zwölf Kilo mehr Muskelfleisch transportiert.« Frida hatte sie zu den kleineren Wettkämpfen nur noch begleiten können. »Nicht schlimm, Frida, du weißt ja: Seinen Weg muss man immer allein finden.«

Als Anna-Lena das bei ihrem letzten Telefonat gesagt hatte, hätte sie gerne in ihr Gesicht geschaut. Seit Fritz' tragischem Tod hatte sich so viel verändert. Überhaupt, dieses Telefonat ging ihr nicht aus dem Kopf. Es war nur eine Kleinigkeit gewesen, als sie völlig unvermittelt gesagt hatte: »Das Segeln mit dir war immer so schön, Frida.« Segeln? Sie waren noch nie in einer Yacht unterwegs gewesen, immer nur in einem Ruderboot. »Entschuldige bitte, Frida«, hatte Anna-Lena gekichert. »Rudern, natürlich, wie konnte ich das nur verwechseln? Durch Fritz' Tod bin ich immer noch ganz schön durcheinander.«

Was hatte das zu bedeuten? Frida wusste nur zu gut, wie sehr der Unfall ihrer Freundin zugesetzt hatte. Lange wollte sie, so ganz anders als sonst, darüber gar nicht sprechen. Genau verstanden hatte sie nicht, wieso ihr Fritz unvermittelt vor das Auto gelaufen war. Aber dass sie sich die Schuld an seinem Tod gab, war so typisch für sie. Kein Wunder also, dass sie verwirrt war. Aber war das wirklich die Erklärung? Anna-Lena, die nie auch nur eine Vokabel vergaß?

Inzwischen schien es für Anna-Lena jedoch wieder aufwärts zu gehen. Sie hatte ihr am Telefon erzählt, dass sie einen neuen Freund gefunden habe. »Weißt du, Frida, manchmal rutscht es mir raus und ich nenne ihn ›Fritz‹. Du glaubst nicht, wie ähnlich er ihm sieht.« Und mit einem unterdrückten Kichern hatte sie noch zugefügt: »Und wir wollen sogar bald heiraten.«

Frida hatte kurzerhand angerufen und die beiden nach Orust eingeladen, zum diesjährigen Lauf. »Dann weiß dein schöner Freund jedenfalls frühzeitig, dass du ihm jederzeit weglaufen kannst.«

»Und«, hatte sie gekontert, »ich eine Freundin habe, die es immer noch mit jedem Mann aufnimmt.« Als sie auflegte, war sie froh, dass die Vorfreude wieder viel größer war als ihre Sorgen.

Morgen würden die beiden kommen. Lieber wäre sie mit ihrer Freundin allein gewesen. Aber sie nahm sich fest vor, ihn das nicht spüren zu lassen.

Kapitel 41

Es gab keinen Tag, an dem das Meer gleich aussah. Bohuslän war keine Postkartenlandschaft, und die Schönheit von Orusts Stränden war rau und naturbelassen. Das war auch der Grund gewesen, warum sie sich schon als Kind auf Orust so wohl gefühlt hatte. Die Sommarstuga ihrer Eltern war schon damals viel zu klein und ohne jeden Luxus. Aber als sie vor mehr als zehn Jahren die Entscheidung getroffen hatte, nach ihrer Berufszeit aus Göteborg auf die Halbinsel zu ziehen, hatte sie das kleine Holzhaus mehr und weiter ausgebaut. Und wo immer es ging, hatte sie die Wohnbereiche auf das Meer ausgerichtet. Von der äußersten linken Ecke des großen Altans konnte sie sogar bis zu der kleinen Bucht sehen, wo sich die Wellen im Kies ausliefen.

Frida überlegte, ob sie den Kaminofen anmachen sollte. Für September war es immer noch angenehm warm. Eigentlich noch nicht die Zeit, um einzuheizen. Aber manchmal brauchte die Seele das Feuer. Sie schaute auf die Uhr, gerade erst zwei Uhr am Mittag. Vor vier rechnete sie nicht mit ihren Gästen. Gute acht Stunden reine Fahrzeit, zwischen Kungsbacka und Mölndal waren gerade viele Straßenarbeiten, na ja, und aus Hamburg rauszukommen konnte ja schon eine Tagesbeschäftigung werden.

Meistens hatte sie Anna-Lena an der Fähre in Göteborg abgeholt. Der kräftige Signalton der Stena-Line-Fähre an der Hafeneinfahrt war für sie wie der Startschuss ihrer gemeinsamen Zeit. Sie hatte sie schon auf dem Deck sehen können, wenn sie mit ihrem alten Ruderclub-Schal »KRG« aus Kettwig zwischen den ausgestreckten Armen ausgebreitet winkte, als ob sie Trainerin einer Cheerleader-Gruppe wäre. Später, als Geld keine Rolle mehr spielte, war sie sogar einmal zusammen mit

Fritz mit der Color-Line nach Oslo gekommen. Aber immer hatte sie darauf bestanden, ohne Auto zu kommen und sich von Frida abholen zu lassen.

»Herbert fährt so gerne Auto. Und er ist noch nie über die Öresundbrücke gefahren. Außerdem sagt er, dass unser neues Auto mal ein bisschen geschrubbt werden muss. Du weißt ja, wie die Männer sind.« Nein, wusste sie nicht. Und eigentlich wusste das auch Anna-Lena. Es war nie ein großes Thema zwischen ihnen gewesen. Anna-Lena war ihre beste Freundin, aber ansonsten gar nicht ihr Typ.

Sie ging in die Küche, um sich einen Kaffee aufzusetzen, als sie Reifengeräusche auf der Kieseinfahrt hörte. Kurz darauf ein aufdringliches Hupen. Sie schaute auf die Digitalziffern der Radiouhr: 14:34. Das konnte jetzt nicht sein. Durch das schmale Lichtband über der Spüle sah sie einen Sportwagen der Edelklasse in Knallgelb. Anna-Lena, die immer dezente, abgestimmte Farben liebte, und jetzt ein Gelb, das das der schwedischen Flagge blass erscheinen ließ. Frida hatte keine Ahnung von Autos, aber die vier Ringe erkannte sie wieder. Durch die Windschutzscheibe konnte sie einen weißhaarigen Mann sehen, der seiner Beifahrerin ein Zeichen zum Bleiben gab. Dann stieg er aus. Er hatte eine Lederweste über einem gestreiften Hemd an, dazu eine Stoffhose, wie sie die Männer in ihrer Kindheit zu Sonntagsausflügen trugen. Er lief zur Beifahrertür, öffnete sie weit und machte eine übertriebene Verbeugung. Anna-Lena stieg aus, berührte leicht seine rechte Wange und gab ihm einen flüchtigen Kuss auf die andere.

Am liebsten hätte sie sich in der Küche vergraben, um den ersten Eindruck zu verdauen. Aber es half ja nichts. Sie wischte sich die Hände trocken und ging zur Eingangstür. Einmal atmete sie noch durch und quälte sich zu einem Lächeln.

Herbert Nask führte Anna-Lena am Ellbogen, als wenn er sie zum Verkauf anbieten wollte. Sie ging leicht gebeugt und hatte den Blick nach unten gerichtet. Fast wie unter Drogen, dachte Frida. Als sie den Kopf hob und sie sah, stieß sie die Schultern abwechselnd nach vorne, als wenn sie sich losreißen müsste, und rannte ihrer Freundin in die geöffneten Arme. Lange hielten sie sich in den Armen und streichelten sich über Kopf und Rücken.

»So schön, dich endlich wiederzusehen, Frida. Ich hab den Schal vom RTV nicht mehr gefunden, mit dem ich dir zuwinken wollte.« Sie beugte sich ein Stück zurück und schaute sie suchend an.

»Moin, moin, hej, hej – we saying the same.« Herbert Nask war aufgerückt und schien Frida ebenfalls in den Arm nehmen zu wollen. »You can call me Herbert«, sagte er mit einem breiten Grinsen. Nicht nur sein Englisch war ein großartiger Auftakt. Schlimmer noch war sein schon auf Abstand wahrnehmbarer Zigarettengeruch. Frida wich leicht zurück. Dann streckte sie sich durch und fasste ihre Freundin unter: »Vällkommna, kommt erst einmal ins Haus, und dann trinken wir einen Kaffee.«

Anna-Lena Benzow blieb vor den Treppenstufen stehen und ließ ihren Blick über die Fassade gleiten. »Seit wann bist du denn umgezogen, Frida? Du hast doch in einem Backsteinbau gewohnt.«

»Meinst du das Haus in Göteborg, in dem ich meine Wohnung hatte? Dass du dich daran noch erinnerst. Es muss mehr als zehn Jahre her sein, dass wir dort das letzte Mal gewesen sind.«

Anna-Lena Benzow öffnete den Mund, aber Nask fuhr dazwischen: »Ha, typisch unser Lenchen. Nach langen Autofahrten ist sie immer etwas durcheinander.« Und dann sagte er irgendetwas über die Fahrt. Er hatte versucht, das Ganze etwas schneller hinzubekommen, als das Navi ausgerechnet hatte. Irgendwie waren sie bei Halmstad geblitzt worden mit 140. »This is nothing. The car can 100 more.« Sein Anwalt würde sie da schon rausboxen.

Als sie das Haus betraten, stiefelte er direkt vor ihnen mit Schuhen in das offene Wohnzimmer und bewunderte lautstark die Aussicht. Sein Kauderwelsch war schlicht unerträglich. »Wie wäre es, Anna-Lena, wenn du Herbert übersetzen würdest. Er muss ja nach der langen Fahrt auch erschöpft sein.«

Herbert drehte sich um. Zwischen seinen Brauen hatte er eine tiefe Doppelfalte. Dann entspannte er sich und sagte auf Deutsch: »Ja, besser ich lasse euch beiden erst mal in Ruhe tratschen, und du, Frida, zeigst mir unser Zimmer. Ich trage dann unser Gepäck nach oben.«

Unser Zimmer, hatte er gesagt, so viel Deutsch verstand sie. Dennoch, die Aussicht, mit ihrer Freundin eine Zeit alleine zu sein, ließ sie auf die offene Treppe zugehen. »Komm, Herbert, ich zeige dir das Zimmer. Es hat die beste Aussicht auf die Bucht. Du kannst es dir schon mal gemütlich machen, Anna-Lena.«

Als sie ihn eingewiesen hatte, kam sie ins Wohnzimmer zurück. Anna-Lena Benzow hatte sich in den alten Ledersessel gesetzt, in dem sonst immer sie saß und den sie der Freundin schon so oft angeboten hatte. Frida lächelte: »Endlich gestattest du dir einmal die beste Wahl.«

Anna-Lena sah sie an, als hätte sie ihr ein Geschenk gemacht: »Ja, ist er nicht rührend? Fährt die ganze Strecke alleine und trägt dann noch unser Gepäck nach oben. Dabei ist sein Rücken ganz schön lädiert. Er hat es nicht immer einfach gehabt in seinem Leben.«

Frida rutschte unruhig auf dem Sofa hin und her: »Anna-Lena, an Herbert interessiert mich nur eins: Ist er gut zu dir?«

»Er ist genau wie Fritz. Herbert kann die Sachen von ihm anziehen und dann sieht er genau aus wie er. Er kann so gut zuhören, drängt mir sein Wissen nicht auf. Er genießt es, wenn ich ihm aus dem ›Daily Mirror‹ oder aus dem Kulturteil des ›Figaro‹ die Kritiken der neuesten Filme vorlese. Er lacht dann immer und …«

»Was, du willst mir sagen, er versteht so gut Englisch und Französisch und interessiert sich für Politik und Kultur?«

»Frida, jetzt fang du nicht auch noch an wie seine ehemaligen Kollegen. Die ihm nichts von seinem Erfolg gegönnt haben und ihn nur für den Beau des Chefs hielten. Glaubst du etwa, Fritz hätte die Achtung von Professor Wenz gehabt, wenn er nicht so smart wäre? Und das galt keinesfalls nur für Chemie …«

Wieder fiel ihr Frida ins Wort. Sie hockte inzwischen mehr, als dass sie noch auf der Kante des Sofas saß: »Ich rede nicht von Fritz, ich rede von Herbert, hier und jetzt.« Sie ließ sich in die Rückenlehne zurückfallen. Anna-Lena sollte nicht merken, dass sie den Tränen nahe war.

»So, ihr Süßen!« Herberts zu laute Stimme schallte von der halben Treppe. »Wo beginnt das Training für das sagenhafte Orientierungslaufen? Bitte, Schatzi, frag das mal deine Freundin. Und dann lad ich euch zum Essen ein, irgendeine Makrele wird man ja hier an der Küste noch bekommen.«

Anna-Lena übersetzte mit der Souveränität einer Dolmetscherin. Nicht nur richtig, sondern auch den kompletten Unsinn, den Frida als solchen verstanden hatte. Also funktionierte ihr Gedächtnis doch einwandfrei! Langsam begann sie sich wieder zu entspannen: »Also wollt ihr wirklich für den Hittaut trainieren? Ich meine, wie lange bist du nicht mehr gelaufen, Anna-Lena? Und weißt du, Herbert, was Orientierungslauf bedeutet?«

Inzwischen war Herbert zu ihnen gekommen, setzte sich auf die Armlehne zu Anna-Lena und übernahm die Antwort: »Mich kannst du mit einer Karte überall auf der Welt aussetzen, und ich finde zurück. Schließlich bin ich sogar mal zur See gefahren. Aber um ehrlich zu sein, ich bin nur als, wie nennt man das denn bei diesem komischen Geländespiel, Laufjunge dabei. Ich helfe ihr sozusagen auf die Sprünge.« Während er das sagte, versuchte er Anna-Lena unter den Hintern zu greifen. Flehend sah sie zu ihm hoch.

»Okay, genug geredet. Ich habe Hunger und ich zeige euch, dass mein Orientierungssinn gut genug ist, um innerhalb einer halben Stunde das beste Restaurant in der Gegend zu finden. Ab in den Flitzer, Mädels, bevor hier in der Provinz die Bürgersteige hochgeklappt werden.«

Das konnte ja heiter werden, dachte Frida im Aufbruch. Sie packte noch schnell ein Rundstück Knäckebrot und den Prästost, Anna-Lenas Lieblingskäse, ein. Für mehr konnte sie heute nicht mehr sorgen.

Kapitel 42

Sie kannte immer noch all die Begriffe. Aber nur auf Schwedisch. Und hatte sich nicht mal die Mühe gemacht, die richtige deutsche Übersetzung zu finden. »Orientering« war eben Schwedisch, und außerdem waren all die Begriffe gewissermaßen Fridas und ihre Geheimsprache. Manchmal irritierten sie nur all die neuen Kürzel. »Töm och check« – das war eine dieser Neuerungen. Der kurze Check, alles dabeizuhaben, reichte nicht mehr: Karte, Stirnlampe, Daumenkompass. Ohne Elektronik ging eben auch beim Orientierungslauf inzwischen nichts, und der alte »stämpelpinne« war nun irgend so ein Hightech-Gerät, das man sich an den Zeigefinger klettete. Damit der Speicher des kleinen roten Dingens funktionierte, musste man ihn zunächst löschen und dann das Gerät auf Funktionstüchtigkeit prüfen: »Töm och check« eben, leeren und kontrollieren.

Zum Glück war das Wesentliche aber gleich geblieben: Die Karte mit den bekannten Markierungen, der doppelte gelbe Kreis für das Ziel, die einfachen Kreise für die Kontrollstationen. Der Meridian als wichtige Orientierung, die vielen Hinweise, denen sie Höhenniveau und Bodenbeschaffenheit entnehmen konnte. Sie hatte immer noch den alten Daumenkompass. Und immer noch kam es entscheidend auf die Schuhe an: Sie hatte immer besonders auf das Gewicht geachtet, Frida stets auf den »grep«, das Profil der Sohle. Kein Wunder, Frida brachte ja auch bald zwanzig Kilo mehr auf die Waage. Anna-Lena hatte extra ihre alten »Icebug« mitgenommen, im patriotischen Blau-Gelb und vor allem gut eingelaufen. Sie passten immer noch.

Sie warf noch einen letzten Blick auf die Karte. Für Senioren hatten sie jetzt den Maßstab 1:7500 eingeführt. Sie erinnerte sich noch an die alten Karten mit ihrem Maßstab 1:100 000. Frida hatte sie immer als Ratespiel bezeichnet. Wann hatten sie auf 1:10 000 umgestellt? Irgendwann Mitte, Ende der 1970er Jahre? Inzwischen war sie selbst eine alte Frau geworden.

Aber Laufen konnte sie immer noch. Sie würde sich deshalb auch die Strecke wählen, auf der sie zwar deutlich mehr Höhenmeter überwinden musste, die aber viel kürzer war. Wahrscheinlich würde sie einige Brocken nehmen und vor allem mit feuchtem Moos auf den Steinen rechnen müssen. Aber sie hatte immer noch eine gute Körperspannung und einen festen Tritt.

Automatisch mit dem Signal setzte sie sich in Bewegung und legte die erste Etappe im Laufen zurück. Es waren nicht viele Mitläuferinnen unterwegs. Dichte Wolken stellten kräftige Regenschauer in Aussicht, und der Boden war nass und schlüpfrig. Außerdem hatten sich die Veranstalter entschieden, den Seniorenlauf erst nach den anderen Wettkämpfen stattfinden zu lassen. Wahrscheinlich hatte das einige abgeschreckt. Um fünf Uhr nachmittags trank man in Schweden lieber immer noch Kaffee. Konnte ihr nur recht sein, denn sie war gerne allein, besonders beim Laufen. Sie merkte, dass sie stellenweise tief einsank. Von den Farben ihrer Schuhe würde bald nicht mehr viel zu erkennen sein, aber sie waren gut imprägniert und würden der Feuchtigkeit eine ganze Zeit standhalten. Außerdem hatte kein Orientierungsläufer das Ziel, trockenen Fußes anzukommen.

Nach einem Kilometer entlang eines Bachs hielt sie kurz an und kontrollierte den Weg. Etwa zweihundert Meter weiter musste ein kleiner Weg abgehen. Sie merkte, dass sie noch kein bisschen außer Atem war, warf einen kurzen Blick hinter sich und lächelte. Keine Spur mehr von ihrem »skugga«; der »Schatten«, der für ihre Sicherheit sorgen sollte. Ganz wie sie gehofft hatte. Sie fand den Abzweig und rechnete die Anzahl der Schritte aus, nach der sie in den Kiefernwald abbiegen musste. Das Laufen im Wald mochte sie, wenn der Baumbestand nicht zu eng war. Ihre Wendigkeit kam ihr hier zugute. Man musste nur aufpassen, dass man den Richtungskurs beibehielt. Die Karte wies eine Lichtung nach einem knappen Kilometer aus. Sie meinte, nach zwei Minuten eine hellere Stelle vor sich auszumachen.

Sie sah nach unten, um sich nicht in den Wurzeln zu verfangen oder im Gestrüpp zu verheddern, und lachte in Gedanken, dass Frida sie immer wegen ihres Gazellenlaufstils aufgezogen hatte: »Bei deinem Gehüpfe machst du garantiert doppelt so viele Höhenmeter wie alle anderen.« Mochte sein, aber schneller war sie trotzdem. Als sie die Lichtung erreichte, legte sie einen kleinen Sprint ein. Regen hatte eingesetzt und kühlte ihre Haut angenehm ab. Sie war gut in Form. Die letzten Tage mit Training am Strand hatten ihr gutgetan. Vielleicht hätte sie sich sogar den normalen Lauf zutrauen können statt des Seniorenprogramms. In südwestlicher Richtung konnte sie den Stab erkennen, auf dem das Kontaktschloss montiert war. Es sah fast so aus wie die alten Baustellenlampen, nur eben liegend.

Wie hatten sie das bei der Einweisung erklärt? Sollte man den »stämpelpinne« irgendwo vorhalten? Musste man auf ein Piepen warten? Oder sollte man ihn irgendwo einführen? Sie zog den elektronischen Schlüssel vom Zeigefinger. Er glich mehr dem Zündschlüssel ihres alten Saab, den sie nie gemocht hatte. Einfach nur klobig und passte auch sonst nicht zur Ästhetik des ehemaligen Flugzeugherstellers. Sie drückte die glatte Einsteckseite auf die »1«, kein Leuchten, kein Piepen. Dann versuchte sie es an den Seiten. Wieder nichts. Aber hatten sie überhaupt irgendetwas von einer Kontrollleuchte gesagt oder einem Geräusch? Der Regen wurde stärker, und sie merkte, wie ihr vom Stehen kalt wurde. Und wie ärgerlich sie das machte. Sie lag so gut in der Zeit, und jetzt verlor sie wertvolle Minuten.

Egal, wahrscheinlich hatte das blöde Gerät sie längst registriert. Sie musste jetzt weiter, warf einen Blick auf die Karte und richtete diese mithilfe des Kompass neu aus. Wie gewohnt setzte sie das kleine Lineal an und entschied, dass sie die kleine Anhöhe nehmen würde, die hinter der Lichtung einsetzte. Jetzt ging es erst einmal darum, die verlorene Zeit reinzuholen. Die Bewegung würde ihr helfen, wieder warm zu werden. Nach wenigen Metern merkte sie, dass etwas in der Hand sie störte. Warum hatte sie denn den Autoschlüssel mitgenommen? War das der Reserveschlüssel des neuen Autos? Der Angeberkarre, die Herbert unbedingt haben wollte? Voller Zorn warf sie ihn weg. Konnte sich Herbert ja abholen.

Sie fand einen kleinen Trampelpfad, der die erste Strecke sehr angenehm machte, dann folgte ein kleines Geröllstück. Danach begann – wie hatten sie es immer genannt? – ein kleines Trollwäldchen, in dem sie zeitweise über kleinere Spalten von Steinplatte zu Steinplatte springen musste. Nein, sie war keine zwanzig mehr wie damals bei ihren ersten Läufen. Aber es ging immer noch erstaunlich gut. Sie gewann schnell an Höhe. In einiger Entfernung sah sie eine Felswand, die kein Durchkommen verhieß. Sie schaute auf die Karte. Der Regen prasselte so heftig, dass sie kaum noch etwas erkennen konnte.

Egal, der nächste Kontrollpunkt war ohnehin oben auf der Kuppe. Da konnte sie nichts verfehlen. Der Aufstieg war deutlich beschwerlicher, als sie gedacht hatte. Sie musste einen großen Krater umrunden, der hinter der Felsformation unerwartet auftauchte. Aber wenigstens ließ der Regen nach, und der Himmel riss auf. Sie überlegte, was sie mit Frida abgemacht hatte. Wollten sie den ersten Energieriegel erst essen, wenn sie die Hälfte der Strecke hinter sich gebracht hatten? Mehrfach blickte sie sich um. Ob Frida ihr etwa schon auf den Fersen war? Die Freundin war stark und hatte vielleicht einen Kletterstieg als Abkürzung genommen.

Sie zwang sich, den Blick nach oben zu richten. Als sie sich der Anhöhe näherte, erkannte sie Frida schon unweit hinter sich, das Rascheln ihres muskulösen Laufs verriet sie. Und jetzt erkannte sie den Weg auch wieder. Hinter der Kuppe war der kleine Waldabschnitt, und dann, sie erinnerte sich genau, lag da der kleine See in einem Krater. Er bekam selbst im Sommer kaum Sonne und war immer zu kalt. Seit sie ihn entdeckt hatten, war er ihr geheimes Ziel.

»Jetzt beginnt der eigentliche Wettkampf«, sagte Frida immer, wenn sie ganz oben waren. »Wer als Erste im Wasser ist.« Und dann zogen sie sich im Laufen aus. Sie lachten wie verrückt und sahen sich verstohlen um. Aber hier kam niemand, und selbst wenn. Sie hatten nichts zu verbergen. Sie waren jung und schön und voller Lebenskraft. Anna-Lena lachte laut auf und warf als Erstes ihre Mütze ab. Ihr Haar war klitschnass. Als sie ihr Läufershirt über den Kopf zog, spürte sie das Kitzeln ihrer Locken auf dem Rücken und am Hals. Schnell den Sport-BH hinterher. Sie spürte, wie sich die Brustwarzen zusammenzogen und sie wieder zu frieren begann. Aber das war ja nichts gegen das Wasser, das sie gleich erwartete. Jetzt bloß nicht umsehen und Zeit verlieren, sagte sie sich, als sie versuchte, sich die enge Hose über die Schuhe zu ziehen. Sie würde den Slip gleich mit hinunterziehen, egal wenn er riss. Aber sie wollte die Erste sein. Sie hüpfte leicht auf dem linken Bein, musste lachen, weil sie heute so ungeschickt war, kam ins Stolpern und fiel. In der linken Hüfte spürte sie einen stechenden Schmerz. Sie war auf einen spitzen Stein gefallen. Dass sie da lag, nutzte sie, um die Kleider gänzlich auszuziehen. Erholen konnte sie sich später, jetzt galt es erst einmal zu gewinnen. Sie rappelte sich wieder hoch. Es konnten höchstens noch hundert Meter bis zum See sein. Fridas Keuchen konnte sie hinter sich schon hören.

Sie rappelte sich wieder hoch und sprang zwischen den engen Tannen hin und her. Der See musste gleich kommen, denn er war schon zu riechen. Sie freute sich auf die ersten Schwimmzüge und auf Frida, die sie im Wasser schnell einholen würde. Beim Schwimmen hatte sie gegen die Freundin keine Chance. Übermütig sprang sie von einem kleinen Felsen. Ein kleines Knacken war von ihrem Fußgelenk zu hören, dann spürte sie einen höllischen Schmerz, und es wurde dunkel um sie. Nun würde Frida doch gewinnen, war das Letzte, was sie noch dachte.

Verdammt. Wo war sie? Was war passiert? Sie zitterte am ganzen Körper. Aber am schlimmsten war das Fußgelenk. Es war angeschwollen, und der Schuh schien sich in ihren Fuß einzuschneiden. Anna-Lena sah an sich herunter. Warum war sie nackt? Und wer hatte sie am ganzen Körper mit Striemen verletzt? Was, verdammt noch mal, war passiert? Und wie lange war sie nicht bei Bewusstsein gewesen?

Sie sah auf den entwurzelten Baum vor sich. Er musste schon vor einiger Zeit umgestürzt sein. Unterhalb hörte sie einen Bach. Na klar, dachte sie, das Oefter Bachtal. »Papa«, rief sie laut. Bestimmt hatte er sich versteckt. »Papa!«, rief sie noch lauter, »komm bitte, mein Fuß tut so weh.« Warum antwortete er nicht? Und vor allem: Warum kam er nicht? Er konnte ja nicht weit weg sein. Sie fuhren immer bis zum Parkplatz am Ruhrhöhenweg und machten dann die Runde um das Oefter Bachtal auf der Südseite des Flusses. Immer nur Papa und sie. Auf dem Rückweg kauften sie meistens noch Kuchen im Brückencafé in Kettwig, direkt an der Ruhr. Und Mama sagte dann immer: »Was für eine gute Idee von euch beiden.«

Aber warum war heute alles anders? Sie zog die Beine an, umfasste sie gehockt mit beiden Armen und kämpfte gegen die Tränen. Was sollte sie jetzt tun? Papa würde sie bestimmt gleich holen. Er konnte ja nicht wissen, dass sie sich verletzt hatte. Aber er würde kommen, er kam immer. Und dann würde er sein Mädchen nach Hause bringen. Aber heute wollte sie keinen Kuchen mehr, sondern einfach nur nach Hause.

Kapitel 43

»Kurschatten« – den Begriff kannte er. Früher hatte er sich darunter mal einen ganz attraktiven Job vorgestellt. Gerne mit einer reichen Frau, hoffentlich nicht zu unansehnlich, der man es ab und zu mal besorgte und an deren Seite man für ein paar Wochen ein gutes Leben haben könnte. Aber bei ihm ging es nun nicht um ein paar kurze Wochen, sondern um einige vor ihm liegende gute Jahre. Schnelle Autos, gutes Essen, Bedienstete im Haus und jedes Vergnügen frei Haus. Vielleicht mit ein paar Ausflügen, wenn es im heimischen Luxus zu langweilig wurde.

Eine Zeit lang war es fast genau so gewesen. Der TT hatte ihm schon Spaß gemacht, und seiner Wohnung in Ottensen trauerte er auch nicht hinterher. Die Fahrten in die Schweiz, nach St. Moritz und Bargeld im Überfluss – all das war kein Unglück. Für eine Weile hatte er sogar gedacht, die verrückte Anna-Lena lieben zu können. Aber ihr Gedächtnis wurde ja immer mehr zum Sieb, in dem schon lange nicht mehr die richtigen Sachen hängen blieben. Und die Fahrt nach Schweden war zu einer einzigen Qual geworden.

Den Hauptanteil daran hatte diese schwedische Lesbe. Unter Schwedinnen hatte er sich bisher auch etwas anderes vorgestellt. Sprach Englisch, als wenn sie singen würde, und hatte ihn wie einen absoluten Deppen aussehen lassen. Anna-Lena hatte brav alles mitgemacht und, sieh mal einer an, beim Übersetzen konnte sie sich plötzlich an alles erinnern. Spielte sie die Blöde nur für ihn, damit er sich um alles zu kümmern hatte?

Und dann dieser beknackte Orientierungslauf. Anna-Lena war wie besessen, an diesem bescheuerten Lauf in Göteborg teilzunehmen. Trainierte jeden Tag auf irgendwelchen Küstenwegen und ließ sich dann von ihm abholen, weil sie den Weg nicht zurückfand oder vielleicht auch nur einen Chauffeur brauchte. Wenn sie nur wüsste, wie lächerlich sie aussieht, wenn sie als alte Schabracke in enganliegender Läuferkleidung für Olympia trainiert. Und Frida sieht es ihr jedes Mal nach, als wenn sie sich gerade in die Miss Sweden verliebt hätte.

Nur an einem einzigen Punkt waren die frigide Frida und er einer Meinung gewesen: dass Anna-Lena diesen Lauf nicht machen sollte. Sie fand es zu gefährlich, wenn sie nicht die persönliche Aufpasserin spielen konnte. Und ihm war es einfach zu blöd, bei dem Altersheimausflug in freier Wildbahn zuzuschauen. Und dann kam Frida auf die glorreiche Idee mit dem »Skugga«. Das Wort hatte er sich direkt gemerkt. Offensichtlich setzten sie beim Orientierungslauf vor allem für Kinder die »Schatten« als Aufpasser ein, damit die Kleinen sich nicht verliefen. Und das konnte man nun offenbar auch für Altersschwachsinnige beantragen. Die umsichtige Frida hatte sogar schon einen Nachbarssohn angesprochen.

Aber da hatte glücklicherweise Anna-Lena nicht mehr mitgemacht, denn sie wollte keinen Aufpasser neben sich herlaufen lassen. Sie hatten sich fast angeschrien, bis sie den Kompromiss gefunden hatten: Er war jetzt der Schatten und er hatte von dem Veranstalter eine besondere Karte bekommen, die sonst nur die Routenplaner hatten. Er kannte die Kontrollpunkte genau und wie man sie auf dem schnellsten Weg erreichen konnte. Man hatte ihm sogar eine Liste gemacht, wann Anna-Lena bei einem altersgerechten Tempo am jeweiligen Ort sein würde. Und an den Kontrollpunkten konnte er mit einem einfachen Gerät auslesen, ob und wann sie an dem jeweiligen Punkt ankommen würde.

So war er jetzt also ihr Schatten geworden. Er hatte mit Anna-Lena verabredet, dass er ihr in gehörigem Abstand und nur zur Sicherheit folgen würde. Wenn sie nur gewusst hätte, wie lächerlich sie ausgesehen hatte, als sie sich zum Start bereit gemacht hatte. Sie hatte sich tatsächlich hingekniet, bevor der Startschuss losging. Sie sah aus wie ein Kleinkind, das zum Ostereiersuchen in den Garten losstürzen durfte. Kurz hatte sie noch auf die Karte gesehen, als wenn sie das immer täte, und war dann wie blind losgestürmt. Außer ihr waren höchstens noch zehn weitere Alte unterwegs, alle auf unterschiedlichen Wegen startend.

Nask machte sich gemütlich auf den Weg. Vermutlich lagen die besten Stunden der letzten Tage vor ihm. Er schaute auf die Uhr, gute zweieinhalb Stunden bis zum Sonnenuntergang. Endlich keine keifenden und turtelnden Weiber mehr um ihn. Als er auf dem eingezeichneten Weg um die erste Ecke herum war, zündete er sich erst einmal eine Zigarette an. Auch davon hatte er die letzten Tage zu wenige gehabt. Er bedauerte, dass er nicht einen kleinen Schirm mitgenommen hatte. Bei dem Regen würde die Glut gegen das nasse Zigarettenpapier zu kämpfen haben. Nach seiner Route wäre er ungefähr eine Viertelstunde hinter Anna-Lena am ersten Kontrollpunkt. Er hatte sich schon ausgerechnet, dass er den dritten und vierten auslassen würde. Das würde ihm vier Kilometer ersparen und seinen Spaziergang deutlich abkürzen.

Als er nach der fünften Zigarette seinen Nikotinspiegel wieder auf Normal gebracht hatte, sah er die Kontrolllatte mit dem elektronischen Messgerät am Rande einer Lichtung. Er war fünf Minuten später als gedacht, auch egal. Das Lesegerät hielt er nun an den Kontaktpunkt. Neun Nummern wurden auf dem Display angezeigt. Passenderweise hatten sie allen schwedische Personennummern gegeben, für Anna-Lena also nur das Geburtsdatum. Aber 1954 war nicht dabei. Er schaltete das Gerät aus, wieder an und hielt es erneut an die markierte Stelle. Wieder neun Ziffernfolgen, wieder keine mit ihrem Geburtsdatum.

Herbert sah sich um. Er wusste selbst nicht, was er suchte. Dann versuchte er, sich zu sortieren. Hatte Anna-Lena aufgegeben und war zum Start zurückgekehrt? Hatte sie sich direkt verlaufen? War sie zu blöd gewesen, um den elektronischen Schlüssel in die Kontaktstelle zu drücken? Zuzutrauen war ihr eine Menge. Jedenfalls würde er jetzt nicht die Pferde scheu machen, sondern erst mal zum zweiten Punkt gehen und sehen, ob sie dort gewesen war. Dann konnte er immer noch entscheiden, was er unternehmen würde.

Er sah sich den eingezeichneten Weg zum zweiten Punkt auf seiner Karte an. Offensichtlich ging man am besten über eine Brücke und konnte sich dann eine ganze Felswand sparen. Auf die Weise müsste er etwas von der verlorenen Zeit reinholen können. Schwedische Naturerlebnisse hatte er sich definitiv anders vorgestellt. Sonnenuntergang auf dem Steg mit einem schönen Tuborg. Ach nee, kam ja aus Dänemark. Der markante Ton seines neuen Handys unterbrach ihn in seinen Gedanken.

»Is Anna-Lena safe on her track?« Er hielt das iPhone weit nach unten, um seine Brille nicht rausholen zu müssen, und sah ein Blinken am Wegesrand. Was war das denn? Hatte da jemand sein Kontrollgerät vom Finger verloren? Der Klettverschluss war noch dran. Er hob das Gerät vom Boden auf und sah auf die Nummer: 19031954. Nun wurde das Ganze immer interessanter. Die Oberaufseherin aus Orust würde sicher gerne noch auf seine Antwort warten. Jetzt musste er sich erst einmal neu sortieren. Anna-Lena war also hier gewesen. Aber warum lag das Gerät jetzt hier am Boden? Hatte sie es weggeworfen? Jedenfalls würde es keinen Sinn machen, wenn er jetzt zum zweiten Kontrollpunkt gehen würde. Sie würde dort keine elektronische Spur mehr hinterlassen können.

Am besten, er begab sich jetzt direkt zum Start- und Zielpunkt. Bis zur erwarteten Ankunft von Anna-Lena würde es noch maximal eine Stunde dauern. Bei einem Kaffee ließ sich bestimmt besser über alles nachdenken. Er beschloss, vom Parkplatz aus zu dem Café zu gehen. Die Veranstalter mussten ja nicht unbedingt sehen, dass er seinen Schattenjob aufgegeben hatte. Um halb acht würde er dann zum spätesten Zieleinlauf wieder da sein.

Zum Glück riss der Himmel für eine Weile auf, so dass er nicht völlig durchgeweicht in dem kleinen Selfservice-Café ankam. Dann fiel ihm ein, dass er den blöden Transponder noch in der Tasche hatte. Bestimmt ließ sich dieses Teil orten. Sie würden sich wundern, warum er es bei sich trug und nichts gesagt hätte. Einen Moment lang überlegte er, das Ding einfach zu zerstören. Bis ihm eine viel bessere Idee kam. Er blickte auf die Karte, verließ das Café und fuhr bis zu einem Parkplatz. Von dort schlug er sich wie diese Orientierungsidioten ein Stück in den Wald und schmiss den elektronischen Schlüssel in ein Blaubeergestrüpp.

Als er wieder im Auto saß, war er selbst erschöpft. Der Regen hatte wieder eingesetzt und würde, wenn man auf den Himmel sah, so schnell auch nicht wieder aufhören. Er blickte auf sein Handy. Acht neue Nachrichten, natürlich alle von Frida. Inzwischen hatte sie jeden Anschein von Höflichkeit aufgegeben: »Send me a message instantly, you stupid.« Ah, so also. Auch wenn er überhaupt keine Lust hatte zu antworten: Falls er nicht wollte, dass sie gleich das schwedische Militär einschaltete, musste er sie beruhigen »All good. I am still the shadow.« Er lächelte, das war nicht mal gelogen. Je länger sich das hinzog, desto später würde die Suche einsetzen. Und dann noch am falschen Ende. Was hatte er irgendwo mal gelesen? Unter den Todesursachen belegten Lungenkrankheiten immer noch Platz 3. Anna-Lena war inzwischen dünn wie eine Vogelscheuche. Das Training hatte ihr auch die letzten Rundungen genommen. Fünf, sechs Stunden unterkühlt und nass irgendwo in der schwedischen Pampa, da könnte schon mal eine ordentliche Lungenentzündung rausspringen. Je länger, desto besser. Er lächelte leise vor sich hin und betrachtete sich im Rückspiegel. Die Rolle würde er hervorragend spielen: treu sorgender Lebenspartner, der seine geliebte Frau bis in den Tod pflegte. Hedwig würde er rausschmeißen, der war definitiv nicht zu trauen. Und dann nach einer überschaubaren Zeit der Trauer würde er die Früchte seiner Fürsorge ernten – und seiner Cleverness.

Eine halbe Stunde nach dem offiziellen Ende des Laufs kam er aus der Richtung des letzten Kontrollpunkts auf die Ziellinie zugehechelt. Der Zeitnehmer blickte schon genervt auf die Uhr. War bestimmt ein Student, der ein paar Kronen extra brauchte, aber dafür ungern seinen Abend opferte. Als er auf zehn Meter herangekommen war, hörte er den Mann: »There's the shadow but where's the ghost?« Über den Witz konnte er alleine lachen.

Das Lachen verging ihm schnell, als Herbert ihm umständlich und in absichtlich schlechtem Englisch erklärte, was passiert war. Er musste mehrfach nachfragen und murmelte dauernd irgendwelche schwedischen Flüche, vermutete Herbert jedenfalls. Dann drehte er sich erneut der Laufstrecke zu: »I go back and find my wife.« Der Student war offensichtlich nicht der Hellste, denn er war schon wieder zwanzig Meter gelaufen, als er ihm nachrief: »Stop, Sir, it's less than half an hour to sundown. We need your help here.« Dann erklärte er ihm, was er vermutet hatte. Der Zauberstab, er nannte ihn »sportident«, hatte einen eingebauten GPS-Tracker und zusätzlich einen RFID-Chip für die Nahbereichsortung. Es dürfte keine halbe Stunde dauern, bis sie seine Frau gefunden haben und dann würde sie ihn bei sich brauchen.

Eine halbe Stunde, dann wäre es acht Uhr. Dann müsste die Sonne bereits untergegangen sein. Sie warteten eine satte Viertelstunde, bis sich ein Polizist einfand, natürlich im obligatorischen Volvo XC70 mit Allradantrieb. Der Polizist stellte sich als Göran vor und unterhielt sich dann mit dem Studenten. Er hörte, dass sie irgendetwas über »ambulanz« sagten, und Herbert schaltete sich ein. Mit gespielter Mühe versuchte er ihnen zu erklären, dass seine Frau schon siebzig sei und manchmal sehr »forgettable«. Eine Ambulanz wäre sicher sinnvoll. Der Polizist machte einen kurzen Anruf von seinem Handy und nickte dann zum Einsteigen.

Es war schließlich viertel nach acht, als sie sich in dem Polizeiwagen auf den Weg machten. Der Student wies auf der Karte auf die Stelle, von der das Signal zu kommen schien. Kurz darauf erreichten sie den Parkplatz, den auch Herbert ausgesucht hatte. Die beiden Männer wiesen ihn an, im Auto auf sie zu warten. Ohne ihn seien sie schneller. Herbert beharrte wortreich, seine Frau würde vielleicht zu sehr erschrecken. Schließlich gaben sie nach. Nach den Aufregungen des Tages fiel es ihm gar nicht so schwer, auf dem Weg leicht zu humpeln. Vom Parkplatz hörten sie das Verstummen einer Sirene. Der Krankenwagen war vermutlich eingetroffen.

Es war kurz nach halb, als sie den sportident fanden. Die Schweden schauten sich einen Moment schweigend und vielsagend an. Der Polizist fragte Herbert nach dem Vornamen seiner Frau und rief dann in seinem schwedischen Singsang »Anna-Lena!« in den Wald hinein.

Nachdem er keine Antwort bekam, löste er die Taschenlampe aus dem Gürtelhalfter und suchte mit dem Scheinwerfer im Rundkreis die Umgebung ab. Kein Laut, keine Gestalt. Mit jedem weiteren Ruf schien er nervöser zu werden.

»Do you have any personal belongings of your wife?«, fragte der Polizist Herbert. Er glaube nicht, antwortete dieser wahrheitsgemäß, und wenn, dann höchstens im Auto. Schade, dass er daran nicht vorher gedacht hatte. Bestimmt wollten sie jetzt Suchhunde einsetzen. Andererseits war es nicht besonders wahrscheinlich, dass die Hunde an der Fundstelle Witterung aufnehmen konnten. Es waren mindestens acht Kilometer zwischen den beiden Fundorten.

Inzwischen brauchte er nicht mehr auf die Uhr zu schauen. Es war dunkel geworden. Das Angebot, sich im Café aufzuwärmen, nahm er gerne an. Er konnte das hektische Treiben auf dem Startplatz des Orientierungslaufes sehen. Tatsächlich war neben dem Beifahrersitz noch ein Taschentuch aufgetaucht. Es war stark parfümiert. Wahrscheinlich würden die Spürhunde direkt nach der nächsten Parfümfabrik suchen. Das Rennen gegen die Zeit hatte für sie alle begonnen, nur auf ganz unterschiedliche Weise.

Gegen neun Uhr sah er einen bekannten roten Toyota Corolla vorfahren. Nein, die bitte nicht. Sie war nicht allein. Aus dem Auto stieg ein älterer Mann. Er sah, wie Frida mit einem Polizisten wild gestikulierte und ihm einen Stofflappen entgegenhielt. Hatte die Hexe etwa eine Unterhose von Anna-Lena genommen? Der Polizist wandte sich jedenfalls kopfschüttelnd ab. Frida ging zum Auto zurück und öffnete die Heckklappe. Heraus sprang ein offensichtlich schon älterer Hund, der ihn von der Rasse etwas an Lanya erinnerte. Bestimmt auch wieder so ein Jagdhund. Dann sah er, wie Frida mit dem älteren Herrn zusammen in den Wald ging. So schlimm konnte es also nicht sein mit ihren Knien. Aber warum startete sie denn nicht von dem Parkplatz bei der Fundstelle aus? Egal, bei der Aktion würde auch nichts herauskommen.

Um zehn Uhr war immer noch nichts passiert. Das waren jetzt über sieben Stunden im Wald mit Feuchtigkeit von oben und unten. Vielleicht würde er sogar um seinen Pflegerauftritt herumkommen. Schade nur, dass er sich nicht ein kleines Bier gönnen konnte. Aber der Laden hatte eh nur das ekelhafte Lättöl. Um kurz vor zehn kam plötzlich Bewegung in den Vorplatz. Ein Polizist richtete den Lichtkegel auf die kleine Gruppe. Es waren tatsächlich drei Köpfe zu sehen. Ein Hund trottete müde hinter ihnen. Die Person in der Mitte war in einen Männermantel eingeschlagen. Aber er wusste auch so, wer es war. Sie wurde mehr getragen, als dass sie selbst lief. Bewegte sie sich überhaupt? Sah er richtig, dass nackte Beine unten aus dem Mantel ragten? Er stand auf und überlegte, ob er ihnen entgegenlaufen sollte. Aber wenn er auf eines keine Lust hatte, dann Frida je wiederzusehen.

Er beobachtete, wie eine der Ambulanzen den Motor startete. Wenige Meter später blieb sie stehen, jetzt mit Blaulicht eingeschaltet. Zwei Sanitäter sprangen aus dem Wagen, eine Trage zwischen sich. Also lebte sie noch. Aber ihr Kopf lag leblos auf der Trage. Die Männer riefen Frida irgendetwas zu, und sie nickte kurz. Dann war Anna-Lena auch schon im Wagen, der mit hohem Tempo Richtung Landstraße rauschte. Richtung Landstraße. Nask sah ihm nach, als er die Eingangstür hinter sich zuschlagen hörte. Frida ging in langen Schritten auf ihn zu. Unvermittelt schnellte ihre Hand hinter dem Rücken hervor und knallte ihm eine Ohrfeige mit der flachen Hand ins Gesicht: »You bastard, I know exactly who you are.«

Nask stand da und zitterte. Nie war er von einer Frau so geschlagen worden.

Kapitel 44

Göteborg war die zweitgrößte Stadt in Schweden, aber das »Sahlgrenska« war die zweitgrößte Klinik Europas. Über 17 000 Mitarbeiter, ein Stadtteil für sich und zu allem Überfluss noch angrenzend an den alten Botanischen Garten. Sie konnte sich noch gut an die vielen Spaziergänge mit ihrer Mutter erinnern, erst mit ihr und dann wegen ihr. An den Ärzten hatte es sicher nicht gelegen. Auch die Onkologen am Universitätshospital waren Weltspitze. Aber es war einfach zu spät gewesen, als sie den Darmkrebs entdeckt hatten. Oder als Mutter ihn sich eingestand.

Das war jetzt 19 Jahre her und Mutter war 81 geworden. Und jetzt lag Anna-Lena hier, ihre geliebte Anna-Lena. Gestern war sie das erste Mal ansprechbar gewesen, nach 26 Stunden. Sie war völlig dehydriert und unterkühlt. Durch eine Platzwunde an der linken Hüfte hatte sie Blut verloren, war übersät mit Striemen und kleineren Verletzungen. »Ob Organe betroffen oder geschädigt sind, können wir noch nicht sagen. Jedenfalls ist es ein Glück gewesen, dass Sie sie gefunden haben. Sie hat zwar einen zähen Körper, aber lange hätte sie so nicht überlebt«, hatte der Professor gesagt. Wie jung Professoren heute sind, hatte sie noch gedacht.

Niemand hatte verstanden, warum sie nackt war. Was konnte sie dazu getrieben haben, sich im Wald auszuziehen? Die Polizei war ratlos, ebenso die Ärzte. Nur sie nicht. Sie hatte es geahnt. Die ganze Zeit. Der Typ war nicht nur niveaulos und ungebildet. Er hatte es nicht nur auf das Erbe abgesehen. Er war auch pervers. »Haben Sie meine Freundin auf Spermaspuren untersucht?«

Der Professor hatte sie fragend angeschaut: »Ich verstehe nicht richtig. Ob wir untersucht haben, ob sie in den Tagen vor dem Lauf Geschlechtsverkehr hatte? Warum hätten wir das untersuchen sollen?«

Frida sah ihn an, wie sie es früher in besonderen Fällen mit ihren Schülern getan hatte: »Ich meine, ob Sie untersucht haben, ob sie vergewaltigt wurde? Oder untersucht man das bei alten Frauen nicht mehr, wenn man sie nackt im Wald findet?«

Der Professor rang sichtlich um Fassung: »Uns wird eine Frau eingeliefert in völlig labilem Körperzustand. Ihr Blutdruck ist unterirdisch, ihr Puls kaum noch zu spüren. Wir wissen, dass sie ungefähr sieben Stunden vermisst war, nach einem Orientierungslauf, der sie fast das Leben gekostet hat. Wir haben in einem Dauereinsatz ihre Vitalfunktionen stabilisiert und ihre Wunden versorgt. Und Sie fragen mich, ob ich nach Spermaspuren gesucht habe?« Er zog einen kleinen Block aus seiner Kitteltasche hinter dem Stethoskop hervor, kritzelte etwas mit einem kleinen Bleistift darauf und gab ihr den Zettel. »Ich schlage vor, Sie gehen jetzt zum Beschwerdemanagement mit dieser Adresse und bringen dort zu Protokoll, welche anamnestischen Fehler Sie bei uns festgestellt haben. Oder Sie gehen direkt zu einem Anwalt Ihres Vertrauens. Zur Polizei müssen Sie dann auch noch, um eine Anzeige zu erstatten. Aber mich lassen Sie jetzt bitte meine Arbeit machen. Und Ihrer Freundin lassen Sie bitte auch schnellstmöglich die Ruhe, die sie braucht. In fünf Minuten wird eine Schwester hier nach dem Rechten sehen. Und damit einen schönen Tag noch.« Dann wandte er sich ab und ließ sie sitzen.

Frida sah die schlafende Anna-Lena an: »Genau wie der Polizist. Sie wollen es einfach nicht verstehen. Aber du musst keine Angst mehr haben, Anna-Lena. Ich werde auf dich aufpassen. Mit aller Kraft, die mir zur Verfügung steht.«

Sie verließ das Zimmer, um sich einen Kaffee zu holen. Die Schwester würde das Zimmer so vorfinden, wie dieser arrogante Arzt es angeordnet hatte.

Kapitel 45

Morgen war Nachbarschaftsfest zum Sommerende. Hatten sie selbst erfunden, um den Abschied vom Sommer etwas zu strecken. Wahrscheinlich würden die Anderssons im Garten wieder etwas vorbereiten. Sie waren zwar die Ältesten, aber sie fühlten sich immer noch verantwortlich für die Nachbarschaft in der kleinen Ferienhaussiedlung. Das »Froschhüpfen« wie an Midsommar wiederholten sie bei ihrem privaten Ritus zum Glück genauso wenig wie das Tanzen. Aber das Essen würde wieder alles bieten, was das Meer hergab: Lachs, Hering und als Nachtisch natürlich die gebrannten Feigen. Und vor allem *snaps* würde es auch geben.

Sie würde hingehen. Nicht nur, weil man sonst als asozial abgestempelt zu werden drohte. In diesem Jahr brauchte sie Ablenkung. Gefühlt war ihr alles schiefgegangen. Jedenfalls nach der Rettung von Anna-Lena. Sie machte sich Vorwürfe, dass sie ihre Freundin mit diesem unausstehlichen Herbert zum Orientierungslauf hatte gehen lassen. Wenn sie nicht gekommen wäre, wäre Anna-Lena vielleicht in der Nacht gar nicht mehr gefunden worden. Ob sie dann noch gelebt hätte?

Das war es doch genau, worauf Nask es abgesehen hatte. Das war ihr schon klargeworden, als er sich über Stunden nicht meldete. Wie gut, dass ihr Anders und sein bayerischer Gebirgsschweißhund eingefallen waren. Er ging allen in der Gegend auf den Nerv mit seinem Mantrailing und seiner Superspürnase. Angeblich hatte er seinen Max sogar schon auf bis zu elf Kilometer Suchdistanz trainiert. Anders hatte sofort seine große Stunde gewittert. Und tatsächlich, Max hatte an dem in einem Einmachglas aufbewahrten Slip die Spur aufgenommen und die beiden vermutlich auf ihrer Laufstrecke zu Anna-Lena hingezogen. Zum Glück redete Anders nicht beim Trailen. Frida wäre dazu nicht in der Lage gewesen.

Sie hätte schreien können, als sie Anna-Lena fanden. Anders hatte sich sofort abgewandt, als er sah, dass sie nackt war. Nackt. Und dann wurde ihr alles klar, und statt des Schreis spürte sie eine eisige Klarheit in sich aufsteigen. Herbert war auf Nummer sicher gegangen. Er hatte Anna-Lena aufgelauert, sie irgendwie niedergeschlagen und ihr den »sportident« abgenommen. Dann hatte er sie wahrscheinlich noch gedemütigt und vergewaltigt. Anna-Lena hatte ihr gegenüber angedeutet, dass zwischen ihnen nichts mehr lief, weil er immer grober wurde beim Sex. Dann hatte er sie einfach liegen lassen. Er wusste genau, dass ihre Verwirrung so groß war, dass alles, was Anna-Lena gegen ihn aussagen würde, als Fantasien einer altersverwirrten Frau gewertet würde. Und auch ihre Idee mit dem Spermanachweis hätte wahrscheinlich nichts genützt. Er hätte wahrscheinlich gesagt, dass sie es am Abend vorher noch getrieben hätten.

Der Typ war ein perverser und rücksichtsloser Mörder, so viel war jetzt klar. Und genauso klar war, was sie jetzt zu tun hatte. Im Krankenhaus war ihr das anfangs noch gelungen. Blöd nur, dass der Chefarzt sich durch ihre berechtigten Fragen so beleidigt fühlte, dass er gegen sie arbeitete. Sie wurde angewiesen, sich strikt an die Besuchszeiten zu halten. Und selbst dann latschten sie dauernd ins Krankenzimmer und heischten sie an, dass die Patientin jetzt Ruhe brauche. Am zweiten Tag nach dem Mordversuch war Nask in seinem Zuhälterwagen bei ihr aufgekreuzt und wollte ihre Sachen abholen.

»Deine Sachen findest du im Müllbeutel in der Scheune«, hatte sie ihm mit auf das Nebengebäude ausgestrecktem Arm gesagt. Sie hatte damit gerechnet, dass Nask sie anschreien und das Ganze in eine Schlägerei ausarten würde. Warum war sie sich nur so sicher? Aber sie war es: Er würde keine Schnitte gegen sie haben. Sie würde ihn bewusstlos schlagen und danach weitersehen. Notwehr, Unfall, egal – irgendwie würde sie etwas konstruieren.

Aber Nask hatte sich einfach umgedreht, war zur Scheune gegangen, als wenn dies seine tägliche Routine wäre, hatte den Müllsack genommen, ihn in den Kofferraum getan, begleitet von einem Grinsen die Hand zum Gruß gehoben und mit beherrschter Stimme gerufen: »Ich fahre dann schon mal nach Hamburg.« Dann hatte er den Motor aufheulen lassen, dass der Kies bis in die Blumenbeete vor ihrem Küchenfenster flog, und war weg.

Dass er nicht nach Hamburg gefahren war, hatte sie erst fünf Tage später erfahren. Anna-Lena hatte zwar, als sie etwas klarer wurde, erzählt, dass Fritz sie besucht hatte und dass er so lieb zu ihr sei. Aber Frida hatte das genauso für demente Fantasien gehalten wie dass sie erzählte, bald wieder mit ihm in Hamburg zu sein. Das Krankenhauspersonal hatte komplett geblockt. Sie hatten ihr jedes Mal mitgeteilt, dass sie nur nahestehenden Verwandten gegenüber auskunftsberechtigt seien. Und dann, als sie sie heute Morgen hatte besuchen wollen, hatte das Personal sie nicht zu ihr gelassen. »Sie muss unbedingt ruhen, bevor es morgen wieder nach Deutschland geht«, war einer der Schwestern noch rausgerutscht. Als Frida den Chefarzt hatte sprechen wollen, hatte der ihr nur mitgeteilt, sie kenne ja die Adresse des Beschwerdemanagements.

Frida sah aus dem Fenster. Die Wolken, die sich in der untergehenden Sonne an den Rändern rot verfärbten, sahen fast wie Finger aus, die ineinandergriffen. Sie ging in die Küche und setzte Wasser auf. Grünen Tee hatte sie immer mit Anna-Lena zusammen getrunken. Erst hatten sie den billigen vom Konsum gekauft, dann hatten sie sich darauf verständigt, dass es Schattentee aus der Kyusu sein musste. Was hätte sie dafür gegeben, noch einmal so unbeschwert den billigen Tee gemeinsam mit ihrer Freundin trinken zu können. Als das Wasser kochte, pfiff sie auf die Zubereitungsregeln. Sie goss sich den Tee in die braune Höganäs-Kanne ein, nahm die erstbeste Tasse aus dem Schrank, schob das Tablett auf das Beistelltischchen und setzte sich mit dem Laptop auf ihren Lieblingsplatz.

Sie überlegte, was sie suchte. Und mit welchem Ziel. Um zu erkennen, dass Anna-Lena dement war, brauchte man kein Medizinstudium. Außerdem war sie als ehemalige Biologie- und Sportlehrerin nicht ganz unbeleckt. Wahrscheinlich war es Alzheimer. Sie sah vor ihrem inneren Auge die Bilder von verschrumpelten und wie zerschossen wirkenden Gehirnen. Demenz war ja allgegenwärtig. Sie erinnerte sich, dass schon vor ein paar Jahren vom Sozial- und Gesundheitsministerium eine Wurfsendung über die Krankheit im Briefkasten gelegen hatte.

Nach allem, was sie wusste, konnte man bei Demenz nichts heilen oder rückgängig machen. Verlangsamen und Veränderungen in der Lebensführung schienen das Einzige zu sein, auf das man bisher gekommen war. Von pharmakologischen Durchbrüchen wusste sie nichts. Auf gut Glück gab sie die Stichworte »Demenz« und »Therapie« ein, wenig später »neue Forschungsarbeiten«. Das meiste, was sie las, kam ihr halbwegs bekannt vor und mündete in die üblichen Ratschläge für Angehörige. Was sie verstand, war, dass Anna-Lena vermutlich bereits in einem fortgeschrittenen Stadium krank war. Andererseits war es merkwürdig. Sie schien noch keine einzige Englischvokabel vergessen zu haben, und selbst ihr Schwedisch war noch genauso gut wie früher.

Bildgebende Verfahren hatten die Entwicklung der Demenz im Hirn immer besser diagnostizierbar gemacht. Daneben schien sich eine kleine Wissenschaftscommunity gebildet zu haben, die die konventionelle Koppelung von Demenz und Altersverfall kritisch sah. Offensichtlich war es in der Medizin seit Aristoteles üblich geworden, Altern als eine andauernde Abwärtsbewegung mit zunehmenden Krankheiten als Fahrtbeschleunigern zu verstehen. Im Gegensatz dazu wurde es bei einem Teil der Wissenschaftler immer populärer, Vorstellungen von Alter als Chance, von Krankheit als Veränderungstreiber und überhaupt der Abwendung von der defizitorientierten Sicht des Menschen zu huldigen. Frida war da immer kritisch geblieben. Sie war zu lange Spitzensportlerin gewesen, um nicht zu wissen, dass Höchstleistung ihre Zeit hatte, auch im Leben eines Menschen. Und sie brauchte nur an sich herabzusehen, um unzweifelhaft an ihren eigenen Verfall erinnert zu werden. Jedenfalls hatte sie keine Lust, auf das Gefasel von der lebenslangen Selbstoptimierung hereinzufallen.

Interessant fand sie allerdings, was einige Hirnforscher herausgefunden hatten. Anders als bei den meisten anderen Organen schien das menschliche Gehirn eine wesentlich längere Funktionstüchtigkeit zu haben. »Plastizität« war hier das Stichwort, und die Forschungen zeigten, dass diese im Alter nicht zwangsläufig verloren ging. Was nicht bedeutete, dass diese Plastizität nicht stets bedroht war. Im Gegenteil, sie hing nur von anderen Faktoren ab als dem reinen Lebensalter. Frida stellte sich das ungefähr so vor wie mit Gärten. Es ist egal, ob ein Garten frisch angelegt worden ist oder einen über Jahrzehnte gepflegten Pflanzbestand hat. Entscheidend ist, ob er Wasser bekommt und Sonne. In diesem Sinne konnten Kinder verkümmern, nicht nur ihre Seelen, sondern auch ihre Hirne. Das musste man ihr als ehemaliger Lehrerin nicht erklären. Und die Beispiele von alten Menschen, die im Kopf oberfit waren, kannte doch auch jeder. Aber wenn das so war, was konnte, bildlich gesprochen, Hirne aufblühen oder absterben lassen? Die Antworten, die sie hierzu im Netz fand, gehörten für sie eher in den Bereich der Esoterik oder der Philosophie.

Frida fand eine Langzeitstudie über Schlaganfall-Patienten. Die hatte zwar nichts mit Demenz zu tun, zeigte aber ein interessantes Detail. Bei manchen Patienten waren zwar nach einer längeren Unterversorgung große und wichtige Teile des Gehirns unwiederbringlich zerstört, aber erstaunlicherweise waren andere, intakte Bereiche in der Lage, die entsprechenden Fähigkeiten wieder neu auszubilden. Wenn das für einen Schlaganfall galt, war das dann auch bei Demenz denkbar? War das die Erklärung dafür, dass bei Anna-Lena so viele Gedächtnisinhalte gelöscht, aber ihre Fremdsprachenkenntnisse nicht betroffen zu sein schienen?

Richtig elektrisiert wurde sie aber, als sie auf die so genannte »Nonnenstudie« stieß. In einer Langzeituntersuchung hatte ein amerikanischer Forscher herausgefunden, dass die von ihm untersuchten Nonnen zwar die gleichen Hirndeformationen und -schädigungen aufwiesen wie Angehörige vergleichbarer Altersgruppen, sie aber nicht oder viel weniger unter Gedächtnisverlust litten. Offensichtlich, so das

Resultat, hatten andere Gehirnteile die Funktionen der ausgefallenen Bereiche kompensiert. Die Plastizität des Gehirns war also so etwas wie ein Tauschring. Das menschliche Gehirn hielt anscheinend eine Ersatzmannschaft bereit, die bei Spielerausfällen einspringen und den Totalverlust verhindern konnte.

Bei Demenz schienen das indes nur wenige Forscher anzunehmen. Vielleicht erschien ihnen diese Annahme zu sehr wie ein Jungbrunnen, für den es keine empirische Basis gab. Aber Frida fand einen deutschen Hirnforscher, der genau in diese Richtung dachte. Und dies irgendwie verband mit anderen Theorien. Von manchen hatte sie gehört, andere waren komplett neu für sie. Sie war sich auch nicht sicher, was sie von seinen Annahmen halten sollte. Denn um mehr als Vermutungen schien es sich bisher nicht zu handeln. Von Demenzkranken, die Gedächtnistrainer wurden, hatte schließlich auch er nicht zu berichten.

Aber der Gedanke war faszinierend, und wieder fiel ihr der Gartenvergleich ein. Auch alte Gärten können wieder blühen. Wenn sie entsprechend gepflegt werden. Wenn man sich um sie kümmerte und ihnen gab, was sie brauchten. Wieder fiel ihr der Botanische Garten in Göteborg ein, in dem sie so gerne mit Anna-Lena spazieren gegangen war. – Und plötzlich wusste sie, was sie zu tun hatte. Hamburg hatte doch auch einen Botanischen Garten. Die Nachbarn würden also ohne sie Nachbarschaft feiern müssen. Irgendeinen Flieger würde sie schon noch bekommen.

Kapitel 46

Das Dorsia sah von außen ein wenig aus wie ein Puff. Und von innen eigentlich auch. Aber wenn schon, dann ein Edelpuff. Mit Rot war nicht gespart worden, schon von außen stach die Fassade unter den Nachbarhäusern heraus. Für den Zimmerpreis hätte man in anderen Teilen der Erde einen Komplettservice angeboten bekommen. Aber erst einmal war es ihm recht, dass er nach den Strapazen der letzten Tage schlicht im Luxus ausruhen konnte. Und außerdem lag das Dorsia innerhalb der Wallmauern. Kneipen satt, die Preise für Alkohol wie immer in Schweden völlig überzogen. Aber auch das war ihm jetzt egal. Geld war nicht sein Problem und sollte es auch nie wieder werden.

Sein Problem war 185 Zentimeter groß, hatte breite Schultern und einen Schlag, der in der Erinnerung jetzt noch auf seiner Haut brannte. Frigida, wie er sie jetzt nannte, die sich zum Wachhund von Anna-Lena aufspielte. Als er gestern das erste Mal Anna-Lena hatte besuchen wollen, saß sie an ihrem Bett und schien auf ihn gewartet zu haben. Sie fing sofort an zu brüllen, als er noch in der Tür stand, sprang auf und ging auf ihn zu: »Get out of here! Get out of her life, once and for all!« Er wollte gerade ansetzen, ihr den Marsch zu blasen, als er tippelnde Schritte hinter sich hörte und eine Schwester auf ihn zukam. Diese erfüllte allerdings eher seine Erwartungen an Schwedinnen, er quittierte das mit einem Lächeln.

Sie lächelte zurück, machte noch eine bestimmte Ansage, die Frigida ruhigstellte, und bat ihn dann, mit ihr zu kommen. Im Schwesternzimmer fragte sie ihn freundlich, wer er sei und wie er zu der Besucherin stünde. Während seiner Antwort wurde ihr nettes Lächeln immer breiter, als wenn er ihr Witze erzählte. Dann unterbrach sie ihn und sagte auf Deutsch: »Ich hole Dr. Wettig, er kommt aus Deutschland.« Wenige Minuten später war sie mit einem Mann von etwa Mitte dreißig zurück, großgewachsen und mit dunklem, nach hinten gekämmtem Haar. Er streckte Herbert die Hand entgegen und sagte mit unerwartet hoher Stimme: »Niels Wettig, aber du weißt ja, in Schweden sind wir alle per Du.«

»Herbert Nask, ja und gerne einfach nur Herbert.« Herbert war dankbar, dass er mal wieder Deutsch sprechen konnte. Und wenn er sich nicht irrte, sprach Niels mit norddeutschem Akzent. Aber aus Hamburg stammte er nicht.

»Stina«, er deutete zu der Schwester, »sagt, du bist der Mann unserer Patientin auf Zimmer 3. Aber ihre Freundin sagt, dass sie keine Angehörigen hat.«

In seiner Stimme klang ein ordentlicher Zweifel mit: »Ja, wenn es nach Frida gehen würde, gäbe es in Anna-Lenas Leben nur sie. Aber ich bin ihr Verlobter. Wir wohnen zusammen in Hamburg und wollen in zwei Wochen heiraten. Kennst du Hamburg?«

»Nicht gut. Ich komme aus Greifswald. Aber ich bin schon im Studium nach Schweden gekommen. Die Liebe war der Grund, und in Person hast du ihn eben schon kennengelernt.« Er deutete zu Stina hin.

Herbert nickte ihm anerkennend zu: »Wegen der Liebe irgendwo hinzugehen ist doch einer der schönsten Gründe. Und, Niels, das ist auch der Grund, weshalb ich Anna-Lena am liebsten direkt einpacken würde, um mit ihr nach Hamburg zu fahren. Diese Freundin macht sie doch nur krank, wie schon die ganze Idee mit dem Orientierungslauf krank war. Sie gehört zu mir nach Hause.«

Vom Ende des Flurs waren schnelle Schritte zu hören. Eine andere Schwester sprach aufgeregt auf Niels ein. Der nickte nur kurz und sah Herbert an, als wenn er ihm ein Geschenk mitgebracht hätte: »Herbert, deine Frau ist zu Bewusstsein gekommen. Willst du sie sehen? Aber es wird nur ganz kurz sein können.«

Einen Moment zögerte er. Doch dann sah er die Chance: »Na klar will ich. Hoffentlich ist sie nicht zu durcheinander nach all dem, was sie mitgemacht hat.« Gemeinsam gingen sie den Flur entlang. An der Tür zu Zimmer 3 klopfte Niels kurz an, wartete einen Moment und machte dann die Tür so auf, dass Herbert an ihm vorbeigehen konnte. Anna-Lena lag auf der Seite, das Gesicht zur Tür gewandt. Sie hatte mehrere Schwellungen im Gesicht, und ihre Locken waren verklebt.

Vorsichtig öffnete sie die Augen einen Spalt. Dann schien sie ihn zu erkennen und versuchte, den Kopf zu heben: »Schscht«, flüsterte er ihr zu, als wäre sie ein kleines Kind, »du darfst dich noch nicht zu sehr anstrengen, sagen die Ärzte.« Sie lächelte ihm zu, und ihre Mundwinkel zitterten vor Schmerz. Dann war sie ganz leise zu hören: »Fritz, mein Lieber, kommst du, mich abzuholen? Fahren wir heim?«

Herbert strich ihr sanft durch das Haar: »Alles wird gut, Lenchen. Ich muss nur noch schnell packen.«

Eine Träne trat ihr aus dem Augenwinkel: »Das ist gut. Ich muss mir auch noch schnell die Haare machen, dann können wir den Porsche mit offenem …« Dann war sie wieder eingeschlafen. Herbert nahm ihre Hand und blickte Niels an. Stina war auch dazugekommen und stand jetzt ganz dicht bei ihm. Niels nickte ihm zu, und sie verließen alle das Zimmer.

Als die Tür von außen wieder geschlossen war, berührte Niels ihn leicht an der Schulter: »Du musst dir keine Sorgen machen, Herbert, sie wird bald schon wieder auf den Beinen sein. Sie scheint klar zu sein und keinen Hirnschaden genommen zu haben. Sie hat dich erkannt und erinnert sich. Ein paar Tage wirst du sie uns noch überlassen müssen, aber dann könnt ihr beide nach Hamburg zurück. Bis dahin kannst du schon mal den Porsche packen.«

»Und das Cabrioverdeck kann ich auch schon mal öffnen, hat sie gesagt. Eigentlich hatte sie ja genug frische Luft«, fügte er mit einem Lächeln hinzu.

»Auf einem geschlossenen Verdeck muss ich leider medizinisch bestehen. Herbert, nur aus neurologischem Interesse gefragt: Warum hat sie dich mit Fritz angesprochen?«

Herbert sah ihn an, als wenn er die Frage gar nicht verstanden hatte: »Ach so, Fritz ist mein zweiter Name. Und sie fand immer, er passe besser zu mir. Herbert sei so gewöhnlich.«

»Na gut, Herbert Fritz. Ich muss jetzt wieder los. Ich schlage vor, du lässt deine Nummer bei Stina. Wir rufen dich an, sobald es Anna-Lena besser geht. Und bis dahin halten wir ihr die verrückte Freundin vom Leib. Die hat sich ja auch schon mit dem Chef angelegt. Sollte man nicht machen.« Er reichte Fritz noch die Hand und drückte sie einen Moment fest. »Pass auf sie auf. Und auf eure Liebe.« Dann ging er schnellen Schrittes zum Aufzug.

Als Herbert wieder im Hotel war, legte er sich aufs Bett. Die Bierdose zischte, als er sie öffnete, und er schaute auf den Schriftzug. »Sofiero Guld«, 7,5 Prozent. Drunter hätte auch nicht gepasst. Was hatten seine Klassenkameraden früher immer gesagt: »Herbert, du solltest zum Film gehen.«

Teil III
ZWEI UNVERGESSLICHE TAGE

Kapitel 47

So ein Mist, jetzt hatte er auch noch den TÜV verpasst, fiel ihm siedend heiß ein, als er in den alten Mazda 323 stieg. Waren das ein oder zwei Monate, die man dann noch weiterfahren durfte? Manchmal hasste Jessen das Leben, das er führte. Immer auf Kante genäht. Büro in einer trostlosen Hochhaussiedlung, P&C statt Maßanzüge, Mietwohnung ohne Balkon – und dann diese Scheißkiste. Als er den Motor startete, dachte er daran, wie er nach der Übernahme durch Daimler mit seinen Kommilitonen von Tübingen aus in die Maybach-Manufaktur gefahren war. Wann war das gewesen? 2001? 2002? Sie hatten sich extra schick gemacht, hatten Lachsschnittchen gegessen und sich gegenseitig geschworen, später auch so eine Limousine zu fahren. »Nur, ob mit oder ohne Fahrer, das können wir einstweilen noch offenlassen«, hatte er gestrunzt. Na ja, Mazda statt Maybach.

Und jetzt war auch noch die Stiftung in Gefahr. Liquidität komplett zusammengebrochen, jede Menge eingegangene Verpflichtungen, aber keine neuen Einnahmen. Bei der Bank hatte er immerhin erreichen können, dass sie die Kreditlinie noch mal erhöhten. In seiner Not war ihm nichts anderes mehr eingefallen. Rückdatiert auf 2016, Kopie aber als Urkundenrolle, natürlich unterschrieben. Er hatte ihnen das Testament der alten Benzow gezeigt samt Vermögensaufstellung. Elf Millionen, konservativ geschätzt. Die Villa allein sieben, dann noch ein kleines Aktienpaket von drei und die restliche Million Taschengeld auf Festgeldkonten und Schmuck. Als er die letzte Zahl gefakt hatte, hatte er einen Moment gezögert. Konnten sie so was bei der Bank überprüfen? Wahrscheinlich nicht. Aber er wollte ja auch nur die Kreditlinie auf eine halbe Million erhöhen. Zum Glück zählte sein Name in Pinneberg noch etwas.

Auf dem Wedeler Weg übersah er wieder den Gully, und die Federung des Mazda übertrug den ungedämpften Stoß direkt zwischen seinen zweiten und dritten Lendenwirbel. Wenn es nicht bald eine finanzielle Wendung gab, dann musste er die Stiftung auflösen und sich wieder mehr um seine Anwaltskanzlei kümmern. Einen Moment lang wunderte er sich, dass ihn das mehr belastete als das gefälschte Testament. Die Standesehre eines Rechtsanwalts war bereits mit seinem Ahnherrn begraben worden. Geblieben war nur die gedankliche Disziplin des Juristen, der jetzt keinen Fehler machen durfte.

Vor allem beunruhigte ihn, dass er jetzt auch an die alte Benzow nicht mehr richtig herankam. Er hatte sie angerufen und um Unterstützung gebeten, aber sie war absolut durch den Wind gewesen. Offensichtlich hatte der Tod ihres Mannes den Verlauf der Krankheit noch mal richtig angeheizt. »Kinder finde ich gut«, hatte sie immer wieder gesagt. »Wir müssen mehr für Kinder tun. Fritz sagt immer, wenn wir für die Umwelt etwas tun, tun wir auch was für die Kinder. Komisch, Kinder mögen doch Plastikspielzeug. Aber der Schmuck ist echt. Papa hätte für seine Kleine nie Schmuck aus Plastik gekauft.« Er hatte mit ihr abgesprochen, dass Zarif den Scheck abholen würde. »Den kennen Sie ja. Wir haben ihn ja gewissermaßen beide gerettet.«

Zarif hatte ihm dann von dem Besuch erzählt. Sie hatte ihn nicht erkannt. Aber als er das Stichwort »Kinder« habe fallen lassen, hätte sie unvermittelt das Scheckheft aus der Schublade eines kleinen Sekretärs herausgezogen. »Wie beim letzten Mal?«, hatte sie gefragt. Dann hatte sie ohne jedes Zögern die 30 000 eingesetzt und in klarer Handschrift den Betrag in Buchstaben danebengesetzt. »Den Rest machen Sie.« Als die alte Dame ihm gerade den Scheck geben wollte, sei ein vornehm gekleideter Mann ins Wohnzimmer gekommen. Er sei leicht getorkelt und sein Gang habe einen kleinen Bogen durch den Raum beschrieben, bevor er seinen Schlüsselbund mit einer dicken Goldmünze auf den Mahagonitisch geknallt habe. Als er das Papier in der Hand der alten

Dame gesehen habe, sei er auf sie zugestürzt und habe ihr den Scheck aus der ausgestreckten Hand gefischt: »Was soll der Scheiß, Anna-Lena? Schmeißt du schon wieder das Geld aus dem Fenster? Und jetzt auch noch an einen Zigeuner!« Dann habe er sich ihm zugewandt: »Sprichst du Deutsch?« Und noch ehe er antworten konnte, hatte er hinzugefügt: »Verpiss dich und lass dich hier nie wieder blicken, sonst mache ich Schaschlik aus dir.«

Zarif war stolz gewesen, dass er sich nicht von dem Kerl hatte einschüchtern lassen. Er hatte ihm erklärt, dass er im Auftrag der Stiftung »Kinder in Not« gekommen sei und Frau Benzow die Stiftung jedes Jahr unterstützt hätte. In einem geeigneten Augenblick hatte er ihm den Scheck wieder aus der Hand gefischt und sich vorsichtshalber zur Eingangshalle begeben. Die ganze Zeit habe die alte Frau im Hintergrund gewimmert: »Fritz, Fritz, wir müssen etwas für Kinder tun. Nicht immer nur Plastik. Kinder, Fritz, Kinder, bitte.« An der Tür angekommen, hatte der Typ ihn noch mit puterrotem Kopf angeschnauzt: »Hören Sie, das war das letzte Mal, dass Sie hier abgesahnt haben. So wahr ich Herbert Nask heiße. Vergessen Sie Ihre verdammte Stiftung. Von mir gibt es keinen Cent für Zigeunerblagen, Flüchtlingskinder und den ganzen Mitleidskram. Frau Benzow hat mir ihr Vermögen vermacht. Klar und deutlich, mit der gleichen schönen Unterschrift, die Sie auf Ihrem Scheck sehen. Also Auf-nimmer-Wiedersehen.«

Jessen dachte nach. Dann stimmte es also, was ihm Zarif berichtet hatte. Die Alte hatte einen neuen Partner. Offensichtlich mit schlechtem Benehmen. Dafür aber schien er sich sicher zu sein, dass er jetzt der Erbe war. So wie er von der Unterschrift gesprochen hatte, hatte er sogar etwas Schriftliches in den Händen. Irgendwas Frisches. Jessen konnte sich zwar nicht vorstellen, dass die beiden damit beim Notar waren. Aber im Zweifelsfall war das auch egal. Wenn es das letzte Testament war, dann war es ihr letzter Wille. Und dann würde sich seine Kreditlinie schon bald zum Strick um seinen Hals zusammenziehen. Im Kopf ging er seine Optionen durch. Am besten wäre es, er würde das Testament zu sehen bekommen. Vielleicht könnte er es diesem Typ abschwatzen mit dem Vorwand, es rechtssicher machen zu wollen. Wenn das nicht ging, hätte er noch die Möglichkeit, die Zurechnungsfähigkeit der Frau anzuzweifeln. Dazu wäre es gut, wenn er sie überhaupt zu sehen bekäme.

Als er Schenefeld durchquert hatte, begrüßte ihn die Hansestadt mit einem kräftigen Blitz. Auch das noch. Er war nicht mal mit Absicht zu schnell gefahren und richtete sich nun in dem ausgeleierten Schalensitz seines Autos noch einmal auf. Ab jetzt galt es, sich voll zu konzentrieren. Heute ging es um etwas. Und letztlich nicht um ihn, sondern um seine Stiftung. Er war froh, dass er einen Parkplatz in gehöriger Entfernung fand. Das Tor stand offen und gab den Kiesweg frei auf die Villa. Mit dem Wert von sieben Millionen Euro für das stattliche Anwesen hatte er wohl nicht übertrieben.

Ein Hindernis weniger, dachte er, während er den Widerhall seines Schrittes auf dem Kies hörte. Kurz nachdem er geklingelt hatte, öffnete eine Frau die Tür. Sie mochte Ende fünfzig sein, verlebtes Gesicht mit wässrigen Augen, ohne Schminke. Das blaue, weite Kleid erfüllte seine Funktion, die verloren gegangene Körperform unkenntlich zu machen. Er tippte auf Putzfrau.

»Anwaltskanzlei Jessen, Jessen persönlich«, stellte er sich vor. »Ich muss mit Frau Benzow einige amtliche Unterlagen durchgehen.«

Hilflos schaute die Frau über ihre Schulter in das Hausinnere: »Herr Doktor, da kommen Sie gerade ungelegen. Frau Benzow schläft. Vielleicht lassen Sie …«

Er ließ sie nicht ausreden und sprach etwas lauter: »Schläft? Sie hat mir doch selbst gesagt, dass ich um diese Zeit immer vorbeikommen könne.« Im Hintergrund hörte er eine Männerstimme: »Hedwig, was ist los? Wie lange soll ich denn noch auf mein Ei warten?«

Jessen nutzte die Gelegenheit, dass sich die Zugehfrau, oder was immer sie war, in die Richtung wandte, aus der die Stimme kam, und schlüpfte an ihr vorbei in den Windfang: »Vielleicht ist es besser, wenn ich mein Anliegen mit Herrn Nask bespreche.« Er ließ die überforderte Frau stehen und ging auf die Gartenseite der Villa zu, in der er Nask vermutete: »Guten Morgen, Herr Nask, vielleicht sollten wir beide uns kurz besprechen. Sie werden ja sicher über die Rechtsangelegenheiten Ihrer Partnerin im Bilde sein.«

Jessen durchschritt das Foyer und konnte durch die Flügeltüren in der Glasveranda eine Gestalt ausmachen, die sich ungelenk erhob und den Stuhl hinter sich zurückschob. Elf Uhr und dieser Nask trug tatsächlich noch einen Morgenrock. Silbergrau mit einem schwarzen Revers. Geld und Geschmack gingen einmal mehr nicht zusammen.

Während Jessen die letzten Schritte auf ihn zuging, hob er wie zur Beschwichtigung die Hand: »Bleiben Sie ruhig sitzen, Herr Nask, ich will Ihnen keine Umstände machen. Es sind nur einige Fragen, die im Rahmen meines testamentarischen Auftrags für Ihre Partnerin aufgekommen sind.«

Nask war, wie erhofft, verunsichert und suchte nach Worten. Jessen hob gönnerhaft die Hand, als wolle er ihm einen Platz anbieten, und fuhr fort: »Ich bitte um Verzeihung. Wir hatten ja noch nicht das persönliche Vergnügen. Aber Ihre reizende Partnerin wird sicherlich schon von mir berichtet haben. Rechtsanwalt Jessen, ich bin seinerzeit von Ihrer Frau für die Regelung der Erbschaftsangelegenheiten eingesetzt worden.«

»Jessen, Anwalt. Eingesetzt für die Erbschaftsangelegenheiten meiner Partnerin?« Immerhin hatte dieser Nask mit einer exakten Zusammenfassung seine Sprache wiedergefunden.

»Herr Nask«, sagte Jessen jetzt mit deutlich leiserer Stimme, »führen wir das Gespräch doch besser entre nous weiter. Sie haben ja auch noch nicht fertig gefrühstückt. Soll ich die Türe schließen? Das Personal muss ja nicht immer alles mitbekommen.«

Nask übernahm die Initiative. Während er die Flügeltüren schloss, rief er noch: »Hedwig, hol noch eine Tasse für den Herrn und denk an mein Ei.« Dann drehte er sich wieder um und wies mit der Hand auf den Stuhl gegenüber. »Was haben Sie gesagt? Sie sind für die Erbschaftsangelegenheiten meiner Anna-Lena zuständig? Ich kann mich nicht erinnern, dass meine Frau Ihren Namen je erwähnt hat.«

»Dann hat Ihre Partnerin selbst Ihnen gegenüber nicht davon erzählt?«, fragte Jessen und begleitete die Frage mit einem angedeuteten Kopfschütteln. Nask sah ihn an, als wenn er in einer fremden Sprache zu ihm gesprochen hätte.

»Nun ja, es war ja auch ein wenig speziell, dass Ihre Frau Ihr Testament noch einmal so grundsätzlich geändert hat. Sie hatte, so vermute ich, eine große Loyalität gegenüber ihrem ersten Mann. Deshalb fiel es ihr nicht nur schwer, den Begünstigten ihres Vermögens abzuändern, sondern auch offen darüber zu sprechen.« Jessen sah, dass Nask jetzt hellwach war. Er atmete tief ein, und der Ausschnitt seines Morgenmantels ließ einzelne, graugeringelte Brusthaare erkennen. Konnte man sich eigentlich auch Brusthaare transplantieren lassen? Als er gerade etwas sagen wollte, ging die Tür auf, und die Putzfrau kam mit einem Tablett herein, auf dem eine Tasse und das bestellte Ei standen.

»Hedwig, ich habe dir schon zigmal gesagt, dass du anklopfen sollst, wenn ich mit anderen Herrschaften rede«, herrschte er sie an, »hau jetzt ab und sieh zu, dass oben Ruhe ist.« Dann wandte er sich wieder Jessen zu. Er schien sein Selbstvertrauen allmählich wiederzufinden: »Nun mal Punkt für Punkt, Herr …«, er baute eine Kunstpause ein, »Jessen. Sie kommen hier unangemeldet reingeschneit, sagen, Sie wären der Anwalt meiner Frau, von dem ich noch nie gehört habe. Und dann sagen Sie mir durch die Blume, dass meine Frau ein Testament gemacht hat, von dem ich auch nichts weiß, und sie darin neu bestimmt hat, wer ihre Kohle kriegen soll. Habe ich das richtig zusammengefasst?«

Einen kurzen Moment überlegte Jessen, ob er direkt dagegenhalten sollte, entschied sich dann aber anders. Er griff sich in die untere Jacketttasche, zog seine Visitenkarte heraus und platzierte sie neben Nasks Kaffeetasse: »Herr Nask, ich verstehe vollkommen, dass Sie das erstaunt. Aber ich bitte Sie auch um Verständnis für das, was ich zu tun habe. Ich bin im Rahmen meiner Verantwortung als Nachlassverwalter verpflichtet, dass der letzte Wille meiner Mandantin umgesetzt wird. Dieser Wille liegt mir in eindeutiger Weise vor. Nun sind aber ebenso eindeutige Hinweise an mich ergangen, dass Frau Benzow erhebliche Einbußen ihres geistigen Vermögens erlitten hat und andere Menschen sich dies zunutze machen könnten. Gerade Sie als engster Vertrauter werden das vielleicht selbst leidvoll erlebt haben, wie die Gutmütigkeit Ihrer Frau schamlos ausgenutzt wurde. Sie ahnen ja gar nicht, was ich in Nachlassangelegenheiten an Schamlosigkeiten erleben muss.«

Jessen bemerkte, wie sich die Gesichtszüge seines Gegenübers bei den letzten Bemerkungen sichtbar entspannten: »Da haben Sie allerdings nicht ganz unrecht. Gerade neulich war noch ein Zigeunerjunge hier, der für irgendeine Flüchtlingskindergeschichte Geld haben wollte.«

»Sehen Sie«, Jessen lehnte seine Arme auf den Tisch und sah Nask verschwörerisch an, »genau das meine ich. Der Wille Ihrer verehrten Frau ist zu schützen, und der liegt klar und rechtsgültig im Safe meiner Kanzlei.« Während er in Nasks Gesicht sah, konnte Jessen sich nicht erinnern, wann er je ein so schiefes Lächeln gesehen hatte.

»Das, mein lieber Herr Anwalt, sehe ich ganz anders. Meine, wie Sie sagen, Frau hat tatsächlich in mir die wirkliche große Liebe ihres Lebens gefunden. Und in der Tat: Ich bin es, der sich um sie kümmert und sie schützt. Deshalb hat sie sich auch entschlossen, ihren letzten Willen zu meinen Gunsten abzuändern. Das war vor vier Wochen. Der letzte Wille! Oder wollen Sie mir erzählen, dass sie danach«, er schaute auf die Visitenkarte, »nach Pinneberg gefahren ist und ein neues Testament abgefasst hat? Sie würde ja nicht mal zu Ihnen finden.«

Jessen schaute ihn mit einem Lächeln an, das keinen Zweifel an seiner Überlegenheit ließ: »Das ist eine sehr interessante Aussage, die ich gern zu meinen Unterlagen füge und die meine schlimmsten Befürchtungen bezüglich der Geschäftsfähigkeit der verehrten Frau Benzow bestätigt. Aber um es ganz klarzumachen. Was immer Ihnen Ihre angeblich so geliebte Frau versprochen hat: Es ist wertlos. Denn es zählt alleine das«, er betonte jetzt jedes Wort ausdrücklich, »letzte, schriftliche, rechtsgültige Testament.«

Nask stand auf, und für einen Moment befürchtete Jessen, dass er jetzt handgreiflich werden würde. Dann setzte er wieder sein schiefes Lächeln auf, in dessen unteren Winkeln sich jetzt Speichel gebildet hatte. Er ging zur Tür und verschwand für ein paar Momente. Jessen entspannte sich. Er malte sich den triumphierenden Blick aus, mit dem dieser Schwachsinnige ihm gleich ein Papier unter die Nase halten würde, wahrscheinlich die aus dem Internet heruntergeladene Standardfassung eines Testaments mit krakeliger Unterschrift.

»So, Herr Anwalt«, sagte er, als wenn er ihm einen Lottoschein mit sechs Richtigen präsentierte, »das hier würde ich nicht nur eine mündliche Willenserklärung nennen.« Er hielt ihm mit der rechten Hand einen mit zittriger Handschrift beschriebenen Briefbogen viel zu dicht vor die Augen. Jessen sah auf den vergilbten, dicken Daumen mit dem rissigen Nagel. Mit unterdrücktem Ekel nahm er das Blatt am anderen Ende und drückte es leicht nach unten, um es lesen zu können. Der Text war extrem knapp, aber beim ersten Überfliegen konnte er nichts erkennen, was den Formzwängen eines Testamentes widersprach. Jedoch war das Schriftbild so konfus, dass eine fortgeschrittene Erkrankung leicht nachzuweisen sein würde. »Na, Herr Rechtsverdreher, wollen Sie mir jetzt noch erklären, dass ein Testament gültiger ist, nur weil es bei Ihnen im Safe liegt?«

»Herr Nask, noch einmal, ich bin nicht Ihr Feind. Ich schlage vor, dass ich das Testament jetzt mitnehme und es in rechtlich einwandfreie Form bringe. Sie und Ihre Frau kommen dann morgen direkt um neun in die Kanzlei, und wir fassen alles in eine ordentliche Urkunde.«

Nask nahm ihm das Blatt aus der Hand, faltete es sorgfältig zusammen und legte es außerhalb ihrer Reichweite auf die Fensterbank am anderen Ende des Tisches. Dann drehte er sich um und fasste Jessen ganz leicht an das Revers seiner Anzugjacke: »Sag mal, für wie bescheuert hältst du mich eigentlich? Ich gebe dir das Testament mit, damit du dir damit in Pinneberg deinen Kriecherarsch putzt? Da gehst du besser an deinen Tresor und nimmst das abgelaufene Exemplar. Druckerschwärze sieht auch besser aus als Tinte.«

Jetzt stand auch Jessen auf und trat einen Schritt zurück: »Erstens kann ich mich nicht daran erinnern, Ihnen das Du angeboten zu haben. Aber damit eins klar ist: Dieses Papier, das Sie wohl für Ihren roten Teppich in eine sorgenfreie Zukunft halten, ist wertlos. Es ist geschrieben von einer kranken, dementen Frau, die nicht mehr geschäftsfähig ist und, sperren Sie jetzt Ihre Ohren weit auf, es auch vor vier Wochen nicht war. Frau Benzow ist im Endstadium dement, Alzheimer, falls Sie das Wort schon mal gehört haben. Morgen werde ich mit einem Arzt hier sein, Punkt elf Uhr. Damit Sie noch einmal gemütlich hier frühstücken können. Der Mann ist Spezialist auf seinem Gebiet. Gerontopsychiatrie, wenn Sie sich das Wort merken können. Sie braucht ärztliche Pflege, nach allem, was ich weiß, vielleicht sogar lebensnotwendig.«

Jessen konnte sehen, dass es hinter der Stirn der Dumpfbacke ordentlich arbeitete. Ohne noch eine Antwort abzuwarten, wendete er sich in Richtung des Ausgangs: »Bis morgen elf Uhr, Herr Nask, und kommen Sie nicht auf die Idee, uns nicht reinzulassen. Dann sind wir schneller mit einem richterlichen Beschluss hier, als Sie Ihr Frühstücksei essen können.«

Im Herausgehen sah er noch den Schatten der Putzfrau, die in Richtung der Küche verschwand. Sie konnte vielleicht sogar als Zeugin noch nützlich werden. Als er den Kiesweg entlangschritt, hörte er oben in einer alten Buche einen Baumspecht arbeiten. Fast hörte es sich wie ein schneller Applaus an. Einen Freund fürs Leben hatte er sich nicht gemacht. Aber Marionetten waren manchmal deutlich verlässlicher.

Kapitel 48

Schwer atmend warf sich Herbert Nask in den Sessel. Das Tageblatt, das auf dem Tisch lag, warnte in riesigen Buchstaben vor dem schwersten Orkan der jüngeren Hamburger Geschichte. Verglichen mit dem Sturm, der sich gerade über ihm zusammenbraute, konnte das aber trotzdem nur ein laues Lüftchen sein.

Verdammt, dieser Rechtsverdreher hatte ihm gerade noch gefehlt. Wenn morgen wirklich ein Gutachter kommen würde, war er geliefert. Seit dem Lauf in Schweden war Anna-Lena wirklich völlig plem-plem, die würde man jetzt nicht einmal mehr eine Pizza bestellen lassen. Zum Glück hatte er ihr das Testament ja schon vor vier Wochen diktiert. Aber ob man wirklich glauben würde, dass sie damals noch viel besser beieinander gewesen war?

Die Hochzeit, das wäre es gewesen. Dann hätte ihm niemand mehr das Erbe streitig machen können. Aber der Pfaffe, dieser Idiot, hatte ihn nur ausgelacht, als er ihn gebeten hatte, Anna-Lena und ihn zu trauen. Schöne Ringe hatte er ja schon in der Schweiz besorgt.

»Ringe? Gehen Sie lieber in die Ritze an der Reeperbahn, da unten steht ein Ring, Sie haben ja die Kontakte zu den ganz schweren Jungs im Milieu«, hatte der Pfaffe gekontert. War ja klar, dass die blöde Chinesin ihm brühwarm seine Drohung weitererzählt hatte. Wahrscheinlich war die Journalistin clever genug gewesen, um zu erkennen, dass er nur bluffte. Denn seine einzigen Kontakte mit dem Rotlicht hatte er in schmerzhafter Erinnerung. Nask schaute auf seinen krummen kleinen Finger an der rechten Hand, den ihm ein Mann mit Klitschko-breiten Schultern gebrochen hatte. Damals hatte er gerade auf dem Kiez eine Kneipe eröffnet und sollte Schutzgeld zahlen. Nask wollte nicht. Worauf der Riese sich seinen Finger gekrallt hatte. Mann, hatte das wehgetan. Noch in der gleichen Nacht hatte er den Laden wieder dichtgemacht und sich mit seiner Kneipe »Bei Herbie« am Spritzenplatz in Ottensen begnügt.

Und zu allem Überfluss hatte auch noch Frida ihr Erscheinen angekündigt. Die Schwedin hatte ihm gerade noch gefehlt. Sie hatte ihn direkt nach der Rückkehr nach Hamburg angerufen: »Wie konntest du es wagen, meine Freundin einfach aus dem Krankenhaus mitzunehmen, ohne mich zu informieren?« Nask hatte auf Charme geschaltet, so weit er das konnte. Die Anna-Lena brauche jetzt einfach Ruhe. Und in ihren eigenen vier Wänden könne sie sich am besten erholen. Doch Frida hatte ihn sofort unterbrochen: »Ich nehme den nächsten Flieger nach Hamburg. Und wenn es Anna-Lena schlecht gehen sollte, dann Gnade dir Gott.« Zum Glück war ihr Flug gestrichen worden, denn in Schweden wütete der Orkan bereits. Doch es ging nur um eine Gnadenfrist. Frida würde sich nach Hamburg durchschlagen, eine wie sie würde nicht mal ein Hurrikan stoppen können. Immerhin gab es ein Gästehaus auf dem Grundstück, wo er sie einquartieren wollte. In der Villa konnte er sie nun wirklich nicht gebrauchen.

Warum hatte sich wieder alles gegen ihn verschworen? Da war ja auch noch dieser bekloppte Stiefsohn, der irgendwas von Versöhnung mit Anna-Lena gefaselt hatte und ihr ein Porträt übergeben wollte. Was für ein hässliches Bild. Immerhin hatte es im Kamin gut gebrannt.

Nask schaute in die Flammen. Und wenn er Anna-Lena einfach ins Feuer stoßen würde? Groß genug war der Kamin ja. Nein, keine Lösung. Mit dem Testament würde der Verdacht sofort auf ihn fallen. Es musste aussehen wie ein Unfall. Vielleicht könnte er ihr die starken Schlaftabletten unterjubeln, die im Badezimmerschränkchen lagen. Sie musste ja gegen die Symptome ihrer Demenz viele Pillen nehmen. Gegenüber der Polizei könnte er dann den trauernden Lebensgefährten mimen, dessen Freundin in einem unbeobachteten Moment die falschen Tabletten genommen hatte. Trotzdem bliebe ein Risiko. Außerdem hatte er keine Ahnung, mit welcher Ration Schlaftabletten man jemanden ins Jenseits befördern könnte. Am besten wäre es, wenn Hedwig mit Anna-Lena wegfahren würde. Weit weg. Am besten für immer.

Er musste jetzt nachdenken. Aber wie sollte das gelingen, wenn diese Töle unaufhörlich kläffte? Er hatte Bjarki im Badezimmer eingesperrt, jetzt drehte der Köter fast durch. Und von oben rief schon wieder Anna-Lena: »Fritz, wann holst du Frida ab, sie fehlt mir so!«

»Nun haltet die Schnauze, alle beide!«, brüllte Nask. Doch Bjarki bellte noch lauter. Und Anna-Lenas Gejammer vom ersten Stock schwoll abermals an. Für einen Moment sehnte sich Nask nach seiner Bude in Ottensen zurück. Sechzig Quadratmeter. Sozialer Wohnungsbau. Aber ohne Anna-Lena. Ohne Hedwig. Ohne diesen Anwalt. Und ohne diesen Köter.

Aber wieder Hartz-IV? Nein, das konnte es nicht sein. Dafür war er zu dicht dran an seinem Traum von Thailand. Sonne, Strand, Massagen, schöne Frauen. Das hatte er sich verdient. Und er hatte ja immerhin noch das Testament, sollte der Gutachter doch erst mal kommen.

Vor allen Dingen brauchte er jetzt dringend eine Zigarette. Suchend sah sich Nask um. Er hatte sie doch auf die Fensterbank gelegt, oder? Wahrscheinlich hatte Hedwig die Schachtel wieder irgendwo verkramt. Sie als Haushälterin einzustellen war ein Fehler gewesen, manchmal war er einfach zu sentimental, zu weich. Alte Glut wieder zu entfachen, das war einfach nicht sein Ding. Der Sex mit ihr hatte ihn eher noch mehr abgetörnt. Die Jahrzehnte als Bedienung in Raucherkneipen hatten sich in ihren Körper gefräst. Die Hedwig war verbraucht, nichts mehr für ihn.

Und als Perle war sie leider eine totale Niete. Mein Gott, wie es hier schon wieder aussah. Das schmutzige Parkett, die übervollen Aschenbecher, die Brandflecke auf dem Teppich – der Gutachter würde sich morgen bedanken. Zeit, dass er endlich mal durchgriff. Viel zu viel hatte er sich in den vergangenen Wochen bieten lassen. Vom Pfaffen. Von der Chinesin. Von Frida. Von Hedwig. Von allen. Herbert Nask straffte seinen Körper. Er war noch immer der Herr im Haus: »Hedwig, komm runter. Mach hier sauber. Und hol mir meine Kippen.«

»Ja, ja, Herbie, ich komme gleich.« Herbie? Nask hasste es, wenn ihn Hedwig Herbie nannte. Herbie, das klang nach Ottensen, nach Kneipe, nach Sabbelköppen an Stammtischen. Er war jetzt Nask, Herbert Nask aus Nienstedten. Ein reicher Mann.

Dann kam Hedwig ins Wohnzimmer. Doch statt eines Putzlappens hatte sie nur eine brennende Zigarette in der rechten Hand: »Deine Kippen haben auf der Fensterbank gelegen, da habe ich mich erst mal selbst bedient, hatte Lungenschmacht. Viel spannender war aber der Zettel, der unter der Packung lag.«

Herbert Nask brauchte ein paar Sekunden, bis er verstand. Natürlich, nach dem Krach mit dem Rechtsverdreher hatte ihn die Blase gedrückt, die machte ihm immer mehr zu schaffen. Und als er auf dem Klo war, hatte sich die Schlampe das Testament gegriffen. Wahrscheinlich hatte sie den ganzen Streit gehört, laut genug war es ja zugegangen.

»Ja, mein Herbie, ich habe das Testament. Aber vielleicht ist es auch besser so. Dann musst du ja morgen vor dem Gutachter keinen Schiss mehr haben«, höhnte Hedwig und blies ihm den Rauch ins Gesicht.

Das war zu viel für Nasks Nervenkostüm. Er holte aus und schlug ihr mit der rechten Hand ins Gesicht. Wie das ging, hatte ihm sein alter Herr ja oft genug gezeigt. Hedwig rieb sich die linke Wange und sagte nur: »Ach, Herbie, glaubst du wirklich, du kannst das Testament aus mir rausprügeln? Da müsstest du mich schon im Kamin rösten. Aber dafür hast du nicht die Eier.«

Nask wanderte ziellos im Wohnzimmer auf und ab. Hedwig hatte leider recht, ohne Gegenleistung würde sie ihm den Zettel nicht geben. »Okay, was willst du?« »Das ganze Bargeld, das im Tresor liegt. Und Anna-Lenas Schmuck, den braucht sie ja eh nicht mehr.« »Gut, aber dann nimmst du Anna-Lena auch mit.« Hedwig schüttelte den Kopf: »Hältst du mich für bescheuert? Ich will endlich machen, was ich will. Und da kann ich die demente Kuh nun wirklich nicht gebrauchen.«

Nask überlegte. Der Verlust des Bargelds mochte bitter sein. Er war ein Idiot gewesen, Hedwig die 50 000 Euro zu zeigen, die er mit Anna-Lena vom Konto abgehoben hatte. Der Bankangestellte hatte zwar etwas komisch geguckt. »Sind Sie sicher, Frau Benzow, dass Sie so viel Bargeld brauchen?« Er hatte dann die Kohle aber doch am nächsten Tag ausbezahlt. Ihr Schmuck war noch mehr wert, viel mehr. Aber egal, auf den Konten lagen noch immer Millionen. Und den Verlust des Testaments durfte er nicht riskieren.

Nask öffnete den Tresor und holte die Scheine heraus. Leider hatte Hedwig genau gesehen, dass hinten noch ein Bündel mit Schweizer Franken lag: »Herbie, ich habe dir gesagt, dass ich die ganze Kohle will.« Das Köfferchen mit dem Schmuck hatte sie eh schon gepackt.

»Und jetzt gib mir das Testament!«, schrie Nask. »Entspann dich, Herbie«, flötete sie zurück, holte das Schriftstück aus ihrer Jeans und hielt den Zettel über den Kamin. Nask war dem Infarkt nah. »Nur ein Spaß, Herbie, hier ist der Wisch. Glaube zwar nicht, dass der dir viel nützen wird. Aber egal. Ich bin dann mal weg. Ich muss mich beeilen, soll ja bald heftig stürmen.« Sie stopfte das Geld in ihre Handtasche, legte die Schmuckschatulle in ihren Koffer und stolzierte zur Haustür. Vor der Hofeinfahrt wartete bereits das Taxi.

»Immerhin, die bin ich los«, dachte Nask und genoss die Stille. Das Rütteln des Sturms an den Jalousien nahm er gar nicht wahr. Jetzt müsste man einfach die Zeit anhalten können, dachte er. Aber natürlich würde in ein paar Stunden die Schwedin auftauchen. Und wenn die ihre Freundin eingesperrt in der Kammer sehen würde, könnte er das Testament auch gleich in den Kamin schmeißen. Frida würde sofort die Polizei holen. Und vorher ihm wahrscheinlich noch mit dem Schürhaken eins überziehen. Diese Frau machte keine Gefangenen.

Es könnte nicht schaden, Anna-Lena für ein paar Tage wieder ins Ehebett zu legen. Ihr was Gescheites anzuziehen, zumindest ihr Gesicht zu waschen. Wäre wohl eigentlich Hedwigs Aufgabe gewesen, aber die war ja nun nicht mehr da. Zum Glück hatte Anna-Lena gerade lichte Momente. Allein die Aussicht auf das Wiedersehen mit ihrer Freundin schien ihr frische Kräfte zu verleihen. Sie zog sich selbst um, tupfte sich sogar etwas Schminke ins Gesicht: »Wenn Frida kommt, will ich gut aussehen«, sagte sie zu sich selbst. Dann legte sie sich erschöpft ins Ehebett. »Eigentlich ist sie wirklich schön«, dachte Nask, als er die Tür leise schloss. Doch das Geräusch reichte, um Bjarki zu wecken.

Wie besessen bellte er aus dem Badezimmer. Den verdammten Köter, sagte Nask zu sich, mache ich als Erstes fertig.

Kapitel 49

Was für ein Albtraum. Geschlagene drei Tage für eine Strecke von siebenhundert Kilometern. Da hätte sie ja gleich zu Fuß gehen können. Bo hatte sie schon gewarnt, als sie noch schnell bei den Anderssons vorbeigegangen war, um sie zu bitten, während ihrer Abwesenheit nach dem Rechten zu schauen.

»Frida, es ist ein Sturm im Anzug. Nach allem, was sich da zusammenbraut, solltest du es dir lieber am Kamin gemütlich machen, die Sauna anstellen und dann in Ruhe die Reise zu deiner Freundin planen.« Bo war lange genug zur See gefahren, dass man seinen Rat hätte ernst nehmen sollen. Aber Frida war wie besessen. Sie wollte zu Anna-Lena. Sie musste zu ihr. Und sie schützen vor diesem Widerling Herbert.

Sie war noch am Abend nach Landvetter gefahren. Der Flughafen lag östlich von Göteborg, vier schwedische Meilen von Borås. Sie hatte geschlagene drei Stunden gebraucht, bis sie endlich auf der E6 war. Am Stigfjorden hatte es mächtig aufgefrischt. Zeitweise hatte sie nur Schritttempo fahren können. Überall lagen Äste und Zweige auf der Straße, aber zu dem Zeitpunkt hatte sie noch gedacht, dass Bo übertrieben hatte. Auf dem Weg hatte sie noch diesen unsäglichen Nask erreicht. Sie hatte ihn zusammengefaltet, ihm vorgeworfen, Anna-Lena gegen jeden medizinischen Verstand aus der Klinik geholt zu haben. »Wenn Anna-Lena etwas passiert, bevor ich ankomme, mache ich Köttbullar aus dir.«

Als sie endlich am Flughafen angekommen war, war der Flugverkehr längst eingestellt. Sie buchte sich im Scandic ein. Überteuert, aber immerhin fußläufig zur Abflughalle. Am Morgen checkte sie ohne Frühstück aus. Als sie auf den Abflugplan sah, fand sie bestätigt, was der heftige Wind beim Verlassen des Hotels sie hatte befürchten lassen. Hinter allen Fluginformationen gab es nur einen Hinweis: »Cancelled«. »Im Moment können wir noch nichts absehen«, war die Auskunft, die sie genauso bei der Finnair wie bei der Ryanair bekam. Über der Nordsee hatte sich ein Tief ausgebreitet mit Ausläufern bis in den Ärmelkanal.

Frida erwog die Alternativen. Sollte sie das Auto nehmen oder lieber den Zug? Letztlich war es egal. Das Nadelöhr würde die Öresundbrücke werden. Bei Sturm ging auch da nicht mehr viel. Sie entschied sich für den Flixbus. Das war der nächste Fehler. Die Frühfahrt war eingestellt worden. Der Nachtbus fuhr zwar, blieb aber nicht nur an der Öresundbrücke hängen, sondern gleich auch noch für geschlagene sechs Stunden am Fehmarnsund. Dazu kam dann noch ein Fahrerwechsel, der nicht funktionierte. Gerädert und übernächtigt kam sie schließlich mittags um halb zwölf am ZOB in Hamburg an. Überpünktlich was die Uhrzeit anging, aber eben drei Tage später als erhofft.

Sie ging zum naheliegenden Bahnhof hinüber. Die Ausschilderung einer »rail&fresh«-Anlage mit Premium-Sanitäranlagen hatte in ihr kurzzeitig die vergebliche Hoffnung auf eine Dusche geweckt. Sie frühstückte noch schnell ein Franzbrötchen mit einem doppelten Espresso, bevor sie sich fit genug fühlte, Herbert zu begegnen. Mit einem Lächeln musste sie an Anna-Lena denken, die ihr mal erklärt hatte, dass man im Deutschen »Stinkstiefel« für das schwedische »skitstövel« sagte. Mochte sein, dass die Deutschen höflicher waren, aber die Schweden hatten recht: Jemand wie Nask war ein »Scheißestiefel«.

Die Sturmschäden waren auch in Hamburg überall zu sehen. Nach den Umwegen zu urteilen, die der Taxifahrer fluchend nahm, war offensichtlich nicht nur der Fischmarkt abgesoffen. Als Frida endlich an der Einfahrt der Villa in Nienstedten ankam, zeigte der Taxameter 42 Euro an, und es war kurz vor drei. Frida straffte sich innerlich, als sie auf die Klingel drückte. Irgendwo im Haus hörte sie den Hund anschlagen.

Nask schaute sie mit glasigen Augen an, sein bemühtes Lächeln ließ ihn noch lächerlicher aussehen: »Na Frigida, eine gute Fahrt gehabt?«

Frida konnte erkennen, dass es unter der demonstrativen Machofassade schon ordentlich bröckelte. Hatte er schlicht Angst? Angst vor ihr?

Als Frida ins Wohnzimmer kam, roch sie die abgestandene Luft und sah ein ziemliches Chaos. Hinter einer Tür entlang des Flurs konnte sie das Jaulen und Kratzen eines Hundes hören. »Wo ist Anna-Lena? Ich will sie sehen!« Sie strengte sich an, nicht zu viel Schärfe in ihren Ton zu legen.

Nask hob beschwichtigend die Hand: »Anna-Lena hat sich hingelegt. Sie ist endlich eingeschlafen. Ich habe schon den Hund weggesperrt, damit er sie nicht immer wieder mit seinem Gekläffe weckt. Bitte lass sie schlafen. Wir freuen uns alle, dass du dich jetzt um sie kümmern willst. Aber vielleicht schaust du dir jetzt erst mal dein kleines Privathaus an.«

»Was waren das jetzt für neue Töne?«, dachte Frida irritiert. »Ich will in der Nähe von Anna-Lena schlafen. Habt ihr nicht ein kleines Gästezimmer dort?«, fragte sie.

Nask schüttelte den Kopf: »Eigentlich nicht. Nur eine kleine Besenkammer mit Notbett. Aber schau dir doch erst einmal das Gästehaus an. Du bekommst ohnehin einen Transponder, mit dem du jederzeit zu deiner Freundin gehen kannst.«

Frida nickte zögernd. Vielleicht machte es Sinn, nicht sofort auf Konfrontation zu gehen. Wenn sie erst einmal mit Anna-Lena gesprochen hatte, konnte sie immer noch bei ihr im Zimmer schlafen. Herbert setzte sich zu der Terrassentür in Bewegung, öffnete sie und trat auf die Steinplatten. Überall lagen Laub und Äste. Hinten im Garten war eine Magnolie umgeknickt.

»Der Sturm hat hier ordentlich gewütet. Heute Nacht soll es sogar noch heftiger werden. Aber das Gästehaus ist völlig unbeschädigt geblieben. Die Vorbesitzer haben das Häuschen für ihren pubertierenden Sohn gebaut. Du hast sogar einen kleinen Kraftraum dabei.« Sie gingen schräg über die Wiese zu dem Holzhaus in schlichtem Weiß. Herbert schloss auf: Es war nicht nur luxuriös, sondern auch sehr aufgeräumt. Dafür musste in den letzten Tagen irgendjemand gesorgt haben.

Nask gab ihr den Schlüsselbund. Die Goldmünze des Anhängers war größer als der Transponder. »Richte dich erst einmal ein. Wenn du willst, kannst du dir hier auch einen Kaffee machen. Unsere Haushälterin ist zwar unterwegs, aber sie hat vorhin eingekauft. Und wenn du so weit bist, kommst du mit dem Transponder überall rein, auch über die Terrassentür. Anna-Lena wird aber bestimmt noch ein, zwei Stunden schlafen.«

Als Nask gegangen war, sah sie sich in dem kleinen Haus um. Sie konnte der Versuchung kaum widerstehen, sich auf das ordentlich bezogene Bett zu legen und zu schlafen. Aber sie musste Ordnung in ihre Pläne bringen. Irgendetwas war an Nask eigenartig und unerwartet. Einerseits Prolet mit sexuellen Anspielungen und dann wieder der freundliche Gastgeber, der sie höflich wie eine neue Pflegerin begrüßte. Sie entschied sich für eine ausführliche Dusche. Danach würde ein starker Kaffee sie auf die Beine bringen. Sie hatte gesehen, dass es eine kleine Kaffeemaschine mit einem reichhaltigen Sortiment an Kapseln gab.

Als sie geduscht hatte, legte sie sich kurz auf das Bett. Wenigstens einmal die Glieder strecken. Dann schlief sie doch ein. Als sie die Augen aufschlug, bemerkte sie, dass es draußen schon dunkel geworden war. Eilig stand sie auf, zog sich an und eilte dann durch den Garten. An der Terrassentür drückte sie auf den Transponder und drehte den Knauf. Nichts. Piepsten die Dinger nicht eigentlich? Sie versuchte es erneut. Gleiches Ergebnis. Sie schaute durch das Fenster. In der Mitte des Raums konnte sie Nasks ausgestreckte Beine vor dem Kaminsofa erkennen.

Als sie klopfte, erhob er sich und kam auf die Terrassentür zu. Sein Schritt war noch unsteter geworden. Das Türschloss öffnete sich mit einem leisen Surren, und Frida konnte eintreten: »Der Transponder scheint nicht zu funktionieren.«

»Mistdinger«, sagte Nask, »vielleicht liegt es an der Batterie. Oder ich muss ihn noch mal neu einlesen. Irgendwo habe ich die Bedienungsanleitung. Lass mir das Gerät einfach da, ich kümmere mich. Wahrscheinlich willst du sowieso erst mal Anna-Lena sehen? Ich gehe mit dir zusammen rauf.«

»Das musst du nicht«, entgegnete sie schnell. »Ich finde den Weg schon. Welcher Raum ist es?«

»Zweite Tür links. Bitte klopf kurz an. Sie ist oft so schreckhaft.«

»Was war das jetzt schon wieder?«, dachte Frida, als sie die Treppe hinaufeilte. Fürsorge? Der Teppichläufer auf den alten Eichenstufen dämpfte ihren Schritt. Als sie vor der Tür stand, klopfte sie leise. Dem leichten Wimmern folgte ein ängstliches »Nein«. Frida öffnete vorsichtig die Tür. Anna-Lena saß zusammengekauert in ihrem Bett. Seit ihrer letzten Begegnung war sie noch schmaler geworden. Aber sie machte einen gepflegten Eindruck. Das Haar war gekämmt, und sie hatte eine taubenblaue Jacke über ihrem Nachthemd.

Anna-Lena richtete den Blick nach unten: »Nicht wieder einsperren. Lasst mich hier.«

Frida trat in den Raum. Jetzt sprach sie wieder Schwedisch: »Hej, Anna-Lena. Ich bin es Frida.« Misstrauisch sah Anna-Lena sie an, dann begann sie zu lächeln: »Frida, bist du es wirklich? Frida, du musst aufpassen. Sonst sperren sie dich auch ein, und dann bekommst du den Fraß.«

Frida ging zu ihr und setzte sich auf die Bettkante: »Keine Angst, Anna-Lena, ich bin jetzt da. Hier wird niemand eingesperrt.« Sie zog den Kopf der Freundin auf ihren Schoß. Anna-Lena fing unvermittelt an, leise zu weinen. Frida streichelte ihr zärtlich das Haar. Immer noch war sie überwiegend blond. Langsam wurde ihr Atem ruhiger. Frida sah durch das Fenster in den Garten. Der Wind riss heftig an den Zweigen einer alten Platane. »Ich mache dir jetzt was zu essen. Vielleicht hast du ja Lust, zum Essen herunterzukommen. Ich habe extra Anchovis mitgebracht. Mal schauen, ob ich uns Janssons ›frestelse‹ machen kann?«

»Ich weiß nicht, ob wir genug Zwiebeln haben«, hörte sie die kleine Frau auf ihrem Schoß sagen. Frida musste lächeln. »Ja, Zwiebeln wären gut.«

Kapitel 50

Wahres Spießerglück erkennt man an dem Willen zur Selbstverteidigung, hatte er noch gedacht, als er mit deutlich mehr als einem Astra zu viel zu seinem Tabbert zurückgegangen war. Unglaublich, was seine Mitbewohner beim Thema Selbstverteidigungswaffen so draufhatten. Einer hatte von seiner Kanada-Reise ein besonderes Bärenspray mitgebracht. Zehn Meter Reichweite. Aber das war nichts gegen den langhaarigen Kauz, der auf sein Blasrohr schwor. Wenn er von seiner »blow-gun« sprach, war nichts mehr von dem verträumten Gitarrenspieler zu spüren, der manchmal mitten in der Nacht, umgeben von süßlichem Geruch, Bob Dylan huldigte. »Mit dem Ding kannst du eine galoppierende Elefantenkuh auf zwanzig Meter in einen Bettvorleger verwandeln.« Der Finanzbeamte gestand schüchtern, aus Sorge um seine Frau in der Schweiz eine JPX Jet gekauft zu haben. Gegenüber dem in Deutschland zugelassenen Modell verfügte die Jet über einen Laser. »Oder soll ich etwa erst nach meiner Brille suchen, wenn sich einer an meine Marie ranmacht?«

Vermutlich hielten alle das Risiko für ausgesprochen überschaubar, dass seiner Frau ein anderes Schicksal als Tod durch Langeweile zustoßen konnte. Aber in der allgemeinen Waffenschau hatte Heinz den Vogel abgeschossen. Den Hof hatte der ältere Bruder geerbt, aber nachdem der auf Bio umgestellt hatte, hatte er wenigstens das Bolzenschussgerät zur Tierbetäubung mitgenommen. »Mit zwanzig blauen Patronen für Jungbullen. Nach dem Schuss gehst du triebfrei durchs Leben, wenn überhaupt.«

Alle hatten gelacht. Jessen hatte sich schnell noch ein »Urtyp« aus dem Kasten genommen und es an der Lehne des Campingstuhls geöffnet. Seins waren diese Abende nicht, aber er wusste, dass man ab und zu mitmachen musste, wenn man nicht unter feindlicher Dauerbeobachtung stehen wollte. Als einziger Akademiker auf dem Platz genoss er zudem eine besondere Stellung. »Richter, wir haben da mal 'ne Frage«, so begannen viele der Gespräche. Jessen war dabei zum allgemeinen Berater geworden, vom Nachbarschaftsstreit bis zur Prostataoperation. Den Richter hatte er dann noch als Ehrentitel bekommen. Ehrlicherweise musste er zugeben, dass er der Anlass für die Diskussion um Selbstverteidigungswaffen gewesen war. »Mensch, Richter, so wie du dein Camperglück abgesichert hast, empfängt da doch bestimmt eine Selbstschussanlage jeden Eindringling. Und dann kann man die nicht mal sehen, bei deinen ganzen halbtransparenten Fensterfolien«, hatte Heinz gesagt, und die Frau des Platzwarts hatte hinzugefügt: »Na, bis auf die zwei hübschen Löcher für das Fernglas.« Jessen hatte einmal mehr verstanden, dass Kontrolle hier eine Verpflichtung auf Gegenseitigkeit war, aber eben keine feindliche. Er hatte versprochen, sie im Winter mal zu einem Oldesloer-Köm-Abend ins Innere einzuladen. »Wenn ihr meine Kameraausrüstung seht, dann versteht ihr meine Vorsicht. Da lass ich lieber meinen Mazda offen.« »Ja, unser Richter und Vogelfreund«, hatte die Frau des Platzwarts versöhnlich das Gespräch beendet.

Am nächsten Morgen war dann noch Heinz zu ihm gekommen. Jessen hatte sich angewöhnt, vor dem Wohnwagen zu frühstücken, wenn das Wetter gut war. Er hatte Heinz auf einen Kaffee eingeladen und ihm einen Stuhl dazugestellt. Als der sich gesetzt hatte, öffnete er einen kleinen Karton, den er in der linken Hand hielt: »Richter, willst du das haben? Du weißt, unser Gespräch gestern. Wir haben ja geblödelt, aber die meisten von uns haben echt Schiss. Es hat in den letzten Jahren einige Bandenüberfälle auf Campingplätze gegeben. Wenn du willst, kannst du für den Notfall den hier haben, du weißt ja, ich habe was anderes.« Heinz reichte ihm ein Gerät, das wie ein überdimensionierter Kartoffelschäler aussah, nur verbogen und ohne Klinge. »Er war damals der Einzige auf dem Markt, der 500 000 Volt hatte. Damit kommst du auch durch einen ordentlichen Pullover durch und kannst jemanden kampfunfähig machen. Aber auf nackter Haut hast du natürlich einen ganz anderen Effekt. Deshalb nie mehrfach hintereinander bei derselben Person einsetzen. In dem Fall rufst du lieber mich zu Hilfe.« Heinz hatte noch gelacht und war aufgestanden. Jessen war irgendwie gerührt. Da machte sich jemand wirklich Sorgen um seine Sicherheit. Das war auch der Grund gewesen, weshalb er das ungewöhnliche Geschenk angenommen hatte.

Jetzt nahm er es aus dem kleinen Schränkchen oberhalb des Glaseckregals an der Tür. Er schaltete es ein. Die Leuchtdioden zeigten immer noch einen vollen Ladezustand. Er ging ins Netz und googelte die wirklichen Gefahren. Heinz hatte recht. Herzrhythmusstörungen, vor allem wenn der Elektroschocker in Herznähe angesetzt wurde. Aber das andere schien ihm noch interessanter: Der Stromstoß konnte bei längerer Dauer auch eine Elektrolyse des Bluts bewirken. Das Blut zersetzte sich in seine Bestandteile und wurde zur giftigen Mischung. Klang irgendwie gut. War aber vielleicht auch nur einer dieser Internetfakes. Er legte das Gerät neben die Gaskochplatten. Dort hätte man es fast ebenso gut für einen etwas klobig geratenen Anzünder halten können.

Noch zwei Stunden, bis dieser Jens Benzow kommen wollte. So martialisch seine Ansagen bei der ersten gemeinsamen Stiftungsratssitzung auch gewesen waren, besonders helle war er nicht. Wäre er sein Sohn, hätte er ihn auch enterbt, aber wegen Intelligenzmangel. Er hatte Jessen seine Story sofort abgekauft. »Ich habe mir Ihr Angebot durch den Kopf gehen lassen. Ich möchte diese Stiftung mit Ihnen leiten, nicht gegen Sie. Und jetzt nach dem Tod Ihres verehrten Vaters müssen wir enger zusammenarbeiten. Sie verstehen etwas von der kaufmännischen Seite und ich von der rechtlichen. Und ich glaube, ich habe ein paar gute Vorschläge, wie sich die Stiftung auch zu Ihrem Vorteil weiterentwickeln kann.«

Er schätzte ihn nicht als ernst zu nehmenden Gegner ein. Und wie er schon vermutet hatte, hatte Jens Benzow auch direkt auf versöhnlich umgeschaltet: »Ich glaube, ich habe in der Sitzung ohnehin Ihnen gegenüber etwas überzogen. Vielleicht können wir ja in gemütlicher Atmosphäre einen Neustart versuchen? In der nächsten Woche wollte ich mich nach Vaters Tod ohnehin einmal bei der Stiftungsaufsicht vorstellen.« Tim Jessen hatte die Idee des Resets sofort aufgenommen: »Vielleicht haben Sie ja Lust, zu mir an den Bredenbeker Teich zu kommen. Es ist zwar nicht mehr die ideale Jahreszeit, aber wir können zusammen abgrillen, und ein Bier gibt es hier auch immer.« Der Vorschlag musste der rheinischen Frohnatur verlockend erschienen sein, denn Benzow hatte sofort zugesagt.

Jessen wusste nicht, was ihn an diesem Menschen mehr störte: seine Sprunghaftigkeit oder seine rheinische Mundart. Überhaupt fand er, dass er in der letzten Zeit viel zu viel Energie auf schrecklich mittelmäßige Menschen hatte verwenden müssen. Erst dieser Pastor, jetzt Benzow junior. Gestern hatte er versucht, sich mit ein paar Bildern auf andere Gedanken zu bringen. Er hatte nicht einmal einen hochbekommen.

Allmählich drängte die Zeit. Seine eigene Stiftung hatte schon lange keine schwarzen Zahlen mehr gesehen. Die Hilfegesuche von Jugendlichen und Initiativen musste er inzwischen alle abschlägig bescheiden. Er brauchte Geld, viel Geld. Irgendwann war ihm dann die rettende Idee gekommen. Er hatte immer noch die Option, den Stiftungszweck der »polis et mare« zu drehen. War rechtlich nicht ganz einfach. Aber er kannte da ein paar Kniffe. Den Pastor würde er wohl überzeugen können. Allerdings würde Benzow junior nicht mitspielen. Schon dabei war er im Weg. Und erst recht war er im Weg, wenn die alte Benzow das Zeitliche segnen würde und ein neues Testament auftauchen sollte, das ihr Vermögen dem Kindeswohl seiner Stiftung widmete. Er hatte sich ja nicht umsonst Kopien von den alten Vertragsunterlagen bei Lenzin gezogen. Dann allerdings durfte es keinen Jens Benzow geben, der die Millionen in die Plastik-Stiftung oder gleich besser noch in seine eigene Tasche leiten wollte. Mochte sein, dass er damit keinen Erfolg haben würde. Aber solche Prozesse konnten sich über Jahre hinziehen. Schon wieder war Jens Benzow im Weg. Und diesen einsamen Künstler-Kauz würde wohl niemand vermissen.

Als er ihn zwei Tage später anrief, um einen Termin für das Treffen zu vereinbaren, offenbarte ihm Jessen noch seine Passion. Er sei leidenschaftlicher Ornithologe. Und in diesem Jahr gebe es bei den Zugvögeln einige Besonderheiten. Vermutlich wegen der warmen Winter. Gestern seien Weißstörche und sogar Mehlschwalben gesichtet worden, die ihren verspäteten Zug gen Süden angetreten hätten. Er sei dienstlich verhindert gewesen. Aber für morgen Abend würde ein noch größerer Durchzug erwartet. Wahrscheinlich mit Landung auf dem See, an dem er seinen Campingwagen stehen habe. »Das müsste sie doch auch als Maler interessieren. Picasso hat doch auch so gerne Vögel gemalt.«

»Vor allem Tauben«, hatte Benzow entgegnet und dann gerne zugesagt. Sie verabredeten sich für sechs Uhr abends am Bredenbeker Teich. Etwas mehr als eine Stunde bis zum Sonnenuntergang. Jessen hatte sich vom Platzwart den Schlüssel vom Zugangstor ausgeliehen. Um diese Jahreszeit war der Platz ohnehin oft unbesetzt. Er beschrieb Benzow den Weg und bat ihn durchzurufen, wenn er vor dem Tor stünde. Um fünf vor sechs klingelte sein Handy. Hatten Rheinländer nicht den Ruf, immer unpünktlich zu sein? Er schloss ihm auf, wies ihn auf den Parkplatz ein und ging dann zu seinem Stellplatz vor. Benzow hielt sogar ein kleines Papiertäschchen in der Hand, in dem eine Weinflasche zu sein schien.

Als sie bei dem Tabbert angekommen waren, bat er Benzow, Platz zu nehmen. Der Kasten Astra stand neben dem Grill, und Jessen öffnete zwei Flaschen. Er selbst wandte sich dem Fernglas zu, das er auf ein Stativ geschraubt und gen Norden zum Himmel ausgerichtet hatte. Durch das Glas sah er in den milchigen Himmel. Als wenn er damit etwas erkennen könnte, was er nicht auch mit bloßen Augen gesehen hätte. Benzow versuchte sich derweil in Small Talk: interessantes Hobby, ein wirklich beschauliches Plätzchen. Er habe auch schon mal an einen Stellplatz in Belgien gedacht, das sei ja nicht weit weg von Bonn. Jessen antwortete nur knapp mit »Hmh, stimmt, ach ja«. Was Benzow aber nicht in seinem Redeschwall unterbrach. Jessen hatte gute Erfahrungen damit gemacht, andere erst einmal reden zu lassen.

Auch hier hatte er damit Erfolg. Benzow junior ließ allmählich seine Interessenlage durchblicken, ohne dass er das Gespräch darauf lenken musste: »Der Tod meines Vaters hat für mich vieles verändert. Ich sehe mich jetzt in der Verantwortung, sein Werk fortzuführen. Bei der Durchsicht der Unterlagen ist mir aufgefallen, dass Sie mehrfach den Versuch gemacht haben, den Stiftungszweck auf notleidende Kinder zu erweitern. Und von meinem Vater weiß ich, dass Sie meine Mutter mehrfach um Unterstützung gebeten haben. Erfolgreich. Ich habe nichts gegen Ihre Stiftung. Aber ich möchte ein für alle Mal klarstellen, dass dies nicht im Sinne meines Vaters ist.«

Jessen sah ihn bemüht freundlich an und nickte: »In Stiftungen gilt, Herr Benzow, rechtlich gesehen, Sie verzeihen den Ausdruck, die Herrschaft der toten Hand. Entscheidend ist also der Wille Ihres Vaters, dem Sie, aber natürlich auch ich verpflichtet sind. Dennoch gibt es für uns im Vorstand durchaus einige Gestaltungsspielräume. Das war der Grund, weshalb ich gerne mit Ihnen reden wollte. Als Vorstand werden Sie eine Menge Zeit in die Stiftung investieren müssen. Ich kann und will Sie da gerne unterstützen, aber nur in dem Umfang meines bescheidenen ehrenamtlichen Engagements. Ich kann aber nicht erkennen, wie Sie die Belastung tragen wollen, wenn Sie gleichzeitig Ihren verantwortungsvollen beruflichen Tätigkeiten in Bonn nachkommen und Ihre künstlerische Neigung leben wollen. Der Gedanke mag Ihnen fremd vorkommen, aber eine Stiftung in der Größe der ›polis et mare‹ verdient durchaus einen hauptamtlichen Vorstand mit einem angemessenen Salär.«

Jessen ließ den Gedanken bei seinem Gegenüber nachklingen. Benzow sah aus, als ob er sich fragte, warum er auf diesen Gedanken noch nicht selbst gekommen war. Und tatsächlich, nach einer kurzen Pause setzte er zu einem erneuten, ungefilterten Brainstorming an: »Ein interessanter Gedanke. Mein Vater hat mir ein unerwartetes Erbe zukommen lassen. Inzwischen kann ich es ein wenig einschätzen. Es würde mir die Einrichtung eines Ateliers erlauben und vielleicht ein bis eineinhalb Jahre freien Schaffens. Das Leben in Bonn ist keineswegs so geworden, wie es sich viele nach dem Bonn-Berlin-Beschluss gedacht haben. Kulturell hat die Stadt ganz schön abgewirtschaftet. Außerdem denke ich manchmal darüber nach, ob ich nicht auch wie mein Vater einen örtlichen Schlussstrich ziehen sollte.«

»Ein kluger Gedanke«, warf Jessen ein. »Ich weiß nicht, ob Sie dabei einmal über Norddeutschland nachgedacht haben. Im Sinne der Stiftung wäre es natürlich eine erhebliche Erleichterung, wenn Sie von hier aus agieren würden. Neben Ihrer Kompetenz wäre sicher auch Ihr Name ein entscheidender Türöffner. Und ehrlicherweise wird man ja auch beizeiten über die Villa in Nienstedten nachdenken müssen. Es ist doch wohl eher nur eine Frage der Zeit, bis Ihre Stiefmutter in eine stationäre Betreuung muss.«

Schon wieder hatte Jessen Jens Benzow blank erwischt. Hatte der bisher überhaupt nicht weitergedacht? Er musste jetzt nur noch aufpassen, dass er ihn nicht überforderte: »Wissen Sie was? Jetzt öffne ich uns noch den Rotwein, den Sie mitgebracht haben. Dann trinken wir hier noch einen kleinen Schluck gegen die Kälte und gehen dann rein. Ich habe da einige Unterlagen zusammengestellt, die für Ihre Entscheidung hilfreich sein könnten. Vor allem habe ich eine kleine Aufstellung der Vorstandsgehälter gemacht, die ich so habe herausfinden können. Ich glaube, da ergeben sich interessante Perspektiven.«

Jessen öffnete die Flasche und schenkte ein. Als Jens Benzow das Glas an den Mund setzte, konnte er ein kleines Lächeln entdecken. Jetzt hatte er ihn. Er überlegte noch kurz, ob er ihm jetzt das Du anbieten sollte, verwarf dann aber den Gedanken. Stattdessen bat er den Künstler in den Wohnwagen: »Ach, bitte rücken Sie doch auf die Stirnseite durch. Ich nehme nur noch schnell die Unterlagen und komme dann zu Ihnen auf die Bank.«

Er checkte die Lage. Benzow war fast eingeklemmt hinter dem zu niedrigen Tisch. Er hatte gesehen, dass Benzow Rechtshänder war, und setzte sich so, dass er sein Gegenüber mühelos mit seinem Körper von rechts einklemmen konnte. Er war größer und massiger. Da er selbst auch Rechtshänder war, würde er mit dem Elektroschocker schnell an die linke Halsseite kommen können, ohne dass Benzow sich groß wehren könnte. Ein letzter kontrollierender Blick ging zu der Ablage links vom Gaskochfeld. Der vorbereitete Ordner lag dort, verdeckt davon das ausersehene Tatwerkzeug.

»Nun, dann schauen wir mal. Also bei den Gehältern für Vorstandsvorsitzende vergleichbarer Stiftungen bewegen wir uns in einem Bereich von 120 000 bis 200 000 Euro.« Er hob den alten Leitz-Ordner an und umfasste gleichzeitig den Elektroschocker mit der rechten Hand. Der Ordner enthielt nur wenige Seiten zum deutschen Stiftungsrecht, so dass er sein Gewicht mühelos mit der linken Hand halten konnte. Er drehte sich um die eigene Achse, dann ließ er in einem Bewegungsablauf den Ordner auf den Tisch fallen, warf sich auf Benzows rechte Seite, setzte den Elektroschocker mit der Rechten hinüberlangend an Benzows Hals an und löste den Stromstoß aus. Das leise Brummen des Geräts war sogleich zu vernehmen.

Benzow schrie kurz auf. Sein Körper versteifte sich. Dann sackte er reglos auf dem Campingsofa zusammen. Speichel trat aus den Mundwinkeln. Jessen wusste, dass der Elektroschocker erst nach wenigen Sekunden wieder einsatzfähig war. Er zog Benzow das karierte Hemd aus der Hose, setzte das Gerät an der oberen Bauchdecke an und drückte erneut. Der Körper blieb reglos.

Noch zwei weitere Male zielte Jessen, diesmal auf den Brustkorb in der Herzregion. Heinz hatte recht gehabt, der Akku hatte eine deutlich bessere Leistung. Als sich Benzow nicht mehr rührte, fühlte Jessen nach dem Puls an der Halsschlagader. Spüren konnte er nichts, aber riechen konnte er jetzt etwas. Die graue Stoffhose färbte sich dunkel ein. Auch das noch. Aber wahrscheinlich war die Frage, was aus den Polstern der Sitzecke wurde, ziemlich bedeutungslos. Jens Benzow war tot, nur das zählte. Dann zog Jessen sich Handschuhe an und suchte in Benzows Jackentasche nach dem Autoschlüssel. »Europcar« – kleinste Kategorie, wenn er eben richtig gesehen hatte. Jetzt galt es, das nächste Problem zu lösen.

Als er den Wohnwagen abschloss, fiel sein Blick auf Stativ und Fernglas. Er legte es schnell zusammen und packte es unter den Wagen. Egal, auch darum musste er sich später kümmern. Die Zeit der Mehlschwalben war eh vorbei.

Zehn Minuten später schlug Jens Benzow die Augen auf.

Kapitel 51

Durst. Am schlimmsten war dieser entsetzliche Durst. Es war stockduster. Wo war er nur? Als sich die Augen an die Dunkelheit gewöhnt hatten, nahm er die Umrisse einer Tischplatte über seinem Kopf wahr. Irgendwie musste er von dem Sofa runtergerutscht sein und lag jetzt eingeklemmt auf dem Boden, ohne sich richtig rühren zu können. Bruchstückhaft kehrte die Erinnerung zurück. Dieser Jessen hatte ihn auf seinen Campingplatz eingeladen, um mit ihm über die Stiftung zu reden. Richtig freundlich war dieser Rechtsanwalt gewesen, hatte ihm sogar einen hochbezahlten Job im Vorstand der Stiftung angeboten.

Benzow tastete nach seinem Hals. Der tat so weh. Was war nur passiert? Jessen hatte ihn mit irgendeinem Gerät verbrannt. Erst den Hals, dann Bauch und Brustkorb. Im Wohnwagen stank es entsetzlich nach Urin. Benzow spürte die feuchte Stelle in seiner Hose. Er hatte sich eingenässt. Und seine Bauchdecke tat so weh. Auch dort brannte es fürchterlich.

Als Kind hatte er bei einer Mutprobe mal seinen kleinen Finger in eine brennende Kerze gehalten – und ganz schnell wieder weggezogen. Seine Mutter hatte ihn getröstet und auf die winzige Brandnarbe gepustet. Wann hatte er das Grab seiner Mutter das letzte Mal besucht? Es war viel zu lange her.

Benzow wollte um Hilfe schreien, doch seine Kehle war wie zugeschnürt. Er musste etwas trinken. Unbedingt. Jetzt. Sofort. Vor lauter Anstrengung nässte er sich wieder ein.

Der Wohnwagen bewegte sich etwas. Kam da etwa Hilfe? Nein, nur der Sturm zerrte an dem betagten Gefährt. Benzow sammelte den Rest Speichel in seinem trockenen Hals und krächzte: »Helfen Sie mir! Bitte!« Doch er konnte selbst kaum hören, was er da rief. Der Sturm übertönte alles. Benzow wollte aufstehen, doch er sackte nur erneut kraftlos in sich zusammen.

Dabei musste er raus aus dem Wohnwagen. Der Killer würde irgendwann zurückkommen. Was würde Jessen wohl machen, wenn er sähe, dass sein Opfer noch lebte? Nochmals auf dieses Teil drücken? Würde er nach und nach seinen gesamten Körper verbrennen? Ihn zu Tode foltern? Und wenn er gar nicht zurückkommen würde? Dann würde er in diesem Wohnwagen verdursten.

Ein Gemälde fiel ihm ein. Neulich hatte er es in einem Museum gesehen: »Verpasste Gelegenheiten«. War das auch der Titel für sein Leben?

Plötzlich spürte Benzow einen ungeheuren Druck in seiner Brust. Als hätte sich ein Elefant auf seinen Brustkorb gestellt. Kalter Schweiß perlte von seiner Stirn, mit seiner Zunge versuchte Benzow, die salzigen Tropfen abzufangen, um endlich seinen schrecklichen Durst zu löschen.

Schemenhaft erinnerte sich Benzow an seinen Check-up vor einem Jahr beim Hausarzt. Dessen Stimme hörte er nun wie ein Echo. »Ihre Herzwerte machen mir große Sorgen. Sie sollten sich unbedingt mehr bewegen. Und lassen Sie Alkohol weg.«

Das Druckgefühl wurde immer schlimmer, die Schmerzen unerträglich. Jetzt strahlten sie auch in den linken Arm aus. Das Engegefühl legte sich wie ein Reifen um seinen Oberkörper. Ihm war übel wie noch nie. Setzte sein Herz jetzt aus? Würde er hier sterben? Eingepisst in einem muffigen Wohnwagen? Benzow sah noch einmal seinen Vater: »Jens, warum hast du mich wieder enttäuscht?« Seine Mutter beugte sich über ihn: »Jens, du wirst ein Künstler, ich weiß das.« Ihre weichen Züge vermischten sich mit dem Gesicht seiner Stiefmutter. Die Hochzeit. Sein Geschenk. Die Ausstellung. Ihr Vergessen. Ihr großes Vergessen. Oder Vergeben?

Kapitel 52

Die Warnung kam als E-Mail und erreichte ihn um 0:24 Uhr. Jonas Helfer lag schon im Bett und las noch ein wenig vor dem Zubettgehen. Er griff nach seinem Handy, um die so spät eintrudelnde Nachricht zu lesen. Sie kam vom Webmaster-Newsletter, den er abonniert hatte, und war knapp gehalten, in dieser Szene legte man keinen besonderen Wert auf Höflichkeitsfloskeln.

Warnung!
Aktuelle Virusattacken auf Organisationen im Sozial- und Gesundheitswesen (alle Rechtsformen)!
Einfallstor: Individualisierte Phishing-Email mit manipuliertem pdf-Anhang
Virusart: Trojaner
Auslöser: Öffnen des Anhangs
Schadensbild: Verschlüsselung der Daten aller im Zielnetz lokalisierbarer Rechner und Fileserver
Attackenziel: Erpressung
Urheber: Noch unbekannt
Adressaten: Website-Emailadressen von Stiftungen und Wohltätigkeitsorganisationen
Besonderheiten: Emails sind individualisiert auf den Empfänger angepasst, keine Massen-Email
Beispielmail: siehe Anlage (keine Sorge, ist safe ;-))

Helfer legte seine Brille zur Seite und rieb sich die Augen. Das hatte ihm gerade noch gefehlt. Fast rund um die Uhr hatte er in den vergangenen

Wochen mit elf Experten gegen den Hackerangriff auf den Verlag des Tageblatts gekämpft. Ein Journalist war unvorsichtig gewesen und hatte eine Phishing-Mail geöffnet. Binnen weniger Minuten war das gesamte Redaktionssystem lahmgelegt worden. Über Tage konnte das Tageblatt nur in Notausgaben erscheinen. Und selbst das gelang nur, weil sein Team in Windeseile ein provisorisches System aufgesetzt hatte, über Umwege war sogar der Zugriff auf das Bilderarchiv wieder möglich.

Am Ende hatte der Verlag Lösegeld für den Entschlüsselungscode gezahlt, zwar nur zwei statt der geforderten zehn Millionen Euro, dennoch viel Geld in wirtschaftlich schwierigen Zeiten. Inzwischen schreckten die Banden vor nichts mehr zurück. Nicht einmal vor Krankenhäusern und Sozialeinrichtungen. Vermutlich, weil die es mit der Sicherheit nicht so genau nahmen. Was für Schweine.

Vergebens versuchte er Jessen zu erreichen, das Handy war abgeschaltet. Typisch Jessen, dachte Helfer. Dessen Smartphone war eh museumsreif. »Wir müssen sparen, Jonas, wir brauchen das Geld für notleidende Kinder«, war Jessens Credo. Also hatte er aus Bordmitteln die Internetseite für »Kinder in Not« gebastelt. Sie sah trotzdem besser aus als viele andere Stiftungsseiten, die von teuren Agenturen entwickelt worden waren.

Die Tätigkeit bei Jessen hatte er über eine Plattform im Internet gefunden, die Ehrenämter vermittelte. Dabei hatte er in seinem Programmiererjob beim Hamburger IT-Dienstleister Akquinet eigentlich genug zu tun. Doch das Unternehmen mit Hauptsitz in Alsterdorf legte großen Wert auf soziale Verantwortung und Inklusion. Fast vierzig Prozent der Kolleginnen und Kollegen hatten eine Behinderung. Helfer gefiel das. Und die Leistungen der Autisten unter den Programmierern waren unfassbar. Sein Schreibtischnachbar Bernd starrte manchmal zwei Stunden lang einfach in die Luft, dann rasten seine Finger plötzlich über die Tastatur, und er schrieb fünf Seiten Programmiercode an einem Stück auf, ohne einen einzigen Fehler zu machen oder irgendetwas nachträglich zu korrigieren. »Ich programmiere im Kopf, erst dann mit dem Computer«, ließ er gelegentlich wissen.

Helfer hielt sich inzwischen aus dem Tagesgeschäft weitgehend heraus. »Zauberer, für dich habe ich eine neue Aufgabe«, hatte sein Chef Thomas ihm gesagt. Den Spitznamen Zauberer hatte er seit seiner Kindheit, mit seinem schwarzen wallenden Haar und Nickelbrille hätte er noch immer die Hauptrolle in jedem Harry-Potter-Film übernehmen können. Manchmal verfluchte er sein ewig kindliches Aussehen. Als er im Supermarkt neulich eine Flasche Gin kaufen wollte, bestand die Kassiererin auf dem Ausweis und staunte dann: »Du bist schon 23? Das glaube ich nicht.«

Seit einem Jahr kämpfte er nun in der neuen Spezialeinheit seiner Firma gegen Angriffe auf Unternehmen. Banden drangen dabei mit Verschlüsselungssoftware in Firmen ein und sorgten dafür, dass das Computersystem kaum noch genutzt werden konnte. Den Entschlüsselungscode gab es nur gegen Zahlung von Lösegeld in Millionenhöhe. Entsprechend oft war der Rat seines Teams in Sachen Prävention gefragt.

Ausgerechnet bei der von ihm betreuten Stiftung war die Sicherheitslage desaströs, das Tageblatt glich dagegen einem digitalen Fort Knox. Jessen nutzte als Passwörter entweder seinen Namen oder die Ziffernfolge 12345678. Helfer hatte immer wieder versucht, zumindest neue Virenschutz-Software auf den Kanzleirechner und den betagten Laptop des Juristen zu spielen. »Nee, lass mal, brauche ich nicht«, hatte Jessen dann gesagt.

Doch nun gab es ein Problem, das einigermaßen gefährlich wirkte. Helfer hatte sich die angehängte Beispielmail angesehen und er musste zugeben, dass sie ausgesprochen clever gemacht war. Das war keine Massenattacke nach dem Motto »Irgendwer wird schon drauf reinfallen«. Die Empfänger wurden persönlich angeschrieben, die Absender hatten den jeweiligen Zweck der Stiftung oder Organisation eindeutig vorher ausspioniert und ihr Anschreiben gezielt darauf ausgerichtet. Sie verwiesen auf die bereits bestehende Beziehung, stellten sich in gediegener Sprache als ein offensichtlich gut situiertes, älteres und kinderloses Ehepaar vor, das von der neuen Website des Adressaten sehr angetan war und sein Interesse bekundete, der Stiftung nun erneut und diesmal eine bedeutende Summe spenden zu wollen. Zur Überprüfung der Transaktionsdetails baten Sie den Empfänger, diese doch dem beigefügten Anhang zu entnehmen.

Helfer pfiff durch die Zähne. Er hatte keinen Zweifel daran, dass Jessen arglos genug wäre, diesen Anhang zu öffnen, falls er eine solche Nachricht in der Stiftungsmailbox vorfinden würde. Das Paar kannte er ja offensichtlich.

Er versuchte es noch einmal bei Jessen und landete wieder nur auf der Mailbox.

Helfer konnte als Webmaster den Maileingang checken. Er wälzte sich aus dem Bett und schlurfte zu seinem Schreibtisch, um den Rechner noch einmal einzuschalten. Dann loggte er sich als Administrator ein – und traute seinen müden Augen nicht. Da war es! Da war es!

»Spendenangebot – Kinder in Not«, die Mail mit dem Betreff stand ganz oben in der Liste der Eingänge. Das war eindeutig das Spenderehepaar, von dem Jessen ihm neulich mit Leuchten in den Augen erzählt hatte.

Die Ganoven hatten Informationen über die Stiftung und wollten offensichtlich nicht lange fackeln.

»Scheiße«, dachte Helfer. Was wäre, wenn Jessen das Programm versehentlich schon ausgeführt hätte? Der Trojaner würde alle Dateien auf dessen Notebook verschlüsseln und diese bei der nächsten Synchronisation wieder zurück ins Netz der Stiftung übertragen. Das musste er unbedingt verhindern. Er schickte Jessen eine WhatsApp und starrte auf das Display seines Handys. Doch blieb nur ein Haken stehen, offenbar hatte Jessen sein Handy ausgeschaltet. Zehn Minuten verstrichen. Dieser Typ war ein guter Mensch, aber digital einfach nur retro.

Helfer dachte einen Moment nach. Dann fiel ihm noch etwas ein. Er eilte hinaus in den Flur zum Schlüsselbrett und – ja, sie waren noch da. Die Schlüssel zu Jessens Kanzlei. Mein Gott, was für ein Schwein er hatte! Er hatte sie schon seit drei Wochen zurückgeben wollen, nachdem er einmal nach Feierabend bis in den späten Abend hinein den Zentralrouter erneuert und das kleine Kanzleinetzwerk neu eingerichtet hatte. Jessen war nach Hause gegangen, weil er keine Lust hatte, den ganzen Abend danebenzusitzen und Maulaffen feilzuhalten. Er hatte ihm einen Zehner für eine Pizza und einen Zweitschlüssel dagelassen und ihn ermahnt, beim Verlassen des Büros alles gut abzuschließen. Das hatte Helfer getan, aber danach vergessen, den Schlüssel zurückzugeben. Und Jessen hatte offensichtlich auch nicht mehr daran gedacht.

Er versuchte es erneut bei Jessen. Aber das Handy war immer noch tot. Jonas schaute auf die Uhr: Mit Car-to-go konnte er in zwanzig Minuten in Pinneberg in der Kanzlei sein. Er nahm seinen Rechner und machte sich auf den Weg.

Jonas kam sich vor wie ein Einbrecher, als er um kurz vor zwei die Tür zur Kanzlei öffnete. Dabei hatte er ja einen Schlüssel. Und es war ein Notfall. Er ging nach hinten durch ins Büro, und wie er vermutet hatte, hörte er das leise Summen des Rechnerlüfters schon an der Bürotür. Er war nicht umsonst gekommen. Als er vor dem Monitor Platz genommen hatte, eine Taste drückte und der Monitor nach einem Entsperrpasswort fragte, nahm der Rechner seinen ersten Versuch mit »12345678« ohne Umschweife an und ließ ihn durch zum Desktop. Zum ersten Mal war Jonas über Jessens Dämlichkeit nicht verzweifelt. Nun war nur noch die Frage, ob der Trojaner den Weg auf den Laptop schon gefunden hatte.

Es stand schräg auf der rechten Seite des Schreibtischs neben dem Telefon und war aufgeklappt, offensichtlich lief es auch im Stand-by. Jonas nahm den wie immer fein säuberlich platzierten Stift von der Tastatur, und der Monitor erwachte auf den ersten Tastendruck. Jonas zögerte etwas, bevor er das Passwort eingab, Jessen hatte ihm mehrfach eingeschärft, die Finger davon zu lassen, solange er nicht danebenstand, weil das sein Privat-Laptop sei und neben dem allgemeinen Mailprogramm nur private Angelegenheiten enthielt. Aber was soll's, es musste sein.

Er schaltete seinen Rechner ein, kopierte die aktuelle Version des Virenscanners auf den USB-Stick, steckte diesen in Jessens Rechner und startete das Programm. Jetzt musste er warten, was der Virenscanner finden würde. Zwanzig Minuten Langeweile. Wenn er nur nicht so furchtbar müde gewesen wäre, und im Kühlschrank brauchte er erst gar nicht nach einer Cola zu suchen. Sein Blick schweifte über den Desktop, und er sah den Ordner »Bredenbeker Teich«. Witzig, dachte er. Eine willkommene Ablenkung.

Ein Doppelklick und dann entdeckte er die Fotoserie. Vögel ja. Aber nicht nur. Ein Mädchen. Vielleicht elf Jahre alt. Wasserperlen auf der nackten Haut. Ausschnitte von einer kindlichen Brust und der bedeckten Scham. Er hatte keine Lust, sich noch mehr davon anzusehen. Ihm war so schon schlecht.

Bredenbeker Teich. Und er hatte auch noch mit Zarif zusammen das digitale Fernrohr mit Kamerafunktion für ihn installiert. »Jonas, Vögel sind mein großes Hobby«, hatte Jessen gesagt.

Was für ein Arschloch.

Helfer brauchte jetzt Rat. Sollte er sofort die Polizei anrufen? Aber am Ende kriegten sie ihn mit dem Fernrohr noch wegen Beihilfe dran. Außerdem war es bestimmt nicht ganz legal gewesen, dass er die Datei ohne Jessens Wissen geöffnet hatte.

Er zog sich eine Kopie des kompromittierenden Ordners auf den USB-Stick, den er am Schlüsselbund immer bei sich hatte, und versuchte, das Gerät möglichst genau wieder so hinzustellen, wie er es vorgefunden hatte. Den Stift platzierte er ebenfalls auf der Tastatur.

Als er die Kanzlei verließ und an die frische Luft trat, war ihm alles andere als wohl in seiner Haut. Er schleppte jetzt illegale Kinderpornografie auf seinem USB-Stick mit sich herum. Es wäre besser, sich damit nicht erwischen zu lassen.

Zurück in seiner Wohnung ging Helfer seine Optionen durch. An Schlaf war nicht zu denken. Nein, aus der Hackerszene konnte ihm jetzt niemand helfen. Er brauchte jemand, der verschwiegen war. Wie hatte der freundliche Glatzkopf noch geheißen, für den er neulich die Unterlagen für die Stiftungsratssitzung ausgedruckt hatte? Kestner, genau. Pastor Kestner.

Kapitel 53

Als Sora Lee aus dem BMW steigen wollte, flog die Autotür fast gegen die Mauer. Scheiße, Thomas hatte doch recht behalten, der Sturm wurde immer heftiger. »Wenn du bei diesem Wetter unbedingt mein Auto nehmen musst, park es bitte nicht unter einem Baum«, hatte er noch gesagt. Und auch den ständigen Hinweis vom »schwersten Orkan seit Jahrzehnten« auf tageblatt.de hatte sie nicht wirklich ernst genommen: »Ist bestimmt wieder eine dieser übertriebenen Ankündigungen, wo alles hinterher halb so schlimm ist.«

Doch dieser Sturm schien wirklich heftig zu werden, sie flüchtete geradezu in das Pfarrhaus in Nienstedten. Henning, der Pastor, hatte sie am Morgen angerufen. Endlich. Er hatte sich rar gemacht nach dem Kirmesbesuch. Sehr rar. Und leider war ihr beim Telefonat nach ein paar Sekunden klar, dass es ihm nicht um eine private Verabredung ging. Dafür wäre das Pfarrhaus in Gegenwart seiner Frau, der Hundetrainerin, auch der denkbar ungünstigste Ort gewesen.

»Sora, du musst bitte heute Abend kommen. Ich brauche deinen Rat. Ich habe gerade einen beunruhigenden Anruf bekommen. Es geht um Jessen, Tim Jessen. Diesen Rechtsanwalt, der mit mir im Vorstand der Stiftung der Benzows sitzt. Der Typ ist offenbar nicht ganz koscher.«

Astrid hatte ihr die Tür geöffnet, Sora hatte gehofft, dass ihr die Frau unsympathischer gewesen wäre. Sie war zwar ein herber Typ, aber keineswegs unfreundlich: »Mein Mann und sein Besucher warten schon auf Sie. Gehen Sie durch ins Büro. Ich muss mich um die Hunde kümmern.« Sora hörte das Bellen aus dem Garten.

Als sie das Büro betrat, musste sie unwillkürlich lachen. Das Duo, das da auf einen Computermonitor starrte, sah zu komisch aus. Links saß

Henning, der gerade nervös die Schweißperlen von seiner Glatze wischte. Rechts ein Typ, der mit Nickelbrille und wallendem schwarzen Haar in jedem Harry-Potter-Film die Hauptrolle hätte übernehmen können. Der Pastor nahm sie nur flüchtig in den Arm: »Gut, dass du kommen konntest.« Nachdem er die beiden einander kurz vorgestellt hatte, fuhr er fort: »Bitte schau dir mal diese Fotos an, die Jonas mitgebracht hat.«

Ein Mädchen, zehn oder elf Jahre alt, stand nur mit einem Bikinihöschen bekleidet am Ufer eines Sees. Dann spielte es im Sand, warf einen Ball nach oben. Die Bilder waren so gestochen scharf, dass man die Wasserperlen auf seiner Haut hätte zählen können. Sora schaute sich die Fotos genau an: »Keine Mutter, kein Vater würde sein Kind so fotografieren. Das ist Ware für Pädophile. Widerlich.«

»Siehst du, ich habe es dir gesagt. Wir müssen damit zur Polizei«, sagte der Pastor. Jonas schüttelte den Kopf: »Und ich habe Ihnen gesagt, dass das nicht geht.«

»Könntet Ihr mir bitte mal erklären, worum es hier geht?«, fragte Sora. »Jonas kümmert sich ehrenamtlich als Programmierer um Jessens Stiftung ›Kinder in Not‹. Und diese Fotos hat er auf Jessens Rechner entdeckt«, erklärte der Pastor.

»Aber illegal. Er hatte mir verboten, seinen Laptop auch nur anzurühren. Ich habe das heute Nacht ignoriert, weil ich einen Hackerangriff auf unsere Stiftung befürchtete. Aber ich hätte den Ordner auf seinem Rechner niemals öffnen dürfen«, sagte Jonas.

»Wenn die Polizei diese Fotos sieht, hat Jessen ganz andere Probleme, als sich mit dir auseinanderzusetzen«, sagte Sora Lee.

Jonas schüttelte verzweifelt den Kopf: »Es geht nicht. Versteht ihr das nicht? Ich habe ihm das digitale Fernrohr in seinem Wohnwagen am Bredenbeker Teich installiert.«

Sora Lee und der Pastor schauten Jonas entsetzt an. »Aber ich wusste nicht, dass er damit kleine Mädchen beobachtet. Mir hat er gesagt, es ginge ihm um Vögel. Er sei leidenschaftlicher Ornithologe. Wenn sich herumspricht, dass ich einem Pädophilen geholfen habe, kann ich einpacken. Dann bin ich meinen Job los. Und in der Branche erledigt.«

Für eine Minute hörte man nur den heulenden Wind, der gegen die Fenster des Pfarrbüros drückte.

»Ich verstehe«, sagte Sora Lee, »dann fahren wir jetzt eben zum Wohnwagen.« »Bist du bescheuert?«, fragte der Pastor: »Der Sturm wird immer heftiger. Wenn wir Pech haben, fällt uns schon auf der Elbchaussee ein Baum aufs Auto.«

»Und was ist, wenn Jessen gerade jetzt genau dieses Mädchen missbraucht?«, fragte Sora Lee. Jonas stand auf, stützte beide Hände auf den Tisch: »Das ist jetzt nicht euer Ernst. Jessen ist Anwalt, kümmert sich vor allem um seine Stiftung. Ja, vielleicht geilt er sich an solchen Fotos auf. Aber das ist doch kein Kinderficker.« Auch der Pastor schüttelte den Kopf: »Ich glaube das auch nicht. Außerdem sind die Campingplätze im Winter doch sowieso dicht.«

»Nein, es gibt Dauercamper, bestimmt auch am Bredenbeker Teich. Und ihr wisst doch selbst, dass in Lügde in Nordrhein-Westfalen zehn Jahre lang Kinder auf einem Campingplatz missbraucht wurden. Da reden wir über tausend Fälle. Aber wenn ihr nicht mitkommen wollt, fahre ich eben allein.« Resigniert nickten sich Jonas und der Pastor zu: »Okay, wir kommen mit.«

Schon auf der Elbchaussee merkte Sora Lee, dass der Sturm noch einmal aufgefrischt hatte. Auf der A7 konnte sie nur im letzten Moment einem Lkw ausweichen, dessen Anhänger durch den Orkan auf die linke Fahrspur ausbrach. Mit Blaulicht und Martinshorn jagten Streifenwagen an ihnen vorbei. Als sie nach eineinhalb Stunden die Reitanlage Bredenbeker Teich erreicht hatten, waren Soras Hände schweißnass. »Vorsicht, da liegt ein Baum auf der Straße«, schrie Henning. Sora trat mit aller Kraft auf die Bremse, einen Meter vor dem umgestürzten Stamm kam der BMW zum Stehen. Jonas war so bleich im Gesicht, dass Sora befürchtete, er werde sich gleich übergeben.

»Und nun?«, fragte Henning. »Wir gehen zu Fuß, ist ja nicht weit«, antwortete Sora und holte die Stablampe aus dem Kofferraum. Thomas war zum Glück ein Mensch, der an alles dachte. Die drei stapften durch ein Meer von Ästen und Zweigen Richtung Campingplatz. Zehn Minuten später stand das Trio vor dem Tor des Campingplatzes, das mit einem mächtigen Vorhängeschloss gesichert war. »Wir müssen über den Zaun klettern«, sagte Sora. Leise fluchend fügte sich Henning, das linke Hosenbein seiner Jeans riss an einem scharfkantigen Pfosten.

Zum Glück kannte Jonas den Weg zu Jessens Wohnwagen. Im Schein der Stablampe stemmte sich der mehr als vier Jahrzehnte alte Tabbert Comtesse gegen den Sturm. Jonas rüttelte an der Tür. »Vergiss es, dieser Besitzer will keinen Besuch.« Der Türspalt war wie die kleinen Fenster komplett zugeklebt mit Aufklebern der Jessen-Stiftung »Kinder in Not«. »Warum hat Jessen das gemacht?«, fragte der Pfarrer.

»Auf jeden Fall will er was verbergen«, sagte Sora und suchte im Gestrüpp der Äste nach einem schweren Stein. »Das ist jetzt nicht dein Ernst, oder?« Kestner schaute fassungslos zu, als Sora mit dem Stein das Schloss malträtierte. »Im Krimi sagen sie in solchen Situationen immer, es ist Gefahr im Verzug«, antwortete Sora. Nach ein paar vergeblichen Versuchen sprang die Tür auf. Drinnen stank es entsetzlich, ein Gemisch aus Kot und Urin. Unter dem Tisch lag eingeklemmt Jens Benzow, das karierte Hemd weit aus der Hose gezogen, der Kopf war überstreckt, als wenn er um Luft gerungen hätte. Die Verbrennungen am Hals waren unübersehbar. Sora fühlte vergebens nach dem Puls. Der gesamte Arm war ganz starr. Leichenstarr. In Afghanistan und in Somalia hatte sie mehrere Leichen gesehen, sie wusste, dass niemand Jens Benzow mehr würde helfen können. Während Henning seine Hände faltete, stürmte Jonas aus dem Tabbert und übergab sich.

Sora wirkte dagegen so gelassen, als würde sie gerade einen Wohnwagen für einen Kauf besichtigen. Die Ruhe behalten in gefährlichen Situationen, das war ihre große Stärke, auch deshalb hatten die Fotografen mit ihr in Afghanistan so gern zusammengearbeitet. »Wir rühren hier nichts mehr an, rufen die Polizei an und warten dann in unserem Auto auf die Beamten.« Als Henning mit der Notrufzentrale sprach, klingelte plötzlich Soras Handy. Die Nummer auf dem Display kannte sie nur zu gut.

Kapitel 54

Er hatte gut geschlafen. Erstaunlich gut. Jedenfalls, wenn man an die Ereignisse des letzten Tages dachte. Er hatte sich immer vorgestellt, dass man über Tage und Wochen völlig aus der Spur wäre, wenn man einen Menschen getötet hat. Möglicherweise kam das ja noch, schließlich war er ja nicht unsensibel. Aber erst einmal funktionierte er einfach. Und er funktionierte gut. Der vergessene Rückbau seines Fernglases war ihm eine Warnung gewesen, aber darum würde er sich später kümmern. Der Campingplatz war jetzt abgeschlossen und menschenleer. Wer würde schon auf die Idee kommen, durch die zwei Gucklöcher einen alten Campingwagen nach einer Leiche abzusuchen? Und doch galt es ab sofort, absolut vorsichtig und überlegt zu handeln.

Er hatte Benzows Leihwagen noch zum Flughafen zurückgebracht. Wahrscheinlich waren die Handschuhe und die Bademütze eine überflüssige Vorsichtsmaßnahme. Bis man im Auto nach Spuren suchen würde, wäre es wahrscheinlich schon mehrfach von anderen genutzt und danach gereinigt worden. Benzows Tasche hatte er in seinen Mazda umgepackt, offensichtlich hatte der noch in keinem Hotel eingecheckt. Auch das gab ihm etwas mehr Zeit.

Die Wagenübergabe war völlig problemlos gelaufen. Er hatte sich noch eine gute Geschichte überlegt, warum er den Hyundai einen Tag früher zurückgeben musste. Aber das interessierte eh niemanden. Es hieß nur: »Irgendwelche Schäden?« Und: »Der Rest kommt per Mail.« Dann nahm er eine Taxe zurück, ließ sich am »Haus am Schüberg« absetzen, zahlte für die 18 Kilometer in bar und ging den letzten Kilometer zum Teich zu Fuß. Auch das war wahrscheinlich unnötige Vorsicht. Aber der Spaziergang half ihm, seine Gedanken zu sortieren.

Um die Leiche würde er sich später kümmern. Der nicht weit entfernte Teich bot Möglichkeiten, Brandstiftung des Wohnwagens – irgendetwas würde ihm einfallen. Bis die Leiche durch ihre Geruchsbildung auffallen würde, blieben ihm noch ein paar Tage. Der Tabbert war erstaunlich gut isoliert. Ihn von außen uneinsehbar zu machen würde ihn gleich höchstens fünf Minuten kosten.

Jessen war sich ziemlich sicher, dass sein Marionettentheater mit Herbert Nask aufgehen würde. Der Typ war so geldgeil, so dumm und so gewalttätig, dass er am Ende eine Lösung finden würde. Nask hatte heute Vormittag begriffen, dass eine lebende Anna-Lena seinen Goldrausch beenden würde, sobald die Geschäftsunfähigkeit festgestellt war. Wenn er ansonsten zu feige wäre, sie umzubringen, würde ihm nichts anderes bleiben, als erst einmal mit ihr wegzufahren. Aber eigentlich schätzte er ihn nicht als feige ein.

Damit blieb eigentlich nur noch das Problem, wie er selbst beweisen konnte, dass das Testament der Witwe Benzow zugunsten seiner Stiftung der letzte, gültige Wille der noch rechtsfähigen Frau war. Für dieses Problem hatte er die Lösung noch nicht gefunden, als er beim Campingplatz angekommen war. Er hatte erledigt, was er sich vorgenommen hatte, und bestieg seinen alten Mazda, um in sein Büro zu fahren. Google Maps hatte ihm die Route über den Ring 3 als schnellsten Weg angezeigt. Als er an Hummelsbüttel vorbeigefahren war, blinkte die kleine gelbe Zapfsäule auf dem Display seines Wagens nervös auf. Mist, das hatte er auch noch vergessen. Die Tankanzeige spielte öfter mal verrückt, allerdings selten zu seinen Gunsten. Er hatte den Blinker gesetzt und war auf die Langenhorner Chaussee gebogen, irgendwo gab es da eine günstige freie Tankstelle. Als er wieder auf die Langenhorner zurückbog, war ihm kurz darauf das Firmenschild aufgefallen, das er bisher noch nie gesehen hatte: »Gravuren – Schilder – Stempel – Pokale«. Na klar, das war die Lösung. Wie gut, dass er das alte Ding noch nicht weggeschmissen hatte. Vermutlich aus Nostalgie. Seine Mutter hatte es ihm zum ersten Examen geschenkt, von Aigner. Das blöde Emblem, das wie ein Hufeisen aussah und aus statischen Gründen noch einen Querbalken hatte. Natürlich war das »A« auf der Dokumentenmappe in Gold. Aber die Mappe war ihm immer zu feminin gewesen, als dass er sie selbst genutzt hätte. Und auch wenn er sie nie gebraucht hatte, Staub hatte sie sicher angesetzt. Vermutlich würde der Laden morgen früh aufmachen, sonst ließe sich sicher ein anderer finden. Personalisierte Dokumentenmappe »Anna-Lena Benzow«, vielleicht noch mit Schmirgelpapier leicht gealtert, darin die Zweitschrift der Urkunde. Dann würde er der alten Dame morgen wie versprochen einen Hausbesuch abstatten und die Mappe irgendwo ablegen, möglichst nicht auf den ersten Blick sichtbar. Wenn er sich recht erinnerte, gab es vom Eingang aus gesehen eine kleine Bibliothek.

Zufrieden mit dieser Lösung war er in sein Büro gefahren. Als er auf seinen Schreibtisch sah, war er sich einen Moment lang sicher, dass jemand an seinem Rechner gewesen war. Aber das waren wohl nur die Nerven. Kein Wunder. Die Arbeit an dem Testament hatte ihn mehr Zeit gekostet, als er erwartet hatte. Es war halb eins geworden, bis er zuhause war. Erst dann merkte er, dass er seit Stunden nichts mehr gegessen hatte. Sein Kühlschrank machte ihm die Wahl leicht. Käse und Wein, von dem er ganz bewusst nur ein Glas nahm. Aber er fand, sich das nach allem verdient zu haben.

Jetzt dankte es ihm sein Körper. Fünf Stunden Schlaf waren für ihn nicht ungewöhnlich, das eine Glas schon eher. Er trank seinen Kaffee Lungo aus der Maschine, dann machte er sich auf den Weg, um direkt um acht bei dem Laden zu sein. Als die Ladentür öffnete, drängelte sich ein großgewachsener Mann um die vierzig an ihm vorbei, in seiner wulstigen, ungepflegten Hand einen Stapel von Zulassungspapieren. »Sorry, aber ich habe einen Termin.« Jessen schluckte seinen Ärger hinunter. Jetzt galt es, bloß nicht aufzufallen und die Ruhe zu bewahren. »Na dann«, bemerkte er lakonisch, während der Mann in einen Glaskasten zu seinem Termin verschwand. Er sah sich um. Im Büro war eine Frau damit beschäftigt, sich ihren Arbeitsplatz mit einem Franzbrötchen und einem Kaffee einzurichten. Über einen Schreibtisch gelehnt stand ein vielleicht 18-Jähriger und blätterte einen Katalog durch. Jessen sprach ihn an: »Entschuldigen Sie, junger Mann, könnten Sie mir vielleicht helfen?«

Als er aufsah, konnte Jessen erkennen, dass der Bartwuchs des Jünglings noch kaum eingesetzt hatte. Er hob die Augen vom Katalog, aber, wie Jessen bemerkte, eher aus Schüchternheit: »Sie müssen leider ein bisschen warten. Der Chef ist gerade mit den Tageszulassungen von VW-Hamburg beschäftigt. Das kann leider ein wenig dauern. Und ich bin nur der Lehrling.«

»Ich bin mir sicher, dass Sie mir auch helfen können. Bitte schauen Sie doch einmal kurz.« Als der Auszubildende heranschlurfte, konnte er sich des Eindrucks nicht erwehren, dass die Branche nicht die Allerhellsten anzog. Aber das konnte ihm nur recht sein. Als Jessen ihm sein Anliegen erklärte, wurde der Lehrling plötzlich ganz wach. »Eine echte Gravur, in Goldschrift. Und das noch auf Leder. Von so was kann man hier nur träumen. Haben wir tatsächlich mal im ersten Lehrjahr gelernt. Aber die Werkzeuge dafür sind hier so alt, dass ich Ihnen rate: Gehen Sie besser in die Stadt.«

Geschäftstüchtig war er jedenfalls nicht, dachte Jessen. Aber es gelang ihm, den Jungen zu überzeugen, den Auftrag anzunehmen. Es sei für seine Schwiegermutter, die ohnehin nicht mehr gut sehe. Und er könne nicht mit leeren Händen kommen, und so weiter. Schließlich hatte sich der junge Mann wirklich an die Arbeit gemacht, aber in der Tat konnte man das Ergebnis nicht als Basis für eine Empfehlung ansehen. Für seine Zwecke war es jedoch genau richtig. Der Farbaufdruck war etwas uneinheitlich, der Tintenstrahler war auch nicht richtig gereinigt worden, so dass sich in dem Gold kleinere graue Sprengsel fanden. Als der Chef hereinkam, setzte er direkt zur Schimpfkanonade an: »Ich hab dir gesagt, du machst nichts ohne mich. Was ist das denn für eine Schmierei? Dich kann man einfach nicht auf Kunden loslassen.«

Jessen fiel ihm ins Wort: »Alles gut, Meister, ich habe ihn extra gebeten. Und für mich ist das gut so. Was bin ich Ihnen schuldig?«

»Versprechen Sie, dass Sie keinen Anwalt einschalten, und geben Sie dem Jungen einen Satz warme Ohren mit meinem Segen«, sagte er mit jovialem Lächeln. »Und du entschuldige dich bei dem Herrn«, sagte er, während er sich schon wieder zu seinem Glaskasten aufmachte.

Jessen kramte einen Zwanziger aus dem Portemonnaie. Dann winkte er den Lehrling heran, der sich wieder zu seinem Katalog verkrümelt hatte. »Hier, statt der warmen Ohren. Und für das schlechte Werkzeug kannst du ja nichts.« Als er ins Auto stieg, war es viertel vor neun geworden. Vor halb elf wollte er nicht in der Villa sein. Vielleicht würde die Zeit ja sogar noch für ein kurzes Frühstück im »Coffee to Fly« reichen. Er ging nur kurz mit der Glasnagelfeile über den Schriftzug und zog ihn mit zarter Bräunungsfarbe nach. Echt vintage. Ein klarer Vorteil, dass er jedenfalls über gutes Werkzeug verfügte.

Während er mit seiner Espressotasse in der Hand auf das Rollfeld starrte, fiel es ihm plötzlich wie Schuppen von den Augen. Es war jemand an seinem Computer gewesen. Es musste jemand dran gewesen sein. Dass er das nicht direkt gemerkt hatte. Er hatte die Angewohnheit, seinen Druckbleistift auf die Tastatur zu legen, immer exakt mit der Schreibspitze auf der Höhe des D und dem Drücker auf dem Ö. Nun war der Druckbleistift umgedreht und verschoben gewesen, mindestens um einen Buchstaben. Aber wer konnte an seinem Rechner gewesen sein? Und mit welchem Interesse?

Jessen spürte, wie ihm der Espresso wieder hochkam. Massives Sodbrennen war immer ein Zeichen, dass er nervös wurde. Er leerte das Wasserglas in einem Zug. Es gab nur eine vernünftige Antwort: Jonas, sein Computerexperte. Sah aus wie Harry Potter. Und war wie Harry Potter. Ein Zauberer, zumindest am Computer, wo er für jedes Problem eine Lösung wusste, bevor es überhaupt entstand. Und das Passwort zum Starten des Laptops kannte Jonas. Zu oft hatte er schließlich gesehen, wie Jessen es eingab. Er wechselte ja nur zwischen JESSEN und 12345678. Wie blöd war das eigentlich?

Allerdings hatte er Jonas immer wieder eingeschärft, niemals seinen Laptop anzurühren: »Der ist tabu. Anwaltsgeheimnis, du verstehst.« War der Zauberer jetzt zu neugierig geworden? Das würde auch seine vielen Anrufe in den vergangenen Stunden erklären. Jessen war nie rangegangen. Er hatte wahrlich Wichtigeres zu tun, als sich um Jonas' übliche Fragen zu kümmern, ob das Logo der Stiftung nun besser links oder rechts auf der Website platziert werden sollte.

Jessen drückte auf Jonas' Nummer, die er eingespeichert hatte. Doch das Handy klingelte durch, ungewöhnlich, normalerweise ging Jonas sofort ran, zu jeder Tages- und Nachtzeit. Hatte der Zauberer die Fotos vom Teich entdeckt? Wusste er nun, dass das digitale Fernrohr, das er eingebaut hatte, keineswegs zum Beobachten von Vögeln diente?

Hatte Jonas eine Kopie der Fotos gezogen? War er womöglich schon mit dem Stick bei der Polizei?

Jessen unterdrückte erneut die hochkommende Galle. Er musste jetzt ruhig bleiben, nicht panisch werden. Das Einfachste wäre wahrscheinlich, wenn er seine Festplatte aufräumte, war eh überfällig. Die Fotos würde er in seinen Ordner »Kindesmissbrauch«, Unterordner »Kinderpornografie« packen. Er würde einige Parallelordner »Kindesmisshandlung«, »Geflüchtete Kinder« und »Kinder mit Behinderungen« anlegen und mit einschlägigen Fotos bestücken. Eigentlich konnte er sich nicht vorstellen, dass die ganze Angelegenheit vor Gericht kommen würde. Aber selbst wenn, die vermeintlich strafbaren Bilder wären dann perfekt einzuordnen. Im Zweifelsfall würde seine eigene Dummheit ihm sogar noch zugutekommen. Denn wer schützt seinen Computer, wenn er dort strafbewehrte Fotos gespeichert hat, mit seinem eigenen Namen als Passwort?

Jessen wendete den Wagen und fuhr in die Kanzlei zurück. Die Lösung seiner Probleme in der Villa Benzow würde warten müssen. Leichen liefen ja bekanntlich nicht weg. Das galt natürlich auch für Jens Benzow. Doch wenn die Polizei durch einen Hinweis von Jonas zum Wohnwagen fahren sollte, war er fällig. Dann würde er wegen Mordes verurteilt, selbst der beste Strafverteidiger würde ihn da nicht rauspauken können. Der Wohnwagen musste weg. Ganz weg. Und zwar ganz schnell.

Kapitel 55

Sie musste raus hier. Sofort. Ganz egal, ob es hinterher wieder Ärger geben würde. Panisch sah sich Anna-Lena in der Kammer um. Irgendwas musste es doch geben, mit dem sie sich befreien konnte.

Wieder hörte sie das Jaulen. Es klang ganz fremd. Sie wusste, dass dieser fremde Mann unten manchmal nach Bjarki trat. Nie, wenn sie in der Nähe war. Gesehen hatte sie es trotzdem. Aber Bjarki war schlau. Er wich aus, und der Mann trat ins Leere.

Jetzt klang es anders. Anhaltender und verzweifelter. Wie ein Tier in Gefahr. In Todesangst.

Sie musste etwas unternehmen. Aber was? Sie hatten ja alles entfernt. Seitdem sie das Fenster eingeschlagen hatte, gab es nur noch das Deckenlicht. Nachtschränkchen und Lampe waren entfernt worden. Es gab nur noch das Feldbett im Zimmer, und das war zu schwer für sie.

Aber irgendwas hatte sie doch noch versteckt. Die Reporterin hatte ihr doch irgendwas geraten. Für den Notfall. Sie lauschte nach unten. Das Jaulen war leiser geworden. Oder hatte es ganz aufgehört? Dann war plötzlich ein Schrei zu hören. Der Schrei eines Menschen, stellte sie erleichtert fest. Und dann konnte sie Flüche hören. »Verdammter Scheißköter! Jetzt ist es vorbei«, meinte sie zu hören.

In Panik suchte sie. Aber da war nichts. Nicht einmal ein Glas. Das hatten sie durch einen Plastikbecher ersetzt. »Schau mal«, hatte die schreckliche Frau gesagt, »mit Donald Duck drauf. Oder hast du den auch schon vergessen?« Zornig trat sie das seltsame Trinkbehältnis unter das Bett. Es war ohnehin leer. Es war fast immer leer. Und sie hatte wieder so schrecklichen Durst.

Sie hob die Matratze an. Irgendwas war doch gewesen, was sie auf keinen Fall vergessen wollte. Da entdeckte sie das schwarze Ding. Das

Handy, das ihr die Reporterin gegeben hatte. »Nokia« stand drauf, und das Fenster war ganz klein und dunkel. Was hatte sie ihr noch mal gesagt? Sie musste nur einen Knopf drücken. Eine Zahl. Ja genau, eine Zahl, aber welche? Sie drückte auf die 1. Ein Bild tauchte auf. Sie erkannte die Frau, aber sie wusste nicht mehr genau, wie sie hieß. Auf alle Fälle war sie gut zu ihr gewesen. Anna-Lena starrte auf das Bild. Warum ging sie nicht ran? Wollte sie nicht mehr mit ihr sprechen? War sie auch böse auf sie, weil sie Fritz getötet hatte? Nein, sie war nicht eine von denen. Sie war eine, die helfen würde.

Von unten hörte sie Schritte aus der Küche, die direkt unter ihrem Zimmer lag. Irgendjemand kramte laut in der Besteckschublade. Dann eine Stimme aus dem Wohnzimmer: »Komm. Komm her. Sofort.« Ganz laut und deutlich. Aber der Hund bellte nur. Er rief sie. Er wollte, dass sie käme. Sie musste kommen.

Sie sah beschwörend auf das Bild. »Geh schon ran!« Aber die Frau auf dem Bild starrte sie nur an. Intuitiv drückte Anna-Lena auf den Telefonhörer. Der rote war bestimmt für den Notfall. Aber da war das Bild plötzlich weg. Sie begann zu schwitzen und merkte mit Widerwillen, dass sie stank. Erneut drückte sie die 1. Und jetzt den grünen Knopf. Das Bild verschwand und eine Nummer tauchte auf.

Aber sie konnte nichts hören. Sie starrte auf das Handy. Auf den Stummel, der wenige Zentimeter aus dem Gerät herausragte. Dann kam ihr eine Idee, und sie stand auf, mit dem Handy fest umschlossen in ihrer Faust. Der Stummel zeigte nach unten, wo immer noch das Bellen des Hundes zu hören war.

***

Herbert hatte endgültig genug. Genug von der Alten, die immer verrückter wurde. Hatte sie ihn doch vorhin wirklich gekratzt, als er sie aus dem Schlafzimmer wieder in die Besenkammer getragen hatte. Und dann diese furchtbare Frigida, das schwedische Mannweib, das von ihm aus bei dem Sturm draußen gern in dem hübschen Gartenhäuschen verrecken konnte. Jedenfalls ins Haus kam sie nicht mehr rein. Und dann wollte morgen dieser schlabbrige Rechtsverdreher kommen mit seinem beschissenen Arzt. Er würde niemand mehr untersuchen können, dafür würde er schon sorgen. Den Totenschein könnte er noch ausstellen.

Aber am meisten nervte ihn der Hund. Er hatte ihn vor dem Abendessen aus dem Badezimmer gelassen. Das blöde Vieh hatte die ganze Tür zerkratzt. Dann hatte er die ganze Zeit unter dem Tisch gelegen, als die beiden Frauen ihren ekelhaften Fischfraß gegessen hatten. Irgend so ein Restegericht, das Frida wohl schon vergammelt aus Schweden mitgebracht hatte. Sie hatten ihn nicht mal gefragt, ob er mitessen wollte. Aber er stand heute eh eher auf Flüssignahrung. Frida hatte ihre Freundin ins Bett gebracht und noch eine ganze Zeit bei ihr zugebracht. Dann war sie ins Gästehaus gegangen. Sie hatte ihm noch einen Zettel mit ihrer Telefonnummer dagelassen: »Wenn irgendwas mit Anna-Lena ist, ruf mich sofort an.« Konnten ihm eigentlich in der Zwischenzeit alle sagen, was er zu tun oder zu lassen hatte?

Als er Anna-Lena wieder in ihre Kammer gesperrt hatte, winselte der Hund erneut und versuchte, zu ihr zu gelangen. Mit einem kräftigen Fußtritt hatte Herbert Nask ihn zur Treppe getrieben. Jetzt humpelte er wenigstens. Unten hatte er sich in sein Körbchen verzogen. Nask legte ein paar Buchenscheite nach und goss sich sein Glas erneut ein. Eigentlich mochte er Whisky am liebsten on the rocks. Aber nun hatte er keinen Bock, die Eiswürfel aus dem Fach zu kramen. Er spürte, wie der unverdünnte Highland die Kehle entlangbrannte und im Magen eine wohlige Wärme erzeugte.

Als er von oben wieder das Winseln und Kratzen hörte, atmete er tief durch. War der Köter doch schon wieder nach oben geschlichen. Wenn es so weiterging, würde er bald noch überall Kindersicherungen einbauen müssen, damit er hier halbwegs in Frieden leben konnte. Mühsam erhob er sich und schlurfte die Treppe hoch. Bjarki verkroch sich sofort in die äußerste Ecke des Flurs. Als er auf ihn zuschritt, knurrte der Köter leicht, wich dann geschickt aus und raste die Treppe herunter.

Viel langsamer ging nun Herbert ebenfalls die Treppe hinunter. Ein Problem würde er jetzt auf die sanfte Tour lösen. Er ging zu dem Küchenschrank, in dem sich die Hundeutensilien befanden. Angewidert sah er die vielen Ingredienzen: Spirulina, Lachsöl, unterschiedliche Gemüseflocken … Er nahm einige von den Dorschleckerlis und einen Ochsenziemer. Vorsichtig und bemüht zärtlich rief er den Hund. Aber Bjarki bellte ihn nur gestört an. Dann warf er ihm ein Leckerli hin. Der Hund schlich auf das Leckerli zu, ohne ihn auch nur den Bruchteil einer Sekunde aus den Augen zu lassen. Wie verfressen und dumm der Hund doch war. Vielleicht half ihm aber auch, dass das Vieh den Tag über noch nichts zu essen gehabt hatte.

Herbert wiederholte das Spiel noch einige Male, bis der Hund sich auf einen Meter angenähert hatte. Dann hielt er ihm den Ochsenziemer mit seiner Linken auf Abstand vor die Schnauze und redete ihm gut zu. Der Hund schnappte kurz, um den Snack zu sich zu ziehen, und ließ dann erfolglos ab. Herbert gönnte sich noch einen Schluck, diesmal direkt aus der Flasche. Der Hund näherte sich erneut an. Jetzt zerrte er schon länger und begann gleichzeitig, ein wenig auf dem Ziemer zu kauen. Herbert lehnte sich ruhig in seinem Wohnzimmersessel zurück. Der Hund verlor nach und nach die Angst, während Herbert das Teil fest in seiner Hand hielt. Von dem Kauen machte sich ein unangenehmer Geruch breit, gegen den Herbert zum Glück mit seinem Whisky anarbeiten konnte.

Der Hund schreckte jedes Mal ein wenig auf, wenn er sich vorne zum Tisch beugte. Aber mit der Zeit ließ seine Wachsamkeit nach, und er widmete sich mit immer größerer Aufmerksamkeit seiner Beute. Herbert hatte den Ziemer jetzt bis auf die Höhe seines Knies gezogen. Als er die Flasche erneut auf der äußersten, ihm zugewandten Ecke des Tisches abgestellt hatte, schnellte er mit seiner Rechten zu seinem Knie hin und griff dem Hund mit aller Kraft in das Nackenfell.

Bjarki versuchte, sich aus dem Klammergriff zu befreien, fletschte die Zähne und schnappte nach Herbert. Aber der wäre nicht Herbert gewesen, wenn der Hund auch nur eine Chance gehabt hätte. Mit einem

Grinsen stand er auf. Verdammt, der Köter war ganz schön schwer, vielleicht 15 oder zwanzig Kilo. Herbert sah sich um und überlegte, ob er das Tier gegen die Wand schlagen sollte. Oder direkt ins Feuer werfen? Aber das Risiko, dass der Hund erneut fliehen würde, konnte er nicht eingehen. Dann fiel ihm ein, dass es bei den meisten Lebewesen nicht so schwer war, ihnen das Genick zu brechen. Eine ruckartige, schnelle Bewegung, und es war aus. Auch mit diesem verfluchten Jaulen.

Nask überlegte, wie er das bewerkstelligen könnte. Mit der linken Hand würde er Bjarki unter die Schnauze an die Kehle fassen, danach die rechte Hand zu einem Zangengriff um den Hals legen und dann die Hände ruckartig so gegeneinander bewegen, dass er dem Hund die Wirbelsäule brechen konnte. Schade nur, dass er nicht vorher noch einen kleinen Schluck zur Motivation nehmen konnte. Na, dann eben als Belohnung hinterher. Mit der Rechten hielt er den Kopf des Hundes nach hinten und kam vorsichtig mit der Linken heran. Aber in der falschen Sekunde machte das Scheißvieh eine ruckartige Bewegung, winkelte den Fang an und biss ihm voll in den Handspann. Herbert schrie auf, und ein stechender Schmerz durchzuckte ihn. Sofort ließ er den Hund los. Erst spritzte das Blut bis auf den Tisch, dann quoll es ungebremst auf das Sofa und sein linkes Hosenbein.

Jetzt ist Schluss, dachte Nask entschieden. Er war erstaunt, wie ruhig er war, ging in die Küche und holte sich ein paar Tücher von der Papierrolle, um seine Hand damit zu umwickeln. Dann kramte er in der Besteckschublade. Er nahm das Damastmesser mit dem Holzgriff, das er immer zum Fleischaufschneiden benutzte. Es lag gut in der Hand.

Bjarki lag verschreckt unter dem Esstisch und knurrte. Herbert nahm sich noch die Edelstahlschaufel aus dem Kaminbesteck und näherte sich Bjarki: »Dieses Mal entkommst du mir nicht.«

***

»Anna-Lena, was ist los? Brauchst du Hilfe?« Wieder und wieder rief Sora in ihr Handy. Doch sie hörte nur das Atmen am anderen Ende der

Leitung, dann das Geräusch von zerberstendem Glas. Sora stopfte ihr iPhone in den Rucksack: »Henning, ich muss los.«

Henning schaute Sora ratlos an: »Das ist nicht dein Ernst, oder? Hier sitzt ein Toter im Wohnwagen. Die Polizei kommt gleich. Draußen stürmt es wie verrückt. Und du willst weg?«

»Du weißt doch, dass ich Anna-Lena meinen alten Nokia-Knochen gegeben habe, damit sie mich im Notfall erreichen kann. Jetzt hat sie angerufen, ich habe sie nur atmen hören, dann zersplitterndes Glas. Ich fürchte, sie ist in Gefahr. Ihr könnt bestimmt mit den Polizeibeamten zurück in die Stadt fahren. Wahrscheinlich müsst ihr ja eh auf dem Revier eine Aussage machen.«

»Sora, hör mir jetzt bitte mal zu. Nur Jessen kann Jens Benzow umgebracht haben. Dem traue ich inzwischen alles zu. Der will sich das gesamte Vermögen der Stiftung unter den Nagel reißen. Wenn wir Pech haben, ist er gerade unterwegs nach Nienstedten, um Anna-Lena etwas anzutun.«

Der Pastor legte seine Hände auf Jonas' Schultern und schaute ihn an: »Ich fahre jetzt mit Sora zur Villa. Du bleibst hier und wartest auf die Polizei. Das kann wegen des Sturms etwas dauern, aber es kann dir hier nichts passieren. Bleib einfach im Wohnwagen und schau den Toten nicht an. Und wenn irgendetwas sein sollte, rufst du mich an.«

Jonas nickte mechanisch und legte das Kamerastativ, das er unter dem Tabbert gefunden hatte, auf den Tisch. Wenigstens stank es hier nicht mehr so, da die Tür nur noch in den Angeln hing. Es war zwar bitterkalt, aber er hatte ja eine dicke Jacke an. Und die Taschenlampe seines Handys spendete genügend Licht.

Als Sora und der Pastor wieder über den Zaun kletterten, sah Jonas, dass Jessen fünfmal versucht hatte, ihn zu erreichen. Vergebens, ausnahmsweise hatte Jonas sein Handy auf lautlos gestellt. Und Jessen jetzt zurückzurufen wäre die denkbar schlechteste Idee. Der Akku zeigte nur noch fünf Prozent, zum Glück hatte er seine Mini-Powerbank immer dabei. Jonas griff in seine Jackentasche. Vergebens. Die Powerbank war weg, wahrscheinlich war sie ihm beim Klettern über den Zaun aus dem

Parka gefallen. Aber wie sollte er sie jetzt finden? In der stockdunklen Nacht. Bei diesem Sturm.

Jonas versuchte, die aufkommende Panik zu unterdrücken. Die Polizei würde ja hoffentlich bald kommen. Was sollte schon passieren?

Als er die Taschenlampe des Handys abschaltete, um den Akku zu schonen, sah er, dass er noch eine weitere SMS bekommen hatte. Von Jessen. »Warst du an meinem Laptop? Ruf zurück!« Jonas legte entsetzt das Handy neben das Stativ.

Und wenn Jessen gar nicht auf dem Weg zur Villa war? Sondern zu seinem Wohnwagen? Um den toten Benzow und alle Spuren endgültig zu beseitigen? Und ihn gleich mit? Ahnte Jessen, dass er jetzt im Tabbert saß? Am Bredenbeker Teich, wo die verdammten Fotos gemacht worden waren?

Jonas schaute sich das Stativ an. Würde er sich damit verteidigen können? Kaum. Jessen war viel schwerer und stärker. Dann fiel sein Blick auf den Anzünder neben dem Gaskochfeld. War das überhaupt ein Anzünder? Jonas opferte die letzte Akku-Kapazität, um sich das Ding genauer anzuschauen. »Power Shock. Risk of death« stand auf der Rückseite. Jonas drückte auf den Knopf, und zwischen den messingfarbenen Elektroden des Geräts entstand ein leise knisternder Überspannungsbogen, der den dunklen Wohnwagen in ein schwaches, bläuliches Licht tauchte.

***

Erst beim dritten Schlag brach das erste Element aus den Intarsien der Glastür. Es war ein altes Wappen auf der Höhe der Türklinke, das jetzt trostlos in der Bleiverglasung hing. Hoffentlich steckte der Schlüssel von außen. Anna-Lena griff vorsichtig durch das Loch. Aber sie konnte auch von außen keinen Schlüssel fühlen. Sie horchte nach unten, von wo sie lautes Getrampel hörte, dann immer wieder Bjarkis Bellen und Knurren. Und schließlich Geräusche, als wenn jemand auf Holz einschlug.

Sie musste da runter. Was war mit dem Hund los? Sie kannte sein Bellen. Das hier hatte nichts zu tun mit dem Anschlagen, wenn es an der Tür klingelte. Erst recht nichts mit seinem fröhlichen Bellen, wenn er andere Hunde schwanzwedelnd zum Spielen aufforderte. Anna-Lena wusste, dass sie vieles nicht mehr richtig verstand oder einordnen konnte. Aber sie wusste, was Angst war. Und Bjarki hatte Angst.

Die Intarsienarbeiten der Tür bestanden aus drei Teilen. Wenn sie alle drei entfernt hatte, würde sie hindurchpassen. Sie musste nur achtgeben, dass sie sich nicht verletzte. Das Wappen in der Mitte hatte sie schon weitestgehend herausgeschlagen. Oben und unten hatte die Tür jeweils ein florales Muster, im oberen Drittel eingefasst durch eine Raute, unten durch einen Kreis. Wieder und wieder schlug Anna-Lena zu, während der Lärm unten immer größer wurde. Sie konnte das Fluchen des Mannes wieder lauter hören. Die Glasscherben fielen auf den weichen Flor. Das würde er nicht hören. Die Mosaikteile ließen sich gut heraustrennen, nur die Bleieinfassungen saßen zum Teil fest im Türblatt. Sie nahm sich das Kopfkissen aus dem Bett und drückte es mit aller Kraft gegen das Bleigerippe. Dann legte sie die Decke über die Bleistreben im unteren Drittel. Mit ihrem Rücken drückte sie gegen die Decke und spürte, wie sie den Halt verlor. Sie fiel auf den Flur, glücklicherweise abgefedert durch die Decke. Einen Moment blieb sie reglos liegen. Unten war es ganz still. Hatte sie jetzt auch noch das Gehör verloren? Sie griff sich an den Kopf. Blut. Offensichtlich war sie doch in eine Scherbe gefallen oder hatte sich auf andere Weise verletzt. Aber das war jetzt alles egal. Sie musste Bjarki helfen.

Langsam rappelte sie sich auf. Sie sah schrecklich aus. So wollte sie nicht zu dem Mann hinuntergehen. Schnell ging sie ins Schlafzimmer und dann zur Treppe. Sie hörte ruhige Schritte. Aber von Bjarki war nichts mehr zu hören.

***

Das Aufräumen der Festplatte hatte gar nicht so lange gedauert wie gedacht. Ein Glück, dass Jonas ihm erst vor einer Woche erklärt hatte, wie man das macht. Das war also erledigt. Wie hatte die Frau von der psychosozialen Betreuungsstelle, die er wegen seiner Prüfungsängste im Studium konsultiert hatte, immer gesagt: »Sie müssen den Weg zum Ziel in viele kleine Etappen zerlegen.«

Die erste Etappe hatte er nun hinter sich, die Fotos des Mädchens hatte er in den Ordner »Kindesmissbrauch« geschoben. »Um solche Opfer kümmern wir uns mit unserer Stiftung«, würde er der Polizei sagen. Niemand würde ihm nachweisen können, dass er die Bilder gemacht hatte. Nur die Ausrüstung im Wohnwagen durfte keiner finden. Dass er Stativ und Fernglas nicht versteckt oder gleich vernichtet hatte, war leichtsinnig gewesen. Solche Fehler durfte er sich nicht mehr leisten. Andererseits musste der gesamte Wohnwagen sowieso weg. Inklusive Benzow junior. Die große Unbekannte war natürlich dieser Jonas. Hatte er das Harry-Potter-Double doch unterschätzt? Diesen Computernerd mit Hang zum Idealismus, der ihm sogar das digitale Fernrohr in den Wohnwagen eingebaut hatte? Nein, dafür war Jonas viel zu naiv. Der hatte ihm doch glatt die Version abgekauft, er sei nur an Vögeln interessiert. Oder hatte dieser kleine Idiot nicht doch zweideutig gelacht, als er das gesagt hatte?

Die aufgeblendeten Scheinwerfer eines entgegenkommenden BMW rissen ihn aus seinen Überlegungen. Scheiße, bei diesem Sturm musste er sich einfach mehr auf den Verkehr konzentrieren. Ein Autounfall zwei Minuten vor dem Campingplatz hätte ihm gerade noch gefehlt. Jessen fuhr jetzt deutlich langsamer. Zum Glück. Sonst hätte er den Baumstamm mitten auf der Straße noch übersehen. Die letzten Meter musste er dann eben zu Fuß gehen. Leider hatte er so keine Chance, den Wohnwagen wie geplant als Anhänger irgendwo in die Walachei zu fahren und dann anzuzünden. Egal. Irgendetwas würde ihm schon noch einfallen.

Mit der Taschenlampe leuchtete Jessen gegen das Schloss, das sich mühelos öffnen ließ. Zum Glück hatte er ja den Schlüssel des Platzwarts. Der Sturm drückte das Tor sofort gegen den Zaun. Hier hatte er ein Heimspiel, hier kannte er sich wirklich aus. Aber es konnte nicht schaden, sich dem Wohnwagen vorsichtig zu nähern. Nicht, dass ein ungebetener Gast dort auf ihn wartete. Jonas zum Beispiel. Nein, dafür hatte der Zauberer nicht die Eier.

Zwanzig Sekunden später sah Jessen seinen Tabbert. Die Tür zu seinem geheimen Reich sah schrecklich aus.

***

Nask hatte keine Lust, dem Hund nachzujagen. So blöd der war, konnte er sich doch immer wieder irgendwo verstecken, wo er nicht hinkriechen wollte oder konnte. Wenn er ihn nur in eine Ecke treiben könnte, aus der es kein Entweichen gäbe. Der Windfang zur Haustür hin oder besser noch der kleine Flur, der zum Arbeitszimmer und der Bibliothek führte. Genau, das ist die Lösung, dachte er noch. Dann schloss er die Türen zu allen abzweigenden Zimmern und zum Windfang. Der Hund duckte sich unter dem Tisch ab, verfolgte jeden seiner Schritte und knurrte. Mit seinen hochgezogenen Lefzen versuchte er, Eindruck zu schinden. Systematisch versperrte Herbert alle Fluchtwege. Dann zog er die Schiebetür zwischen Ess- und Wohnzimmer zu. Schließlich schmiss er die Stühle des Esstischs um und schob sie mit den Stuhlbeinen unter den Tisch. Das Knurren wurde immer lauter, je enger es für Bjarki wurde. Dann machte das Tier einen Satz und floh, so weit weg von Nask wie möglich und damit in den Kurzflur hinein.

»Das war's dann, mein Freund«, zischte Herbert in Richtung Bjarki. Langsam näherte er sich dem Hund und hob die Kelle in der rechten Hand nach oben in Schlagposition. Das Messer in der linken Hand hielt er locker umfasst, das Zugreifen schmerzte zu sehr. Der Hund wich rückwärts in die äußerste Ecke, bis es kein Zurück mehr gab. »Jetzt bist du dran.« Mit einer Kraft, die Herbert ihm nicht zugetraut hatte, sprang der Hund plötzlich auf ihn zu. Wollte diese lächerliche Kreatur ihn wirklich angreifen? Das war ja fast niedlich. Aber auch wenn er ein paar Whisky intus hatte, auf seine Reaktionen war immer noch Verlass. Immerhin hatte er auch mal als Boxer trainiert. Er wich dem Hund aus und schlug zugleich mit der Schaufel direkt auf den Schädel beim linken Gehörgang.

Bjarki sackte leblos zusammen. Wow, dachte Herbert, nicht nur seine Reaktionsschnelle, auch seine Treffsicherheit war ausgezeichnet. Endlich hatte dieses Vieh mit seinem Kläffen und Knurren aufgehört. Nun hörte man nur noch das Rütteln des Windes an den Fenstern. Er stieß mit dem Fuß gegen den Hund. Aber der rührte sich nicht mehr. Da konnte er sich das Messer sparen. Der Köter musste ja nicht noch sein Blut überall verspritzen. Er zog die Schiebetür auf, ging zum Wohnzimmertisch und nahm einen kräftigen Schluck direkt aus der Flasche. Hatte er sich doch verdient. Dann sah er sich um.

Er musste lächeln. Hatte man nicht schon öfter gehört, dass Hunde auch krank werden konnten und ihr eigenes Frauchen oder Herrchen anfielen? Seine Bisswunde an der linken Hand war ja der beste Beweis dafür. Und was konnte in so einer Situation nicht alles passieren? Vielleicht fiel die entsetzte Hundefreundin dann ja rücklings auf eine Tischkante oder vielleicht sogar auf das Kamingitter. Schrecklich, wirklich schrecklich. Sich das auch nur vorzustellen.

Die Details konnte er nun in Ruhe planen. Nur musste er die kleine Bestie jetzt erst mal für die vorgesehene Tatszene drapieren. Er musste rülpsen, als er sich zu Bjarki herabbeugte. Dem Tier würde das nichts mehr ausmachen. Er zog es auf die gekachelte Fläche vor den Kamin. Dann nahm er einige neue Holzscheite und legte sie in die heruntergebrannte Glut.

***

Hörte dieser Sturm denn nie auf? Der Wohnwagen schwankte wie ein angeschlagener Boxer. Und wenn der Tabbert umkippte? Mit ihm und der Leiche? Wieso brauchte die Polizei so lange? Sollte er den Pastor doch noch mal anrufen? Jonas schaute auf sein Handy. Die Ladeanzeige stand auf ein Prozent, dann verschwand sie ganz.

Jonas glaubte, Schritte zu hören. Oder spielte ihm der Orkan wieder einen Streich? Doch dann hörte er die Stimme, die er nur zu gut kannte. Jessen. So zornig hatte er ihn noch nie gehört: »Jonas, bist du da drin?«

Jonas stellte sich hinter die zerborstene Tür, den Elektroschocker in der rechten Hand. Und als Jessens Kopf in den Wohnwagen lugte, drückte er ab.

Zehn Minuten später hörte er eine Polizeisirene. Dann stürmten zwei Polizisten in den Wohnwagen, stolperten fast über Jessen. »Hände hoch, Polizei«, herrschten sie Jonas an.

Der hob die Hände. Und war noch nie in seinem Leben so erleichtert gewesen.

***

Sie hatte sich das in Wettkampfzeiten angewöhnt. Wenn es zu schlafen galt, schlief sie. Im Training hatte sie sich eine Art Meditationstechnik zugelegt. TM hieß das damals. Transzendentale Meditation. War wohl ein bisschen esoterisch. Aber sie hatte nur die einfachen Regeln daraus übernommen. Körperentspannung, Fokussierungsübungen und langsames Abschalten. Der Tag und vor allem die Reise waren anstrengend genug gewesen. Mit Anna-Lena hatte sie einen schönen Abend verbracht. Sie war immer noch ganz durcheinander. Aber sie hatten sich auch an ihre früheren Zeiten erinnert. Gelacht. Getrunken. Und dann hatte sie an ihrem Bett gesessen, bis die Freundin eingeschlafen war, und war danach in ihr Häuschen gegangen. Herbert war inzwischen so blau, dass er nun nicht mehr aufdringlich werden würde. Für den Fall der Fälle hatte sie sich von der Anrichte noch Anna-Lenas Schlüsselbund mitgenommen, falls sie den Eindruck haben sollte, in der Nacht einmal nach dem Rechten sehen zu müssen.

Aber selbst der beste Schlaf nutzte nichts, wenn der Orkan die Elbe entlangwütete. Die alte Platane im Garten schien ihren Kampf jedenfalls aufgeben zu wollen. Mit Macht krachte einer der Hauptzweige herunter und fiel geradewegs auf das Gartenhäuschen. Frida sah auf die Uhr: elf. Sie ging zur Tür, um sich den Schaden anzusehen. Als sie öffnete, sah sie, dass im Wohnzimmer noch Licht brannte. Sie meinte, Schatten zu sehen. Aber sie war sich nicht sicher. Wenn, dann war es vielleicht Herbert, der seinen Whiskytank auffüllen musste. Dennoch, es schadete ja nicht, wenn sie einmal einen Blick durch das Fenster warf. Sie nahm ihre olivgrüne Fjällräven-Jacke von der Garderobe, zog ihre Schuhe an und ging zum Hauptgebäude.

***

Anna-Lena Benzow schlich die Treppe herunter. In der letzten Treppenbiegung blieb sie stehen und sah in das Wohnzimmer. Dort sah sie einen Mann, der Bjarkis leblosen Körper zum Kamin hinzog. Sie wollte schreien, aber irgendetwas zog ihr die Kehle zu. Reglos stand sie da und spürte, wie ein Zittern durch ihren ganzen Körper ging. Sie musste jetzt etwas tun. Sie musste nach Bjarki sehen und ihm helfen. Sie musste den Mann aus dem Haus jagen. Er gehörte hier nicht hin. Es war nicht Fritz.

Aber ihre Muskeln gehorchten ihr nicht. Sie sah, wie der Mann zu dem Holzvorrat ging und sich mit neuen Scheiten belud. Er hatte sie nicht gesehen. Dann drehte er ihr den Rücken zu und legte die Scheite vorsichtig in die Glut. Plötzlich löste sich ihre Erstarrung. Barfuß ging sie in den Raum, umrundete die Sitzecke und griff nach dem Schürhaken. Auf einmal spürte sie, wie eine alte Stärke wieder in ihr erwachte. Sie erhob den Schürhaken und schrie den Mann an: »Was machen Sie hier?« Nask drehte sich erschrocken um. Dann lächelte er, und sie konnte seine glasigen Augen sehen.

»Ach, mein Schatz ist wach geworden und hat Sehnsucht nach etwas Familienleben bekommen. Ich wollte gerade ein bisschen für Bjarki einheizen. Bjarki ist irgendwie so starr geworden. Er kann bestimmt Wärme gebrauchen.«

Dann lachte der Mann ein dreckiges Lachen, das sie irgendwoher kannte. Sie kannte diese Sorte Männer nur zu gut. Dieser eine Mann am Institut in Mülheim war auch so einer gewesen. Wenn man den nicht direkt auf Abstand hielt, bekam man seine Hände überall zu spüren. Und nicht nur die. Sie zuckte mit dem Haken. »Komm mir nicht näher. Keinen Schritt. Du fasst mich nicht an.«

»Ich dich anfassen. Und wovon träumst du nachts? Hast du mal gesehen, wie du aussiehst? Dich will niemand mehr anfassen.«

Anna-Lena erinnerte sich. Das machten sie immer so. Frauen dreckig und würdelos machen, um das tun zu können, was ihnen gefiel. Noch einmal hob sie die Hand mit dem Kaminhaken. Aber der Mann lachte nur. Sein ekelhaftes Lachen, voller Verachtung und Überlegenheit. Er kam auf sie zu. Stieg über ihren Bjarki hinüber, der auf der großflächig gekachelten Fläche vor dem Kamin lag. Mit aller Kraft schwang sie den Haken nach unten. Hatte sie seine ausgestreckte Hand getroffen? In jedem Fall wich er zurück und stolperte über den Hund. Hoffentlich tut er ihm nicht weh. Es geht ihm doch nicht gut.

Herbert kam ins Taumeln. Sein Lächeln verschwand, als er vollends ins Straucheln kam und das Gleichgewicht verlor. Er stürzte rücklings in Richtung Kamin und landete mit dem Rücken auf dem schwarzen Rost, hinter dem die Flammen aufloderten. Sie hörte ein Knacksen, einen unterdrückten Schrei und sah, wie das Haar des Mannes in Flammen geriet. Der Geruch von brennenden Haaren machte sich an der Feuerstelle breit. Der Mann versuchte, sich zu erheben. Aber er konnte es nicht.

Vielleicht ist er auch jetzt noch gefährlich, dachte Anna-Lena und hielt den gebogenen Schürhaken unter sein Kinn.

***

Als Frida durch die Scheibe starrte, konnte sie nicht glauben, was sie da sah. Hatte da gerade ein Kampf stattgefunden? War das nicht Anna-Lena, die mit einer Stange nach Herbert geschlagen hatte? Plötzlich waren Funken aufgestoben, als der Mann rückwärts in das Feuer gefallen war. Auf dem Boden meinte sie Bjarki erkennen zu können, der sich aber nicht bewegte.

Frida hämmerte an die Terrassentür. »Mach auf, Anna-Lena!« Aber ihr Schreien wurde von den Windböen verschluckt. Sie sah, wie Anna-Lena sich zu dem Hund herabbeugte. Jetzt legte sie sich zu ihm und umklammerte ihn. Frida fasste in ihre Jackentasche. Ja, zum Glück. Der

Schlüssel war noch in der Tasche. Sie lief um das Haus, schloss die Tür auf und stürzte direkt ins Wohnzimmer.

Ein unglaublicher Gestank hatte sich in dem Zimmer breitgemacht. Frida öffnete die Terrassentür, und eine Sturmböe fegte in das Zimmer. Anna-Lena war völlig verstört. Sie schluchzte nur vor sich hin: »Bjarki ist tot. Er hat ihn umgebracht. Bjarki ist tot.«

Frida ging auf ihre Freundin zu: »Anna-Lena, wir müssen Bjarki jetzt hier von der Feuerstelle wegbringen. Es ist viel zu heiß für ihn.« Sie hatte es auf Schwedisch gesagt, und Anna-Lena sah zu ihr hoch. Ihr Blick war jetzt nur noch traurig und kraftlos. Sie nickte. Anna-Lena nahm vorsichtig den Hund auf und legte ihn auf das Sofa. Er ließ den Kopf und die Hinterläufe nur hängen, als sie ihn trug. Anna-Lena setzte sich ebenfalls auf das Sofa, rückte Bjarki näher und legte seinen Kopf auf ihren Schoß. Dann sah Frida, dass ihre Freundin still weinte. Nur manchmal hörte man sie flüstern: »Bjarki ist tot.«

So sehr sie den Hund mochte, war das hier vermutlich das geringste Problem. Sie musste jetzt kühl bleiben und überlegt handeln. Ihr Blick fiel auf Nasks Leiche. Inzwischen war seine Kleidung komplett verkohlt. Nur die Ledersohlen seiner Hausschuhe waren abgefallen und räucherten langsam vor sich hin. Inmitten der Flammen versuchte sie, etwas an Herberts Kopf zu erkennen. Konnte man da oben auf der Stirn ein Loch sehen? Den Einschlag eines Schürhakens? Wie lange musste eigentlich ein Körper in den Flammen liegen, bis auch Gerichtsmediziner dort nichts mehr erkennen konnten?

Sie sah sich im Raum um. Es sah furchtbar aus. Überall auf dem Sofa waren Blutspuren zu sehen. Auch auf dem Teppich. Auf dem Tisch war das Glas umgefallen, und die Flasche war leer. »Highland Park Ragnvald« stand auf der Flasche. Sie kannte sich mit so was nicht aus. »Highland« ließ auf einen schottischen Whisky schließen, aber warum dann der Name eines schwedischen Königs, der irgendwann im Mittelalter gelebt hatte und wahrscheinlich wie fast alle umgebracht worden war? Für einen Moment war sie froh, sich mit solchen Gedanken ablenken zu können.

Wie musste das Ganze wirken auf jemand, der ohne innere Beteiligung das Szenario vor sich sah? Nach einem Kampf. Einem Kampf, an dessen Ende ein Mensch in das offene Feuer gestürzt worden war. Zweifelsfrei von der Person, die ebenfalls im Raum war und noch lebte. Und wie konnte man diesen Eindruck, der ihre Freundin zur Täterin machen würde, verwischen?

Sie erhob sich und atmete durch, wie sie es früher bei Wettkämpfen immer vor dem Start getan hatte. Dann ließ sie den Blick durch das herrschaftliche Foyer schweifen, als wolle sie die Spanne einer Panoramaaufnahme planen. Die Eingangstür zur Straßenseite war geschlossen. Rechts davon war der Ausläufer der Treppe, die sich aus dem oberen Stockwerk hinabschwang. Hinter der kleineren Tür befand sich vielleicht der Abgang in den Keller. Nichts machte den Anschein eines Einbruchs oder von äußerer Einwirkung. Das Wohnzimmer wurde beherrscht von dem mächtigen offenen Kamin. Die wenigen Scheite, die noch vor sich hin loderten, sahen fast verloren aus. Der Sims war gemauert, und die Kaminverkleidung bildete auf eine protzige Art den Eingang eines Tempels nach. An beiden Seiten waren dorische Säulen nachgebildet, sie schienen eine Querkonstruktion in Sandstein zu halten, deren Mitte ein Mäander durchzog, der oberhalb mit einer Wölbung abschloss. Nask selbst oder besser das, was von ihm übrig geblieben war, hing über dem schwarzen Gitter. Sein Rückgrat war unnatürlich gekrümmt, als wenn er eine Brücke hatte machen wollen.

Auf dem Boden sah sie die Schaufel und den Schürhaken. Im hinteren Gang lag noch ein Messer. Sie war sich ziemlich sicher, dass sie Anna-Lena nur mit dem Haken gesehen hatte. Aber wie kam die Schaufel hierhin, unweit der Stelle, wo eben noch Bjarki gelegen hatte? Und wieso lag das Messer in der Ecke des kurzen Gangs? Hatte Nask den Hund mit einem Messer zu töten versucht? Sie versuchte etwas zu erkennen. Der Schürhaken schimmerte an einer Stelle rötlich, aber die Ascheschaufel und auch das Messer waren völlig blank. Sie hatte gesehen, wo ihre Freundin gestanden hatte. Das Messer machte da gar keinen Sinn.

Aber konnte es sein, dass Anna-Lena auch die Schaufel in den Händen gehabt hatte, um sich zu verteidigen?

Leise hörte Frida ein Stöhnen vom Sofa: »Papa, komm bitte.« Dann erneutes Stöhnen. Mechanisch streichelte die Freundin Bjarkis Kopf. »Anna-Lena, bitte hör mir zu: Wo kommt die Schaufel her?« Zum Glück klang das schwedische Wort »skyffel« ganz ähnlich. Sie würde es bestimmt erkennen. Anna-Lena versank wieder in ihrer Welt: »Er hat Bjarki getötet.« »Ich weiß, Anna-Lena, doch jetzt ist er zum Glück tot. Aber ich muss unbedingt wissen, wie die Schaufel hierherkommt.«

Anna-Lena Benzow sah sie erneut an: »Er hat Bjarki umgebracht. Das hätte er nicht tun sollen.« Mit dem Kopf wies sie zu der Stelle, wo die Schaufel lag. Konnte das sein? Hatte Nask den Hund mit der Metallschaufel erschlagen? Ihr wurde übel. Aber das konnte auch an dem Gestank liegen, der immer aufdringlicher wurde. Der Hund hatte keine äußere Verletzung, die Schaufel zeigte keine Blutspuren. »Hat Herbert mit der Schaufel Bjarki getötet?«, fragte Frida eindringlich.

Anna-Lena nickte: »Ja, und Papa soll mich jetzt holen und nach Hause bringen.«

Frida überlegte kurz. Dann entschied sie sich, das Risiko einzugehen. Sie ließ Messer und Ascheschaufel liegen. Aus der Küche holte sie ein Küchenpapier und fasste damit den Haken an. Für einen Moment musste sie nachdenken. Ja, Herbert war Rechtshänder gewesen. Sie nahm den Schürhaken und warf ihn mit dem Schaft nahe an Herberts rechte Hand in die Glut.

Dann fasste sie den Plan für das weitere Vorgehen.

***

»Willst du uns umbringen?«, schrie Kestner, als Sora Lee kurz vor dem Elbtunnel scharf abbremste und zwischen zwei Feuerwehrautos auf die Abfahrt Othmarschen zusteuerte. Der Sturm brachte den schweren BMW bedrohlich zum Schlingern. Schon direkt hinter dem Campingplatz hatte es beinah gekracht. Erst im letzten Moment hatte Sora Lee dem entgegenkommenden Mazda ausweichen können. »Du glaubst doch an ein besseres Leben nach dem Tod«, konterte sie.

Auf dem Halbmondsweg Richtung Elbchaussee beschleunigte Sora erneut. Der Pastor suchte vergebens nach einem Taschentuch, um seine Schweißperlen – oder war es Angstschweiß? – von seiner Glatze zu tupfen. Dann endlich kam die Villa in Sicht.

***

Frida ging noch einmal ihren Plan durch. Zunächst einmal legte sie ordentlich Brennholz nach. Dann platzierte sie einige Scheite unmittelbar in der Nähe von Herberts Schädel. Die verbliebene Glut versuchte sie unter seinen Kopf zu schieben. Es war inzwischen nur noch der Schädel zu erkennen, und selbst hier begannen die Knochen zu glühen. Sein Gebiss schien sie anzugrinsen. Der Geruch war zwischenzeitlich immer unerträglicher geworden. Darm und Blase hatten sich entleert, und die Exkremente verbrannten deutlich langsamer.

Frida ging zur Terrassentür und sah zum Gästehaus hin. Sie war sich sicher, dass sie nicht abgeschlossen hatte. Anna-Lena würde sie bitten, heute bei ihr zu schlafen, und sie durch den Garten zum Gästehaus tragen. Sie war froh, dass die Jahre ihr nicht die Kraft genommen hatten, wenn es darauf ankam. Dann würde sie bei dem Feuer noch einmal richtig nachlegen. Sie würde das Haus abschließen. Anna-Lenas Schlüssel konnte sie auf der Anrichte liegen lassen. Morgen würde sie dann bei der Polizei anrufen, weil sie nicht in das Haus kämen. Und dann konnte sie nur darauf hoffen, dass sie an alles gedacht hatte.

Aber das Schwerste würde Bjarki sein. Als erschlagenes Opfer war er ein Schlüssel zu der Geschichte von dem völlig betrunkenen und enthemmten Herbert. Langsam ging Frida auf ihre Freundin zu: »Anna-Lena, wir müssen uns jetzt ein wenig ausruhen. Wir können für Bjarki jetzt nichts mehr tun. Wir legen ihn hier neben den Sessel und lassen ihn ausruhen. Und dann bringe ich dich rüber ins Gästehaus. Ich möchte heute nicht alleine schlafen.«

Anna-Lena schaute sie lange an. Sie hatte immer noch Tränen in den Augen: »Aber wir können doch Bjarki hier nicht allein lassen. Allein mit diesem Mann.«

Frida setzte sich zu ihrer Freundin auf die Sofalehne: »Es ist besser so. Ich trage ihn jetzt rüber und dann schauen wir.«

Anna-Lena unterbrach ihr mechanisches Streicheln. Frida näherte sich dem Sofa von vorn und schob ihre Hände unter den kleinen Hundekörper. Die Hinterläufe zuckten kurz. Das hatte sie schon häufig gehört, dass bei toten Tieren noch Stunden nach dem Tod die Nerven Reflexe auslösen konnten. Sie grub ihre Hände tiefer unter das Tier, als sie ein Zucken des Augenlids sah. Konnte das wahr sein? Oder war auch das ein postmortaler Reflex? Sie zog ihre Hand unter dem Hund heraus und legte sie auf die Stelle, wo sie das Herz vermutete. »Ich glaube, Bjarki lebt noch«, sagte sie ungläubig, eher zu sich selbst als zu ihrer Freundin. In diesem Moment klingelte es an der Haustür.

***

Der Gestank. Dieser entsetzliche Gestank. In der Villa rochen Sora Lee und Kestner binnen weniger Stunden zum zweiten Mal den Tod. Und doch stank es hier ganz anders als in Jessens Wohnwagen.

Haiti, Januar 2010, das Erdbeben, mehr als 300 000 Opfer. Sora Lees Kopfkino sprang an, die Bilder, die sie zu verdrängen versucht hatte, wurden wieder lebendig. Die Pick-ups, die alle drei Minuten die Toten entluden, um die verwesenden Opfer der Katastrophe in Gruben zu werfen. Sie hatte damals für den »Spiegel« berichtet. Und zusehen müssen, wie Leichen an Straßenecken aus Angst vor Seuchen verbrannt wurden. Und genau diesen Geruch nahm sie jetzt wieder wahr, in der Villa mit Elbblick.

Ein Zischen holte sie aus ihrem Haiti-Trauma. Sie sah, wie der Pastor mit mehreren Eimer Wasser das Feuer im Kamin löschte und dann mit aller Kraft einen Menschen vom Rost holte. Gesicht und Brustkorb waren völlig verbrannt, die Knochen bereits angesengt. Nur an dem Ledergürtel mit der aberwitzig großen Schnalle erkannte Sora, dass es sich bei dem Toten um Herbert Nask handeln musste. Denn genau diesen Gürtel hatte Nask auch getragen, als sie sich genau hier im Wohnzimmer der Villa gestritten hatten.

Auf der Couch lag lang ausgestreckt Anna-Lena, ihr Kopf ruhte in den Händen der hochgewachsenen, blonden Frau, die ihnen die Tür geöffnet hatte. »Ganz ruhig, alles wird gut«, sprach die Frau mit schwedischem Akzent und streichelte Anna-Lenas Haar. Dies konnte nur Frida sein, Anna-Lenas Freundin. Auch deren Nummer hatte Sora in das Notfallhandy eingespeichert. »Wo ist mein Bjarki?«, fragte Anna-Lena immer wieder und wieder.

Der Hund lag leblos vor dem dampfenden Kamin, neben ihm der Schürhaken. Der Pastor beugte sich über den Labradoodle. »Der ist nicht tot, er muss zum Tierarzt«, hörte Sora Lee Fridas Stimme von der Couch.

Das muss alles ein schlechter Film sein, dachte Sora. Ein Mensch war gerade im Kamin bei lebendigem Leib verbrannt – und eine Frau im Zimmer sorgte sich um einen Hund. Konsterniert verfolgte sie, wie Kestner nickte, den Labradoodle hochnahm und zum Hausflur eilte. »Ich bringe den Hund schnell zu Astrid, komme gleich zurück. Und ihr holt die Polizei«, sagte er und lief mit dem Hund im Arm nach draußen. Sora Lee wäre ihm am liebsten gefolgt, raus aus der Villa, raus aus diesem Albtraum. »Der Schlüssel steckt im Auto«, konnte sie ihm nur noch nachrufen.

Völlig mechanisch holte sie ihr Handy aus dem Rucksack. »Bitte warte noch einen Augenblick, wir müssen noch reden, bevor die Polizei kommt. Ich bin Frida, Anna-Lenas Freundin und ehemalige Ruder-Trainerin aus Schweden. Und du musst Sora sein, die Journalistin. Anna-Lena hat mir oft erzählt, wir sehr sie dich mag.« Sora setzte sich auf den Sessel, mit dem Rücken zum verbrannten Nask, sie konnte den Anblick nicht ertragen.

Dann sprach Frida, ihre Stimme klang dabei so gelassen, als würde sie über eine Regatta berichten. Sie erzählte von dem Besuch von Anna-

Lena und Herbert, dem fast tödlichen Ausgang des Orientierungslaufs, ihrem Aufbruch nach Hamburg, weil sie ihre Freundin in Lebensgefahr wusste. Sie berichtete, wie sie durch die Scheibe der Terrassentür den Kampf zwischen Anna-Lena und dem torkelnden Herbert beobachtet hatte. Wie Anna-Lena mit dem Schürhaken nach Herbert geschlagen hatte. Und wie Herbert dann in den Kamin gefallen war. Dass sie Holzscheite nachgelegt hatte, verschwieg sie. Mit diesen Bildern würde sie für den Rest ihres Lebens klarkommen müssen. Allein, niemand durfte das je erfahren. Doch das würde sie schaffen. Für ihre Freundin. Für Anna-Lena. Vergiss es einfach. Vergiss diesen Tod.

»Es war also keine Notwehr«, sagte Sora.

Frida nickte: »Ja, aber wir müssen um jeden Preis Anna-Lena ein Gerichtsverfahren ersparen. Sie hat durch den Unfall in der Waitzstraße genug gelitten. Und sie ist krank. Sehr krank.«

Anna-Lena schien aus einer Art Trance zu erwachen: »Ich will zu Fritz. Bitte holt jetzt meinen Mann.«

»Was sollen wir tun?«, fragte Sora.

»Es war ein Unfall. Herbert hat sturzbetrunken versucht, den Hund zu töten. Die eingesperrte Anna-Lena wollte Bjarki retten, hat die Tür mit deinem Handy eingeschlagen und ist die Treppe hinuntergeeilt. Als Herbert sie sah, ist er auch auf sie los. Sie hat sich den Schürhaken genommen, aber nur, um sich zu verteidigen. Herbert war so betrunken, dass er über den Hund gestolpert und in den Kamin gefallen ist. Nur dass Anna-Lena nach Herbert geschlagen hat, darf die Polizei nicht erfahren. Anna-Lena wird sonst öffentlich zu einer Schwarzen Witwe. Erst der Unfall in der Waitzstraße. Jetzt der Schürhaken.«

»Wir sagen also, dass Herbert erst mit dem Schürhaken und dann mit der Schaufel nach dem Hund geschlagen hat?«

»Exakt. Und das ist ja auch verdammt dicht dran an der Wahrheit.«

»Und du glaubst, dass uns die Polizei das abnimmt?«

»Ja, Anna-Lena fällt mit ihrer Krankheit als Zeugin aus. Also bin ich die Einzige, die alles gesehen hat. Und es war genau so. Herbert ist über den leblosen Hund in den Kamin gestolpert. Das ist alles.«

Es klingelte an der Haustür. Kestner war tatsächlich nach nur zwanzig Minuten zurückgekehrt. »Astrid kümmert sich um Bjarki. Sie ist sicher, dass der Hund durchkommt. Aber warum ist die Polizei noch nicht da?«

»Henning, wir müssen vorher reden«, wiederholte Sora Lee Fridas Appell fast wortgleich. Der Pastor hörte konzentriert zu und schüttelte den Kopf: »Nur zur Sicherheit, damit ich das richtig verstanden habe. Ihr erwartet von mir, dass ich nach dem schrecklichen Tod eines Menschen die Polizei belüge? Ihr kennt Gottes achtes Gebot, oder? Du sollst nicht lügen. Wollt ihr, dass ich meinen Talar gleich mit verbrenne?«

»Henning, was wäre gewonnen, wenn wir Anna-Lena mit ihrer Demenz durch ein quälendes Verfahren schicken? Und noch mal, sie ist unschuldig, sie hat sich nur gegen Herbert gewehrt.« Der Pastor schritt im Wohnzimmer auf und ab. Da war sie wieder. Die alte berühmte Pilatusfrage: Was ist Wahrheit? Im Studium hatte er die Frage oft bearbeitet. Wahrheit, das war für ihn mehr als eine Richtigkeit, mehr auch als nur eine subjektive Überzeugung. War Wahrheit nicht ein Anspruch vor allem gegen ihn selbst? Sich nicht mit einer Lüge herauszureden, bei einer Lüge mitzumachen. Dann musste er wieder an Anna-Lena denken. Was käme auf sie zu, wenn er auf der Wahrheit bestehen würde? Es war ein Dilemma, und er spürte dieses Dilemma tief in seinem Gewissen. Aber auch von da kam keine eindeutige Antwort. Einmal mehr würde er darauf angewiesen sein, dass es einen gnädigen Gott gab.

Eine Stunde später standen zwei Polizeibeamte vor dem Kamin. »Sie sagen also, es war ein Unfall«, sagte der Jüngere der beiden zu Frida.

Sora stand an der geöffneten Terrassentür. Es war so still.

Der große Sturm, er war vorbei.

Epilog

Schon im Juni 2022 begann in Schweden ein Traumsommer. Ein stabiles Skandinavien-Hoch prägte die Großwetterlage und brachte in anderen Teilen Schwedens eine Mückenplage mit sich. Zum Glück blieb die Westküste mehr oder weniger verschont.

Frida Evaldsson hatte die Angelegenheiten in der für sie eigenen Art in die Hand genommen, und Dr. Lenzin hatte sie unterstützt. Dass er damals die Vorsorgevollmacht auf seinen Namen hatte ausstellen lassen, erwies sich als Glücksfall. So konnte er dafür sorgen, dass Frida die notwendigen Mittel zur Verfügung hatte. Noch von Hamburg aus veranlasste sie, dass ihr Haus auf Orust einen kleinen Anbau bekam. Anna-Lena würde schon beim Aufwachen von ihrem Bett aus auf die Nordsee blicken können. Ein kleines, anliegendes Zimmer war für die Schwestern vorgesehen, die sich um Anna-Lena kümmern würden. Zwischen dem Wohnzimmer und ihrem Zimmer gab es eine lautisolierende Schiebetür. Das war nur eine der vielen Anregungen, die das schwedische Svenskt Demenscentrum ihr mitgegeben hatte. Sie hatte sich sofort die App »Nollvision« heruntergeladen, mit der sie sich auf viele Alltagssituationen vorbereiten konnte und Kontaktadressen erhielt.

Es hatte zum Glück nur wenige Wochen gedauert, bis sich abzeichnete, dass kein Verfahren gegen Anna-Lena eröffnet werden würde. Entscheidend dafür war die Obduktion der Leiche von Herbert Nask durch den Gerichtsmediziner des UKE gewesen. Sie bestätigte die einhelligen Zeugenaussagen. Das galt nicht nur für die Blutreste, die einen Alkoholpegel von fast drei Promille belegten. Vor allem aber wies das, was von der geschrumpften Lunge noch übrig war, Spuren von Kohlenstoff und Asche in den Bronchien auf. Herbert Nask musste also noch gelebt haben, als er in das Feuer geriet. Die Verbrennung des Schädels war so weit fortgeschritten, dass sich keine verwertbaren Spuren fanden. Die Verletzungsspuren, die der Tote ansonsten am Torso des Oberkörpers aufwies, waren post mortem zugefügt worden und passten zu der Schilderung von Pastor Kestner, dass er in einem spontanen Reflex versucht hatte, den Körper von Nask aus dem Feuer zu ziehen. Und die Wunde an der linken Hand war eindeutig eine Bissverletzung – ganz offensichtlich verursacht durch den Hund.

Der Gerichtsmediziner hatte es sich nicht nehmen lassen, seinen Berichtssatz »Histopathologisch ist der Zustand einer alkoholtoxischen, mikronodulären Leberzirrhose eingetreten« dem ermittelnden Beamten mit den Worten zu erklären: »Der stand ohnehin kurz vor dem Abpfiff.«

Anna-Lena Benzow war nach der Sturmnacht zunächst mit Frida in das Gästehaus gezogen. Sie war so erschöpft gewesen, dass sie die erste Zeit extrem viel geschlafen hatte. Henning Kestner hatte sich um einen Pflegedienst gekümmert, der regelmäßig bei ihr vorbeischaute. Nach fünf Tagen setzte bei Anna-Lena eine große Unruhe ein. Sie musste sich viel bewegen, ging oft stundenlang mit Frida an der Elbe entlang. »Schau mal, wie breit die Ruhr heute ist«, sagte Anna-Lena immer, wenn sie an die Elbe kamen. Und wie auf Knopfdruck mussten sie beide lachen. Tag und Nacht verschwammen immer mehr, und Frida wurde immer klarer, dass sie die Betreuung nicht ohne umfassende professionelle Unterstützung würde bewältigen können.

In Ängsviken auf Orust konnte Frida ein Appartement zum Kurzzeitwohnen mieten, bis ihr Umbau abgeschlossen war. »Machen wir hier jetzt Urlaub?«, hatte Anna-Lena gefragt. Dass das Personal und die Logistik auf Menschen mit Demenz ausgerichtet waren, war das eine. Aber manchmal musste man eben auch Glück haben. Und wenn es nach alldem jemand verdiente, dann Anna-Lena, dachte Frida. Die stellvertretende Pflegedienstleiterin war Hannah Tryggvesson. Sie war 1982 von Duisburg nach Lund gezogen, um Krankenpflege zu studieren, wohnte mit ihrem Mann Primus, der Internist gewesen war, in Fridas Nachbarort. Jetzt stand für sie im Sommer die Pension an. Anna-Lena schloss sie nicht nur spontan in ihr Herz, sondern fand in ihr auch die Aufgabe, mit der sie der gefürchteten Rentnerruhe entfliehen konnte. Hannah organisierte ein kleines Team von Pflegekräften, die eine Rund-um-die-Uhr-Unterstützung gewährleisten konnten. Selbst im sozialstaatlichen Schweden war es dabei eine große Hilfe, dass bei Anna-Lena Geld keine Rolle spielte.

Den Umzug in das umgebaute Haus bekam Anna-Lena kaum mit. »Warum schlagen die Birken nicht aus?« Frida hatte Anna-Lenas Frage erst gar nicht verstanden, auf ihrem Grundstück gab es gar keine Birken. Bis ihr klar wurde, dass Anna-Lena an die Birken vor ihrem Fenster in Ängsviken dachte. Oder vielleicht auch an einen anderen Garten in der Landschaft ihrer immer undurchdringlicheren Vergangenheit. Die Leistung ihres Gedächtnisses, nun auch der Langzeiterinnerung, ließ immer mehr nach. Aber die Persönlichkeitsveränderung, die Frida so sehr befürchtet hatte, nahm einen barmherzigen Verlauf. Anna-Lena fiel immer häufiger und länger in eine Kinderrolle, summte, schmiegte sich bei den Pflegerinnen und Frida an. Nur selten wurde sie aggressiv. Und noch weniger, wenn sie genug Bewegung hatte.

Kurz vor Midsommar kam der Pastor mit seiner Frau zu Besuch. Mit Bjarki. Fast schien es, als wenn Bjarki die Rolle seines Lebens einstudiert hätte. Er stürzte direkt auf Anna-Lena zu, machte wilde Känguru-sprünge, jaulte und bellte. Immer wieder schüttelte er zwischendurch den Kopf, als wenn er etwas aus den Gehörgängen herausbekommen wollte. »Vermutlich die Folge des Schlages, den er abbekommen hat«, erklärte Astrid. Henning erzählte, dass sie für Bjarki die Zollanmeldung vergessen hatten. Aber mit dem Vergessen war es ja ohnehin so eine Sache, hatte er mit einem Lächeln zu Frida gesagt. Als Bjarki schließlich abends in Anna-Lenas Schoß auf dem Sofa eingeschlafen war, hatte diese noch gefragt: »Darf ich den Hund wirklich behalten, den das nette Paar mir geschenkt hat?«

Das nette Paar verlebte allerdings keine ungetrübten Tage auf Orust. Frida hatte sie eingeladen zu der kleinen Midsommar-Feier, die sie traditionell mit den Nachbarn zelebrierten. Das Tanzen um den Baum und das Singen der traditionellen Trinklieder hatten sie schon seit Jahren eingestellt. Aber es floss reichlich Alkohol, und die Stimmung war gelockert, als sie um das Feuer herumsaßen. Frida hatte nicht mitbekommen, wie es dazu gekommen war. Aber irgendwann war Astrid aufgesprungen – »Vielleicht sprichst du erst einmal mit mir darüber. Ich dachte, das wäre jetzt mal vorbei« – und dann zum Auto abgerauscht. Henning hatte eine Zeit lang nur ins Feuer gestarrt, bis der Flaggpunsch seine Zunge gelockert hatte. Dann hatte er erzählt, dass er bei seinem Superintendenten eine dreimonatige Beurlaubung beantragt hatte. In Absprache mit Dr. Lenzin wollte er die Stiftung »polis et mare« wieder aufstellen. Die alte Villa würden sie zum Sitz der Stiftung umbauen und für Forschungsstipendiaten einrichten. Er hatte sogar Sora überredet, mit ihm in den Vorstand zu kommen. Sie brauchten jetzt jemand, der Öffentlichkeitsarbeit konnte. Für einen Moment schienen sich seine Augen dem besonderen Licht der längsten Nacht des Jahres anzupassen.

Von Midsommar bekam Tim Jessen in der U-Haft am Holstenglacis nichts mit. Immerhin war die frühere Mutteranstalt des Hamburger Gefängnisses, von den Gefangenen nur kurz mit »Dammtor« betitelt, seit der NS-Zeit keine Hinrichtungsstätte mehr. Allerdings war es dort, was Jessen auch nicht anders erwartet hatte, ziemlich unkomfortabel. Der Mordversuch an Jens Benzow war nicht wegzudiskutieren. Sie würden versuchen, etwas daraus zu machen, dass Benzow nach der Elektroschocker-Attacke noch nicht tot gewesen war, sondern erst, wie die Gerichtsmedizin festgestellt hatte, in den frühen Morgenstunden völlig dehydriert an einem Herzschlag gestorben war. Dass man ihn verkrampft und eingekotet gefunden hatte, hatte jedenfalls in der Öffentlichkeit zu einer klaren Verurteilung geführt. Und das gefälschte Testament und die pädophilen Kinderbilder verbesserten seine Lage sicher auch nicht. Viel Sonnenlicht würde er in seinem Leben wohl nicht mehr sehen. Und seine Stiftung stand jetzt vor dem – auch von der Stiftungsaufsicht – wenig geliebten Fall der Liquidation.

Sora hatte einmal mehr gemerkt, dass Schreiben für sie nicht nur ein Job war, sondern ein Weg, mit dem Leben klarzukommen. Ihr erster Artikel »Unvergesslicher Todesfall« war vom Chefredakteur enthusiastisch aufgenommen worden. Ihren Vorschlag, das Thema Demenz mit einer Artikelserie aufzunehmen, hatte er sofort akzeptiert. Mindestens für eine Zeit war damit auch ihr Einkommen gesichert.

Noch interessanter war der Vorschlag, den sie von Kestner bekommen hatte. Die Stiftung brauche in ihrer Krisensituation unbedingt eine professionelle Pressearbeit. Seine längeren Erklärungen hatte er dann noch abgeschlossen mit einem »Und überhaupt …« Letztlich hatte sie dieses »Und überhaupt …« überzeugt, und sie hatte mit einem Lächeln Ja gesagt.

Als das Feuer allmählich ausbrannte, war Hannah zu Anna-Lena hinübergerückt und wollte sie ins Bett bringen. Bjarki war bereits auf ihren Füßen eingerollt eingeschlafen. Aber Anna-Lena hatte nur gesagt: »Bitte noch nicht ins Bett. Es ist ein so schöner Geburtstag.«

Danksagung und Nachwort

Die meisten Romane haben die Wirklichkeit zum Ausgangspunkt, aber die Fantasie führt sie häufig weit weg von den tatsächlichen Ereignissen. Für uns war das Schicksal einer an Frühdemenz erkrankten und sehr wohlhabenden Frau, von dem wir in unseren unterschiedlichen beruflichen Rollen erfuhren, dieser Ausgangspunkt. Geändert haben wir dann aber alles bis hin zu dem Schicksal dieser Frau selbst. Geblieben ist von den realen Geschehnissen nur der uns fremd erscheinende Weg eines Menschen in der dementiellen Lebensphase, die von den einen ausgenutzt und von den anderen geschützt wird. Inmitten dieser Spannung stellt sich die Frage der Selbstbestimmung. Damit sind viele Menschen konfrontiert, deren Leben durch eigene Erkrankung oder als Angehörige von Erkrankten drastisch verändert wurde.

Wir haben vieles recherchiert und auf zahlreiche Informationen zurückgegriffen. Wenn uns dabei Fehler unterlaufen sind, geht dies einzig zu unseren Lasten. Sehr bewusst haben wir uns aber an einigen Stellen zur Veränderung von Tatsachen entschieden. So haben wir, obwohl die Handlung in dieser Zeit spielt, Corona aus unserem Kriminalroman verbannt. Damit hatten wir schon in der Wirklichkeit genug zu tun und wir vermuten, dass uns viele Leser*innen diese Ausblendung nachsehen oder vielleicht sogar dankbar dafür sind. Die Entdeckung des Polyethylen am Max-Planck-Institut in Mülheim a.d. Ruhr und in deren Folge den Nobelpreis für Prof. Dr. Ziegler haben wir um zehn Jahre nach hinten verschoben und bei der Gelegenheit mit Prof. Kranz eine völlig andere Figur geschaffen, die nicht einmal im Ansatz etwas mit dem Nobelpreisträger zu tun hat. Rund um den in diesem Zusammenhang berühmt gewordenen Mülheimer Katalysator (Ziegler-Natta-

Katalysator) gibt es einige interessante und noch nicht erforschte Fragen. Die Figur des Dr. Fritz Benzow ist aber nicht die Antwort auf diese Fragen, sondern nur ein Produkt unserer sympathisierenden Fantasie.

In ähnlicher Weise haben wir uns die Freiheit genommen, auch reale Handlungsorte gehörig zu verändern. Wer sich als Leser*in angeregt fühlt, sie kennenzulernen, wird dennoch sicher nicht enttäuscht werden. Definitiv lohnen die Schauplätze an Ruhr und Rhein, ganz sicher auch jene in Schweden und vor allem die in ›unserer‹ Heimat Hamburg den Besuch. Die Theologische Fakultät in Erlangen hält ganz und gar keine Analogien zu den schwierigen Erlebnissen unseres Pastors bereit. Im Gegenteil verdanken wir ihr ungetrübt positive Erfahrungen.

Wenn sich unsere Kenntnisse beim Schreiben in einigen Fragen vergrößert haben, danken wir das einigen Experten, die uns geholfen haben. Was immer Leichen angeht, ist Prof. Klaus Püschel (Hamburg) die beste Adresse. Seine Expertise ist unbestritten, aber vor allem sein Humor sehr wohltuend. Was Polymere angeht, hat uns Dr. Hans Linde (Hannover) geholfen, die Vereinfachung auf ein erträgliches Maß zu beschränken. Dass er dann als analytischer Chemiker selbst zum Chefermittler in Sachen Handlungslogik wurde, war ein besonderes Freundschaftsgeschenk. Ohne IT geht heute nichts mehr. Dank an Norbert Frank und seinen Sohn Janosch für den Faktencheck. Unser digitales Unverständnis benötigte dann noch den Eingriff durch Jens Maitra, der ebenfalls noch logische Fehler auszumerzen half.

Corona hat uns an vielen Recherchen gehindert. In dieser Situation war es großartig, dass wir mit Bengt Larne einen Freund in Schweden haben. Und dass wir Prof. Johannes Rüegg-Stürm (St. Gallen) und seine Frau Gabriela zu Freunden haben, die an unserer Stelle die notwendigen Spaziergänge vor Ort machen konnten. Dennoch, gemeinsames Skifahren wäre uns lieber gewesen. Mit Daniel Fasnacht hatten wir dann gleich noch einen krimiaffinen Korrekturleser. Bei der Hebephilie und ihrer Zuordnung zur Pädophilie hat uns Diplompsychologin Ines Wilhelm geholfen. Ohne sie wäre das Eindenken in die Erlebniswelt eines Betroffenen noch sehr viel schwerer gefallen.

Ein besonderer Dank gilt dem Psychiater Dr. Holger Jahn, ärztlicher Direktor bei AMEOS Holstein sowie Leiter einer UKE-Arbeitsgruppe, der dann tatsächlich in seiner Menschlichkeit und seiner großen Expertise ein wenig Pate gestanden hat für Dr. Holger Jacobsen. Darauf allerdings beschränken sich die Ähnlichkeiten. Trotzdem ist es gut zu wissen, dass es solche Menschen wirklich gibt. Die erwähnte Nonnenstudie gibt es wirklich, ihre Aufnahme durch den Hirnforscher und Neurobiologen Gerald Hüther hat uns sehr angeregt. Das Bild vom Alter ändert sich glücklicherweise in unserer Gesellschaft, auch wenn im Hinblick auf Demenz noch ein weiter Weg vor uns liegt. Unser Dank gilt ebenfalls dem Hamburger Notar Dr. Jens Jeep, der wie kein Zweiter einem Laien komplexe juristische Zusammenhänge zu erklären vermag. In Sachen Ermittlungsarbeit hat uns der ehemalige Hamburger Kriminaldirektor Detlef Kreutzer mit seiner jahrzehntelangen Expertise beraten. Bedanken möchten wir uns ebenfalls bei Uwe Görlich, Geschäftsführer der Düsseldorfer Agentur »Die Werbtätigen«, mit dem wir intensiv über Titel und Umschlag diskutiert haben. Das Cover gestaltet hat Simone Andjelković, auch ihr gebührt großer Dank.

Genauso viel Freude wie uns macht hoffentlich auch unseren Leser*innen, dass Bjarki überlebt hat. Unsere Leidenschaft für Hunde teilen wir zum Glück mit Antje Thiele von Hansehund. Dass sie in Sachen Hundeerziehung Hamburgs erste Adresse ist, wussten wir schon. Aber dass sie auch als Krimi-Coach arbeiten kann, wusste sie selbst noch nicht.

Dank gilt auch unseren Probelesern und last not least Steffen Herrmann vom Junius Verlag, der sich mit uns in dieses verlegerische Abenteuer gewagt hat. Mit ihm hoffen wir darauf, dass unsere Leser*innen der Kriegsreporterin Sora Lee und Pastor Henning Kestner zu einer Fortsetzung verhelfen. Wir haben sie zwar frei erfunden, aber für uns leben sie bereits.

612 Seiten, 18.00 €, ISBN 978-3-96060-529-4

192 Seiten, 14.90 €, ISBN 978-3-96060-507-2

Kriminalromane in der Tradition der Groschenhefte, an jedem Kiosk für fünf D-Mark zu bekommen. Das war vor gut zwanzig Jahren die Idee für eine neue Art von regionalen Kurzkrimis – der »Schwarzen Hefte« des Hamburger Abendblatts. Mit »Rentner in Rot« von Frank Göhre begann die Krimireihe, in der im Laufe der Jahre insgesamt dreiundsechzig Storys erschienen und die mehrfach mit dem Marlowe-Preis für den besten Kurzkrimi des Jahres ausgezeichnet wurde.

Dieses Lesebuch versammelt in einem »Best-of« fünfzehn Geschichten aus den »Schwarzen Heften« und versetzt die Leser zurück in die Zeit um den Jahrtausendwechsel, als es noch ein Leben ohne Handys und Laptop gab und die polizeiliche Ermittlungsarbeit wie das Leben insgesamt geruhsamer vonstattenging. Ergänzt wird die Sammlung der frühen regionalen Kurzkrimis durch eine neue in der Hansestadt spielende Story, die Henrik Siebold, Schöpfer des beliebten Hamburger Inspektors Takeda, für das Buch geschrieben hat.

Mehrfach als besonders hundefreundliche Stadt ausgezeichnet, lässt es sich für Hunde in kaum einer anderen deutschen Stadt so gut leben wie in Hamburg. Mit ihrer geringen Besiedlungsdichte, rund 230 Hundeauslaufflächen, vielen Hundeschulen und zahlreichen Hundeausstattern bietet die grüne Metropole den rund 80 000 gemeldeten Tieren, ihren Haltern und den Nichthundebesitzern die besten Voraussetzungen für ein angenehmes Mit- und Nebeneinander. Dieser Stadtführer nimmt die Hundehalter zwischen Alster und Elbe mit auf Tour durch die Hafenmetropole, hilft bei den Vorbereitungen zur Anschaffung eines Stadthunds und beantwortet alle Fragen, die sich routinierten Haltern wie Neubesitzern stellen: Wo finden sich Freilaufwiesen, die ruhig sind, aber nicht am Ende der Welt? Welche Ziele im Hamburger Umland lohnen einen Ausflug auf sechs Beinen und vier Rädern?

224 Seiten, 16.80 €, ISBN 978-3-96060-537-9

184 Seiten, 16.80 €, ISBN 978-3-96060-554-6

Flacher als Hamburg geht nicht? Irrtum! Denn es gibt nicht nur die Harburger Berge und die Gipfel am Geesthang wie die Fischbeker Glatze oder den Falkenstein. Nein, vom Doktorberg über den Energieberg bis zum Fuchsberg hat Hamburg einige stattliche Erhebungen mehr zu bieten. Beschrieben werden sie in diesem Bergführer nicht nur mit der nötigen Expertise, sondern auch mit dem gebotenen Ernst: Vor allem wenn es um die eher ungewöhnlichen Berge – den Pinnasberg, den Hamburger Berg oder die Bullerberge – geht und die Berggänger erfahren, welche Gipfel zu den Seven Summits der Hansestadt zählen, wie die Berge in Hamburg entstanden sind und warum sich die Stadt die steilste deutsche Millionenmetropole nennen darf.

Reif für die Insel ? Na denn man tau! Wie Perlen liegen die Inseln Neuwerk, Scharhörn und Nigehörn im Wattenmeer. Sie gehören zu Hamburg – genauso wie die Billerhuder Insel, das City-Paradies für Kleingärtner, die Sandstrände an der Elbe und die funkelnden Seen im Nordosten der Stadt. Erstmals bietet dieser Ausflugsführer eine umfassende und gründlich recherchierte Darstellung der für eine deutsche Großstadt einzigartig amphibischen Landschaft aus Inseln, Gewässern und Badestellen. Auch Fauna und Flora sowie Fragen des Naturschutzes und der Kultur- und Regionalgeschichte kommen dabei nicht zu kurz.

JUNIUS
www.junius-verlag.de